# DIE BRAUT DES COWBOYS

DIE SKYES AUS HEART FALLS
BUCH 1

VIVIAN AREND

# 1

---



*Mitte September, Heart Falls*

Trotz der kühlen Herbstbrise, die um ihn herumwirbelte, lief ein feuchtes Rinnsal zwischen Aidens Schulterblättern hinab. In seinen Muskeln summte ein willkommener Schmerz, nachdem er schnell geritten war, und er genoss einen tiefen Zug der frischen, kühlen Luft, während er sich an das Sattelhorn lehnte.

Sein Grinsen ging bis an die Ohren.

Dieser Ort war perfekt.

Drei Ranchhunde sausten um die Beine seines Pferdes, darunter Aidens Retriever Dixie. Alle Tiere hießen dieses Land ganz offenbar auch gut. Staub wirbelte auf, als Aidens zwei ältere Brüder neben ihm auf dem Grat erschienen.

Der neununddreißigjährige Declan griff über den Hals des Pferdes, um Aiden fest die Hand zu schütteln. „Bis auf das eine Mal, als du fast aus dem Sattel katapultiert worden bist, hast du es verdammt gut gemacht. Wie erwartet." Declan warf einen Blick auf Jake, ihren mittleren Bruder. „Du andererseits ..."

Jake machte die angemessene unflätige Geste und lachte dann. „Du bist ein fieser Hurensohn, Declan. ‚Kommt zu einem Austritt auf unserem neuen Grundstück‘, hast du gesagt. ‚Das wird gut, um dich wieder zu den Wurzeln zu bringen.‘ Fünf verfickte Stunden später …"

„Ist nicht meine Schuld, dass deine Wurzeln zuletzt mehr Zeit in einen kuscheligen Stuhl gepflanzt verbracht haben als auf dem Pferderücken." Declan lehnte sich zurück und richtete seinen Hut, sein Lächeln nicht mehr als eine schwache Linie, wie üblich. „Du wirst schon bald wieder den Dreh raus haben. Aiden hat es gut gemacht."

„Vielen Dank." Aiden richtete sich auf, streckte den Hals und die Schultern. „Obwohl ich danach eine heiße Dusche brauche."

„Stimmt. Und Essen", fügte Jake an, der seinen Bruder beäugte. „Ich hoffe, du hast diesen Teil genauso gut geplant wie die Vorführung des Landes und der Gebäude."

Der älteste von ihnen neigte den Kopf zur Scheune. „Versorgen wir die Tiere. Ich dachte mir, wir halten es heute Abend einfach. Burger, dann Zeit, um ein paar Leute vom Ort im Pub zu treffen. Ich bin erst ein paar Mal dort gewesen, aber das Rough Cut wirkt wie ein anständiger Laden."

Wie gut, dass sie alle bereits ihre Pferde zur Scheune gewandt hatten, die Hunde rasten fröhlich voraus. Auf keinen Fall hätte Aiden seine Miene ausdruckslos genug gehalten, um seine Erheiterung darüber zu verbergen, dass er in den Pub zurückkehrte.

Declan hatte die letzten Arbeitsschritte erledigt, um die Tierrettung von Heart Falls zu kaufen, und war früher hergezogen, um die Renovierung zu überwachen, aber es war Aidens Aufgabe gewesen, die Ranch überhaupt erst zu finden.

Sein Rechercheausflug vor drei Jahren hatte nicht nur den perfekten Ort für ihr Projekt aufgetan, sondern er hatte auch einen umwerfenden Abend tanzend und anderweitig mit einer weiteren Besucherin der Stadt beschäftigt verbracht. Die langbeinige Brünette mit den blassblauen Augen war auf der Tanzfläche der Hammer gewesen, und im Bett eine Wildkatze.

Aiden verbrachte Zeit damit, sein Pferd zu striegeln und das Sattelzeug wegzupacken, während er ein fieses Grinsen aufhatte.

Um ihn herum waren überall die Anzeichen der Veränderung. Durch das nächste Fenster war ein Gebäude im Norden sichtbar, an dem die Renovierungen zum Teil schon abgeschlossen waren. Kleinere, aber behaglichere Privaträume, jeder mit einem eigenen Bad, waren um eine Küche im ersten Stock gruppiert, und ein Esszimmer, das zu den Rocky Mountains hinausblickte. Fenster ließen Licht in den offenen Arbeitsbereich strömen, und Aiden konnte bereits hören, wie ihre zukünftigen Gäste davon schwärmten, was für ein wunderbarer Ort das zum Malen war.

Die Künstlerdomizile waren die derzeitige Deckung, die ihr Geheimprojekt zusammenhielt.

Auf dem Hauptstockwerk darunter war das halbe Gebäude in drei Wohneinheiten für ihn und seine Brüder aufgeteilt worden, jede mit einem Schlafzimmer, Bad und privatem Wohnraum. Die Bereiche waren fertig, was Sanitärinstallation und Trockenbauwände anging, aber der Rest der Arbeit blieb noch.

Die andere Seite des Erdgeschosses enthielt fünf unterschiedliche Räume, dazu noch ein Gemeinschaftsbad. Der Hauptgrund für die ganze Arbeit. In nicht allzu vielen Monaten von jetzt würden Männer, die einen sicheren Ort brauchten, um sich eine Weile zurückzuziehen, hier eine Zuflucht finden.

Aiden und seine Brüder beendeten ihre Pflichten, stellten

Futter für die Hunde hin und marschierten in friedlichem Schweigen zurück zum Haus.

Für das ältere Paar, von dem sie das Land und die Tierrettung gekauft hatten, wäre dieses Haus größer als nötig gewesen, aber für ihr neues Projekt war es genau richtig. Sobald sie mal am Laufen waren, würden die zusätzlichen Räume im Haus für die Frauen zur Verfügung stehen, die einen Platz zum Verstecken brauchten.

Auf der Nordseite war das Hauptschlafzimmer und das angeschlossene Bad, in dem Vollzeit eine Köchin und Haushälterin wohnen würde. Im Osten waren die drei Schlafzimmer, zusammen mit zwei weiteren Bädern, derzeit vorübergehend mit dem Zeug von Aiden und seinen Brüdern gefüllt.

Der Rest des Hauses war genauso einfach. Die aufgeräumte Küche bot einen langen aufgebockten Tisch, den das Vorbesitzerpaar ihnen überlassen hatte, da er genau eingepasst war. Im Wohnzimmer gab es einen Holzofen und Platz für zwei übergroße, abgenutzte und angeschlagene Sofas. Der Ausblick jenseits der Fenster war allerdings atemberaubend, mit den Rocky Mountains in der Ferne und Kilometern offener Prärie überall um sie herum.

Es war der perfekte Ort, um etwas zu bewirken. Einer, an dem man sich völlig sicher fühlte, während man Mut aufbaute und neue Möglichkeiten fand, stark zu sein.

Sie aßen rasch ihr Abendessen und brachen auf. Aiden glitt auf den vorderen Beifahrersitz von Declans Truck, wenige Sekunden, bevor Jake ihn für sich beanspruchen konnte.

„Idiot." Jake sagte es ohne Groll.

„Danke." Aiden duckte sich instinktiv unter dem Schlag auf die Schulter weg, den Jake austeilte, und schnaubte erheitert. „Es ist zu lange her, dass wir zusammen gewohnt haben, aber es fühlt sich an, als wäre es gestern gewesen."

„Da stimme ich zu." Declan legte den Gang ein und fuhr zur Straße, der Hauch eines Lächelns spielte um seine Mundwinkel. „Ich habe immer noch Albträume aus diesen Tagen. Ihr seid beide so verdammt hilfsbedürftig. Jammert ständig herum."

In der Kabine kam leises Lachen auf, denn tatsächlich war es das absolute Gegenteil. Sie mochten ja mal hilfsbedürftig gewesen sein, aber diese Wahrheit aus einem von ihnen herauszuholen, hätte Folter und Daumenschrauben erfordert.

Auf dem Rücksitz warf sich Jake locker hin, schaute aus dem Fenster und musterte die Landschaft. „Es ist gut, wieder zusammen zu sein. Das hätte Jeff auf jeden Fall gewollt."

„Genau." Aiden und Declan sagten es gleichzeitig, die Erinnerung an ihren Stiefvater kam heftig und schnell auf.

Sie mochten ja beschissenes Pech gehabt haben, wenn es um ihren biologischen Spender ging, aber der Mann, der ihnen ein Vater gewesen war, wenn es wirklich drauf ankam, hatte einen riesigen Unterschied gemacht. Aiden war acht Jahre alt gewesen, als Jeff das Parkett betreten hatte. Als seine Mutter plötzlich nicht mal ein Jahr später gestorben war, hatte Jeff Berge aus Papier versetzt, um dafür zu sorgen, dass *seine* drei Jungs nicht im Pflegesystem verloren gingen.

*Das musste man weitertragen.*

Die Worte waren immer da, schwebten am Rande von Aidens Gedanken. Würde es ihm möglich sein, auf die Leben von anderen genauso einzuwirken, wie Jeff es bei ihm und seinen Brüdern getan hatte?

Eine Hand landete auf seiner Schulter, diesmal weich, und Jake beugte sich vor. „Werden wir", versprach sein Bruder.

Verdammt. „Ich wollte das nicht laut aussprechen."

„Ist ja nicht so, als würden wir es nicht alle denken", sagte Declan. „Deshalb sind wir hier. Deshalb werden wir alles tun, was wir können, ganz gleich, was kommt."

Jake brummte zustimmend. „Etwas bewirken. Das Richtige tun. Es weitertragen."

Sie saßen alle drei eine Weile schweigend da, während die Sätze, die ihr Stiefvater den drei verlorenen Jungs gesagt hatte, in Aidens Gedanken nachhallten. Jeff hatte diese Leitsätze von dem Augenblick an wiederholt, als er hervorgetreten war, um zu sagen, dass sich die Dinge ändern mussten, weil Mama weg war. Es waren die letzten Worte gewesen, die er gesagt hatte, bevor er gestorben war.

Jeff war inzwischen schon über fünfzehn Jahre weg, und sie alle hatten einen Schwung Lebenserfahrung gesammelt.

Manche gut, manche weniger, darunter auch bei Beziehungen.

Vor zehn Jahren hatte Jakes Ehe gerade mal zehn Monate gehalten, bevor sie in sich zusammen gefallen war. Declans geliebte Frau Sadie war vor drei Jahren an Brustkrebs gestorben. Aiden hatte im Lauf der Jahre ein paar langfristige Freundinnen gehabt, aber keine, die mehr als nur eine lockere Verpflichtung beiderseits gewesen war.

Für sie alle war Heart Falls auf vielerlei Hinsicht ein Neuanfang. Ein Ort, an dem man Wurzeln schlagen und vielleicht den jeweils nächsten Schritt gehen konnte, genauso wie anderen eine Heimat bieten.

Aiden blinzelte, als sie auf einem Parkplatz hinter dem Pub fuhren. Er hatte sich so in Erinnerungen verstricken lassen, dass ihm nicht aufgefallen war, wie die Entfernung dahinschmolz.

Trotzdem, ein Gedanke klang hell und klar. „Wisst ihr noch, wie wir versucht haben, herauszufinden, wie wir die Tierrettung und das Rückzugshaus nennen?"

„Weil wir es nicht weiterhin Heart Falls Tierrettung nennen können?" Declan stellte den Truck auf Parken, dann schaute er seinen kleinen Bruder mit einem schwachen Lächeln an, das aussagte, dass er enorm erheitert war.

„Wir können es nicht weiter so nennen, weil es mehr als das wird."

„Verdammt richtig." Jake hob das Kinn. „Was geht dir durch den Kopf?"

„Nicht mir", behauptete Aiden. Er ließ ein Grinsen los, als ihm klar wurde, dass es die perfekte Möglichkeit war, um die beiden zu kriegen, damit sie bei seinem Plan mitmachten. „Es ist Declans Idee. Du hast es gesagt, Bro. Ob die Hölle losbricht oder die Flut, wir machen es. Der perfekte Ort, um nicht nur Tiere zu retten, sondern auch Menschen."

Jake saß einen Augenblick da und nickte dann. „Machen wir doch offiziell High Water, damit keine zarten Seelchen ausflippen. Aber wir kennen die Wahrheit."

„Mir gefällt es", sagte Declan. „Hin und wieder bin ich schon brillant."

„Irgendwas bist du das wirklich", scherzte Jake. „Also gut. Wir haben einen Namen. Jetzt brauche ich ein Bier."

Aiden stand vor seiner Tür, wartete darauf, dass seine Brüder sich ihm anschlossen, ein Gefühl der Zufriedenheit machte sich in seiner Seele breit. Eine neue Heimat. Ein neues Ziel. Ein neuer Name. Vielleicht sogar die Gelegenheit, jemanden zu finden, mit dem man Zeit verbringen konnte – das wäre auch was Neues, obwohl er auch noch eine Dosis von seiner Wildkatze genommen hätte.

Es sah aus, als würde ihr Umzug nach Heart Falls von hier an ganz glatt verlaufen.

DIE ENTSCHEIDUNG, was sie für den Abend anziehen sollte, war nicht das wichtigste Problem, das sie hatte, entschied Petra

Sorenson. Nein, Klamotten waren einfach. Sie zog sich eine ausgeblichene Jeans an, zusammen mit einem schwarzen Tanktop und einem karierten Hemd. Sie hatte hübsche, aber bequeme ausgelatschte Stiefel für ihre Füße geplant. Ihre langen braunen Haare waren zu einem Pferdeschwanz zusammengefasst, was beim Tanzen leichter war. Am wichtigsten aber waren ihre Freundinnen, die sie von ihren vielen Besuchen in der Gegend kannte, und von denen ein paar darauf warteten, dass sie sich ihnen anschloss.

Sie musste nur aus der verdammten Tür kommen, bevor der Abend vorbei war.

Ihr Problem war ein übermäßig begeisterter großer Bruder, der nicht wusste, wie er seine Begeisterung zurückdrehen sollte, dass sie nach Heart Falls zog. Ihre große Familie, mit sechs Geschwistern und Mom und Dad hatte ihr immer nahe gestanden, aber heute Abend summte Zachs Eifer auf einem Level, der Petra fragen ließ, ob er sie vielleicht aufzog und sich *bemühte*, eine Nervensäge zu sein ...

Na, Hölle auch. Genau das tat er.

„Bevor du gehst, lass mich dir den Bürobereich zeigen", schlug Zach vor. Er schob sich vom Esstisch zurück und sprang auf. „Du kannst dich entscheiden, ob du dort einen Platz haben möchtest, oder ..."

„Ich werde vermutlich im Home Office arbeiten", rief ihm Petra in Erinnerung. „Ich schaue mir die Büros morgen an."

„In der Scheune ist ein neues Fohlen. Das musst du mal sehen." Zach blinzelte unschuldig, seine Ähnlichkeit mit einem Möchtegern-Ryan-Reynolds war so unfair. „Ich kann ein Bild von dir neben ihm machen und es im Familien-Chat posten."

Normalerweise hatte sie null Probleme damit, sich durchzusetzen, aber Zach, der Bruder, der ihr im Alter am nächsten stand und ihr Spielgefährte aus der Kindheit gewesen war, war ihr Schwachpunkt. Besonders, wenn er ganz lieb war und scheinbar darauf aus zu sein schien, sie glücklich zu machen.

Der Arsch.

Petra schaute ihrer Schwägerin in die Augen, flehte um Beihilfe.

Zum Glück gab es weibliche Solidarität, denn Julia legte Zach eine Hand auf den Arm und schüttelte den Kopf. „Hey, du versuchst doch nicht, deinem Versprechen zu entkommen, oder?"

Zach blinzelte, sein Lächeln verblasste leicht. „Äh, nein?"

Julia nickte entschieden. „Gut. Denn ich dachte mir gerade, dass du vielleicht vergessen hast, dass wir heute Abend rüber zu meiner Schwester gehen. Josiah und Lisa erwarten uns."

Seine Verwirrung war sofort wie weggewischt, während sich Misstrauen breitmachte. „Wirklich?"

„Ja." Julia behielt ein nüchternes Gesicht auf, aber als sie sich zu Petra drehte, zwinkerte sie. „Wir kümmern uns ums Geschirr. Geh und hab Spaß mit deinen Freundinnen. Wir bringen uns später auf den neuesten Stand."

„Klingt toll. Danke fürs Abendessen ... und alles." Petra beeilte sich, um aus der Tür zu kommen, und schob die Füße in die Stiefel, schnappte sich ihre Jacke vom Haken. „Nimm mich morgen auf eine Tour mit, okay, Zach? Nacht."

Sie floh in den warmen Herbstabend, grinste, als hinter ihr in dem gemütlichen Heim, dass sich Zach und Julia zusammen geschaffen hatten, Gelächter ausbrach.

Aha. Ihr Bruder hatte sich in der Tat zum Affen gemacht, um sie zu ärgern.

Petra stieg in ihren Truck und fuhr langsam das kurze Stück in die Stadt. Wenn Zach solche Spielchen spielen wollte, hatte sie null Probleme damit, genauso auszuteilen, wie sie einsteckte. Tatsächlich würde das Spaß machen.

Ihren großen Bruder zu foltern, war eines ihrer liebsten Dinge.

Sie fuhr hinter das Café Buns and Roses, und Glücksgefühle kamen auf, als sie eine weitere liebste Sache entdeckte, Freundinnen.

Tansy Fields und Sydney Jeremiah standen eingerahmt von der Hintertür des Cafés da. Die eine nur wenig kleiner als Durchschnitt und blond, die andere eine zierliche Rothaarige.

Petra schob die Tür des Wagens auf und warf sich mehr oder weniger in ihre Arme. „Ich habe euch beide so vermisst."

Sydney drückte sie fest, floh aber rasch aus der Umarmung. „Aber natürlich."

„Uns vermisst man ganz leicht." Tansy kicherte vor sich hin. „Moment. Das klang nicht so, wie ich es beabsichtigt hatte." Sie trat zu einer Umarmung heran, bevor sie sich weit genug zurückzog, um Petra vorsichtig zu mustern und dann zustimmend zu nicken. „Du wirkst glücklich."

„Ich bin so froh, dass ich endlich hier bin", stimmte Petra zu.

„Du *willst* in einer Kleinstadt mit nur einem Lebensmittelladen und zweieinhalb Restaurants leben?" Sydney beäugte sie, als wäre sie bereit, ihren Arztkittel anzuziehen und eine Diagnose zu treffen, bevor sie lächelte. „Ich weiß genau, was du meinst, denn ich habe es ja vor zwei Jahren genauso gemacht."

Seit ihr Bruder vor viereinhalb Jahren nach Heart Falls gezogen war, hatte sie viel von der wunderbar freigiebigen weiblichen Gemeinschaft vor Ort erhalten. Sie war mit offenen Armen bei jedem Mädelsabend in Empfang genommen worden, der während ihrer Besuche stattfand. Die Zusammenstellung aus Teilnehmerinnen änderte sich regelmäßig, je nachdem, wer Zeit hatte, und Sydney und Tansy waren die zwei, die Petra am besten kennengelernt hatte, bis auf ihre Schwägerin Julia, die die ganze Familie schrecklich liebte.

Petra spähte in den Laden. „Ich will alles hören, was ihr so gemacht habt, aber ich will auch ein bisschen tanzen."

„Es wird leichter sein, den Kontakt zu halten, da du jetzt Vollzeit hier bist, anstatt drei- oder viermal im Jahr reinzuschneien, um deinen Bruder zu besuchen." Tansy zog die Tür zu und schloss sie hinter sich ab. „Heute Abend ist ein Mädelsabend. Nur wir drei."

„Moment. Ich hab was vergessen." Petra ging zurück zum Truck und schnappte sich ihre Schultertasche, bevor sie zurückkehrte und die Arme durch die von Sydney und Tansy schob.

Sie marschierten über die Hintergasse zum Rough Cut.

„Ich öffne die Klinik um sieben Uhr früh, also gehe ich um Mitternacht nach Hause", warnte Sydney sie.

„Das ist auch meine Deadline", sagte Tansy. „Für mich geht es um vier Uhr mit Backen los."

Himmel. Petra machte es nichts aus, früh aufzustehen, aber das lag jenseits ihrer Talente. „Ihr beiden werdet mich hassen, wenn ich sage, dass ich bis Mittag schlafe."

Sydney kicherte. „Das kannst du ja behaupten, aber du würdest lügen."

„Also gut." Petra konnte nicht anders, als zu grinsen. Sie kannten sie zu gut. „Ich hoffe, bis sieben zu schlafen, aber wenn ihr meinen Flegel von einem Bruder kennt, wird er vermutlich um fünf Uhr vor dem Fenster meiner Hütte stehen und wie ein Hahn krähen."

„Echt?" Tansy summte nachdenklich. „Lass mich wissen, ob ich seinen Kaffee mit was versetzen soll, wenn er nächstes Mal reinkommt. Nur ein bisschen Rache – so was eben."

„Du bist die Beste. Ich verspreche, ich lasse es dich wissen, falls es nötig wird." Petra hob den Finger, und Tansy lachte, als sie die kleinen Finger ineinander verschränkten.

Ja. Ein Umzug nach Heart Falls war genau das, was Petra gebraucht hatte.

Was den Job anging, war sie eine fähige Programmiererin. Das, und die anderen etwas weniger legalen Rächerinnenabenteuer, an denen sie im letzten Jahr gearbeitet hatte, um beschäftigt zu bleiben. Doch beides waren Aufgaben, die sie überall erledigen konnte.

Was sie derzeit am meisten brauchte, waren Freundinnen, die sie mochten, weil sie sie selbst war.

Im Pub war die Einrichtung aus dunklem Holz und im Westernstil einladend, doch heimelig, mit Platz zum Tanzen und Platz zum Plaudern. Tansy lotste sie und Petra zu ihrem Lieblingsort am Rand der Tanzfläche und richtete sich ein, um die potenziellen Tanzpartner, die an diesem Abend zur Verfügung standen, zu mustern.

Tansys stetiger Monolog, wer gerade da war, ließ Petra kichern. „Matt ist eine solide Sieben. Tony zählt seine Schritte, aber er ist eine Neun, wenn man nicht reden will, während man tanzt. Joey ist eine Sieben, Acht, wenn er ein bisschen was getrunken hat ..."

„Und Jeb ist eine Zehn, wenn man gerade jetzt tanzen möchte." Ein hochgewachsener Cowboy mit einem frechen Lächeln stellte sich vor Petra. „Hey, hübsche Dame. Lang nicht gesehen. Willst du eine Runde drehen?"

Petra lehnte sich um ihn herum, um ihre Freundinnen anzugrinsen. „Danke für die Einführung, aber ich glaube, ich nehme erst mal den, ganz gleich, wie er auf der Tansy-Tanzskala abschneidet."

Sowohl Tansy als auch Sydney zeigten ihr einen hochgereckten Daumen, bevor sie zurück zu ihren Bewertungen gingen.

Petra trat in die Arme des Cowboys und ließ ihn die Führung übernehmen.

Das rasche Tempo und der derzeitige Song ermutigten nicht zum Plaudern, und das war gut. Petra brauchte das heute Abend. Eine Gelegenheit, ihren Körper in Bewegung zu versetzen, ohne dass ihre Gedanken durch die Möglichkeiten und Fehler und Ziele der Zukunft wirbelten.

Denn sie waren alle da. Das Gute, das Schlechte und das Unmögliche.

Gerade jetzt war es an der Zeit, sich eine neue Haltung zuzulegen. Was bedeutete, die Traurigkeit in ihrem Inneren zur Seite zu schieben, damit sie sie nicht nach unten zerrte. Die Veränderung ihrer Beziehungssituation würde allerdings nicht leicht oder einfach zu ignorieren sein.

*Nicht heute Abend. Nicht hier und jetzt. Beschäftige dich nicht damit.*

Vielleicht, wenn sie sich das nur fest genug einredete, würde sie früher oder später ihrem eigenen hervorragenden Ratschlag folgen.

Sie war erst mit ihrem zweiten Partner auf der Tanzfläche, als jemand in der Nähe des Tresens laut genug brüllte, dass er die Aufmerksamkeit eines jeden im Laden auf sich zog. Weil sie gerade in einem schnellen Two-Step herumgewirbelt wurde, ergatterte Petra nicht alle Einzelheiten, aber es sah aus, es wäre ein Streit ausgebrochen.

Ihr Tanzpartner ruckte zur Seite, ließ sie dabei los. Petra stolperte, hatte Mühe, sich auf den Beinen zu halten. Die raufenden Cowboys drängten auf die Tanzfläche, noch während andere Männer vorkamen, um sie voneinander zu trennen.

Mit lauten Flüchen und schwingenden Fäusten ganz in der Nähe wusste Petra nicht, wohin sie sich wenden sollte. Als einer der Cowboys, der versuchte, den Kampf aufzulösen, plötzlich nach rechts trat, wurde Petra mit voller Breitseite getroffen, und ihr Gleichgewicht war noch immer zu wacklig, um das zu überstehen. Sie stolperte und stellte sich darauf ein, auf den Boden zu fallen.

Stattdessen stellte sie fest, dass sie nach oben geschwungen wurde, ein fester Griff um ihren Rücken und unter ihren Oberschenkeln, während sie hochflog, weg von dem Getümmel.

Erleichterung durchströmte sie, und sie schmiegte sich fester an ihren Retter. Sie legte die Arme um seine Schulden und vergrub das Gesicht in seiner Halsgrube, bis er aufhörte, sich weiterzubewegen. „Sind wir jetzt sicher?"

„Glaube schon."

„*Gott* sei Dank."

Sie sagte das mit Überzeugung, aber sein Lachen zur Antwort wirkte lauter, als es hätte sein sollen. „Kein Problem, Petra."

Ihr Herz setzte einen Schlag lang aus, als Erinnerungen hereinströmten. Diese Stimme ...

Diese Berührung.

Petra hob den Blick und schaute in das Gesicht des Mannes, mit dem sie in der Nacht von Zachs und Julias Hochzeit einen One-Night-Stand genossen hatte.

„Heiliges Kanonenrohr. Aiden?"

## 2

_______

Na, wenn das mal keine nette Überraschung war?

Aiden machte noch ein paar Schritte zusätzlich zur Seite, zielte auf eine Öffnung in der Menge, während die Rauferei hinter ihnen weiter rumpelte. Er war sich völlig bewusst, dass er Petra mit verflixt purer Freude angrinste.

Petra wand sich leicht, ihre Finger auf seinen Schultern schoben ihn zurück, hielten ihn aber in der Nähe. Als wäre sie auch nicht ganz sicher, was sie von diesem Augenblick halten sollte, aber es war nichts Schlechtes.

„Das ist ja wie ein Fingerzeig aus der Vergangenheit. Du rettest mich wieder." Erheiterung durchwirkte ihren Tonfall. „Hast du vor, mich irgendwann in nächster Zeit runterzulassen?"

Er schaute ihr in die Augen, musterte ihre Züge und die langen braunen Strähnen, die aus ihrem Pferdeschwanz gefallen waren. Sie sah fast so gut aus wie damals, als sie er sie zum ersten Mal ins Bett gezogen hatte. „Bist du sicher, dass du willst, dass ich dich jetzt absetze? Denn ich kann uns einen privateren Ort suchen."

„Sehr witzig." Sie verdrehte leicht die Augen, bevor sie ihn auf die Brust tippte. „Okay, jetzt, da ich nicht mehr völlig außer mir bin vor Schock, fangen wir doch damit an, dass du mir auf die Beine hilfst."

Das war für ihn in Ordnung. Dort würden sie anfangen, aber dort würden sie nicht aufhören. Nicht, wenn er da was zu sagen hatte.

Er setzte sie ab, hielt aber eine Hand an ihrem Rücken, fest genug, dass sie Oberkörper an Oberkörper standen. Die Hitze ihrer Körper floss zusammen.

Petra schüttelte den Kopf, lächelte aber, als sie sein Gesicht musterte. „Du bist ein dreister Bastard."

„Wie dreist, weißt du ja ganz genau", rief er ihr in Erinnerung, erfreut über die Röte, die in ihre Wangen stieg.

Eine weitere Frau kam dazu, das menschliche Äquivalent eines Brecheisens. Die zierliche Rothaarige schaffte es innerhalb von Sekunden, sich zwischen ihn und Petra zu schieben, als wäre es das Natürlichste der Welt und keine Abwehrbewegung. „Alles klar, Liebling?"

Aiden konnte nicht widerstehen. „Mir geht's richtig gut, Schätzchen."

Die Rothaarige verlor ihren Charme und funkelte ihn fies an, ihre silbernen Augen blitzten bedrohlich.

Sie öffnete den Mund, vermutlich, um ihn zu tadeln, doch Petra bewegte sich zuerst, drehte sich leicht, um sich neben ihre Freundin zu stellen. „Uns geht's beiden gut. Aiden hat mich davor gerettet, auf den Hintern zu fallen."

Sein Blick senkte sich unwillkürlich. Es war ein hübscher Hintern, aber das war vermutlich kein Kommentar, den er in diesem Augenblick abgeben sollte. Nicht mit der Rothaarigen und einer weiteren Frau, die sich gerade ihrer Versammlung angeschlossen hatte.

„Ranchhelfer sind solche Idioten", sagte die neu Angekommene, bevor sie ihm die Hand hinhielt. „Ich bin Tansy Fields. Gut gefangen, Draufgänger."

Er nahm das Angebot an. „Aiden Skye. Ich gefalle gerne."

Petra lachte. Es war ein leises Geräusch, den Kopf gesenkt, als würde sie versuchen, ihre Reaktion zu verbergen, doch er hörte es, und etwas in ihm erwärmte sich.

Der Abend, an dem er sie aufgegabelt hatte, war denkwürdig gewesen. Zufriedenstellend, doch ohne irgendwelche Verpflichtungen. Sie wiederzusehen, ließ ihm alle Arten wunderbarer Ablenkung in den Kopf steigen. Nur weil er einen Job hier in Heart Falls zu erledigen hatte, bedeutete das ja nicht, dass er nicht auch Spaß haben konnte.

Er ignorierte Petras Begleitung, soweit es möglich war, und konzentrierte sich nur auf sie. „Stehst du sicher genug, um es noch mal mit der Tanzfläche zu probieren?"

Petra schaute zu ihren Freundinnen. „Sydney, hör auf, wie ein angriffslustiger Hund zu knurren. Aiden und ich sind uns schon mal begegnet. Er ist von mir für gut befunden."

Enttäuschung zog über Sydneys Gesicht. „Ach, Mist. Ich habe gerade ein neues Skalpell bekommen, das ich ausprobieren wollte."

*Skalpell? Lieber Gott.*

Tansy schlug mit dem Handrücken auf Sydneys Arm. „Hör auf, zu dem netten Cowboy fies zu sein."

„Aber es ist so schwer, die netten von den nicht so netten zu unterscheiden", beschwerte sich Sydney, die auf die Tanzfläche deutete. „Ich meine, in einem Augenblick läuft alles glatt, und im nächsten brüllt überall das Testosteron."

Ein äußerst unelegantes Schnauben kam von Tansy. „Ach, bitte. Du beschwerst dich doch nur selten über Testosteron überall." Sie wandte ihre Aufmerksamkeit zwischen Petra und Aiden hin und her, und dann machte sie scheuchende Bewegungen mit den Fingern. „Geht schon. Tanzt."

Aiden schob den Arm wieder um Petra, bereit, sie zur Tanzfläche zu führen. Es war aber immer noch Erheiterung da, darum neigte er den Kopf in die Richtung, wo seine Brüder in der Nähe eines hohen Tisches standen und Bier tranken, nun, da die Menge nach der Rauferei wieder zur Ruhe gekommen waren. „Diese zwei Cowboys sind nett. Ich meine, ganz nett, auf eine nicht sonderlich nette Art", verbesserte er.

Wie erwartet schoss Tansys Blick hinüber, um auf Jake und Declan zu landen. Ihre Miene wandelte sich zu Bewunderung, dann huschte sie zurück zu Aiden. „Wenn du lügst, werden wir uns rächen."

„Sie sind meine Brüder", gab er zu. „Der grummelige ist Declan. Derjenige, der aussieht, es würde in seinem Mund nicht mal Butter schmelzen, ist Jake, aber sie wissen beide, was ein linker Fuß und ein rechter Fuß ist."

Dann ignorierte er den Schabernack, den er in die Wege geleitet hatte, und lotste Petra auf die Tanzfläche und zurück in seine Arme. Die Musik verlegte sich auf etwas Langsameres, und er zog sie dicht an sich.

„Geschickt gemacht", sagte Petra, die kurz ihre Freundinnen beobachtete, bevor sie sich wieder auf ihn konzentrierte.

„Ich hatte eine hohe Motivation, um deine Freundinnen mit etwas anderem zu beschäftigen." Er drehte sie geschmeidig, erfreute sich an dem Druck ihrer Kurven an ihm. „Du siehst gut aus."

„Danke. Du siehst aus, als wärst du hier, in Heart Falls."

Er zögerte. „Ist das eine Trickfrage?"

„Nein. Aber ich hätte schwören können, als wir letztes Mal

eine Nacht miteinander verbracht haben, hast du gesagt, du würdest nicht hier wohnen."

Aiden beugte sie sich über den Arm und schaute ihr in die Augen, während er sie mit völliger Kontrolle herabsinken ließ. „Du hast gesagt, du würdest auch nicht hier wohnen."

„Erwischt."

Er zog sie hoch, und sie tanzten einen Moment schweigend weiter, und die tiefe Bewunderung für die Art, wie sie sich in seinen Armen bewegte, stieg wieder auf.

„Nachdem ich letztes Mal mit dir getanzt habe, wusste ich, dass ich dich in meinem Bett will", gab er zu. „Du reagierst sofort. Da kann man leicht führen, was bedeutet, dass wir beide den Tanz optimal genießen können."

Petra lächelte, die Hand auf seiner Schulter hob sich, bis eine zarte Liebkosung über seinen Nacken trieb. „Meine Schwestern haben immer gesagt, wenn ein Paar nicht vertikal gut tanzen kann, können sie es auch horizontal nicht."

„Klingt sinnvoll." Sein Körper erhitzte sich wegen der ganzen Kontaktstellen zwischen ihnen. Sie kannte ihn, diese Hexe. Ihre Hüften wiegten sich ein kleines bisschen mehr als nötig, sodass der dicker werdende Wulst seines Schwanzes intensiver berührt wurde. „Machen wir mehr als nur Tanzen heute Abend, genau hier? Genau jetzt?"

Hitze stieg in ihre Augen, aber ihr Kopf ging leicht von einer Seite zur anderen. „Ich habe Interesse, aber das kann nicht heute Nacht passieren. Ich bin gerade nach Heart Falls gezogen, und ich richte mich noch ein. Das ist kein guter Zeitpunkt für mich, mich wegzuschleichen, ganz gleich, wie sehr du mich verführst."

„Na, das ist das Traurigste, was ich seit langer Zeit gehört habe." Und doch, um die Wahrheit zu sagen, war er ein wenig erleichtert. Die Logistik hinzukriegen, wie er sie mit nach

Hause nahm, während sie sich alle einrichteten, wäre schon unbehaglich geworden, gelinde gesagt.

Was bisher wie ein völlig vernünftiges Wohnarrangement gewirkt hatte, musste er dadurch nun doch infrage stellen. Vorübergehend ein Haus mit seinen Brüdern zu teilen, war eines. Zuzustimmen, monatelang im Zölibat zu leben, etwas ganz anderes. Aiden war sicher, er war nicht der Einzige, der so dachte.

Das Erste auf der Agenda beim morgigen Vormittagstreffen war also eine Überprüfung der Gebäudesituation auf der neuen High Water Ranch.

Er wirbelte Petra herum, denn das brachte sie nahe heran, und ließ zu, dass er sich mit Gedanken an das quälte, worauf er noch ein bisschen länger warten musste, bis er es genießen konnte.

„Hier sind die guten Nachrichten", erklärte ihm Petra, in ihren Augen funkelte Schalk, weil sie wusste, was er tat, und voll dabei war. „Da ich jetzt hier wohne, weißt du ja, wo du mich findest, wenn du vorbeikommst. Vielleicht können wir dieses Mal Telefonnummern tauschen. In Kontakt bleiben."

Sie war genial, schön und ein echter Pluspunkt daran, dass er nach Heart Falls zog. „Das würde mir sehr gefallen."

Der Song ging zu Ende, darum lotste er sie zurück zur Seite des Raums. Ein rascher Blick klärte ihn auf, dass seine Brüder immer noch mit Sydney und Tansy auf der Tanzfläche waren.

Er schnappte sich sein Handy und öffnete die Kontakte. „Tipp deine ein."

Kurz beäugte sie ihn, dann tippte sie ihren Namen und die Nummer ein. „Bitte erweise dich nicht als seltsam. Mein Handy ist auf nicht stören von Mitternacht bis acht Uhr morgens gesetzt, und wenn ich aufwache, um eine lange Nachricht mit zunehmend unverständlicheren Inhalten zu finden, oder ein einzelnes Dick Pic, werde ich deine Nummer an Sydney weiterleiten. Und deine Adresse, falls nötig."

Aiden lachte. Er nahm ihr das Handy ab und tippte rasch seine Information ein, drückte Senden auf der Nachricht. „Da. Meine Adresse, damit du sie an Sydney schicken kannst, falls ich komisch werde. Aber ich verspreche, meine langfristigen Motive, die ich in deinem Fall habe, sind sonnenklar."

Sie schaute hinab, als auf ihrem Handy die eingehende Nachricht blinkte. Petra blinzelte, und ihr Kopf ging hoch. „Was ist das?"

„Meine Adresse", sagte er noch einmal. „Da ich jetzt auch hier in Heart Falls lebe, werden wir nicht darauf warten müssen, dass ich in der Gegend vorbeikomme, um mich wieder zu melden und dich wissen zu lassen, dass ich mich gern treffen würde. Hast du am Freitagabend schon was vor?"

PETRAS FREUNDINNEN WÜRDEN sie das niemals aussitzen lassen. Besonders Tansys Schwester Rose, die sie alle unmöglich aufgezogen hatten, weil Roses One-Night-Stand jetzt ihr Verlobter war.

Es schien, als hätte Petra so ziemlich dasselbe geschafft ...

Zumindest insofern, dass sie das *wir machen das nur einmal und es ist nur zum Spaß, weil ich dich niemals wiedersehen werde*-Ding irgendwie vermasselt hatte. Nicht im Sinne von *das ist eine richtige Beziehung und wir werden für immer zusammen sein.*

Nicht, dass sie was gegen die Ehe hatte. Sie hatte eine Vielzahl leuchtender Beispiele, wie man es richtig machte, in ihren Eltern und ihren Geschwistern. Aber sie war noch nicht bereit, diesen Schritt zu gehen.

Ihr letzter Freund hatte einen ekligen Geschmack in ihrem Mund hinterlassen.

Ihr Gehirn war immer noch im Rühreimodus, als Aiden ihr die Finger unter das Kinn schob und es hob, lächelte und ihr in die Augen schaute. „Habe ich dich aus dem Konzept gebracht, Liebling?"

Petra zuckte mit den Schultern. „Das weißt du doch, aber ist schon okay. Ich brauche nur kurz einen Augenblick, um das zu verarbeiten. Das ist alles."

Aiden nickte. „Wir machen das in deinem Tempo, aber wir hatten letztes Mal eine Menge Spaß." Er hielt inne. „Oder zumindest ich hatte eine Menge Spaß, und ich wollte sicherstellen, dass du das auch hast."

„Ach, darum geht es überhaupt nicht", versicherte ihm Petra. „Diese Nacht lebt als Futter für meine batteriebetriebenen Lustfeste weiter."

Er blinzelte, dann wurde sein Grinsen sogar noch größer. „Gut zu wissen. Und verdammt, wenn du mir nicht gerade ein Bild geliefert hast, das mich verdammt lange unterhalten wird."

Ihr rascher Blick auf die Tanzfläche zeigte, dass ihre Freundinnen in ihre Richtung unterwegs waren. „Deine Brüder? Seid ihr alle hergezogen?"

„Wir haben die Tierrettung übernommen", setzte Aiden sie in Kenntnis.

Ach, *wirklich?* Petra war weniger als vierundzwanzig Stunden in der Stadt, aber sie hatte sich in den letzten Monaten auf dem Laufenden gehalten, mit Tansys Nachrichten und Roses E-Mails, was alles betraf, was in ihrer erweiterten Familie vorging. Das hieß, Petra wusste, dass ihre Oma Sonora, der besagte Tierrettung einmal gehört hatte, umzog, aber nicht, wer den Laden gekauft hatte.

Kleinstädte waren klein. Es gab nicht viel, was vor sich ging, ohne dass es jemanden betraf, den man kannte.

In diesem Augenblick kam Tansy an, schwang sich in Petras persönlichen Raum. „Du wirst nicht glauben, was Declan mir gerade erzählt hat."

„Dass die Skye-Brüder diejenigen sind, die das Grundstück deiner Oma gekauft haben?"

Petra lachte, als Tansy die Fäuste in die Hüfte stemmte und eine Schnute zog. „Echt jetzt, dir kann ich nicht oft zuvorkommen, vermassel mir nicht mein *ta-da*."

Sydney neigte das Kinn zu Jake, dann machte sie sich mit einem anderen Partner wieder auf den Weg zur Tanzfläche.

Jake zuckte mit den Schultern, dann deutete er auf einen Tisch mit Damen in der Ecke. „Declan. Kommst du?"

„Danke für den Tanz, Tansy." Declan rückte ein bisschen unbehaglich hin und her.

Tansy machte voll einen auf Tansy. Sie packte ihn am Kragen und zog ihn herab, um ihm einen Kuss auf die Wange zu geben. „Es war toll, mit dir zu tanzen, und wir haben null gemeinsame Chemie. Also los – da draußen ist irgendwo eine Lady, mit der du die Nacht in Flammen setzt, aber das bin nicht ich."

Declans selten sichtbares Lächeln kam ganz zum Vorschein. „Ich hatte auch eine tolle Zeit beim Tanzen mit dir. Außerdem bist du eine der am offensten sprechenden Frauen, die ich je getroffen habe. Lass mich bloß wissen, wenn du mich brauchst, dass ich als dein großer Bruder auftrete. Jederzeit."

Im nächsten Augenblick zogen sowohl Declan als auch Tansy in unterschiedliche Richtungen los und ließen Petra und Aiden dort stehen.

Die Erheiterung machte sich schnell und heftig breit. „So viel also zu einem Tripel-Date", bemerkte Petra.

„Zum Glück", sagte Aiden. „Das meine ich ernst. Sie sind keine Arschlöcher, aber ich mag Dates als ein Ereignis für zwei, nicht etwas, das durch ein Komitee geht. Jake mag die Dinge sehr nach den Regeln durchführen. Äußerst geradlinig und mit wenig Abweichung. Declan geht eher mit dem Strom und macht Änderungen in letzter Minute."

Was die Sache sogar noch witziger machte. Petra zog Aiden zum Ausgang. „Vielleicht haben sie zu viel gemeinsam. Sydney macht Listen mit Dingen. Ich schwöre, sie organisiert ihren Tag mit drei Back-up-Kalendern und einer ganzen Reihe von Alarmen. Im Vergleich lässt Tansy immer alles auf sich zukommen. Sie ist eine fantastische Köchin, doch irgendwie macht sie das, ohne je einen Timer einzustellen. Es ist, als hätte sie eine innere Stoppuhr, die ihr genau sagt, wann die Dinge geschehen müssen."

Sie waren jetzt draußen in der kühlen Herbstnacht. Petra hatte bereits Aidens Kontaktinformationen an Tansy weitergeleitet, aber wenn man bedachte, dass vor dem Ende des Tages alle in der Stadt wissen würden, wer die Skye-Brüder waren, fühlte sie sich ganz sicher, mit ihm allein zu sein. Schon wieder.

Sie verschränkte die Finger in seinen und zog ihn auf den Bretterweg, bis sie außerhalb der hellen Lichter des Pubs waren. „Ist das für dich okay?", fragte sie.

„Keine Ahnung. Hast du vor, mich auszunutzen, Ms. Sorensen?" Aiden lehnte sich an die Wand des Kaufladens und zog sie zwischen seine Beine. „Was mache ich nur, wenn ich deiner Gnade ausgeliefert bin?"

„Hoffentlich hast du nicht deine ganzen Moves vergessen", gab Petra scherzend zurück.

Sie presste ihm die Hände auf die Brust und ließ sie langsam nach oben wandern. Der weiche Stoff seines aufgerauten Baumwollhemds hob sich gut von den starken Muskeln unter dem Stoff ab, und sie summte glücklich.

Während sie näher rückte, neigte sie den Kopf und hob

ihn, dann ging sie auf die Zehenspitzen, um ihm ihre Lippen anzubieten.

Er brauchte keine zweite Einladung. Aiden legte die Hand um ihren Hinterkopf, wiegte sie, während er sanft ihre Lippen zusammenführte. Eine streifende Berührung, bittend und zart. Der Atem, der an ihr vorbeiströmte, war warm im Vergleich zur kühlen Nachtluft. Er drückte ihr seine andere Hand unten an den Rücken, und alles war so perfekt ausgerichtet, dass Petra wieder seufzte.

Noch ein Kuss, diesmal mit anhaltendem Druck. Ein weiterer, seine Finger lenkten ihren Kopf leicht zur Seite, um ihn zu vertiefen, die Zunge über ihre Lippen gleiten zu lassen, bevor er wieder zurückwich. Und wieder, den Kontakt herstellte und einen Schauer durch sie hindurch gehen ließ, bei dem sich eine Gänsehaut einstellte und tief im Inneren ein Ziehen einsetzte.

Seine Atmung wurde ein wenig schneller, und der Kuss wurde zu einer Übernahme. Er nahm sie in Besitz, kontrollierte sie. Verzehrte ihre Lippen auf eine Art, bei der sich ihr der Kopf drehte und ihr Herz hämmerte und alles in ihr nach mehr schrie.

Ihre Erinnerungen hatten sie nicht getäuscht. Kein bisschen.

Petra wollte ihn gleich hier besteigen. Zum Teufel auch mit Klugheit und Abwarten, bis der Zeitpunkt angemessen war. Dieser Mann wusste, wie er jeden ihrer *Ja*-Knöpfe ganz laut erklingen ließ. Immer wieder.

Es war Aiden, der den Griff um ihren Nacken verfestigte, mit einem Stöhnen ihren Mund von seinem entfernte. Er neigte den Kopf, damit ihre Stirn an seiner lag, und die beiden keuchten einander fast ins Gesicht, versuchten, wieder zu Atem zu kommen.

„Heilige Scheiße."

Petra flüsterte es, doch Aiden hörte es, und er lachte leise. Ein kaum hörbares Geräusch, das besser daran spürbar war, dass sein ganzer Körper an ihren bebte. Was auch nicht leicht hinzunehmen war, denn es gab so viel mehr, das sie tun wollte.

Er lächelte, seine Augen strahlten vor Erheiterung und anhaltender Leidenschaft. „Sehe ich auch so. Heilige Scheiße."

Sie legte ihm die Hände wieder auf die Brust, richtete sich neu aus, bis der Raum zwischen den Oberkörpern verschwunden war. Sie lehnte sich auf ihn, seine Hände ruhten locker auf den Rundungen ihres Hinterns.

„Wir werden ... übereinander ... wieder herfallen", versprach Petra. „Aber ganz gleich, wie sehr ich mir wünschte, ich könnte es mir anders überlegen, werde ich heute Abend doch Ausgang Nummer 2 nehmen. Nicht heute Nacht."

„Da stimme ich wieder zu." Aidens Blick musterte ihr Gesicht. „Du bist gerade hergezogen. Ich bin gerade hergezogen. Ich habe eine lange Liste von Dingen, die ich erreichen muss, und die ich nicht verschieben kann, aber ich will dich sehen, wenn es funktioniert."

So, wie er es formulierte, klang es, als würde er mehr wollen, als sich zum Sex zu treffen, und Petra zögerte. „Nur damit du es weißt, ich suche gerade nicht nach einem Freund."

Seine Schultern hoben sich zu einem lockeren Zucken. „Auf meiner To-do-Liste stand es auch nicht, eine Freundin zu finden. Aber wir haben eine tolle Chemie. Es wäre doch eine Schande, nicht zumindest das zu genießen. Wenn das etwas ist, nach dem du suchst."

Der panische Moment ging. „Wir haben schon Chemie."

Seine Lippen zuckten. „Willst du zurück auf die Tanzfläche und uns noch ein bisschen länger quälen?"

„Auf jeden Fall", stimmte Petra zu. Er wollte sich schon aufrichten, aber sie drückte ihm die Hände auf die Wangen und schüttelte den Kopf. „Aber erst bleiben wir hier. Ich möchte noch ungefähr drei oder vier weitere Küsse wie diesen ersten, bitte."

„Bitteschön und Dankeschön. Sehr höflich, ein richtig gutes Mädchen." Aiden lehnte den Rücken an die Wand, spielte mit den Fingern an der Falte, wo ihr Hintern auf ihre Beine traf. „Gute Mädchen kriegen alle möglichen Dinge, die sie mögen."

*Oh. Mein. Gott.* Das Prickeln, das bei seinen Worten durch sie hindurch lief, hätte eine kleine Raumstation den ganzen Tag lang betreiben können. „Es sollte mich nicht so heiß machen, wenn du so redest."

„Versuch es nicht zu analysieren" Erheiterung tänzelte in seinem Blick. „Wenn es funktioniert, funktioniert es."

Petra hätte nicht mehr zustimmen können, als sein Mund sich auf ihren stürzte. Sie genoss es enorm, sich ihr Gehirn mit Küssen zu Rührei verarbeiten zu lassen, die ein Ziehen und eine Bedürftigkeit und ein Glück auslösten, das sie schon lange nicht mehr verspürt hatte.

Neuanfänge. Ein Ort, um neu zu starten und wieder auf die Beine zu kommen. Manchmal war es genau das, was man als Mensch brauchte.

## 3

Aiden blieb über der Kaffeekanne stehen, bis es kochte. Erheiterung stieg auf, als Jake und Declan ihre Tassen auch füllten, als hinge ihr Leben davon ab.

Sie ließen sich an dem aufgebockten Tisch nieder und tranken schweigend.

Aiden war nicht sicher, warum seine Brüder aussahen wie wandelnde Tote. Er? Er hatte beschissen geschlafen. Viel zu viele schmutzige Bilder waren durch seinen Kopf gerast, als dass er süße Träume hätte haben können. Und noch etwas ...

Es war das Allerseltsamste. Natürlich hatte er von Petra und schmutzigem heißem Sex geträumt, aber es hatte auch andere Bilder gegeben. Wie sie beide, die Hand in Hand gingen, und eines, wo sie sich vor einem Feuer zusammenkuschelten. Süße und heimelige geistige Abbilder, die genauso ablenkend waren wie die Gedanken an Sex.

Petra würde ihm Schwierigkeiten machen, das wusste er tief in sich.

Erst als sie bei ihrer zweiten Tasse waren, fühlte sich Aiden allmählich wieder menschlich.

„Es ist ein guter Tag, um mit dem loszulegen, was als nächstes kommt." Jake öffnete sein Notizbuch und tippte auf die Seite. „Kann ich euch einfach eure Listen reichen, mit allem, was getan werden muss, oder müssen wir uns erst hinsetzen und über sie streiten?"

Declan zuckte mit den Schultern. „Ich habe meinen eigenen Scheiß, den ich erledigen muss. Ich komme dann irgendwann zu dem, was auf deiner Liste steht, schätze ich."

„Wir haben alle eine Menge zu tun", erklärte Aiden. „Aber befassen wir uns doch mit unseren Stärken, wisst ihr? Von diesem Punkt an organisiert Jake den allgemeinen Plan, und wir geben in unseren Expertisebereichen den Ton an."

Ihr älterer Bruder lehnte sich im Stuhl zurück und verschränkte die Arme vor der Brust, die Kaffeetasse stand auf dem Tisch vor ihm. „Dagegen habe ich nichts einzuwenden, und das wisst ihr. Teufel, die Renovierungen hätten ein dutzendmal pausieren müssen, hätte ich nicht die Checklisten und Verträge gehabt, und zwar dreifach" – er funkelte kurz Jake an – „um sie den Handwerkern vors Gesicht zu halten und ihnen Feuer unterm Hintern zu machen. Aber es gibt Tiere, von denen ich versprochen habe, sie in den nächsten Tagen abzuholen. Sorg dafür, dass das auch in deinem Plan eingearbeitet ist."

Jake nickte. „Das habe ich drin. Wir müssen hinkriegen, die Schlafräume, den Rückzugsraum und den Raum für unseren ansässigen Therapeuten fertigzumachen. Ich habe die Aufgaben in zwei Bereiche aufgeteilt – das, was wir gemeinsam erledigen können, da wir vollzählig sind, und das, was wir vielleicht noch abgeben müssen. Es dauert noch mindestens ein paar Monate, bevor die großen Räume bewohnbar sind. Oh – und wir müssen weiter nach einer Haushälterin suchen."

„Unsere Wohnbereiche auch", warf Aiden ein. „Ich weiß,

das steht nicht so weit oben auf der Liste der Prioritäten, aber sorgen wir dafür, dass wir das auch weiter bewegen."

Declan hob eine Augenbraue. „Die hübsche Brünette von gestern Nacht?"

„Halt's Maul. Diese Unterhaltung ist durch, zieh weiter."

Seine Brüder wechselten wissende Blicke.

Jake beugte sich auf den Ellbogen vor. „Nein, das ist interessant. Und alarmierend – denk dran. Keine großen Wogen schlagen in Heart Falls. Wir müssen High Water gut einrichten, damit alle vom Ort wissen, dass sie uns vertrauen können."

„Oder noch besser, vergessen, dass wir hier sind", fügte Declan an.

Himmel. „Ich werde die Frau doch nicht gegen ihren Willen mitschleppen, sodass sie Zeter und Mordio brüllt oder so was. Ich habe nur gesagt, vergessen wir nicht, dass wir alle früher oder später etwas Privatsphäre möchten." Aiden nippte an seinem Kaffee, zufrieden damit, dass er geschafft hatte, das zu sagen, ohne anzudeuten, dass er Interesse an mehr als nur locker haben könnte.

Nach den Träumen, die er gestern Nacht gehabt hatte? Er wusste, dass er seinen Neigungen folgen würde, und etwas sagte ihm, dass Petra potenziell mehr war als die Wiederholung eines One-Night-Stands.

„Privatsphäre wäre gut", stimmte Declan zu. Er schnappte sich eines der Papiere unter Jakes Hand und tippte auf die Blaupause-Zeichnungen für die Scheune. „Eins noch. Jetzt, da ich mehr drüber nachgedacht habe, möchte ich ein paar Vorschläge machen, um hier was zu ändern. Wir brauchen einen größeren Ort, an dem Typen zusammen rumhängen können, der nicht die Scheune ist."

Aiden deutete zu dem Feuer und dem riesigen Tisch, an

dem sie derzeit saßen. „Wir werden diesen Raum für Mahlzeiten und Familientreffen nutzen."

„Was toll ist, aber ich stimme Declan zu", sagte Jake. „Es ist wichtig, diesen Raum so sehr wie möglich zu nutzen, aber wir werden irgendwas anderes brauchen, wo sie nicht zu sehr auf ihre Manieren achten müssen, da die Damen auch hier drin sein werden."

Jake zog weitere Blaupausen aus dem Stapel, und in der nächsten halben Stunde machten sie Vorschläge und veränderten die Pläne. Die gemeinsame Arbeit fühlte sich richtig an und war ein wichtiger Grund, weshalb Aiden wusste, dass das funktionieren würde.

Sie mochten ja sehr unterschiedlich sein, aber alle drei hatten dieselbe Vision und das Arbeitsethos, um es umzusetzen.

Der Rest des Vormittags wurde von einer Million verschiedener Aufgaben vereinnahmt. Alles von Möbellieferungen, die man annehmen musste, bis zum Einrichten eines kleinen Büroraums, damit Aiden online gehen und weitere Bestellungen tätigen konnte.

Dixie begrüßte ihn eifrig, jedes Mal, wenn er nach draußen ging, um bei seinen Brüdern vorbeizuschauen. „Gutes Mädchen. Gefällt es dir hier?", fragte er sie, streichelte ihr über den Kopf.

Sie setzte sich hin, ihr Schwanz wedelte wild, ein großes Hundegrinsen auf dem Gesicht, das eindeutig ihre Zustimmung zeigte.

Er brach kurz vor zwölf ab, um in die Stadt zu gehen und sich was zum Mittagessen zu holen.

Durch die Tür des Cafés Buns and Roses zu gehen, war, als würde man in den Himmel laufen. Der süße Geruch von Zimtschnecken und üppiger Schokolade hing in der Luft, die Größe der Mahlzeiten auf den Tischen, an denen er vorbeikam, als er zum Tresen ging, verschaffte ihm ein zufriedenes Summen der Vorfreude.

Als er am Tresen ankam und in die großen braunen Augen von Petras Freundin Tansy schaute, grinste Aiden breit. „So trifft man sich wieder."

Tansy blinzelte, dann warf sie ihm ein Lächeln zu. „Hey, Cowboy. Also bist du nicht nur gut im Tanzen und Küssen, sondern auch sehr klug, denn du weißt genau, wo du hinmusst, um das beste Essen der Stadt zu kriegen."

Die dunkelhäutige Frau mit langen schwarzen, zu einem ordentlichen Zopf geflochtenen Haaren, die an der Kaffeemaschine arbeitete, warf einen Blick über die Schulter und musterte ihn genau. „Tansy. Woher weißt du, dass er gut küsst, und warum habe ich noch nicht mehr darüber gehört?"

Aiden blieb stehen, anstatt sich umzudrehen, um nachzusehen, ob sie sonst noch jemand im Laden anstarrte, obwohl er sich vorstellte, dass dem so war. Es war immerhin eine Kleinstadt.

Tansy wedelte mit der Hand. „Aiden, das ist meine Zwillingsschwester Rose. Rose, das ist der Gentleman, von dem uns Petra so viel erzählt hat. In allen Einzelheiten."

Na ja, verdammt. Aiden behielt sein Grinsen auf, aber er war ziemlich sicher, dass er auch rot wurde. „Hallo, Rose."

„Hallo, Aiden. Willkommen in Heart Falls." Rose trat vor, wischte sich die Hände an der Schürze ab, bevor sie ihm die Hand schüttelte. „Tut mir leid. Es ist stressig am Mittag. Wir finden später eine Möglichkeit, dich weiter zu grillen."

So sollte es dann sein. „Ich freue mich drauf. In der Zwischenzeit brauche ich Essen zum Mitnehmen."

Tansy nahm seine Bestellung auf, dann bedeutete sie ihm, zur Seite zu kommen. „Warte dort. Ich muss in der Schlange weiterkommen, aber ich bin noch nicht mit dir fertig."

„Ja, Ma'am."

Er lachte über das ausdrucksvolle Augenrollen, das sie entgegnete. Dann trat er zur Seite, wie sie es befohlen hatte, stellte sich an die Wand und war aus dem Weg, während er sich Zeit nahm, die Leute und das Café zu mustern.

Der Laden war gut darin, ein gemütliches Gefühl zu vermitteln, und ein wenig auf der eklektischen Seite. Er sah nicht aus wie ein typisches Diner in einer Kleinstadt. Die Wände zwischen dem Café und dem Laden mit Blumen und Krimskrams nebenan waren zum Großteil herausgenommen, und es waren überall Tische verfügbar. Leuchtende Blumensträuße und interessante Handarbeitskunst vom Ort wurden überall ausgestellt.

Das ständige leise Summen der Stimmen sagte alles. Die Leute fühlen sich hier wohl. Aiden hieß das gut.

Da hinter dem Tresen noch ein paar weitere Leute arbeiteten, dauerte es nicht lang, bis seine Bestellung fertig war. Tansy brachte sie ihm, nahm ihn am Arm und zog ihn zur Eingangstür. „Du kommst mit mir."

Aiden ging bereitwillig, erheitert, dass die Damen von Heart Falls es behaglich zu finden schienen, ihn herumzuschleppen. Nicht, dass ihm das Konzept missfiel, aber er fragte es sich schon.

Gleich vor der Tür wirbelte Tansy zu ihm herum und drückte ihm die Tüte in die Hand. „Du hast nicht genug Essen für euch drei bestellt, da ich annehme, das ist auch für deine Brüder. Ich habe ein paar extra Roastbeef-Sandwiches und ein halbes Dutzend Waffeln reingetan."

„Vielen Dank."

Sie nickte entschieden, dann kniff sie die Augen zusammen. „Was machst du mit Petra?"

„Na ja, nach allem, was du deiner Zwillingsschwester – und du wirst irgendwann mal erklären müssen, wie das möglich ist – erzählt hast, ist das, was ich mit Petra tue, sie zu küssen. Und es auch noch gut zu machen."

Tansys Blick blieb furchteinflößend, doch ihre Lippen zuckten, während sie mit einem Lächeln kämpfte. „Du bist gerissen."

„Ich bin zurückgezogen", verbesserte er sie. „Ich bin ganz dafür, dass Petra teilt, was immer sie mit ihren Mädels teilen will, aber wenn ihr Einzelheiten wollt, werdet ihr sie fragen müssen."

Er war äußerst begeistert, als Tansys Funkeln zu einer Schnute wurde. „Verdammt, ich hatte gehofft, dass du das sagen würdest, und ich wünschte, das hättest du nicht. Petra hat gestern Abend die Katze nicht aus dem Sack gelassen, nur dass sie erwähnt hat, sie wäre glücklich, dass du hier bist, und mehr wollte sie dazu jetzt nicht sagen."

„Ich bin mir sicher, wenn du dich dahinter klemmst, wird es dir gelingen, sie zu ermutigen, mehr zu verraten. Du kommst mir vor wie jemand, der erfinderisch ist."

Tansy holte tief Luft und grinste dann. „Verdammt, ich mag dich. Warum musst du denn so charmant sein und so weiter?"

Aiden zuckte mit den Schultern. „Einfach Glück gehabt, schätze ich."

Sie tätschelte ihm die Brust, dann neigte sie den Kopf zur Tür. „Ich muss los, bevor meine Schwester eine Fahndung ausgibt. Aber sei dir sicher, ich werde Petra bearbeiten und alles erfahren, was ich wissen muss. Aber bisher habe ich nicht vor, sie zu warnen, sich von dir fernzuhalten."

„Ich habe doch immer gern einen guten Beistand auf meiner Seite", sagte Aiden. Er hob die Tüte hoch. „Vielen Dank dafür. Nächstes mal werde ich das weitertragen und dem Typen hinter mir in der Schlange sein Essen kaufen."

Tansy winkte zum Abschied und schob sich durch die Tür, doch sie hatte eine nachdenkliche Miene auf.

Er meinte jedes Wort ernst, dass Petra beschließen sollte, was sie mit ihren Freundinnen teilte. Jeder brauchte jemanden zum Reden, und er war dankbar, dass er erneut seine Brüder hatte. Nicht alle hatten solches Glück.

Aiden verzehrte seinen Anteil des Essens unterwegs nach Hause und blieb nur lang genug dort, um die Essenstüte in den Kühlschrank zu schieben. Dann brach er mit der Liste auf, die Jake ihm gegeben hatte, wozu ein riesiger Lagereinkauf von Lebensmitteln in der nächstgrößeren Gemeinde gehörte.

Stunden später, nachdem die Fahrt erledigt war und er für alles einen Ort zum Wegräumen gefunden hatte, fing er mit den Steaks und Fritten mit Salat zum Abendessen an. Alle von ihnen konnten gewissermaßen kochen, aber es war nicht gerade seine Lieblingssache.

Trotzdem aß er gern, was bedeutete, dass man kochen musste.

Er hatte den Grill angeworfen und die Fritten im Ofen, als auf seinem Handy eine Nachricht ankam.

Petra: Hey. Du hast mich gefragt, ob wir nächsten Freitag ausgehen, und ich habe nie geantwortet. Willst du ein Picknick zum Abendessen? Ich kenne einen tollen Ort, wo wir hin reiten können. Oder wenn du fahren willst, können wir das auch machen.

Aiden: Hey du Liebe. Ein Ausritt zu einem Picknickplatz klingt toll. Soll ich ein Pferd rüberbringen? Fünf Uhr? Sechs?

Petra: Nö zum Pferd. Mein Bruder ist Teilhaber einer Touristenranch, also haben wir Pferde. Wenn du es um fünf schaffst, haben wir mehr Zeit, bevor das Licht weg ist. Ich packe das Essen ein, wenn du die Getränke mitbringst.

Aiden: Fünf ist perfekt. Ich bringe auch Nachtisch mit. Ich mache eine echt fiese Götterspeise.

Petra: Ich bin mir nicht sicher, ob ich Angst haben sollte oder nicht.

Aiden: Lol. Ich freue mich darauf, dich zu sehen. Bis dahin süße Träume. Oder nicht so süße …

Petra: Ich werde nicht anfangen, dir Sex-Nachrichten zu schreiben, Sir. Nicht, dass das keinen Spaß macht, aber ich sitze im Wohnzimmer bei meiner Familie, und ganz wuschig zu werden, ist gerade nicht der Plan.

Aiden: Okay. Dass ich dich wuschig mache, ist also verschoben, bis ein besserer Zeitpunkt kommt. Hab einen tollen Abend. Wir reden bald.

Sie reagierte mit einem hochgereckten Daumen auf seine letzte Nachricht, doch das reichte.

Aiden pfiff vor sich hin, als er ans Kochen zurückging, und die Gedanken daran, wie er Petra genau dazu bringen würde, dass sie sich unter ihm wand, waren eine erfreuliche Ablenkung.

PETRA VERBRACHTE einen wunderbaren Tag mit ihrem Bruder und ihrer Schwägerin. Sie marschierten über die ganze

Red Boot Ranch, schauten bei allen Tieren und den Veranstaltungsorten sowohl für Hochzeiten als auch die Touristenranch vorbei.

Sie legte die Arme über das Geländer und starrte auf das winzige weiße Fohlen, das dicht bei seiner Mama stand. Sie machte rasch ein Foto und postete es in der Sorensen Familien-Chat-Gruppe, die ihr Vater vor Jahren eingerichtet hatte.

> Petra: Fotobeweis, dass ich hier auf der Red Boot Ranch bin. Dieser Laden ist umwerfend, und es macht so viel Spaß, Zeit mit Julia zu verbringen. Oh, und Zach. Er ist auch okay. Schätze ich.

„Es ist echt schön hier", sagte sie zu Zach, während sie das Handy wegsteckte. Sie schaute hinüber, wo er träge neben ihr am Zaun lehnte. Sie lächelte, als sie feststellte, dass sein Blick auf Julia fixiert war, die auf der anderen Seite des Hofes stand und mit einem der Arbeiter plauderte. „Ich freue mich sehr für dich, großer Bruder. Nicht nur über dein neues Heim, sondern die Leute und deine Frau. Julia ist perfekt für dich."

Ihr Bruder grinste, sein Blick blieb auf Julia. „Sie ist ziemlich perfekt, und ich bin echt glücklich." Er wandte seine Aufmerksamkeit zu Petra. „Ich wäre glücklicher, hättest du mich deinen Ex richtig verprügeln lassen, aber da ich weiß, dass du ein viel zu guter Mensch bist, um so was zu erlauben, konzentrieren wir uns darauf, dich hier in Heart Falls einzurichten."

Igitt. „Führen wir jetzt schon dieses Gespräch?"

Zach zuckte mit den Schultern. „Es hat mir nicht gefallen, dass er dich zum Weinen gebracht hat."

Petra drehte sich und lehnte die Ellbogen auf das Geländer hinter ihr, starrte zu den Rocky Mountains in der Ferne. Es gab Stellen, an denen hellgelbe Lärchen auf die fallenden

Herbsttemperaturen reagierten. Bald würde es Schnee geben, aber gerade jetzt war alles noch an der Grenze zwischen warm und kalt.

Es war ein guter Ort und eine gute Zeit für einen Neuanfang, beschloss sie.

Sie schaute ihrem Bruder in die Augen. „Curtis war nicht derjenige, für den ich ihn gehalten habe. Was zum Großteil an ihm liegt, weil er ein Arsch ist, aber zum Teil auch an mir, weil ich es nicht eher gesehen habe. Es liegt an mir, weiterzuziehen, und das wird sehr viel leichter hier in Heart Falls als drüben in Manitoba, wo überall, wo ich hingehe, jemand die Einzelheiten will, weshalb wir uns getrennt haben."

„Ein paar Leute hier in Heart Falls wussten, dass du mit jemandem zusammen bist", erklärte Zach, der eine leichte Grimasse zog. „Vielleicht mehr als ein paar? Tut mir leid, aber ich rede gerne über gute Dinge."

„Und eine Weile war es was Gutes", versicherte ihm Petra. „Ich verstehe das. Es wird trotzdem noch viel leichter sein, zu sagen, dass wir uns getrennt haben, wenn sie ihn nicht kennen."

Zorn blitzte wieder in Zachs Augen. „Ich weiß, du willst nicht, dass ich ihm die Knie breche oder so was, aber ich bin mehr als bereit, eine Möglichkeit zu finden, ihn finanziell zu treffen. Ich habe die Ressourcen", versicherte ihr Bruder ihr.

Petra hielt ihre Miene ausdruckslos. Was Zach nicht wissen durfte, war, dass sie in diesem Bereich auch einige Talente hatte. Die Versuchung, ihre kürzlich verbesserten Hacker-Skills zu nutzen, um die Finanzen ihres Ex zu übernehmen, war ein schwerer Kampf, aber bisher hatte sie gewonnen.

Es stand gar nicht zur Debatte, Zach von ihrem illegalen Nebenjob zu erzählen. Stattdessen bot sie ihm ihre volle Aufmerksamkeit. „Mit deinen Kontakten könntest du vermutlich reingehen und von jetzt bis in alle Ewigkeit mit seinen Investitionen Scheiße bauen. Wenn ich mich irgendwann besonders rachsüchtig fühle, lass ich es dich wissen."

Zach streckte die Hand aus. „Abgemacht."

Sie nutzte seine Hand, um ihn fest in die Arme zu ziehen. „Danke, dass du mir einen Job gesucht hast."

Er fuhr ihr durch die Haare, deutete mit der Hand zu ihrem Bürogebäude. „Als ob du meine Hilfe gebraucht hättest. Du könntest doch überall in jeder Stadt hingehen und einen Job kriegen, um dich um die Technik zu kümmern, aber ich bin froh, dass du es für uns machst. Mein Partner ist froh, dass du es für uns machst."

Zachs Partner Finn Marlette hasste Computer, was Petra in diesem Zeitalter immer sehr witzig vorkam.

Kurz fragte sie sich, was Aiden für einen Job hatte, und wo er auf der Technologieleiter saß.

Wie jedes andere Mal, wenn ihre Gedanken an diesem Tag zu Aiden gewandert waren, stellte sie fest, dass sie lächelte. Sie hatten zwei Abende von jetzt ein abendliches Picknick geplant. Sie war immer noch nicht sicher, ob es ihr behaglich war, ihn danach mit in ihr kleines Häuschen zu nehmen, das man ihr auf der Red Boot Ranch geliehen hatte. Es schien zu früh, auch wenn alles in ihr sich nach der gedankenlosen körperlichen Erlösung sehnte, die wirklich spektakulärer Sex mit sich brachte.

Wenn sie ehrlich mit sich war, war es vermutlich zu früh, damit ihr großer Bruder damit fertig wurde. Das letzte, was sie brauchte, war Zach, der in den Beschützermodus ging, sowohl um ihres auch als auch Aidens willen.

Die Frage war immer noch in ihren Gedanken, als sie sich am folgenden Abend mit Tansy und Sydney traf.

Tansy hatte scharfe Wings im Air Fryer, und Sydney hatte

einen Salat gemacht, und Petras Beitrag war ein Halt am Supermarkt gewesen, um drei Liter Eis und Schokoladen- und Marshmallow-Sauce zu kaufen.

Sie erzählte ihren Freundinnen nicht, dass sie so abgelenkt war, dass sie zweimal in ihren Truck zurückgemusst hatte, um ihre Einkaufstaschen zu holen.

Sydney nahm ihr die Leckereien mit einem zustimmenden Nicken ab. „Alle vier Lebensmittelgruppen sind da. Wir sind fertig."

Tansy dachte nach. „Gemüse, Protein, Milchprodukte ...?"

„Ach, bitte, nichts so Ordentliches." Sydney wies um sie herum. „Wings. Salat, also die Illusion von etwas Gesundem. Außerdem Eis, und natürlich das."

Sie holte eine Flasche Tequila heraus.

Teufel, nein. Petra hob protestierend die Hände. „Das letztes Mal, als wir Tequila getrunken haben, habe ich das eine ganze Woche lang gespürt."

„Nur ein Schluck, um dich in der Stadt willkommen zu heißen", versprach Sydney. Sie öffnete die Flasche und schenkte ihnen allen ein kleines Glas ein, reichte die Gläser herum. Sie hob ihres. „Auf Petra, die richtig reinhauen kann, aber auch weiß, wann es Zeit zum Weglaufen ist."

Petra dachte darüber nach, dann wurde ihr klar, dass das vermutlich der klügste Trinkspruch war, den sie im Leben gehört hatte. „Das hättest du sagen sollen, als ich ein wenig angeschickert war, dann hätte ich dir von jetzt bis in alle Ewigkeit Ehrerbietung angeboten."

Sydney hob ihr Glas und stieß sie dann aneinander. „Auf Petra."

„Auf Petra", wiederholte Tansy.

„Auf Freundinnen", beharrte Petra.

Die brennende Flüssigkeit in ihre Kehle war eine

Erinnerung daran, wie es sich anfühlte, lebendig zu sein. Ein bisschen Schmerz, der sich in die Süße mischte.

Ihr Glück lag ganz bei ihr. Ihre Entscheidungen, ihre Wahl. Obwohl die letzten sechs Monate heftig gewesen waren, und sie sie niemand anderem gewünscht hätte, war sie jetzt hier, und sie war dadurch stärker.

Bereit, etwas zu bewirken.

„Bevor wir noch irgendwas anderes machen, haben wir Geschenke." Tansy holte eine Tasche neben dem Sofa hervor und reichte sie Petra. „Willkommensgeschenke in der Stadt. Kleinigkeiten von mir und Sydney."

„Um zu beweisen, dass wir es vorgeplant haben", fügte Sydney mit einem finsteren Blick zu Tansy hinzu.

Tansy kicherte.

Petra entdeckte einen harten Gegenstand, der in ein Tuch gewickelt war. „Kerzen? Ich liebe Kerzen."

„Das wissen wir", sagte Tansy und wedelte mit den Fingern, damit sie schneller machte. „Auspacken. Noch in diesem Jahrhundert."

So verlockend es war, ihre Freundinnen zu ärgern und das Papier langsam abzunehmen, hatte Petra nicht die Geduld dafür. Sie riss es ab, hielt die erste Kerze hoch und las laut vor. *„Ich würde für dich jeden abstechen."* Sie kicherte, noch während sie sich die kleinere Schrift darunter ansah. *„Direkt in die Nieren.* Danke, Sydney. Das ist ein süßer Gedanke, und er passt ganz zu dir."

„Gern geschehen." Die zierliche Frau grinste. „Jederzeit, egal wo."

„Lies meins", verlangte Tansy.

Das brachte Petra auch zum Grinsen. *„Beste Freundin: diejenige, die dir sagt, dass du Scheiße baust, aber alle dummen Entscheidungen unterstützt, wenn man sie dazu auffordert."* Sie umarmte Tansy. „Ihr seid echt die besten."

„Wir freuen uns, dass du hier bist", sagte Tansy, ein Hauch Ernst in ihrer Miene. „Und jetzt essen wir."

Sie stürzten sich heftig auf die Wings und Leckereien, die Unterhaltung floss dahin, viel mehr als der Schnaps. Es war über ein Jahr her, seit sie sich wirklich auf den neuesten Stand hatten bringen können, und alle hatten große Neuigkeiten.

„Ich könnte die Tür meiner Praxis von fünf Uhr morgens bis nach Mitternacht offen haben, und es wäre immer jemand im Wartebereich", erklärte ihnen Sydney. „Das mache ich natürlich nicht", sagte sie rasch, als Petra die Frage stellen wollte. „Ich betreibe die Praxis vier Tage die Woche, basierend auf meinen Prioritäten. Dann mache ich eine Menge Hausbesuche."

Tansy wies mit dem Daumen auf Sydney, während sie es Petra erklärte. „Sie besucht die ganzen Senioren, die entweder nicht rauskommen können, oder sich weigern, sich untersuchen zu lassen. Sie nennen sie Captain Jeremiah, denn wenn sie auftaucht, wagt es niemand, sich ihrem Befehl entgegenzusetzen."

„Ach, bitte", sagte Sydney trocken. „Das heißt *Generalin* Jeremiah, vielen Dank aber auch."

„Echt schön für dich", sagte Petra. „Du arbeitest vermutlich trotzdem mehr Stunden als ein normaler 9-to-5-Job."

„Ich glaube nicht, dass es irgendeinen lebenden Arzt gibt, der einen regelmäßigen 9-to-5-Job hat", entgegnete Sydney. „Vertraut mir, ich schlafe genug, besonders im Vergleich zu meinen Ausbildungstagen. Deshalb wollte ich hier in Heart Falls sein. Hätte ich Tonnen von Überstunden gewollt, die ich abrechnen kann, wäre ich in die Großstadt gezogen."

„Manchmal könnte man denken, wir wären in einer großen Stadt, wie die Leute über mangelnde Möglichkeiten stöhnen", beschwerte sich Tansy. „Buns and Roses ist aber auch so, wie wir es wollen. Kaffee, Frühstück, Mittagessen. Ich bleibe nicht offen fürs Abendessen, wo Leute Tische buchen und dann nicht auftauchen."

Es war ein ganz anderes Geschäft als alles, wo Petra je gearbeitet hatte. „Glauben sie wirklich, sie haben zu bestimmen?"

„Der Kunde hat immer recht", sagte Tansy adrett, bevor sie die Zunge rausstreckte. „Ach, Schwachsinn. Ich glaube an Kundenfreundlichkeit, und ich glaube daran, gute Produkte aufzutischen, aber wenn es nicht auf der Speisekarte steht, frag nicht danach. Ich verstehe schon, dass viele Leute Allergien haben, und ich stelle auf jeden Fall sicher, dass es Auswahl auf der Speisekarte gibt, die für sie passt, aber ich höre niemandem zu, der mir hintenrum erzählt, wie man genau dieses Omelette macht, darunter wie oft man den Salzstreuer schütteln muss, und die Pfannentemperatur, und mit welchem Heber man es umdreht."

„Macht doch keiner", empörte sich Petra über den Gedanken.

„Ach, durchaus. Oder zumindest versuchen sie es. Aber dann scheinen mir rätselhafterweise die Zutaten auszugehen." Tansys Grinsen war durch und durch böse.

„Köche sollen doch auch temperamentvoll und ein wenig wie eine Diva sein", sagte Sydney, die sich in ihrem Stuhl zurücklehnte und die Hände auf den Bauch legte. „O mein Gott, das war lecker. Falls du je beschließt, einen Laden zu eröffnen, in dem es Abendessen gibt, könntest du kochen, was du willst, und du hättest innerhalb von einer Minute ausverkauft."

„Keine feste Speisekarte", fügte Petra an. „Koch, was du willst, und sie werden kommen."

Tansy war einen Augenblick lang untypisch still. Sie lehnte sich vor und sprach leise. „Ich habe ein bisschen darüber nachgedacht, was ich tun könnte. Ich meine, als andere Arbeit."

Sowohl Sydney als auch Petra schossen kerzengerade hoch. „Buns and Roses schließen?", fragte Petra.

Tansy machte ein unflätiges Geräusch. „Nein, das nicht. Das ist gut am Laufen mit genug Angestellten, da es ziemlich routiniert ist. Aber manchmal habe ich so eine wilde Idee, dass ich was anderes kochen möchte. Außerdem, ehrlich, hier über dem Laden zu leben ist langweilig, seit Rose ausgezogen ist."

„Willst du eine neue Mitbewohnerin?", fragte Petra. „Denn ich muss nicht auf der Ranch leben. Ich könnte zu dir ziehen."

Tansy lächelte. „Ich würde dich als Mitbewohnerin vergöttern, aber ich glaube, es ist mehr als das. Hierher sind Rose und ich in unsere Unabhängigkeit gegangen. Jetzt, da sie verlobt ist und bei ihrem sexy Iren lebt, habe ich das Gefühl, dass ich auch den nächsten Schritt gehen sollte. Was vielleicht beinhaltet, dass ich nicht in der Wohnung bleibe. Weiterziehen, vorwärtsgehen."

Ein Gefühl, dem Petra absolut zustimmen konnte. Sie nickte langsam und legte ihre Hand über die von Tansy. „Na ja, wenn du es dir anders überlegst, lass es mich wissen. Ich bin die Letzte, die sagt, dass du dich irrst. Ich habe mit dreiunddreißig die Provinz gewechselt, um einen Neuanfang zu machen."

Die beiden nickten zu ihr zurück, eine ernste Miene auf ihren Gesichtern.

Sydney rümpfte die Nase. „Ich weiß, du willst nicht viel Zeit damit verbringen, durchzugehen, was mit deinem Ex passiert ist, aber wenn du je jemanden zum Reden brauchst, sind wir für dich da."

Denn obwohl Petra ihnen erzählt hatte, dass sie alles mit Curtis abgebrochen hatte, war es ihr immer noch zu peinlich, die Einzelheiten zu teilen. „Ich weiß, und ich liebe euch dafür.

Aber vorerst müssen wir alle genießen, dass wir das Sagen haben. Darüber, wo wir arbeiten und wie viel wir arbeiten und mit wem wir arbeiten. Das ist was Gutes", beharrte Petra.

„Amen", sagte Tansy, die dabei den Eislöffel in die Luft hob.

Sydney nickte. „Wir sind auch noch für was anderes verantwortlich. Ganz konkret, wo wir spielen, wie viel wir spielen und mit wem wir spielen." Ihr Blick richtete sich auf Petra. „Also. Aiden?"

Ein Lachen löste sich, denn diese beiden hatten sich in den letzten Jahren insgeheim tief in ihre Seele geschlichen. Sie waren vertrauenswürdig und sie waren ehrlich und sie waren Frauen, mit denen Petra bis über beide Zehenspitzen verbunden war. Was es leicht machte, die Wahrheit mit ihnen zu teilen. „Aiden ist eine leckere Ablenkung, auf die ich mich freue. Aber es besteht keine Eile. Manchmal macht die Vorfreude alles nur sehr viel süßer."

Die Unterhaltung schlug neue Bögen, wirbelte in Gelächter und Scherzen davon, eine gute, solide Frauenfreundschaft. Als Petra später am Abend unterwegs nach Hause war, war ihr Herz voller Glück und der anhaltenden Erinnerung an Aidens Lächeln und der Freude darauf, in ein paar Abenden in seinen Armen zu liegen.

Vorfreude *war* etwas Wunderbares.

**4**

Mitten am Freitagvormittag sah das Ranchhaus von High Water schon sehr viel mehr wie ein Heim aus. Durch irgendeine seltsame Magie kamen die Lieferung mit Matratzen und Schlafzimmereinrichtung, die Jake vor Wochen bestellt hatte, nur ein paar Minuten vor den Handtüchern und der Bettwäsche an.

Aiden und Jake machten eine Pause mit der Arbeit an den Rigipswänden für den Rückzugsort für Künstler, und verbrachten ein paar Stunden damit, die Betten aufzubauen und die Möbel aufzustellen. Sie hatten sich für Einfachheit entschieden, und alles in den Schlafzimmern war wild zusammengestellt. Als Declan zu seiner dritten Tasse Kaffee hereinkam, nickte er ihnen langsam zustimmend zu, während er durch die Räume marschierte, um zu sehen, was sie geschafft hatten.

„Nicht schlecht." Declan trat zum Fenster in dem Raum, wo Aidens Zeug in einen Schrank geschoben war, um aus dem Weg für das neue Doppelbett zu sein. Er spähte nach draußen und gab ein Geräusch von sich. „Ich passe das Licht im Hof an, damit es nicht die ganze Nacht in diesen Raum scheint."

„Gute Idee", sagte Jake, der sie zur Küche lotste. „Hast du die Ideenliste mit den Möbeln für den Außenbereich beendet? Oder einem Platz für eine Feuergrube gefunden?"

„Ich habe mit der Liste angefangen. Ich bin immer noch nicht sicher, dass ich den richtigen Punkt zwischen zu karg und zu wimmelig getroffen habe. Aber die Stelle, die ich ausgesucht habe, passt total. Einer von euch sollte nach dem Mittagessen kommen und sich anschauen, damit ihr mir sagen könnt, dass ich ein Genie bin." Declan schaute sich hoffnungsvoll um, bis seine Miene einbrach. „Haben wir Essenspläne? Jake, du hast den Terminplan eingerichtet."

„Ich habe rübertelefoniert zu Buns and Roses", gab Jake zu. „Ich weiß, wir haben Zeug im Kühlschrank, aber sobald die Möbel alle ankamen, waren wir die ganze Zeit voll beschäftigt. Ich koche Abendessen."

Aiden schaute auf seine Uhr. Dreißig Minuten noch bis zum Mittagessen, aber sie konnten es auch jetzt gleich gut planen. „Muss einer von uns da rüberfahren und das Essen mittags abholen?"

Jake schüttelte den Kopf. „Tansy sagte, sie hätte jemanden, der es für uns rüberbringt, aber wir sollten uns bloß nicht daran gewöhnen, weil sie keinen Vollzeitlieferservice anbieten."

„Klingt fair", sagte Declan mit einem Nicken. „Ich mag sie."

„Du magst jede, die dir einen Kuss auf die Wange gibt", scherzte Jake. „Großer Bruder für inzwischen wie viele Frauen?"

Declan zuckte mit den Schultern. „Ein großer Grund, warum High Water funktionieren wird, liegt darin, dass wir Leuten, die es brauchen, eine Heidenangst einjagen können, aber die Unschuldigen wissen, dass sie uns vertrauen können."

Was ein ernüchternder Sprung zurück in die Realität dessen war, wer genau in den Räumen leben würde, die sie einrichteten.

Das Geräusch eines Autos vor dem Haus lenkte Aidens Aufmerksamkeit auf das Fenster, wo ein vertrautes Auto zum Stillstand gekommen war. Er fluchte leise. „Bringt mich nicht um. Ich habe vergessen, zu erwähnen, dass ich heute Vormittag eine Nachricht von meinem Kontakt bei der Pflegestelle Alberta bekommen habe, Danielle. Sie sagte, sie würde heute vorbeischauen wollen. Keine weiteren Details.“

Sie drehten sich alle zum Fenster. Jake seufzte schwer. „Es ist nicht mal annähernd fertig, aber wir haben einen guten Anfang hingelegt. Vermutlich will sie nur sicherstellen, dass wir den Laden tatsächlich gekauft haben.“

Declan stellte seine Kaffeetasse auf der Kücheninsel ab und ging zur Eingangstür. „Hat ja keinen Sinn, hier zu stehen und sich zu wundern.“

Aiden traf Danielle, als sie aus dem Auto stieg, sich zwischen dem Haus und der Scheune umsah. Sie war Ende fünfzig und ordentlich in ein praktisches Outfit gekleidet, das genauso gut in eine familiäre Umgebung als in ein Besprechungszimmer gepasst hätte. Er hatte sie schon getroffen, während er bei seinem vorherigen Job in der Gegend des Crowsnest Pass ehrenamtlich mit Teenagern in Schwierigkeiten gearbeitet hatte, und er wusste, sie hatte eine Leidenschaft dafür, das Richtige zu tun, selbst wenn es bedeutete, sich nicht ganz an die Regeln zu halten.

„Danielle. Schön, dich wiederzusehen.“

„Dich auch.“ Sie umarmte ihn rasch. „Ich weiß, das ist früher, als ihr erwartet habt, aber ich bin nach einem Meeting in Calgary hier durchgekommen. Ich dachte, ich nehme das Risiko auf mich und sehe mir an, wie es läuft.“

„Du kannst dich gern umschauen“, schlug Aiden vor. „Falls

du irgendwelche Vorschläge hast, lass es uns wissen. Es war eine Menge los, und mit ein paar Dingen müssen wir dich auf den neuesten Stand bringen, aber als allererstes müssen wir sicherstellen, dass unsere Pläne für dich okay sind."

Danielle begrüßte sowohl Jake als auch Declan, dann öffnete sie den Kofferraum ihres Autos, um ein Paar Stiefel zu enthüllen. „Ich weiß, das ist vermutlich am wenigsten fertig, aber ich muss zugeben, dass die Tierrettung für mich ziemlich charmant wirkt. Habt ihr irgendwie Katzen oder Hunde hier, die ich begrüßen kann? Mein Mann ist allergisch, darum ist das die einzige Chance, die ich kriege, um mal ein paar Tiere zu kuscheln."

Declan wies mit dem Kopf zur Scheune. „Komm mal mit. Ich führe dich rum und zeige dir, was wir mit den Männerschlafräumen vorhaben."

„Wenn ihr fertig seid, kommt zurück nach drinnen. Dann kannst du dir das Haus anschauen und dich uns dann zum Mittagessen anschließen", bot Jake an. „Ich habe mehr als genug bestellt, und sie wird es kurz vor Mittag vorbeibringen."

„Wunderbar." Danielle warf einen weiteren raschen Blick in die Runde, bevor sie ihre Stiefel hochholte. „Lasst mich die anziehen, dann bin ich bereit für meine Tour."

Es gab nicht viel, was sie im Wohnzimmer machen konnten, um es gemütlicher zu gestalten. Sie hatten Stühle und einen Küchentisch und sonst nicht viel, darum machte sich Aiden nicht die Mühe, es zu versuchen. Danielle verstand, wie es lief. Man konnte nur einen Teil auf einmal erledigen.

Jake stellte allerdings Teller und Besteck auf den Tisch. „Wir sollten zumindest versuchen, einen guten Eindruck zu schinden", murmelte er, als Aiden lachte. Dann arbeiteten sie beide an ihren eigenen Aufgaben, bis Danielle und Declan zurückkamen.

Aiden gab ihr einen raschen Rundgang. Er war äußerst

dankbar, dass sie ihr Zeug verräumt hatten, denn mit den neuen Betten, die mit Decken in hellem Blau zurechtgemacht waren, sah alles, na ja, ziemlich hübsch aus. Einladend.

Danielle blieb stehen und schaute sich im Hauptschlafraum am längsten um, dann schloss sie sich ihnen am Küchentisch an. „Okay, falls ihr euch Sorgen gemacht habt, ich bin beeindruckt. Ich kann erkennen, dass ihr es ernst damit meint, einen Ort des Rückzugs zu schaffen und einen Trittstein in ein besseres Leben. Danke, dass man euch vertrauen kann."

„Dass High Water ein sicherer Rückzugsort für jene wird, die es brauchen, ist unsere Priorität", versicherte ihr Declan.

„Was immer für Regularien du hier brauchst, wir werden dabei sein", wiederholte Jake. „Wir wollen das, damit sich alle sicher fühlen."

Sie schaute Jake in die Augen. „Vielen Dank. Ihr wisst ja, das hätte ich überhaupt nicht angefangen, hätte ich euch nicht allen aus dem Bauch heraus vertraut. Und jetzt gebe ich lieber mal zu, dass ich mit einem Hintergedanken vorbeigekommen bin. Ich weiß, dass ihr absolut nicht bereit seid – das könntet ihr auf gar keinen Fall." Danielle hielt inne und schien einen anderen Ansatz zu versuchen, während sie ihre nächste Frage an Aiden richtete. „Wann zieht denn die Haushälterin ein?"

Irgendein sechster Sinn ließ ihn zögern. Er wollte nicht zugeben, dass sie null Glück gehabt hatten, jemanden zu finden. „Dauert noch eine Weile."

Danielle seufzte, ließ sich in ihrem Sessel nieder, als wäre sie erschöpft. „Es war einen Versuch wert, aber ich hatte gehofft, durch irgendein Wunder hättet ihr bereits jemanden da." Sie schaute jeden nacheinander an. „Es gibt eine junge Frau, von der ich gehört habe, die in einer schlimmen Situation ist. Sie ist sechzehn, und ich würde sie gern in den nächsten vierundzwanzig Stunden rausbringen, aber ich kann sie nicht herholen, außer ihr habt eine Frau vor Ort."

Die vordere Klingel läutete, gefolgt von einer Tür, die langsam aufschwang, und Petra kam herein, die Arme um eine riesige Kiste geschlungen. „Hey, Leute. Das tut mir leid. Ich habe mich an die Tür gelehnt, und sie ging auf. Ich habe Mittagessen." Petra sah Danielle und blinzelte. „Hallo. Tut mir leid. Ich wollte nicht stören."

Neben Aiden schoss Declan kerzengerade hoch und stand auf. Er beeilte sich und nahm Petra die Kiste ab. „Perfektes Timing. Vielen Dank." Er wirbelte herum und ließ dann das Essen auf die nächstbeste Arbeitsfläche fallen, um zu Aidens Überraschung die Arme um Petras Schultern zu legen und sie zum Tisch gleich neben Aidens Stuhl zu bringen. „Petra, das ist Danielle."

„Schön, dich kennenzulernen", sagte Petra. Sie lächelte, doch ihre Verwirrung machte sich eindeutig breit.

Eine Hand landete auf der Rückseite von Aidens Kragen, als Declan ihn mehr oder weniger hochriss. Obwohl er nicht wusste, was los war, ging Aiden bereitwillig und stand am Ende neben Petra.

Sein Bruder trat zurück und deutete zur Seite. „Danielle, ich möchte, dass du Petra kennenlernst. Aidens Verlobte."

Es WAR zum Teil ihre Schuld, dass sie nicht aufgepasst hatte. Petra war mehr daran interessiert gewesen, einen Blick auf Aiden zu erhaschen, als der anderen Frau am Tisch ihre volle Aufmerksamkeit zu schenken. Aber – was?

„Ähm ..."

„Wie Aiden sagte, es war eine Menge los, und das ist ein Teil davon." Declan drehte sich, um zu ihr und Aiden zu schauen, und zwinkerte mit dem Auge, das von der älteren Frau abgewandt war. „Stimmt das nicht?"

Petra war immer noch nicht ganz sicher, was sie gehört hatte. Es klang ganz schrecklich nach dem Wort *Verlobte*, aber das ergab keinen Sinn.

Im nächsten Augenblick allerdings ließ Aiden eine Hand um ihre Taille gleiten und zog sie an sich. „Ich bin so froh, dass Petra ja gesagt hat." Er drehte sich und tat so, als würde er sich an ihren Hals schmiegen, während er panisch flüsterte: „Bitte spiel damit. Ich erkläre alles, sobald ich kann, aber das ist wichtig."

Also dann. Petra schaute zwischen Danielle, Declan und Jake hin und her, bemerkte mit einiger Erheiterung, dass jeder von ihnen eine völlig unterschiedliche Miene auf hatte.

Declan starrte mit seiner irgendwie versteinerten Miene weiter, aber mit einer Ernsthaftigkeit, die Petra stutzen ließ. Jake wirkte entsetzt. Er hatte sich ein Lächeln auf die Lippen gesetzt, das ihn leicht krank aussehen ließ.

Doch es war Danielle, die es für Petra herumriss. Die ältere Frau war ehrlich erleichtert und glücklich. „Oh, ich freue mich so für dich, Aiden. Und für dich, Petra. Aiden ist ein wunderbarer Mann."

„Das finde ich auch", entgegnete Petra nett. Nur dass sie den Arm hinter Aiden schob, damit sie ihn in den Hintern zwicken konnte.

*Was. Zum. Teufel?*

Danielle beugte sich vor und redete leiser. „Ich nehme an, das heißt, sie weiß alles, was mit der Tierrettung passiert, und alle Bedingungen, die wir besprochen haben."

„Wir arbeiten uns noch durch die letzten Einzelheiten", sagte Aiden rasch. „Aber unterm Strich heißt es, wenn du jemanden hast, der einen sicheren Ort zum Verstecken braucht, sind wir bereit, dass sie auf die Ranch kommen kann. Petra wird hier sein."

Der Drang, die ganze Gruppe heftig zu verfluchen und

ohne ein weiteres Wort zu verschwinden, machte sich davon, als sie hörte: *braucht einen sicheren Ort zum Verstecken.* „Aiden wird mir alles mitteilen, was ich wissen muss", versicherte Petra Danielle.

Die ältere Frau nickte fest und schob sich hoch. „Danke für das Angebot des Mittagessens, aber durch diese guten Neuigkeiten werde ich weiterfahren und sicherstellen, dass alles so schnell wie möglich und so still wie möglich erledigt wird. Ich schreibe die Einzelheiten, sobald ich kann, Aiden. Wie immer, falls ihr irgendwas braucht, lasst es mich wissen, und mein Mann und ich werden sehen, was wir tun können."

Danielle aus dem Haus zu lotsen, wurde zu einer Symphonie der Bewegung. Aiden zog Petra weiter nach hinten ins Haus, sodass Jake und Declan Danielle ins Auto eskortieren konnten.

In dem Augenblick, in dem sich die Eingangstür schloss, riss sich Petra aus Aidens Griff los und raste zum Wohnzimmerfenster.

Aiden war letztlich direkt neben ihr, die beiden starrten, als würden sie sicherstellen wollen, dass die Frau wirklich weg war.

„Ich bin ziemlich sicher, dass ich jetzt jemanden in den Hintern treten muss", sagte Petra so ruhig wie möglich.

„Da sind wir schon zwei." Die Wut in Aidens Stimme war klar. „Ich bin sehr dankbar, dass du nicht alles einen Haufen Humbug genannt und die Sache abgeblasen hast, aber vertraue mir, Declan hat auch mich eiskalt erwischt."

Petra schaute ihm in die Augen. „Echt?"

„Er war der Einzige von uns, der schnell genug gedacht hat, um das hinzukriegen. Ich hätte es beinahe vermasselt, bevor mir klar wurde, was er gemacht hat."

„Was verflixt noch mal soll das?", brüllte Jake beinahe, als er wieder ins Haus kam, direkt Declan auf den Fersen. „Sie sind verlobt? Was wird passieren, wenn Danielle herausfindet, dass das eine verdammte Lüge ist?“

„Das ist ein Problem für die Zukunft. Wir kriegen das schon hin.“ Declan marschierte zu Petra. „Tut mir leid, dass ich dir das aufgehalst habe. Danke, dass du uns nicht verraten hast. Komm und iss mit uns, und wir erklären, was los ist.“

„Das wüsste ich zu schätzen“, sagte Petra. „Und nur fürs Protokoll, der einzige Grund, warum ich nicht hier rauslaufe, ist diese Anmerkung, dass ihr jemanden in Sicherheit bringen müsst. Ihr habt eine Tierrettung gekauft.“

„Das wird sie zum Teil auch immer noch sein.“ Aiden deutete zum Tisch. Er wartete, bis sie sich hingesetzt hatte, bevor er den Stuhl ihr gegenüber nahm. „Aber wir werden auch in aller Stille eine sichere Zuflucht bauen. Irgendwo, wo Leute, die durch die Ritzen fallen, aus welchem Grund auch immer, hin können. Wir planen, ihnen hier solange ein Heim zu geben, wie sie es brauchen.“

„Eine sichere Zuflucht?“ Petra dachte über das nach, was sie über das Sozialsystem wusste. „Das klingt nicht wie etwas, das man in ein paar Monaten hinkriegt, wenn man ein Haus gekauft hat, ohne dass dabei eine Menge Bürokratie im Spiel ist.“

„Deswegen vermeiden wir die Bürokratie“, gab Jake mit einem Grollen zu, bevor er ihr in die Augen schaute. Seine dunklen Augen waren scharf konzentriert. „Sieh mal, ich habe über fünfzehn Jahre in der Kriminalistik gearbeitet, und viel zu oft habe ich Leute gesehen, die einfach nur mal eine Pause brauchten, um ihr Leben wieder in den Griff zu kriegen. Aber das System ist nicht darauf ausgelegt, das geschehen zu lassen, entweder wegen fehlender Ressourcen oder fehlender Bereitschaft.“

„Ich habe eine Menge Freiwilligenarbeit mit problematischen Teenagern gemacht“, fuhr Aiden fort. „Es ist fast unmöglich für jemanden, der sich anstrengen will, um einen neuen Weg zu finden, wenn man in einer schlimmen Familiensituation oder einer anderen Problemlage feststeckt, die man sich nicht selbst ausgesucht hat."

Declan räusperte sich. „Da wir schon die Katze aus dem Sack lassen, möchten wir dich wissen lassen, dass wir eine Menge Ressourcen haben, die wir dafür einsetzen können, und die Bereitschaft, es funktionieren zu lassen, selbst wenn das bedeutet, *Scheiß auf Bürokratie* zu sagen. Wenn das nichts ist, was dir behagt, verstehe ich das. Aber wir würden dich bitten, ob du deine Moral eine kurze Zeit ein wenig ausdehnen kannst. Einer der Parameter, denen wir zugestimmt haben, war, immer Damen hier auf der Ranch arbeiten zu lassen, damit jede Frau, die einen Rückzugsort braucht, Unterstützung von einer Frau bekommt. Wir sind gerade dabei, eine Haushälterin und Köchin einzustellen, die hier wohnt, aber bis die hier ist, klingt es, als würden wir dich brauchen."

„Aber als Aidens Verlobte?" Petra funkelte Declan an. „Was zum Teufel?"

Diesmal war es Jake, der seufzte. „Nein, das war ein genialer Schachzug. Danielle ist immer noch im System, arbeitet insgeheim für uns. Sie wird nicht zustimmen, dass eine zufällige Frau, die wir so kurzfristig vorübergehend hier wohnen lassen, okay ist. Wir haben ihr im Lauf der letzten Jahre geholfen, anderen kurzfristig über eine schlimme Lage hinweg zu helfen. Obwohl sie uns vertraut, hat sie auch ganz zurecht einige Regularien eingeführt. Wir haben ihr versprochen, dass sie die Haushälterin überprüfen könnte, bevor wir sie einstellen, aber eine Verlobte ist was anderes. Keiner von uns würde sich mit einem Menschen einlassen, der sich nicht hundert Prozent unserer Unternehmung anschließen möchte."

Petra lehnte sich in ihrem Stuhl zurück, ihre Gedanken wirbelten. Natürlich machte eine Verlobte Sinn – falls sie echt eine gewesen wäre. „Was für ein totaler Wirrwarr."

Aiden lehnte sich vor, die Hände auf den Tisch gedrückt. „Ich werde alles tun, was mir möglich ist, um das für dich funktionieren zu lassen, solange es nötig ist. Declan hat recht. Ich hoffe, du gehst nicht weg, und zwar um der Person willen, von der Danielle glaubt, dass sie unsere Hilfe in den nächsten vierundzwanzig Stunden braucht."

Verdammt sollte der Mann sein. Petra schaute Declan in die Augen. „Erst mal, verdammt sollst du sein. Du bist echt flink auf den Beinen, aber auch ein kompletter Esel. Ich bin hin- und hergerissen dazwischen, dich zu bewundern und dich von einer Brücke stoßen zu wollen."

„Willkommen im Club", sagten Aiden und Jake mit fast perfekter Synchronisation.

Petra kicherte, dann deutete sie auf die Kiste auf dem Tresen. „Ihr gebt mir lieber was zu essen. Ich glaube, der Adrenalinrausch lässt langsam nach, und ich werde schnell abhauen, wenn ich nicht was zu essen bekomme."

Jake öffnete die Kiste und stellte das Essen auf Teller, während Declan Getränke aus dem Kühlschrank holte.

Aiden rückte näher an Petra Seite. „Alles okay?", fragte er leise.

„Ach, das wird schon. Schätze ich, irgendwie." Sie schaute ihm in die Augen. „Das war eine teuflische Situation, aber ich mache es. Ihr sagt alle so eindeutig die Wahrheit, und ich habe ein weiches Herz für Leute, die Grenzen überschreiten und Dinge machen, die das System nicht hinkriegt."

Erleichterung strahlte aus seinem Gesicht. „Tut mir leid, dass wir dich da reingezogen haben."

„Ja, und es wird dir sogar noch mehr leidtun. Aber über

diese Einzelheiten reden wir, wenn wir nur zu zweit sind. Wir brauchen wohl einen etwas größeren Plan, als Declan klar ist."

Aiden nickte. „Erst essen. Das verschafft uns Zeit, über das zu reden, was unsere allgemeinen Pläne hier für Hell or High Water sind. Für die Gemeinde nur High Water."

Ach, das gefiel ihr. „Das ist ein sehr sprechender Name."

Aiden nahm ein paar Sandwiches, dann reichte er ihr den Teller. „Es sollte so sein. Wir drei haben Erfahrungen, die bedeuten, dass wir wissen, wie es ist, vor einem Ultimatum zu stehen, und bereit zu sein, alles zu tun, um auf der anderen Seite heil wieder rauszukommen."

„Okay." Petra wartete, bis alle ihre Teller gefüllt hatten. „Erzählt mir den Plan, damit ich weiß, wofür ich mich da eingeschrieben habe. Zumindest vorübergehend", sagte sie rasch zu Declan. „Denn ihr müsst weiter nach dieser von Danielle bestätigten Haushälterin suchen, verstanden?"

„Natürlich", sagte Declan entschieden.

Soweit sie es sagen konnte, war es ein felsenfestes Versprechen.

Sie setzte sich hin und genoss Tansys hervorragendes Mittagessen, während die drei Brüder ihr ein Bild malten, wie High Water aussehen würde, und sie hörte so genau wie möglich zu.

Die Tierrettung würde die Verbindung zur Gemeinde sein. Das Rückzugshaus für Künstler, mit kleinen Gruppenworkshops, die übers Jahr verteilt waren, würde Geld bringen und helfen, die Ranch zu finanzieren. Sowohl diese beiden als auch den Rest der Ranch zu betreiben, würde Jobs für die vorübergehenden Gäste schaffen, die sie übernehmen konnten, während sie sich auf ihren nächsten Schritt vorbereiteten.

Die ganze Zeit versuchte allerdings ein Teil von Petras Gehirn zu entscheiden, was um alle Welt sie ihrer Familie und ihren Freunden erzählen würde, die wussten, dass die Verlobung eine Lüge war. Eine kleine Täuschung. Eine vorübergehende Situation zum größeren Wohl.

Mein Gott, das klang sogar in ihren Gedanken armselig.

Nein, sie würde das nicht allein hinkriegen. Aiden würde ihr helfen müssen. Aber je mehr die Brüder erzählten, desto mehr kam sie zu dem Schluss, dass sie nicht gehen konnte.

Nicht jetzt.

## 5

Aiden war nicht sicher, wen er zuerst schlagen sollte. Declan, weil er ihn in diese Situation gebracht hatte, oder sich selbst, weil das Bild von Petra zurück in seinem Bett lebhaft und fordernd war, und er durfte da auf keinen Fall hin.

Hier ging es um High Water, Punkt.

Vielleicht, nachdem die Täuschung durch war, konnten sie ein paar Matratzenfedern erneut testen, aber vorerst war Aiden entschlossen, ganz und gar Gentleman zu sein und ihr nichts als Respekt für die Hilfe zu bitten, in die man sie hinein erpresst hatte.

Scheiß auf sein Leben. Er würde auf jeden Fall bei der nächsten Gelegenheit, die er bekam, Declan windelweich schlagen.

Das Essen war um, und Petra, die die meiste Zeit mit Nicken verbracht hatte, nahm Aiden am Arm. „Du und ich. Wir müssen reden, sofort."

„Kein Problem." Er wies mit dem Kinn auf Declan. „Ist es okay, wenn ich die Räume und den Rest herrichte?"

„Leg los. Knapp vierundzwanzig Stunden. Tob dich aus."

Declan schaute Petra wieder ins Gesicht. „Danke dir. Wir werden eine Möglichkeit finden, es dir zurückzuzahlen.“

„Ich brauche keine Belohnung.“ Petra hob das Kinn. „Nicht, um das Richtige zu tun.“

„Gut.“ Declan nickte heftig, bevor er und Jake die Überreste des Essens wegtrugen, sie im Kühlschrank verstauten und dann das Zimmer verließen.

Der große offene Raum schien plötzlich schrecklich klein. Aiden verschränkte die Arme vor der Brust und lehnte sich in seinem Stuhl zurück. „Also. Logistik.“

„Wie gut kannst du lügen?“, fragte Petra. Ihre Augen funkelten, ihre Miene war ernst.

„So gut, wie ich muss“, entgegnete er.

Ein riesiges Seufzen hob ihre Schultern. „Verdammt gut“, warnte sie. „Ich verstehe auch dem Bedarf nach Geheimhaltung, aber das ist nicht verhandelbar. Mein Bruder und meine Schwägerin müssen die Wahrheit kennen. Ansonsten wird die Täuschung nicht funktionieren.“

Ein Schlamassel, doch er verstand es. „Vertraust du ihnen?“

„Mehr, als ich dir vertraue“, entgegnete Petra trocken.

Aiden schnaubte. „Fair. Sonst noch wer? Ich meine, wir werden nicht laut herausbrüllen, dass wir verlobt sind, doch es ist eine Kleinstadt. Ich verstehe, wie es hier läuft.“

Sie verzog das Gesicht. „Du hattest da keine Wahl, weil Declan einfach so das Maul aufgerissen hat, aber hier ist der Knackpunkt. Ich war mit jemandem zusammen, und ich habe mich kürzlich erst getrennt.“

*Scheiße.* Er beäugte sie vorsichtig. „Echt? Verdammt, das tut mir leid.“

„Muss dir nicht leidtun, aber darum muss mein Bruder die Wahrheit erfahren. Und meine zwei besten Freundinnen, die sind felsenfest. Wenn andere in der Stadt hören, dass du mein Verlobter bist, werden sie nicht blinzeln. Dieser Teil könnte zu deinem Vorteil wirken. Einige Leute werden annehmen, dass du der Typ bist, den mein Bruder nebenher erwähnt hat. Mein Ex ist nicht vom Ort, sondern aus Manitoba, wo ich früher gewohnt habe."

Was für High Water gute Nachrichten waren, aber trotzdem. „Ist das für dich echt in Ordnung? Nachdem du jemandem nahe gestanden hast, könnte es nerven, so zu tun, als wärst du mit mir zusammen."

„Nur, wenn du dich als Arsch erweist." Petra hob eine Augenbraue. „Ich habe alles abgebrochen, als ich herausgefunden habe, dass *er* ein Arsch ist, und das ist alles, was du darüber wissen musst. Aber es bedeutet, dass ich frei bin. Ich hätte dich letztens nicht geküsst, wenn das nicht so wäre. Verschwende nicht deine Energie mit Mitleid für mich."

„Abgemacht." Seine Gedanken eilten immer noch durch die Möglichkeiten, was der Typ gemacht hatte, um es so schlimm zu vermasseln, und wie gut es sich anfühlen würde, dem Kerl eine reinzuhauen. „Was bedeutet, dass ich uns wieder zurück zu Logistik hole, denn wir haben eine Deadline im Nacken. Als erstes Prioritäten. Du musst einziehen, und wir müssen sicherstellen, dass die neue Ranchhelferin – wie wir unsere Gäste nennen werden – einen gemütlichen Raum hat, der ganz der ihre ist."

Petra lächelte ihn trocken an. „Ich habe gerade erst mit Tansy über meine Wohnoptionen gesprochen. Ich schätze, das macht diese Entscheidung leichter." Sie erhob sich, zog ihr Handy heraus. „Anstatt unseres Picknicks, funktioniert für dich Abendessen mit meinem Bruder?"

Mein Gott. „Klar."

Ihr Grinsen wurde regelrecht böse. „Habe ich erwähnt, dass ich die Jüngste in meiner Familie bin?"

„Toll. Mit einem fürsorglichen älteren Bruder?" Aiden zwinkerte. „Ist schon gut. Ich komme mit ihm klar."

„Ach, ich bin sicher, du kannst mit Zach irgendwie reden. Es sind meine vier älteren Schwestern, um die du dir Sorgen machen musst …"

„Vier?" Aidens Eingeweide verkrampften sich. „Vielleicht sollte ich jetzt schon mal fliehen, nur um sicher zu sein."

Sie kicherte, dann tätschelte sie in die Wange. „Zach ist der Einzige hier in Heart Falls. Den Rest können wir vorerst ignorieren, denn wir werden ja nicht ins Universum brüllen, dass wir verlobt sind. Ich muss meine Sachen zusammensuchen, aber das dauert nicht so lang, denn ich habe noch nicht ausgepackt. Also lass mich dir erst mal helfen, den Raum der neuen Helferin einzurichten. Außerdem kannst du mir eine Tour geben, damit ich weiß, wo das Zeug ist. Wenn ich helfen soll, und das habe ich vor, muss ich wissen, wie alles aussieht. Ich schreibe mich nicht als Haushälterin und Köchin ein, aber ich werde etwas beitragen. Genauso, als wäre ich ein Mitbewohner."

„Abgemacht. Und ich verspreche, ich werde das für dich so einfach wie möglich gestalten."

„Ich verspreche, dass ich sicherstelle, dass mein Bruder und meine Schwägerin zuhören, während du die Lage erklärst, obwohl ich nicht versprechen kann, dass sie keine Drohungen gegen dich aussprechen."

„Verstehe ich. Ich habe auch Brüder." Aiden wies mit dem Kopf zum Fenster, wo Jake und Declan sichtbar waren, die Bretter von einem Truck luden. „Todesdrohungen und Verstümmelung sind wie kleine Liebesbeweise."

Sie arbeiteten die nächste Stunde geschmeidig zusammen, Petras scharfer Verstand ließ Aiden mehrfach grinsen, bevor sie es abblies.

„Ich werde schon mal vorgehen und auf Zach einwirken, damit das Abendessen glatter läuft." Petra verzog das Gesicht.

„Ich hoffe, du hast nicht zu viele Leichen im Keller, mein Lieber.“

Aiden runzelte die Stirn. „Ich dachte, du wolltest, dass ich die Dinge vor deiner Familie erkläre?“

„Ach, du wirst auf jeden Fall eine Menge erklären, aber wenn wir Zach ein paar Stunden geben, um sich in deine Geschichte zu graben, wird ihn das sehr viel zugänglicher machen, um mit ihm umzugehen. Außer es gibt die besagten Leichen, die Probleme machen.“

Ein Bereich, in dem Aiden null Sorgen hatte. „Er wird nichts finden.“

Sie kniff die Augen zusammen. „Das ist sehr interessant formuliert.“

Aiden warf ihr ein Grinsen zu, erwähnte aber nicht Jakes Kontakt aus seiner Zeit bei der Polizei, der sichergestellt hatte, dass ihre Akten blitzsauber waren, und sehr, sehr unauffällig. „Hab viel Spaß, und ich werde ein paar Minuten eher da sein. Falls es sicherer ist, aus dem Land zu fliehen, schreib mir.“

Petra lachte, während sie ging.

Er hatte immer noch ein Lächeln auf, als er seine Brüder in der Scheune aufspürte. Sie waren nicht so cool und gefasst, während sie Pause machten und Aiden ihre ganze Aufmerksamkeit schenkten.

Oder auch nicht. Declan war ruhig wie üblich, aber Jake plusterte sich auf, während er sich sein Notizbuch unter den Arm steckte. „Sie macht es trotzdem noch?“

„Das hat sie doch gesagt“, erwiderte Aiden trocken. „Ich habe sie in der letzten halben Stunde nicht davongejagt.“

„Ich hab doch gesagt, dass alles gut ist, Jake. Du musst dich entspannen und meinen Instinkten mehr vertrauen.“ Declan wies mit dem Kinn zu Aiden. „Wir haben die Wohnräume vorerst ausgeknobelt. Du bist noch im Haus – Sicherheit für die Damen. Nimm das Zimmer, das ich nehmen wollte.“

„Klingt sinnvoll." Obwohl es dicht genug dran war, dass die Verführung von Petra den Gang entlang ein Dorn in seiner Seite sein würde. „Ich gehe heute Abend rüber zur Red Boot Ranch, um ihren Bruder zu treffen. Sie besteht darauf, dass er die wahre Situation kennt, und ich stimme zu."

„Er ist solide." Declan nickte langsam. „Jake, hör auf, so finster zu schauen. Du hast eine Hintergrunduntersuchung durchgeführt und jeden auf der Red Boot Ranch für sauber erklärt, als wir uns Heart Falls zum ersten Mal angesehen haben."

„Je mehr Leute wissen, was wir vorhaben, desto mehr lose Enden bestehen", knurrte Jake. „Das ist meine Beschwerde."

„Je eher du dich dann bei einigen von deinen Kontakten bei Militär und der Polizei meldest, die hier Zeit verbringen wollen, desto besser. Außerdem kontaktiere den Therapeuten und sieh nach, ob Kevin schneller herkommen kann. Tonnen von Leuten, denen wir vertrauen und die hier sind, werden dich beruhigen, wenn es sonst nichts tut." Aiden zog das Notizbuch unter dem Arm seines Bruders heraus und schaute auf die detaillierte Checkliste, die an diesem Tag noch komplettiert werden musste. „Ich kann mich um sieben und acht kümmern, bevor ich aufbreche. Sobald ich ein Gefühl für Petras Bruder bekomme, werde ich eine Bestätigung schreiben, damit wir sicherstellen können, dass Danielle mit dieser neuen Ranchhelferin weitermacht."

„Abgemacht." Declan hob vor Jake eine Augenbraue. „Hast du dir diesen Stock jetzt aus dem Arsch gezogen?"

„Scheiß auf dich." Jake seufzte. „Also gut. Trau deinen Instinkten, Aiden. Wir stehen hinter allem, was du da einfliegst."

Aiden wollte früh da sein, aber letztlich war es nach fünf, als er die Zufahrt zur Red Boot Ranch hinaufrollte. Pfeilgerade Zäune verliefen von Gebäuden in der Nähe in den fernen

Westen. Ordentliche, rustikale Hütten zum Mieten waren strategisch in einer gebrochenen Linie platziert, sodass jede in eine leicht andere Richtung auf die umwerfende Szenerie der Rocky Mountains im Westen schaute, die wogenden Hügel mit dem Herbstlicht bemalt.

Petra hatte ihm gesagt, dass das letzte in der Reihe das Haus von Zach und Julia war. Während Aiden aus seinem Truck sprang, mit Petras Handtasche, die er auf der Bank an der Eingangstür gefunden hatte, unter dem Arm, trat ein solide gebauter Mann auf die vordere Veranda und verschränkte die Arme vor der Brust. Seine Körpersprache und Miene brüllten Missvergnügen.

Zum Teufel damit. Aiden entschied sich für passiv aggressiv und winkte fröhlich, während er zwei Stufen auf einmal nahm. „Du bist bestimmt Zach. Toll, dich endlich zu treffen. Petra hat mir so viel von dir erzählt."

Die Lippen des Mannes zuckten. „Ach, echt."

Aiden hielt seine freie Hand vor. „Natürlich. Außerdem ist auch deine wohltätige Arbeit mit Sorenson Enterprises bemerkenswert. Du hast doch nicht auch noch das Erfindergen deines Vaters geerbt, oder?"

Zach hob eine Augenbraue. „Du hast deine Hausaufgaben gemacht."

„Ich dachte, du würdest mich und die Meinen innerhalb von Minuten recherchieren, nachdem du von dem Schlamassel erfährst, in den wir Petra manövriert haben." Aiden hob die Schultern zu einem lockeren Zucken. „Wir verstehen das."

„Ich will dich hassen, aber da Petra mich vorgewarnt hat und ich neugierig bin, darfst du ein bisschen länger leben."

Aiden ließ sein Grinsen strahlen. „Das ist immer meine liebste Option. Wenn du versuchen musst, mich zu schlagen, oder so was, können wir es später machen. Ich habe Hunger."

„*Versuchen*, dich zu schlagen?" Zach schüttelte missbilligend den Kopf. „Ach, bitte."

„Der jüngste von drei Jungs", setzte Aiden ihn in Kenntnis. „Ich bin schnell."

„Also läufst du weg?"

„Wenn schon sonst nichts, ducke ich mich. Genau", stimmte Aiden zu.

Noch während Zach zur Antwort grinste, erklang ein tiefes Seufzen hinter ihm, wo Petra in den Eingang getreten war.

An ihr vorbei schob sich eine zweite Frau mit tiefrotem Haar, einem breiten Lächeln und Neugierde in den strahlenden Augen. Sie winkte sie vor. „Wenn ihr den Teil des Abends mit dem obligatorischen Austausch von Drohungen fertig habt, kommt rein. Das Essen ist fertig."

Es HÄTTE UNANGENEHM SEIN SOLLEN, oder zumindest unbehaglich, aber von dem Augenblick, als sie sich an einen Tisch setzten, war es, als wäre Aiden ein Familienfreund, schon jahrelang, und kein Neuankömmling.

„Ich kann nicht alle Details rausrücken", sagte er am Anfang, schaute ihnen abwechselnd in die Augen. „Auf gewisse Weise, je weniger ihr wisst, desto besser ist es, aber Petra sagt, ihr seid vertrauenswürdig. Was bedeutet, dass ihr versteht, wenn ich eine Frage nicht beantworte, ist es für eure Sicherheit und die Sicherheit anderer."

„Ich will nur zwei Dinge wissen." Julia beäugte sie beide. „Wie lange muss diese Scharade laufen? Und was passiert danach?"

Gute Fragen. Petra schaute zu Aiden. „Den ersten Teil weiß ich nicht. Aber ich denke, es ist möglich, eine freundliche

Trennung zu haben. Keiner von uns wird die Stadt verlassen müssen, oder so was Drastisches."

„Absolut. Eine gemeinsame Entscheidung, dass wir nur Freunde sind. Es wäre das Beste für uns beide, wenn wir beim Abbruch keinen Bösewicht haben. High Water will jahrelang hier sein."

„Die Red Boot Ranch geht auch nicht weg, und solange Petra in der Stadt sein will, ist sie hier zu Hause." Zach bot ihm die Kartoffeln an.

Aiden nahm die Platte entgegen und schaufelte sich eine gesunde Portion auf den Teller. „Wie lange, hängt davon ab, wie schnell wir unsere Haushälterin und Köchin bekommen, und wie viele Ranchhelfer wir in der Zwischenzeit kriegen. Wie sehr Leute an unserer Situation hängen. Falls diese Frau morgen auftaucht und dich noch ein paar Monate da braucht, während sie sich einlebt, hoffe ich, das ist okay."

Petra wedelte mit der Hand. „Ich habe nicht gedacht, dass diese Verlobung sofort abgeblasen werden würde. Aber du weißt, ich bin keine Therapeutin oder so was."

„Das ist nicht deine Rolle. Wir haben einen ausgebildeten Experten, der sich uns früher oder später anschließen wird. Ich erwarte, dass dir eine Menge der Jugendlichen – tut mir leid, Ranchhelfer – ein Ohr abkauen, nicht nur, weil du im Haus sein wirst und weil du eine Frau bist. Wir bekommen alle eine rasche Lektion von Kevin, wenn er ankommt, damit wir wissen, wie wir die Unterhaltungen zu ihm lotsen können." Aidens Lächeln wurde weicher, und ein wenig traurig. „Es ist schwer, das mit dem Kopf und dem Herzen zu verarbeiten, aber einige Ranchhelfer werden zu High Water kommen und ein paar Tage später gehen. Das sind diejenigen, die einen besseren Ort zum Leben haben, während sie eine Veränderung vornehmen, und wir sind nur ein sicherer Ort auf der Reise. Diejenigen, die eine Heimat brauchen, können eine Weile da sein. Wir werden nicht viel über sie wissen, wenn sie ankommen, nicht mal ihre Namen, denn bis sie durch die Tür gehen, ist es ihr Recht, es sich anders zu überlegen und Nein zu sagen, und je weniger wir über sie wissen, umso sicherer ist es."

Zach stellte ein paar Fragen und Petra auch. Dann machte Aiden eine Kehrtwende und bekam Zach und Julia dazu, über die Red Boot Ranch zu reden.

Sie reichten Teller mit Pie herum, bevor Petra ihrer Schwägerin einen Ellbogen in die Seite stieß.

Julia beugte sich dichter heran. „Er ist geschmeidig."

Petra schaute sich Aiden noch einmal an, bewunderte die muskulösen Umrisse des Mannes, während er mit Zach redete. Aiden war in der Nacht, in der sie vor ein paar Jahren herumgemacht hatten, ziemlich spaßig gewesen, und abermals an dem Abend kürzlich, als sie sich geküsst hatten.

Geschmeidig war nur der Anfang, um ihn zu beschreiben.

„Du sabberst", sagte Julia leise.

Petra wischte sich mit der Hand über den Mund, dann versteifte sie sich, als Julia kicherte. „Du bist ein Esel."

„Vielleicht, aber du bist nur einen Schritt davon entfernt, ihn mit den Augen zu verschlingen. Bist du sicher, dass du weißt, was da los ist?" Sorge verdüsterte Julias Tonfall.

Und das war schon eine Nummer, wenn es von ihr kam. Petra hob eine Augenbraue. „Was? Du hast ein Problem mit gespielten Verlobungen? Echt jetzt?"

Julias Wangen wurden rot. „Zach und ich waren keine gespielte Verlobung."

„Ach, entschuldige. Gespielte Dates und unabsichtlich verheiratet." Petra starrte an die Decke und dachte nach. „Ja, ich verstehe schon, dass das was ganz anderes ist."

Julia lachte leise. „Ich habe nur gedacht, wie verführerisch es für dich sein wird, dich da mehr einzubringen. Er wirkt wie ein toller Typ, mit starker Moral und einem heißen Körper."

Petra schnaubte fast ihr Wasser durch die Nase, funkelte Julia an. „Anmerkungen zu seinem Körper sind nicht erwünscht."

„Ich sag ja nur. Er ist eine Verlockung, und du bist gerade jetzt irgendwie anfällig für einen Rückfall." Julia fuhr zusammen. „Das wollte ich nicht sagen, aber ..."

„Du zeigst erstaunliche Zurückhaltung und fragst nicht, was tatsächlich beim ersten Mal geschehen ist, als Aiden und ich uns getroffen haben, dass wir beide willig sind, uns auf so dünnes Eis zu begeben."

Julia verdrehte die Augen. „Bitte. Als ob das nicht offensichtlich wäre."

Nein. Darauf würde sie nicht hereinfallen. Petra beugte sich dichter heran und flüsterte zur Antwort. „Das ist die liebste List meines Bruders. So zu tun, als wisse man mehr und zu hoffen, dass das die Katze aus dem Sack zaubert. Keine Chance, Schwester."

Julias Mund verzog sich zu einer Schnute. „Nicht fair. Du kennst meine ganzen besten Tricks."

„Ich vertraue Aiden." Die Worte schlüpften so leicht heraus, dass Petra blinzelte.

Julia lehnte sich an ihre Seite. „Du hast auch ein Herz aus Gold, und anderen zu helfen, drängt dich zu etwas. Ich sage einfach nur, dass wir für dich da sind, noch während du da mitten reinspringst."

„Wie sollte man denn bei High Water nicht reinspringen?"

„Ich mach am liebsten Arschbombe", schoss Julia zurück.

Petra kicherte.

Auf der anderen Seite des Tisches wedelte Zach begeistert mit den Händen in der Luft, während er irgendeine

Geschichte erzählte. Aiden nickte, doch sein Blick war auf Petra gerichtet, und einen Augenblick lang war es, als wären sie die einzigen beiden im Raum.

Sein süßes, schelmisches Grinsen neckte die Schmetterlinge in ihrem Bauch, dass sie flatterten. Das große Unbekannte war genau da, und sie musste weitergehen und herausfinden, was als nächstes geschehen könnte.

Aiden würde mit ihr gehen.

Es fühlte sich viel zu einfach an. Viel zu richtig. Aber nach einer Menge nicht einfacher und nicht richtiger Dinge hieß Petra das willkommen.

Aiden beharrte darauf, dass er beim Geschirrspülen nach dem Essen half. Mit den Armen voller Teller zwinkerte er Julia zu. „Wir lassen deinen Mann etwas Zeit mit seiner Schwester haben, damit sie noch ein wenig fester daran arbeiten kann, ihn zu überzeugen, dass es sich nicht lohnt, mich zu erschießen."

Julia verdrehte die Augen. „Er ist nicht derjenige, um den du dir Sorgen machen musst, wenn es ums Schießen geht."

Er blinzelte, dann warf er ein süßes Grinsen zu Petra. „Ich mag sie."

„Das ist gut. Sie ist eine Superschützin auf fünfzig Schritt", warnte Petra.

„Sie ist auch Sanitäterin. Wenn sie dich erschießt, wird sie dich danach zusammenflicken", warf Zach ein.

„Das klingt jetzt faszinierend. Erzähl mir mehr."

Aiden trug die Teller zum Tresen, als Julia antwortete.

Zach hielt Petra eine Hand hin. „Komm und setz dich mit mir auf die Veranda und erzähl mir, dass alles gut ist."

Sie schlang die Finger um seinen Ellbogen und zog ihn stattdessen die Stufen hinab zum Reitplatz. „Spazieren wir. Ich muss meine Sachen holen und sie in den Truck werfen. Ich schätze, heute Abend ziehe ich um."

Zach marschierte einen Augenblick still neben ihr her. „Bist du sicher, dass das alles für dich okay ist, Schwester?"

„Mehr als okay. Ich glaube, ich brauche das." Petra legte kurz den Kopf auf seine Schulter, dann richtete sie sich auf und ging schneller.

„Die ganze Gemeinde anlügen?"

„Um etwas zu bewirken." Petra schaute sich zu den herrlichen Bergen um. Heart Falls war ein Ort, um einen Neuanfang zu machen, aber nur hübsche Dinge um sich zu haben, würde nicht ausreichen. „Curtis hat was mit meinem Selbstvertrauen angestellt", gab sie zu.

Zach fluchte leise, dann setzte er ein sehr gespieltes Lächeln auf. „Bitte sag mir, wenn du beschließt, dass er ohne seine Arme besser aussieht."

„Du weißt, dass das niemals passieren wird, also lass den Gedanken an Rache fallen." Petra hielt sie neben dem Reitplatz an, bückte sich, um die weiße Nase des Fohlens zu streicheln, das sie begrüßen gekommen war.

Zach lehnte sich ans Geländer, seine empörte Miene wandelte sich zu Akzeptanz. „Also wirst du etwas bewirken können, wenn du auf High Water wohnst?"

„Für eine Frau, die einen sicheren Landeplatz braucht, ja. Mehr als das, das weiß ich nicht. Und gewissermaßen ist es mir egal. Wenn ich einem Menschen helfen kann, will ich es machen." Verdammt. Die Tränen kamen, unerwünscht und unwillkürlich. Petra wischte sie mit den Fingern weg, drehte den Kopf zur Seite.

„Hey, Kleine. Doch jetzt nicht so was." Zach zog sie dicht heran und drückte ihr Gesicht an seine Brust. Die Umarmung eines großen Bruders war perfekt und genau das, was sie brauchte. „Du hast immer die besten Möglichkeiten gefunden, um neue Dinge zu erfahren. Okay, gut. Ich unterstütze dich dabei. Wir kriegen diese Verlobung auf die Beine und halten es vor dem Rest der Familie geheim. Du wirst vorsichtig mit den geposteten Bildern sein müssen. Halte ich ans übliche Oooh und Aaaah über die Nichten und Neffen, wie es erwartet wird."

Er drückte sie einmal mehr, dann ließ er los.

Petra holte tief Luft. „Gut. Ich werde immer noch die Arbeit für die Red Boot Ranch erledigen, die ich versprochen habe, aber kannst du mir ein paar Tage geben, bevor ich loslege? Nur, bis ich auf High Water auf die Beine komme."

„Kein Problem. Nimm dir die Zeit, die du brauchst."

Sie marschierten zum Haus, plauderten still. Bis sie es zurückschafften, warteten Julia und Aiden auf der vorderen Veranda. Julia hielt eine Tasse Tee in der Hand, und die beiden lachten.

Zach grollte. „Dein *Verlobter* ist viel zu charmant."

„Das könnte man auch über dich sagen." Petra duckte sich vor Zachs gespieltem Schlag weg. „Wie oft hast du eigentlich versucht, in Schwierigkeiten zu kommen, großer Bruder? Und wie oft hast du deinen Weg aus einer Bestrafung herausgelabert?"

„Ich bin ein Heiliger", behauptete Zach, was Julia nur zum Lachen brachte.

Er kam zu ihr, die Finger auf die Lippen gepresst.

Aiden schlüpfte herab an Petras Seite. „Hast du Dinge zum Mitnehmen?", fragte er.

Sie nickte. „Nicht tonnenweise, aber du kannst mir beim Einladen helfen." Petra schaute hinauf zum Haus und schüttelte den Kopf. „Ihr beiden seid jenseits aller Worte liebenswert. Danke fürs Abendessen."

„Danke für das Vertrauen", fügte Aiden an.

„Stell sicher, dass du des Vertrauens würdig bist", sagte Julia leise.

Zach beäugte Aiden einen Augenblick länger, dann nickte

er einmal. „Viel Glück. Ich hoffe, eure neue Ranchhelferin lebt sich rasch ein.“

„Wir bleiben in Kontakt“, versprach Petra, bevor sie zu der Hütte ging, wo ihre Sachen untergebracht waren. In relativ kurzer Zeit verließ sie bereits ihren Neuanfang für etwas ganz anderes.

Witzig, wie sich das Leben änderte.

**6**

———————

Sydney hob die Kiste, auf die Petra deutete, gehorsam hoch, doch ihre Miene passte zu ihrem Tonfall, eine Mischung aus Unglauben und Erheiterung. „Du ziehst in das alte Haus von Tansys Oma."

„Du hast ja meinen Badkram, also ja. Folge mir. Tansy sagte, sie würde in fünf Minuten hier sein, also halte bitte deine Fragen zurück, damit ich es nur einmal erklären muss."

„Also gut", kommentierte Sydney mit schiefem Grinsen. „Muss ich mir die Flasche Tequila schnappen, die ich im Truck habe, um diese Unterhaltung zu führen?"

„Du hast in deinem Truck Schnaps? Ist das etwas, worum ich mir Sorgen machen sollte?" Petra blieb abrupt stehen und beäugte ihre Freundin. „Ich scherze nicht. Kein bisschen."

Sydney wedelte ihre Sorgen weg, schob Petra mit der Kiste in den Armen ins Haus. „Ich habe sie, falls ich zu irgendeinem Haus eines Seniors komme, der oder die sich anstellt, die Behandlung anzunehmen. Außerdem ist es billiger als Whisky, also fühle ich mich nicht schlimm, wenn ich ihnen ein oder zwei Gläschen gebe, und dann noch ein

74

bisschen was über eine Stelle kippe, die man rasch mal sterilisieren muss."

Petra konnte sich nur vorstellen, dass man als Kleinstadtärztin mit so einer Behandlung davonkam. Unorthodox, aber was immer sein musste, um zu helfen.

Wie das Konzept hinter High Water.

Zumindest hatte ihr Gewissen kein Problem, sich voll auf die Täuschung zu stürzen. Jetzt musste sie nur sicherstellen, dass die anderen wichtigsten Leute in ihrem Leben Bescheid wussten und dabei waren.

Sie waren zurück am Truck und schnappten sich die dritte und letzte Ladung, als Tansy in einem extrem verbeulten Minivan vorfuhr. Sie huschte herüber und schnappte sich einen Koffer, schüttelte den Kopf, noch während sie das tat. „Ich freue mich so darauf, dass du erklärst, was los ist. Denn diese Textnachricht, die du geschickt hast, in der stand, dass wir unseren Hintern rüber zu Tierrettung schwingen und bereit sein sollen, unsere Lippen zu verschließen und den Schlüssel zu verschlucken, war kryptisch, selbst für dich."

„Es wird alles einen Sinn ergeben", versprach Petra.

Sydneys Kopf schwang zu der Seite, während sie die zwei Trucks beäugte, die auf der entgegengesetzten Seite des Kieses neben dem neu renovierten zweiten Gebäude standen. „Die Typen helfen dir nicht beim Umzug?"

„Das täten sie, aber Aiden hat vorgeschlagen, dass ich euch zwei anrufe." Was ein Gedanke war, den Petra enorm zu schätzen wusste, je mehr sie darüber nachdachte.

Er hatte auch davon gemurmelt, außerhalb der Reichweite von Sydneys Talenten mit Messern zu bleiben, bis die Luft rein war, was von ihm besonders klug war.

„Mir macht es ja nichts aus, zu schuften, aber bitte befriedige meine Neugier sofort", befahl Tansy. „Außerdem habe ich eine Pie im Auto, falls wir sie brauchen."

Sydneys Lachen kam rasch und scharf. „Pass bloß auf. Petra wird sich Sorgen machen, dass du eine Auto-Pie hast. Das ist eine gefährliche Angewohnheit. Das könnte süchtig machen, weißt du."

Tansy senkte ihre Stimme zu einem Flüstern. „Es hat ganz unschuldig angefangen. Erst waren es nur ein paar Apfelteilchen, und bevor ich mich versah, schleppe ich jeden Abend Pecannuss- und Kürbis-Pie rum."

Was bedeutete, dass sie alle drei lachten, während sie die Kisten, auf denen *Jacken und Schuhe* stand, neben der Tür stapelten, und dann die letzten Koffer in den Hauptschlafraum brachten.

Petra tätschelte das Bett. „Setzt euch."

Sydney hob eine Augenbraue, dann sprach sie mit Tansy. „Das muss was Großes sein. Sie stellt sicher, dass wir stabil sind, damit wir nicht umkippen."

Ein weiteres Schnauben ertönte. Die Anspannung, die sich langsam aufgebaut hatte, während Petra darüber nachdachte, wie sie ihren Freundinnen alles erzählte, löste sich rasch auf wegen der zwei, die einfach Sydney und Tansy waren.

Trotzdem stellte Petra sicher, dass sie alle fest standen, bevor sie sich auf ihren Koffer setzte und sich ihnen stellte. „Ich ziehe hier ein, um den Skye-Brüdern bei einer kleinen Täuschung aus gutem Grund zu helfen. Wir vertrauen euch allen ein großes Geheimnis an, aber ich weiß, dass ihr hundert Prozent hinter dem stehen werdet, was ich euch jetzt sagen werde."

Es dauerte nicht lang, die groben Umrisse dessen zu teilen, was los war, zum Großteil, weil sowohl Tansy als auch Sydney den Mund geschlossen hielten, obwohl Tansy ziemlich herumzappelte und die Lippen aufeinanderpresste, um zu verhindern, dass sie Fragen hervorstieß.

Doch als Petra innehielt und ihre Freundinnen

erwartungsvoll anschaute, war sie da. Genau die Reaktion, auf die sie gehofft hatte.

Sydney neigte fest das Kinn, obwohl sie immer noch ein wenig besorgt wirkte. „Ich unterstütze dich. Außerdem sagst du den Jungs, wenn sie medizinische Hilfe für einen ihrer Ranchhelfer brauchen, besonders diejenigen, die zu nervös sind, um ins Krankenhaus zu gehen, sollen sie es mich sofort wissen lassen."

Was etwas war, an das Petra nicht gedacht hatte, aber sie war sicher, die Jungs würden dankbar dafür sein. „Das gebe ich weiter."

Tansy hob das Kinn. „Du hast meine volle Unterstützung, was bedeutet, dass die Jungs sie auch kriegen. Wir können den Mund halten. Das klingt nach etwas, das große Wirkung im Leben von Leuten haben könnte. Dafür lohnt sich eine kleine Lüge, glaube ich." Sie schaute sich im Raum um und aus dem Fenster, bevor sie wieder Petra in die Augen sah. „Zwei Fragen allerdings. Wie funktioniert das mit dem Ding, das zwischen dir und Aiden brodelt?"

Petra dachte ernsthaft über die Frage nach. Sie mochte den Mann, und diese enorm heiße, fordernde Sache zwischen ihnen war echt, aber keiner von ihnen war ein Jugendlicher ohne Selbstkontrolle. „Die gespielte Verlobung und dass ich hier lebe, um jemandem zu helfen, der es braucht, ist eine vorübergehende Sache. Falls irgendetwas zwischen Aiden und mir sein sollte, kann es auf einen passenden Zeitpunkt warten."

Tansy murmelte etwas Leises, zu still für Petra, um es zu verstehen, doch Sydney hörte es, denn sie kicherte. „Stimmt."

„Bitte mit der ganzen Klasse teilen", warnte sie Petra.

Das Grinsen ihrer Freundin wurde breiter, bevor Tansy zugab: „Ich sagte, viel Glück damit, denn ich meine, hast du die Hitzewellen gesehen, die von euch beiden ausgehen? Die sexy Pheromone waren fast überwältigend."

Natürlich hatte sie die nicht gesehen, doch Petra hatte sie gespürt und wusste genau, wovon Tansy sprach. Trotzdem ...

Petra richtete sich gerader auf und beugte sich weiter vor. „Was ist deine zweite Frage?"

Es war eindeutig ein Versuch, dieser Diskussion aus dem Weg zu gehen, doch zum Glück spielte Tansy mit. „Ich werde ein bisschen über Vorschläge nachdenken, wen sie vielleicht als Haushälterin und Köchin anheuern könnten. Kannst du Declan sagen, dass er sich bei mir melden soll? Ich muss ein paar konkretere Dinge über den Lohn und den ganzen Rest wissen."

Noch eine geniale Idee. „Natürlich, aber ich glaube, es wird sich Jake bei dir melden. Er scheint derjenigen zu sein, der sich mit diesen Details auseinandersetzt."

Tansy zuckte mit den Schultern. „Schon gut. Jetzt lass uns ein bisschen auspacken, damit wir zu dem Teil des Abends übergehen können, bei dem wir Apple Pie essen."

So einfach war das.

Kurz nach zehn verschwanden Tansys rote Hecklichter in der Ferne, während sie auf die Hauptstraße und zurück nach Heart Falls fuhr.

Sydney sah ihr nach, bevor sie Petra ein letztes Mal musterte. „Es scheint, als wärst du mit dem Herzen dabei, aber ich hoffe, du weißt, dass wir auf dich aufpassen werden."

„Anders würde ich es auch nicht wollen", erklärte Petra ihrer Freundin.

Sie stand eine Weile auf der Veranda, nachdem sie weg waren, starrte auf die Berge im Westen. Der Himmel war ganz dunkel, mit Sternen, die hier und dort funkelten und durch die Wolken spitzten. Weit in der Ferne heulten Kojoten, und ein paar übrige Grillen und Frösche sangen in der Nacht. Sie hatte keine Spur von einem der Skye-Brüder gesehen, aber ein Rauchgeruch hing in der Luft, von dem sie annahm, er käme aus der Feuergrube. Sie hätte sie aufspüren können, entschied sich aber dagegen, ging zurück ins Haus und marschierte langsam durch die ganze Anlage.

Sie spähte in die fast leeren Küchenschubladen und Schränke. Der Laden war bis ins Extrem nur Haut und Knochen, aber es würde nicht lange dauern, um ihn gemütlich zu gestalten, besonders, wenn eine andere Frau da war, um zu helfen.

Petra spähte in das Zimmer, das sie für die neue Ranchhelferin vorgesehen hatten, stand einen Augenblick da und schickte ihre ganze positive Energie in den Raum. Hoffentlich würde die junge Frau während ihrer Zeit in High Water Frieden und Mut und sogar Lachen finden.

Während sie ein Stück weiterging, warf Petra einen Blick in den Raum, wo Aidens Dinge ordentlich organisiert waren. Er hatte nicht sonderlich viel Zeug, aber auch sie hatte nur das, was in ihren Truck passte. Nicht sonderlich viel für über dreißig Jahre Leben.

Doch sehr viel mehr als manche der Ranchhelfer haben würden, wenn sie hier auftauchten.

Der Gedanke rückte ihre Welt in eine ganz neue Perspektive.

Sie zog die Tür zu ihrem eigenen Zimmer auf und machte sich ans Auspacken, gefolgt von einer raschen Dusche, dann kroch sie unter die brandneue Bettdecke auf ihrem kleinen Doppelbett.

Es mochte vielleicht Minuten später sein, oder Stunden, aber ihr war warm, und sie war gemütlich eingekuschelt und schlief schon fast, als Schritte im Gang erklangen und die Tür zu Aidens Zimmer sich schloss.

Sie schlief ein und fragte sich, ob dieses Gefühl, am richtigen Ort zu sein, so kristallklar war, weil es echt war, oder weil sie es sich unbedingt wünschte, dass es stimmte.

~

AIDEN WACHTE GENAUSO AUF, wie er eingeschlafen war – mit viel zu viel Bewusstsein für die Frau im Raum neben seinem. Was immer Petra als Creme trug oder als Shampoo nutzte, es reichte, dass sein ganzer Körper hochfuhr und es bemerkte.

Er zog sich rasch an und ging zur Küche. Wenn er vielleicht Kaffee machte, würde das den Geruch aus seinem Kopf treiben.

Sobald der übliche Kaffeepott aufgesetzt war und lief, schaute er sich den Essensplan auf dem Kühlschrank an, den Jake aufgestellt hatte, und fing an, Zutaten auf den Tresen zu packen.

Er briet Speck in der elektrischen Pfanne, und der Pfannkuchenteig war bereits fertig, als der erste der Familie auftauchte.

„Alles bereit?", fragte Jake, der anerkennend schnüffelte.

„Ich habe die Pfannkuchen unter Kontrolle. Du kannst den Orangensaft einschenken. Hast du Declan heute Vormittag schon gesehen?"

„Er hat mir zugewinkt und gesagt, er würde bald hier sein. Ist Petra wach?"

Aiden prüfte die Hitze der Pfanne, dann drehte er sie etwas runter. „Ich habe noch nichts gehört. Wie wäre es, wenn du ihr schreibst und ihr sagst, dass das Frühstück in fünfzehn Minuten fertig ist?"

„Mache ich."

Sie schlossen schnell ihre Aufgaben ab. Jake trank aus, dann füllte er sich seine Kaffeetasse neu und sank in einen Stuhl in der Nähe des Tisches.

Aiden warf ihm einem Blick zu. „Du brütest vor dich hin."

Jake schaute finster zurück, dann stieß er ein riesiges Seufzen aus. „Gott, ich hoffe, das funktioniert."

„Du musst dem Karma ein bisschen vertrauen", entgegnete Aiden mit so viel positiver Stimmung wie möglich. „Ein Mensch nach dem anderen. Ein Tag nach dem anderen."

„Ich weiß, und ich glaube an das, was wir tun." Jake verzog das Gesicht, bevor er Aiden in die Augen schaute. „Ich dachte, wir würden mehr Zeit haben, bevor alles anläuft. Ich meine, die Räume für die Künstlerresidenz werden wir erst in ein paar Monaten fertig haben. Es ist meine Schuld, dass ich das als mein Ziel benutzt habe, um ... alles andere richtig zu verdauen."

„Verstehe ich schon." Aiden wendete die Pfannkuchen auf dem Herd und dachte nach. Mit Jakes Bedürfnis, alles ganz genau auf die Reihe zu kriegen, und all seine Checklisten, die er erledigen musste, brachte die große Planänderung seinen Verstand sicher ordentlich durcheinander. „Kann ich dir einen Vorschlag machen?"

Jake schnaubte. „Diesen Tonfall kenne ich. Versuch nicht, mich zu beraten, Herr Berater."

Erheiterung machte sich breit. In einem anderen Leben hätte Aiden vielleicht eine offizielle Ausbildung genossen. Vorerst ließ er nur sein Bauchgefühl los. Trotzdem schienen Leute zuzuhören, wenn er seinen Neigungen nachging. Ein Teil des Grundes, weshalb sie überhaupt hier waren und High Water auf die Beine stellten.

„Dann halt ein Rat als dein kleiner Bruder. Wir haben alle Zeit in der Welt, um alles für zahlende Gäste fertigzumachen. Die Ranchhelferin, die bald ankommen wird? Sie wird Dinge brauchen, die sie ablenken." Aiden beobachtete, wie Jakes Augen vor Verständnis groß wurden. Jake war toll mit Listen. Nicht so toll damit, sich an das menschliche Element zu erinnern, das damit einherging. „Danielle wird uns die Einzelheiten geben, die wir wissen müssen, um die Frau sicher zu halten und ihr zu helfen, ihre Unabhängigkeit zu finden, aber allzu viel Zeit, um sich mit Erinnerungen herumzuschlagen an das, was schiefging, wollen wir nicht."

„Klare Gedanken. Ich mache eine Liste mit derzeitigen Aufgaben, die sogar ein Newbie alleine hinkriegt. Gute Idee?"

„Ein toller Anfang", sagte Aiden.

Jakes Blick huschte zur Seite, dann stand er auf, als Petra eintrat. „Morgen."

Petra blieb stehen. Ihr Lächeln erfasste Jake, bevor ihr Blick zu Aiden huschte, der gerade die erste Fuhre Pfannkuchen auf einen Teller geschaufelt hatte. „Morgen. Kann ich mit irgendwas helfen?"

„Ich habe es unter Kontrolle. Ich bin heute der erste Koch", setzte Aiden sie in Kenntnis. „Schnapp dir einen Kaffee, und dann mach und entspann dich. Declan wird bald hier sein."

„Okay." Sie ging an ihm vorbei, öffnete den rechten Schrank und nahm sich eine Tasse.

Schön. Sie lernte bereits alles hier kennen. „Ich nehme an, du hast dich gut eingerichtet? Wie lief es mit deinen Freundinnen letzte Nacht? Bis auf den Daumen nach oben, den du geschickt hast, weiß ich noch nichts. Ach so, danke dafür."

„Echt gut." Sie füllte sich ihre Tasse, dann kam sie zurück an den Tisch und blieb stehen. „Jake, ich hoffe, du hast nicht vor, jedes Mal aufzustehen, wenn ich vom Tisch aufstehe."

„Nur, wenn es die höfliche Reaktion ist", versicherte ihr Jake mit einem Grinsen.

„Du wirst dich daran gewöhnen." Aiden goss die nächste Ladung Teig in die Pfanne und wendete beim Reden den Speck. Er schaute rechtzeitig über die Schulter, um Petras Erheiterung zu sehen, während sie sich einen Platz suchte und Jake seinen wieder einnahm. „Unser Dad war sehr auf Manieren bedacht. Hätte Jake seinen Arsch in einem Stuhl behalten, während eine Frau im Raum steht, würde Jeff noch aus dem Grab greifen, um ihm einen Schlag auf den Hinterkopf zu verpassen."

„Ein liebevolles Tätscheln, das ich rasch meiden gelernt habe, während er versuchte, uns so zu erziehen, dass wir keine Teufelsbraten werden", setzte Jake sie in Kenntnis.

„Wenn ich zur Familie gehören soll, dann musst du um mich herum nicht formell sein", rief ihm Petra in Erinnerung.

„Zur Familie nicht höflich zu sein, ist schlimmer, als einem Fremden gegenüber nicht höflich zu sein." Declan sprach das bestimmt aus, während er hinter sich die Tür schloss und in Socken in das Zimmer kam. „Morgen, Petra. Hattest du es letzte Nacht bequem?"

„Das Zimmer ist toll. Und mir gefällt, dass ihr Hühner und Hähne habt. Meine Eltern hatten sie auch auf der Farm, und ich habe es vermisst, zu dem Geräusch aufzuwachen."

*Ha.* Aiden schaufelte Speck auf einen Teller und stellte ihn auf den Tisch, dann hielt er inne, um Jake anzugrinsen. „Siehst du?"

„Du bist ein Esel", erklärte Jake ihm milde.

„Ich bin ein Esel, der im Recht ist", gab Aiden zurück, bevor er den Teller mit dem Speck der verwirrten Petra hin schob. „Jake dachte, wir sollten uns keine Hähne hier zulegen, denn die mag doch keiner."

„Nein", verbesserte Declan. „Ich bin ziemlich sicher, er hat gesagt, er wollte keine da haben, weil er sie nicht mag. Was der Grund ist, dass ich dafür gesorgt habe, dass wir eine richtig große Schar haben, mit einem ganz hervorragenden Hahn."

Petra kicherte, noch während sie ein Stück Speck aufspießte und dann den Teller um den Tisch reichte. „Ach, Familie."

Der Rest der Mahlzeit verging schnell, ein kleiner Berg Pfannkuchen wurde zusammen mit den ganzen Speckscheiben verspeist, die Aiden gebraten hatte. Petra teilte ihnen das Angebot mit, das Sydney stillschweigend ärztliche Dienste anbieten würde, und das Tansy helfen würde, eine Haushälterin zu finden.

„Du hast echt gute Freundinnen", sagte Jake leise.

„Die besten", stimmte Petra zu. Sie tätschelte sich den Bauch. „Das war köstlich, Aiden, aber erwarte bloß nicht, dass ich jeden Vormittag so viel esse. Ich bin doch kein hart arbeitender Cowboy."

„Nein, aber du gehörst jetzt zu diesem Haushalt." Declan wirkte nachdenklich. „Du musst Jake deine Lieblingsmahlzeiten sagen, damit wir sie in den Plan aufnehmen."

„Jake ist unser Oberplaner", erklärte Aiden.

Sie lächelte. „Dann hofft lieber alle mal, dass meine Lieblingsmahlzeiten nicht eure Hassmahlzeiten sind."

„Ist doch nur Essen." Declan zuckte mit den Schultern. „Es gibt nicht viel, was du auf den Tisch stellen könntest, das wir nicht aufputzen."

„Wo wir gerade dabei sind ..." Petra wandte sich an Jake. „Während du den Speiseplan anpasst, kannst du mich auch als Köchin hinzufügen. Die gleiche Anzahl von Mahlzeiten, die jeder von euch macht."

Declan schüttelte den Kopf. „Wir erwarten doch nicht, dass du ..."

„Wenn ich hier wohne, erwarte ich, meinen Teil beizutragen", ging Petra dazwischen. „Außerdem, wer von euch ist der Meisterplaner darin, wie viel ich euch für die Unterkunft schulde?"

„Vergiss den Scheiß." Aiden konnte nicht anders. Ein fester Tritt ans Schienbein ließ ihn nur noch einmal fluchen, während er Jake anfunkelte. „Petra hat schon einen Fluch gehört, und das war nötig."

„Kein Fluchen am Tisch. Kein Fluchen vor Damen." Jake

wandte Petra sein Engelslächeln zu. „Aber ich stimme Aiden zu. Du hilfst uns sehr. Wir erwarten nicht, dass du für das Privileg bezahlst, bei uns zu wohnen."

„Es ist doch ganz gleich, wo ich wohne, da würde ich für Miete und Essen bezahlen", erklärte Petra.

„Hier nicht", stieg Declan in den Chor ein. „Wenn du beim Kochen und Putzen helfen würdest, bis wir jemanden Vollzeit einstellen, wüssten wir das zu schätzen, aber erwartet wird es nicht."

Sie hob entschieden das Kinn. „Also gut. Wegen der Sache mit der Miete wehre ich mich nicht, aber ich will auf dem Plan stehen. Das ist doch nur sinnvoll, wisst ihr. Die junge Frau, die auftaucht, wird erwarten, dass ich hier irgendwelche Arbeiten erledige."

Schon wahr. Aiden fing an, die Teller zu stapeln. „Hast du Zeit gehabt, alles anzupassen, Jake?"

„Ja, zusammen mit dieser Liste von Aufgaben, über die wir geredet haben." Jake schob sich vom Tisch zurück und nickte Petra höflich zu. „Wir werden dich als Köchin für ein paar Mahlzeiten in die nächste Rotation einbauen, da wir für nächste Woche schon eingekauft haben. In der Zwischenzeit mach jederzeit gerne was Leckeres. Das machen wir alle manchmal."

„Kein Problem", versicherte sie.

„Ich bin später zurück, um noch ein paar Haken am Eingang aufzuhängen. Vermutlich sollten wir die Frau nicht überwältigen." Jake schlüpfte durch die Tür.

Petra hob eine Augenbraue. „Redet ihr von mir oder von der neuen Ranchhelferin?"

Declan gab ein leises Geräusch von sich. „Beiden?"

Aiden lachte los.

„Ich bin auch raus. Lasst mich wissen, wenn ihr was

braucht." Declan schlüpfte so leise aus dem Raum, wie er hereingekommen war.

Aiden schnappte sich die Teller vor ihm und ging zur Spüle, sprach über die Schulter mit Petra. „Du darfst mir gerne beim Spülen helfen, oder hast du heute Vormittag was anderes zu tun?"

„Ich habe in der nächsten Woche keine weiteren Aufgaben, außer mich hier einzurichten. Zu welcher Zeit erwarten wir denn, dass Danielle auftaucht?" Petra trat vor die Spüle und stellte das heiße Wasser an.

„Sollte ungefähr um zehn Uhr sein, soweit sie es heute Vormittag geschrieben hat."

Sie nickte. „Ich mache den Abwasch, du trocknest und räumst auf, bis ich raus habe, wo alles hinkommt."

Aiden schnappte sich ein Geschirrtuch und stand bereit, lehnte sich an den Tresen zurück, während sie Spülmittel ins Wasser gab und mit den Gläsern anfing. „Wir machen im Moment alles nur mit einer Grundeinrichtung. Declan hat vorgeschlagen, dass wir auf die Köchin warten, um zu entscheiden, was gebraucht wird. Also sollte es einfach sein, alles sauber zu machen. Wir haben einen Gastronomiege-schirrspüler bestellt, aber der dauert noch eine Weile."

„Frühstückszeug für vier ist nicht so viel, um es mit der Hand zu spülen", sagte Petra, während sie sich auf die Aufgabe stürzte.

„Ab heute Abend starten Mahlzeiten für fünf. Wenn wir irgendwann in der Zukunft das Haus voll haben, könnten wir bis zu zwölf Leute am Tisch haben." Er grinste, während sie einen Pfiff ausstieß. „Ja. Darum ist der Geschirrspüler bestellt."

Petra spülte eine Weile leise, dann schaute sie ihm fest in die Augen. „Ich freue mich, an allem beteiligt zu sein. Ich bin froh, am Beginn von High Water hier zu sein."

Die Aufrichtigkeit in ihrem Blick war deutlich.

Ein plötzlicher Funken von etwas Heißem und Sanftem glühte in seiner Brust. Das war nichts Sexuelles, obwohl sie mit ihrem weichen grauen T-Shirt und der ausgeblichenen Jeans über den sanften Kurven immer noch alles in ihm erregte. Das Gefühl, an etwas Größerem beteiligt zu sein, als er je erwartet hatte, war da, und das Gefühl, dass alles richtig war. Zwischen ihnen gab es nicht nur sexuelle Anspannung, und das war gut. „Ich freue mich auch.“

Es klingelte an der Tür, sodass die friedliche Verbindung zerschlagen wurde.

Einen Augenblick später ging die Eingangstür auf, und Danielle rief einen Gruß herein. „Hallo. Irgendwer da? Wir sind früh dran.“

## 7

„Wir sind hier drin", erwiderte Aiden.

Petra riss die Hände aus dem Wasser, schnappte sich das Geschirrtuch in Aidens Fingern und trocknete sich rasch ab. Sie ging direkt hinter ihm, hielt eine Sekunde zu spät an, als er einen Schritt früher stehen blieb, als erwartet. Ihre Körper kamen in Kontakt, und als er einatmete, tief und abrupt, spürte sie es.

Es war nicht, dass Danielle ins Zimmer gekommen war, was diese Reaktion herbeigeführt hatte, sondern eine schmale Gestalt hinter ihr. Das Mädchen schlüpfte durch den Türrahmen und schob sich so dicht an die Wand, wie es ihr Rucksack gestattete. Als wäre sie ein Chamäleon, und wenn sie nur still genug stand, würde sie außer Sicht verschwinden.

Sie war dünn – zu dünn, dachte Petra. Die schmale Gestalt des Mädchens würde immer zierlich aussehen, aber ihre weiße Haut war blass wie Krepppapier, als wäre sie noch nie in der Sonne gewesen. Sie wirkte, als könnte ein starker Wind sie wegwehen. Der Kontrast von vollen Brüsten auf so einem kleinen Körper wirkte falsch, und Petra erriet bereits eines der

Probleme, denen sie sich in der Vergangenheit gegenüber gesehen hatte. Dieses Mädchen war jung genug, dass auf ihrem Gesicht noch ein Hauch Babyspeck war, aber mit Kurven gebaut, die zu einer sehr viel älteren Frau gehörten.

Dunkelbraune Haare hingen wirr herunter, und um ihr Gesicht lagen dicke, zottige Strähnen. Den Kopf hielt sie zum Boden geneigt, doch ihre Augen waren nach oben gerichtet und wachsam, als würde sie Ausschau halten, damit sie sich, falls nötig, ducken konnte.

Trotzdem sah Petra verborgene Kraft in diesen Augen. Steingrau, aber hell, wie die Augen einer Katze, die analysierten und beurteilten. Scharf und aufgeweckt. Sie hatte noch nicht ganz die Hoffnung verloren.

Danielle ging weiter, ihre Stimme eine sanfte Brise, die über Eierschalen tänzelte. „Wir haben uns ein bisschen früher getroffen, und der Verkehr war unfassbar locker. Mir war klar, dass es euch nichts ausmachen würde, darum sind wir gleich hergekommen. Jennifer, komm und lerne Aiden und Petra kennen. Sie werden deine Gastgeber in der nächsten Zeit sein.“

Aiden sprach leise. „Hey, Jennifer.“

Keinem im Zimmer entgingen die Art, wie das Mädchen zusammenfuhr, als er sprach, aber sie machte ein paar schlurfende Schritte weg von der Wand, um sich halb hinter Danielle versteckt aufzustellen. „Hi.“

Petras Herz hämmerte an ihrem Halsansatz. Sie hatte keine Ahnung, was das Mädchen durchgemacht hatte, aber dieser Augenblick war weit jenseits von unbehaglich. So sollte es sich nicht anfühlen, in die Zuflucht von High Water zu treten, und je länger die Stille in der Luft hing, desto mehr wusste sie in ihrem Inneren, dass das ihr Augenblick war.

Sie handelte aus Instinkt, trat hinter Aiden hervor und verschränkte die Arme vor der Brust. Petra beäugte das Mädchen betont von oben bis unten und nickte, bevor sie so offen sprach, wie sie es vor ihren Freundinnen getan hätte. „Hi, Jennifer. Das ist dein Heim, solange du es brauchst."

Jennifer nickte, schaute Petra aber nicht direkt in die Augen.

„Also, für den Anfang, wie sollen wir dich nennen?", fragte Petra.

Das Mädchen hob endlich den Kopf, in ihrem Gesicht stand Verwirrung. „So was wie einen erfundenen Namen?"

„Du kannst dir irgendwas ganz anderes aussuchen, wenn du willst, aber ich habe eher daran gedacht, dass man Jennifers nur ganz selten bei ihrem ganzen Namen nennt. Ich kenne ein paar Jens und ein paar Jennys." Petra zuckte mit den Schultern. „Denk mal darüber nach." Sie wandte sich an Danielle, entschuldigte sich innerlich dafür, dass sie Aiden die Kontrolle über die Situation entriss. „Gibt es sonst noch was, was wir aus dem Auto holen müssen?"

„Nein. Jennifer hat alle ihre Dinge bei sich", antwortete Danielle. „Ich habe allerdings Kontaktinformationen für Aiden."

Petra wedelte mit der Hand, als wäre das unwichtig, obwohl es die genauere Information Jennifers Geschichte betreffend sein musste. Das war zwar wichtig, aber das hier war sogar noch bedeutender. „Das überlassen wir dann euch. Jennifer, wir werden dich gleich in deinem Zimmer einrichten. Aiden und ich haben Geschirr gespült, und ich hasse es, eine Aufgabe halb erledigt zu lassen. Stell deinen Rucksack ab und komm mir helfen."

Dann, ohne zu warten, ob das Mädchen ihr folgen würde, ging sie zurück zur Spüle.

Leise Stimmen trieben hinter ihr in der Luft, aber nichts als Schweigen von der jungen Frau. Petra machte sich an die Arbeit, ein paar Dinge wegzuräumen – vermutlich vermasselte sie die Aufgabe total, aber das löste ihre Aufmerksamkeit ein paar kurze Augenblicke von Jennifer.

Zum Teil, um zu sehen, was sie ohne ein Publikum anstellte.

Petra drehte sich zurück, um ein paar Gläser zu nehmen, und unterdrückte ein Keuchen, als sie feststellte, dass Jennifer es zur Spüle geschafft hatte, ohne auch nur eine Diele quietschen zu lassen, obwohl sie Schuhe mit dicken Sohlen trug. Das Mädchen bewegte sich wie ein Geist.

„Macht es dir was aus, zu spülen?", fragte Petra.

„Nein."

Petra deutete auf die Spüle. „Da drunter gibt es Handschuhe, falls du die willst. Eine meiner älteren Schwestern nimmt sie die ganze Zeit, um ihre Maniküre zu retten. Meine Hände sind den Großteil der Zeit in furchtbarer Verfassung, und ich bekomme nur selten eine Maniküre, darum mache ich mir nie Sorgen darum."

Jennifer tauchte die Hände ins Wasser und holte tief Luft, stieß sie langsam aus, bevor sie nach dem ersten Teller griff.

„Aiden sagt, der neue Geschirrspüler ist auf dem Weg, aber bis dahin müssen wir das Zeug per Hand spülen. Magst du normalerweise spülen oder trocknen lieber?", fragte Petra.

Jennifer zuckte mit den Schultern.

„So geht's mir auch. Mir ist beides gleich recht, nur nicht an dem Thanksgiving, an dem meine Schwester Rachelle ihr Hochzeitsgeschirr rausgeholt und den Tisch ganz formell gedeckt hat, was bedeutet, vier oder fünf Teller und Schalen pro Person. Dann hat sie in allerletzter Minute beschlossen, dass das schicke Zeug unmöglich in den Geschirrspüler kann." Petra ließ die saubere Mischschüssel von Aidens Pfannkuchen für später auf der Arbeitsfläche stehen, dann beugte sie sich dichter heran, weil sie hoffte, Jennifers Blick aufzufangen. „Bei dieser Mahlzeit saßen vierundzwanzig Leute am Tisch."

Kurz huschten die Augen des Mädchens in ihre Richtung. „Vierund*zwanzig?*“

„Ich habe eine große Familie“, erwiderte Petra trocken. „Ein paar von ihnen haben Freunde dabei gehabt. Es war ein Spülalbtraum. Wir haben schickes Geschirr auf Familienfeiern danach verbannt.“

Jennifer spülte weiter, doch sie beäugte Petra ein bisschen genauer.

Ja, ihre riesige erweiterte Familie war normalerweise ein tolles Thema, um das Eis zu brechen.

Sie erzählte von ihren liebsten Geschirrspülkatastrophen, darunter das eine Mal, als Zach und ihre Schwager beschlossen hatten, eine Waschhilfe aus Hebeln und Seilzügen zu bauen. Das daraus folgende Desaster endete mit einer Flut, die die Stufen hinablief, als einer von ihnen den Wasserhahnhebel ausbaute und sie irgendwie den Zugang unter der Spüle verstellt hatten, sodass sie den Wasserzufluss nicht stoppen konnten.

Bis das Geschirr sauber und verräumt war, waren Danielle und Aiden auf der Veranda verschwunden. Petra hörte weniger, wie die Tür geschlossen wurde, als dass sie die plötzliche Entspannung in Jennifers Schultern wahrnahm.

Wenn das Mädchen jedes Mal nervös wurde, wenn ein Typ um die Ecke kam, würde das mit den drei Brüdern, die regelmäßig ins Haus kamen, problematisch werden. Da sie nicht wusste, was Jennifer durchgemacht hatte, war es keine Verurteilung ihrer Reaktion. Schon eher eine fiebrige Hoffnung, dass sie diese Phase rasch hinter sich lassen konnten, um ihrer aller willen.

Es musste nerven, ständig vor den Schatten zurückzufahren.

Sie trockneten sich beide die Hände ab, dann neigte Petra den Kopf zum Wohnbereich des Hauses. „Jetzt zur großen

Tour. Du wirst ein eigenes Zimmer haben, und ein geteiltes Bad. Du kannst die Badezimmertür auf der Seite des zweiten Schlafzimmers vorerst abgesperrt lassen, wenn du willst, denn da ist gerade niemand drin. Und an deiner Tür zum Gang ist auch ein Schloss", sagte Petra, die vorausging und darauf vertraute, dass Jennifer ihr folgen würde.

Der stete Tritt von Stiefelfersen auf dem Holzboden rief es Petra in Erinnerung. Sie blieb am Schlafzimmer stehen und bedeutete dem Mädchen, ihr vorauszugehen. „Ich denke nicht, dass deine Tasche groß genug ist, dass du ein übriges Paar Turnschuhe oder Pantoffel hast, oder?"

Jennifer starrte das Zimmer an, ihr Kopf ging von einer Seite auf die andere, ihre Augen groß wie Untertassen. Sie ignorierte die Frage völlig. „Das ist für mich?"

„Ja. Du bist dafür verantwortlich, dass es sauber bleibt, aber wenn es sauber genug ist, dass keine Brandgefahr besteht oder Essen verfault, bin ich nicht besonders pingelig. Es wird ein paar Aufgaben geben, bei denen du rund ums Haus hilfst, aber wir werden mal abwarten und sehen, was auf diese Liste kommt, nachdem Aiden und Danielle sich unterhalten haben, in Ordnung?"

Das Mädchen blinzelte heftig, hob den Kopf weit genug, um durch den Schlamassel ihrer Haare zu schauen und Petra von oben bis unten zu betrachten. „Ist das ein guter Platz zum Leben?"

Es war die Art Frage, die man entweder flüstern oder fordern sollte, aber die reine Hoffnungslosigkeit in der Stimme des Mädchens brach Petra fast entzwei.

Sie hob ebenfalls das Kinn. „Ich bin niemand, der irgendwo bleibt, wo es scheiße ist. Vertraue mir dabei." Sie schnaubte. Wie sie bewiesen hatte, als sie ihr ganzes Leben entwurzelt hatte, um vor dem Unbehagen zu flüchten, ihren Ex oder seine Freunde zu treffen. Oder seine Verlobte. „Ich erwarte, dass es bei uns ein paar Lernkurven gibt, während wir diesen Ort einrichten." Petra wedelte mit der Hand um sich herum. „Falls es dir nicht aufgefallen ist, du bist die erste, die eintrifft. Das bedeutet, du darfst uns helfen, herauszufinden, was wir richtig machen und was wir falsch machen."

„Wenn ihr mich nicht verletzt oder mir an die Klamotten wollt, schätze ich, ist es bereits eine ziemlich gute Verbesserung." Das kam mit der größten Heftigkeit und dem größten Feuer heraus, das Jennifer je an den Tag gelegt hatte, seit sie durch die Tür gekommen war.

Auf einer Seite von Petra rollte ein Ansturm des Zorns herauf und auf der anderen wieder herunter. Nicht auf dieses arme Kind, sondern auf die Arschlöcher, die das junge Mädchen dazu gebracht hatten, einen solchen Satz auszusprechen. „Falls jemand versucht, Ersteres zu tun, habe ich eine Freundin, die denjenigen vergiften wird, und ich vergrabe ihn dann eineinhalb Meter tief." Petra trat näher, stemmte die Hände in die Hüfte und lieferte Jennifer die absolute Wahrheit. „Falls irgendjemand Zweiteres versucht, habe ich eine Freundin, die weiß, wie man entscheidende Teile eines Körpers entfernt, sodass sie das niemals wieder versuchen. Bei keiner."

Das erste echte Lächeln, das sie gesehen hatte, geisterte über das Gesicht des Mädchens.

Also waren blutrünstige Drohungen die richtige Art. Gut zu wissen.

Sich mit diesem Gedanken aufzuhalten, würde Petras Blutdruck nicht wieder in die Normalität zurückschicken. „Nächster Teil der Tour, Jennifer. Hier entlang zum Bad. Es gibt nichts zu ..."

„Moment." Das Mädchen trat näher. „Ich möchte Jinx genannt werden."

Petra dachte darüber nach, ihr Gesicht war bestimmt

irgendeine Grimasse zwischen Erheiterung und einer erwachsenen Empörung. „Echt?"

Das Mädchen hob das Kinn. „Du hast gesagt, ich könnte mir einen Namen aussuchen."

Petra hob eine Augenbraue. „Schon wahr. Okay, Jinx, ich zeige dir den Rest des Hauses, und dann sehen wir, ob Aiden fertig ist, damit wir dich auf eine Tour in die Scheune mitnehmen können."

Jinx. Petra war nicht sicher, ob der Name das mit dem zu tun hatte, was das Mädchen von ihrem eigenen Leben hielt, oder was sie den Leuten um sich herum wünschte? Aber vorerst war es eine solide Entscheidung, die sie allein getroffen hatte, darum würde Petra sich mit jedem anlegen, der da nicht mitging.

~

ERST ALS DIE Tür sich hinter ihm schloss, wurde Aiden klar, wie viel Wut genau er im Inneren zurückgehalten hatte.

Danielle legte ihm sanft eine Hand auf die Schulter, führte ihn von der Veranda zur Scheune. „Was hat dich denn am allermeisten getroffen? Der Ausdruck in ihren Augen, oder Tatsache, dass sie so jung ist?"

„Alles." Weiter unten wimmerte Dixie leise, weil sie Aidens Wut spürte. Er tätschelte sie kurz, dann trat er weg, atmete tief ein, um zu versuchen, einen Teil des Zorns aus seinem Körper zu spülen. „Ich glaube nicht, dass es was Gutes wäre, wenn ich je den Leuten begegne, die diesen Ausdruck auf ihr Gesicht gelegt haben."

„Vertrau mir", erklärte Danielle, „ich habe sehr lebhaft über die Dinge fantasiert, die ich ihnen antun würde, wenn es möglich wäre. Aber gerade jetzt ist das Wichtigste, dass

Jennifer aus dieser Situation rauskommt und an einem Ort ist, wo ihr Leben besser werden kann."

Was das war, worauf sie sich konzentrieren mussten, anstatt Ressourcen dafür einzusetzen, herauszufinden, wen man im Boden verscharren musste. „Das wird nicht gehen", warnte er. „Sie als Ranchhelferin hier zu haben. Dafür ist sie viel zu jung."

„Sehe ich auch so. Dass ist mir erst klar geworden, als ich sie heute abgeholt habe. Manchmal kommen Mädchen in diesem Alter damit davon, so zu tun, als wären sie älter, aber sie sieht jung aus. Jünger, als sie ist." Danielle fauchte diese Worte beinahe.

Die Suche nach einer Lösung half, Aidens Temperament zu zügeln. „Ich habe vielleicht eine Idee." Sie hatten es zur Scheune geschafft, und auf der anderen Seite des offenen Gangs legten Jake und Declan ihre Werkzeuge ab und kamen rasch zu ihnen. „Sie ist hier willkommen, aber ich glaube nicht, dass es nur für kurze Zeit sein wird." Er schüttelte den Umschlag, den Danielle ihm gegeben hatte. „Außer hier drin findet sich was, das besagt, sie hat irgendwo anders einen sicheren Rückzugsort."

Danielle schüttelte den Kopf und hob ihr Kinn zu den Brüdern, erzählte es ihnen allen. „Ihre Eltern sind gestorben, als sie fünf war, darum war sie schon eine Weile in Pflegehäusern. In den Papieren stehen weitere Details, aber zusammengefasst hatte sie zwei stabile Orte. Vor eineinhalb Jahren musste sich das ältere Paar, bei dem sie acht Jahre gewesen war, aus der Pflegeelternschaft aus gesundheitlichen Gründen zurückziehen. Ihre neue Familie hat eine lange Vorgeschichte mit Pflegekindern und ziemlich gute Akteneinträge. Sie haben einen leiblichen Sohn, der etwa Jennifers Alter hat, und eine etwas ältere Tochter, also hätte es perfekt passen sollen. Stattdessen war es eine Katastrophe. Sie haben die anderen Behörden überzeugt, dass sie sich danebenbenommen und Probleme verursacht hat, und deshalb würden sie so durchgreifen. Ich bin überzeugt, dass da was Größeres gelaufen ist. Sie ist mindestens dreimal weggelaufen, und das ist nur, was ich weiß. Ich konnte niemanden überzeugen, sich das genauer anzusehen, also bin ich reingegangen und habe im Stillen gefragt, ob sie raus will."

„So willst du das also durchziehen?", fragte Jake. „Dass diesmal der Zeitpunkt ist, an dem sie Erfolg mit dem Weglaufen hatte?"

Danielle nickte. „Sie hat Hinweise hinterlassen, die andeuten, dass sie nach Toronto unterwegs ist. Das ist ein Ort, der groß genug ist, dass ein Mädchen wie sie verschwinden kann, und es ist weit genug von Red Deer weg, dass ich nicht glaube, irgendwer wird sich die Mühe machen, sie aufzuspüren."

„Red Deer ist nicht so weit von Heart Falls weg. Glaubst du, für sie ist es hier sicher?", fragte Aiden ganz leise.

„Sicherer als dort, wo sie war", fuhr Danielle ihn an, bevor sie tief Luft holte. „Sie hat darauf bestanden, dass sie nicht zu einem Arzt muss, dass sie nicht vergewaltigt worden ist, aber sie zeigt alle Anzeichen, dass sie mit sexuellem Missbrauch zu tun hatte."

Ein weiterer Zorneshauch glühte durch Aiden hindurch, als er daran dachte.

Danielle lächelte ihn entschuldigend an. „Ihr seid jetzt ihre beste Chance", sagte sie.

„Dann wird sie hierbleiben", erklärte Declan, ohne zu zögern.

„Sie ist verdammt nervös." Aiden schaute seine Brüder an. „Petra wird in diesem Fall eine Menge Entscheidungen treffen müssen."

Sie nickten beide.

„Sie ist zu jung, um eine Ranchhelferin zu sein. Aber sie könnte Familie sein. Declan."

Sein Bruder schaute ihm in die Augen.

Aiden verabscheute es, das zu tun, doch es war nötig. Es war nur drei Jahre her, seit Declans Frau Sadie gestorben war. Kurz nach ihrem Tod war der Zeitpunkt gewesen, als die Skye-Brüder ernsthaft damit begonnen hatten, die Einrichtung von High Water zu planen. Das machte ihren Verlust nicht weniger schmerzhaft für seinen Bruder.

„Sadies Leute hatten Pflegekinder. Sie wohnen inzwischen weit genug weg, dass sie es nicht wissen würden, und in ihrer neuen Gegend gibt es keine High Schools. So kann Jennifer trotzdem noch Teile ihrer Vergangenheit erzählen, die sie erzählen möchte, ohne dass sie so tun muss, als wären ihre leiblichen Eltern noch da. Ist diese Idee für dich okay?"

Declan zögerte kein bisschen. „Natürlich. Dass Jennifer herkommen sollte, klingt sinnvoll. Wir können das ja hochspielen, dass sie nach dem Abschluss in Calgary weiter lernen will."

„Ich melde mich bei meinem Kontakt", gab Jake an. „Beschaff ihr einen Ausweis und lass sie ins Schulsystem eintragen. Das sollte nicht lange dauern."

„Ich werde so tun, als hätte ich das nicht gehört", sagte Danielle leise. „Kontaktiert mich, falls ihr was braucht, aber von jetzt an werde ich mich aus den Details raushalten, soweit es möglich ist. Jennifer hat meine Nummer, falls es einen Notfall gibt, und ich werde manchmal vorbeikommen, um nach dem Rechten zu sehen, aber je weniger Interaktion es zwischen uns gibt, sobald die Leute wissen, dass sie vermisst wird, desto besser."

Jake schüttelte ihr die Hand. „Wenn du uns brauchst, ruf an. Deswegen sind wir da. Deswegen bauen wir High Water auf."

Declan wies mit dem Kopf zum Haus. „Wenn es sonst nichts mehr gibt, das du uns erzählen musst, bringe ich dich zurück zum Haus. Du kannst dich von Jennifer verabschieden, und ich erkläre ihr ihre Rolle in der Familie."

„Danke, dass ihr Männer seid, denen ich vertrauen kann. Das würde ich nicht machen, wenn ich nicht glauben würde, dass ihr felsenfest seid." Danielle schaute jedem von ihnen abwechselnd in die Augen, bevor sie die Hand kurz auf Aidens Arm legte. „Und zum Glück gibt es Petra. Du hast eine wunderbare Frau gefunden."

Das Lob schickte nur eine weitere Woge des Frusts über Aiden, während Danielle sich Declan anschloss und sie zum Haus unterwegs waren.

Petra *war* eine gute Frau. Zum Glück war sie eingeschritten und hatte geholfen.

Aber es war auch zum Verrücktwerden, da Aiden sie schon vor alldem für eine gute Frau gehalten hatte, und nun waren die Chancen, dass er etwas wegen der Verbindung zwischen ihnen unternahm, vorübergehend verschwunden.

Nichts spielte im Augenblick eine Rolle, außer sicherzustellen, dass Jennifers Welt nicht mehr die Hölle war, die sie vorher gewesen war.

Er schob sich vorbei an Jake in die Scheune, Zorn rauschte durch ihn hindurch. Er stieß die Faust in einen Futtersack, der auf einem Heuballen in der Nähe lag. Das Aufflackern der Schmerzen, die seinen Arm hinaufrasten, beeindruckte das Feuer, das im Inneren loderte, kaum.

Dixie winselte leise, tänzelte zur Seite, weigerte sich aber, zu gehen.

„So schlimm?", fragte Jake leise, schlüpfte hinter ihm herein.

„Sie ist ein verdammtes Baby", fauchte Aiden. „Ich kam durch den Raum, und sie sah mich an, als ob ..." Er schloss die

Augen und spannte seine pochende Faust an, versuchte, seine Wut wegzuatmen. „Wenn ich je den Hurensohn finde, der diesen Ausdruck in ihre Augen gelegt hat, dann hat er seinen letzten Atemzug getan."

Was er vermutlich nicht vor seinem Bruder hätte gestehen sollen, der fünfzehn Jahre bei der Polizei gewesen war.

Als Jake sprach, sagte er es, ohne ihn zu zensieren. „Verstehe ich. Und ich stimme dir zum Großteil zu, aber wir müssen diese Scheiße fallen lassen. Sie ist raus aus einer gefährlichen Situation, und wir müssen ihr helfen, weiterzukommen. Wir müssen das zu einem Ort machen, an dem sie aufblühen kann. Wenn wir uns mit ein paar unangenehmen Situationen rumschlagen müssen, und wenn wir angestarrt werden, als wären wir die Schurken, bis sie lernt, dass sie uns vertrauen kann, werde ich damit fertig. Das kannst du auch."

„Du berätst den Berater, was?", knurrte Aiden in einem Versuch, alles zu normalisieren.

„Du gibst normalerweise gute Ratschläge", gab Jake zu. „Sie braucht Zeit, um über das Drama ihrer Vergangenheit hinwegzukommen, und wie du vorgeschlagen hast, werden ein paar gute altmodische Pflichten und ein sicherer Platz in der Familie vielleicht der beste Weg sein, das zu erreichen."

Was stimmte, aber etwas anderes musste sich noch ändern. „Ich glaube nicht, dass es funktionieren wird, dass ich im Haus schlafe", sagte Aiden. „Nicht einmal mit dem Hinweis, dass ich zu ihrer Sicherheit da bin."

„Hau dich hier draußen mit uns aufs Ohr, aber lass Dixie bei den Mädchen im Haus", schlug Jake vor. „Problem gelöst."

Unerwartet entschlüpfte ihm ein Lachen. „Dixie?" Er kniete sich hin und kraulte sie an den Ohren, nahm das begeisterte Zungenbad entgegen, das sie ihm sofort anbot, um es ihm besser gehen zu lassen. Aiden nickte seinem Bruder langsam zu. „Das wird gehen."

Der Gedanke, dass alle drei Mädels zusammen im Haus lebten, ließ etwas von Aidens Aufregung ruhiger werden. Besonders, da eine von ihnen ein gut ausgebildeter Wachhund mit äußerst scharfen Zähnen war.

Jake legte den Kopf zum Haus hin schief. „Willst du, dass ich helfe, dein Zeug zu holen, damit du ausziehen kannst? Wenn ich vielleicht jetzt gehe, kann Petra uns weniger gruselig aussehen lassen."

Vielleicht, aber Aiden glaubte, er wüsste eine bessere Art. „Lassen wir doch Jennifer kommen, um Dixie draußen zu treffen. Die Mädels können die Tierrettung erkunden und dann an die Feuergrube kommen. Tiere sind doch die beste Ablenkung", schlug Aiden vor.

„Gute Idee." Sein Bruder schlurfte zur nächsten Box, tätschelte dem Pferd die Nase, das vorkam und den Kopf über das Geländer schob. Jake seufzte. „Ist ja nicht so, als würde man eine To-do-Liste machen, oder? Das hier wird eine Menge spontaner Entscheidungen erfordern."

„Ja."

Jake seufzte wieder. „Ich hasse spontane Entscheidungen."

Aiden streichelte Dixie wieder den Kopf und atmete ein paar Mal tief ein, arbeitete schwer daran, eine friedliche Mitte zu finden. Nein, es würde ein Schritt nach dem anderen sein müssen, mit einigen Stolperfallen auf dem Weg, aber es würde sich am Ende gelohnt haben. Das war die Wahrheit, an die er sich klammern musste.

Ob die Hölle losbrach oder Wassermassen, sie würden es zum Funktionieren bringen.

**8**

———

*P*etra hatte Jinx gerade einen kurzen Blick in alle anderen Räume verschafft, darunter auch ihren, als ein Klopfen an der Eingangstür erklang.

Jinx versteckte sich sofort hinter Petras Körper, obwohl dem Geräusch direkt Danielles fröhlicher Ruf folgte. „Hallo noch mal, die Damen. Ich bereite mich für den Aufbruch vor und wollte mich erst noch verabschieden."

„Brauchst du noch irgendwas von Danielle?", fragte Petra das Mädchen leise.

Jennifer, oder Jinx, wie Petra allmählich von ihr dachte, schüttelte den Kopf.

„Declan muss mit euch zwei reden, aber ich muss an dieser Unterhaltung nicht teilnehmen." Danielle ging durch das Zimmer, verminderte die Entfernung, bis sie ein paar Meter von Petra und Jinx entfernt stand. „Du bist hier sicher. Aber ich hoffe, du findest auch eine Möglichkeit, glücklich zu sein."

Jinx nickte, dann rückte sie weit genug vor, um die Hand auszustrecken. „Danke, dass Sie mir geglaubt haben. Ich weiß, Sie haben ein großes Risiko auf sich genommen, um mir zu helfen, und ich weiß das zu schätzen. Das werde ich nicht vergessen."

Danielle schüttelte Jinx' ausgestreckte Finger sanft, dann lächelte sie Petra an. Tonlos sagte sie das Wort *Dankeschön*, dann wandte sie sich zum Gehen.

Gleich hinter der Tür bot Declan Danielle einen Handschlag an und wartete, bis sie am Auto war, bevor er hereinkam. Er machte zwei langsame Schritte in den Raum, seine Füße in Socken glitten mit einem sanften Wuschen über den Boden. Er versuchte, sich so klein und unbeeindruckend wie möglich zu machen, was lächerlich war, wenn man die Breite seiner Schultern und die reine Masse betrachtete.

Und noch einmal ins Gefecht. Petra stellte alle vor. „Jinx, das ist Declan, Aidens großer Bruder. Du kannst ihn dir als deinen eigenen Marshmallow Man vorstellen."

Declan schnaubte. „Danke für dieses Bild."

Jinx verschwand wieder hinter Petras Rücken. „Können wir draußen reden?"

„Nehmen wir den Tisch", schlug Petra vor.

Das Haus war dazu bestimmt, der Versammlungsort für Familie und Ranchhelfer zu werden. Das würde nur schwer umzusetzen sein, wenn Jinx nicht einmal am Tisch sitzen konnte, ohne Angst zu haben.

Also übernahm einmal mehr Petra die Führung. Sie deutete auf Stühle, sodass die ganze massive Tischfläche zwischen ihren derzeitigen Schwierigkeiten lag. „Declan, du setzt dich da hin. Jinx, du nimmst diesen Stuhl, und ich setzte mich neben dich. Klingt das okay?"

Jinx nickte schwach.

Petra setzte sich, Jinx setzte sich, dann ließ sich Declan dort nieder, wo sie ihn hingesetzt hatte, direkt Jinx gegenüber.

Petra schaute ihm in die Augen. „Ich habe gefragt, wie man

sie nennen soll, und sie hat beschlossen, ihr Name soll Jinx lauten."

Declan hob eine Augenbraue, doch seine Miene war nachdenklich, nicht verurteilend. „Gefällt mir. Das passt zu dem, worüber wir miteinander reden müssen. Wir haben darüber nachgedacht, was du als nach Nachname nehmen solltest. Wir wussten nicht, dass du so jung bist, Jinx. Was bedeutet, dass du keine Ranchhelferin sein kannst. Du musst Familie sein."

Der ganze Körper des Mädchens versteifte sich, und die Finger auf ihrem Schoß krallten sich so fest, dass ihre Handknöchel weiß wurden. „Was für eine Familie?"

„Ich war mit einer wunderbaren Frau verheiratet, die vor drei Jahren gestorben ist." Am anderen Tischende wurde der riesige Mann weich, seine Miene so traurig, dass Petra ihn umarmen wollte. „Du könntest Sadies adoptierte Pflegeschwester sein, was dich zu meiner Schwägerin macht. Das würde dreizehn Jahre zwischen euch stellen, aber für eine Pflegesituation ist das ja nichts Ungewöhnliches. Ihre Eltern sind kürzlich in einen stillen Teil von Saskatchewan gezogen, also würde sich niemand was dabei denken, dass du hierherkommst, um die Highschool abzuschließen. Du könntest in ein paar Jahren unterwegs zur Universität in Calgary sein. Das bedeutet, du musst dir keine Lügen wegen deiner ganzen Lebensgeschichte merken. Nur die letzten paar Jahre."

Petra hielt ihre Miene so ausdruckslos wie möglich, aber sie war ziemlich verloren. Das war kein angemessener Zeitpunkt, um etwas zu sagen, wie *ich wusste nicht, dass du verheiratet warst,* oder *mein herzliches Beileid.* Denn Declan hatte seine Frau offensichtlich sehr geliebt.

Jinx' Hände entspannten sich, und ihr Kinn senkte sich leicht. „Das klingt sinnvoll. Und weniger Lügen sind gut." Sie hob den Kopf weit genug, um Declan in die Augen zu schauen. „Tut mir leid. Wegen deiner Frau."

Declan lächelte nicht, aber etwas in seinen Lippen wurde weniger angespannt. „Mir auch."

Petras Handy summte, als eine Nachricht eintraf. Sie holte es aus ihrer Tasche und schaute auf das Display.

> Aiden: Wenn ihr zwei fertig damit seid, mit D zu reden, kannst du Jennifer raus zur Scheune bringen? Wir wollen, dass sie die Hunde kennenlernt.

> Aiden: Ach, Mist. Ich hoffe, sie hat keine Angst vor Hunden.

> Aiden: Kannst du das rausfinden, ganz sanft, und es mich wissen lassen?

Sie schaute auf, um feststellen, dass sowohl Jinx als auch Declan sie beobachteten. Petra legte ihr Handy mit dem Display nach unten auf den Tisch. „Tut mir leid, das war unhöflich. Aiden will wissen, ob du Angst vor Hunden hast."

„Nein." Jinx blinzelte. „Sollte ich das?"

Auf der anderen Tischseite lachte Declan leise. „Wir haben ein paar gut ausgebildete Wachhunde. Ich wette, Aiden glaubt, einer von ihnen könnte vielleicht deiner werden. Wenn du magst, könnte er bei dir im Haus wohnen."

„Ein Hund?" Jinx nickte langsam, bevor sie gemessen ausatmete. „Das würde mir gefallen." Ein Stirnrunzeln trat auf ihr Gesicht. „Wie wird denn mein Nachname lauten?"

„Der Mädchenname meiner Frau war Tremont. Du wirst Jinx Tremont heißen. Na ja, bei den Behörden wirst du immer noch Jennifer Tremont sein, aber das ist eine einfache Änderung, die wir leicht vornehmen können. Ich glaube, das klingt ziemlich gut, oder?"

Jinx nickte, dann beäugte sie den Tisch zwischen ihnen

und bot ihm ein reumütiges schiefes Lächeln. „Tut mir leid, dass ich so verschüchtert bin ...“

Declan hob eine Hand, um sie aufzuhalten. „Du brauchst dich nicht zu entschuldigen. Nicht jetzt und niemals. Ich glaube nicht, dass du immer so empfinden wirst, aber bis du lernst, dass du uns vertrauen kannst, werden wir einige unbehagliche Augenblicke erleben. Das passt schon. Ich schwöre, meine Brüder und ich werden nie etwas tun, um dich zu verletzen, und wir werden alles tun, um zu verhindern, dass jene um dich herum dich verletzen. Ganz gleich, was nötig ist. Das ist vielleicht jetzt im Augenblick schwer zu glauben, aber das ist okay. Sei ruhig weiter verschüchtert. Das stört uns nicht. Lass uns nur einfach wissen, wenn wir einen Schritt zurücktreten müssen, damit du mehr Platz hast.“ Er schaute sich in dem offenen Ess- und Familienzimmer um. „Hier werden eine Menge der Mahlzeiten stattfinden, darum glaube ich nicht, dass du uns davon überzeugen können wirst, dass wir nicht mindestens dreimal am Tag auftauchen.“

Jinx senkte das Kinn, dann hob sie es entschlossen. „Das klingt schon sinnvoll. Ich mag ja essen auch irgendwie.“

„Gut. Ich habe vor, dich dazu anzustiften, während meiner Einsätze als Köchin hier meine Assistentin zu sein.“ Petra lehnte sich zu Jinx. „Ich bin keine sonderlich gute Köchin, darum hilfst du mir vielleicht sehr gerne. Das bedeutet, dass es an meinen Abenden mehr Essbares zu essen gibt.“

Diesmal kicherte Jinx direkt. „Okay.“ Zögerlich schaute sie Declan in die Augen. „Können wir zu den Hunden gehen?“

„Tolle Idee. Lass mich Aiden nur schnell sagen, dass wir unterwegs sind.“ Petra schnappte sich das Handy und schieb zurück.

Einen Augenblick später schrieb Aiden zurück:



Petra nickte Jinx zu. „Alles klar. Weiter zur Scheune.“

Es war klar, dass Jinx nicht viel Erfahrung mit Tieren hatte, so, wie sie sich mit großen Augen in der Scheune umsah – aber mit großen Augen voller Neugier, nicht Angst.

Sie ließ sich von Petra anleiten, um einem Pferd die Nase zu tätscheln. Sie nahm ein Kätzchen nach dem anderen hoch und kuschelte sie alle.

Aber als sie den wunderschönen Golden Retriever an der Feuergrube traf, blühte etwas auf dem Gesicht des Mädchens auf.

Aiden hielt die Leine des Hundes, doch es war klar, dass das eher Show als sonst was war. Der Hund blieb perfekt stehen, wenn Aiden stillstand, und schlüpfte leise vor, als er den Stand anpasste, etwa einen halben Meter nach rechts.

„Jinx, ich möchte dir Dixie vorstellen. Dixie“, sagte Aiden nach unten zu dem Tier. Der Hund schaute sofort zu ihm auf, seine ganze Aufmerksamkeit fixiert. „Das ist Jinx. Bewachen.“

Das hintere Ende des Hundes wand sich, als er mit dem Schwanz wedelte, aber er bewegte sich nicht von der Stelle, legte den Kopf vor Jinx schief, und hechelte leicht, das Ende der Zunge hing heraus.

„Streck die Hand aus", wies Aiden an. „Dann sagst du, *komm, Dixie*, und sie wird zu dir kommen. Wenn deine Hand ausgestreckt ist, leckt sie dich vielleicht kurz mal ab, aber dann wird sie sich hinsetzen und warten. Du nimmst dir Zeit, um dich an sie zu gewöhnen. Du kannst sie an der Schnauze oder zwischen den Augen kraulen, wenn du magst, aber solange du sie mal schnüffeln und Hallo sagen lässt, musst du nicht mehr tun."

„Klingt das gut?", fragte Petra.

Jinx nickte, schob die Hand schneller vor, als Petra erwartet hatte, obwohl sie schwer schluckte, bevor sie Aidens Anweisungen folgte. „Komm, Dixie."

Dixie kam zu ihr, stieß mit der Nase mitten in Jinx' Handfläche. Dann war ihr Hintern wieder auf dem Boden, ihr Schwanz wedelte wieder, während sie sich hinsetzte und ein breites Hundegrinsen darbot.

Zögerlich hob Jinx die Hand, um den Hund am Kopf zu streicheln, aber Petra ließ den Blick zu den Brüdern schweifen. Drei erwachsene Männer dabei zu beobachten, wie sie versuchten, sich kleiner zu machen, war erheiternd, oder wäre es gewesen, wäre der Grund, dass es nötig war, nicht so traurig gewesen.

Trotzdem lief die Vorstellung gut, und als Jinx zu Declan aufsah und ihm ein echtes Lächeln schenkte, blühte Hoffnung in Petras Brust auf.

„Sie ist lieb. Was muss ich sonst noch wissen?"

Declan wies mit dem Kopf auf seinen Bruder. „Das wird Aiden dir beibringen müssen. Dixie ist sein Mädchen, weniger unseres."

„Aber keine Sorge deswegen", fügte Aiden schnell an, als Jinx' Miene sich umwölkte. „Wir haben noch mehr Hunde, und werden weitere kriegen, also ist es okay, einen mit dir zu teilen. Dixie ist ein ganz besonderes Mädchen, und die Regel lautet, wer immer sie am meisten braucht, bekommt sie."

„Sie ist verschmust." Declan schüttelte den Kopf, als wäre er irgendwie angeekelt. „Hunde sollten doch nicht verschmust sein."

Jinx senkte den Blick, Petra hörte ein Schnauben, und als das Mädchen zu Declan aufschaute, war ein Hauch Erheiterung in ihren Augen.

Sie gingen zurück zum Haus. Jinx hielt sich nah an Petra, aber als Dixie dicht genug mitkam, um ihre Beine zu streifen und ihr die Nase in die Hand zu stoßen, die Jinx an der Seite hielt, war es ein positiverer Marsch, als Petra es sich erhofft hatte.

Aiden und Declan ließen sich auf einer Bank auf der Veranda nieder, um ihre Stiefel auszuziehen, als Jinx' Ruhe von einem Augenblick zum anderen zu verschwinden schien. Petra schaute sich um, um zu sehen, was die Veränderung herbeigeführt hatte.

„Was macht ihr?", fragte Jinx.

Aiden schob seine Cowboystiefel unter die Bank, dann warf er ihr einen Blick zu, Verwirrung auf dem Gesicht. „Wir tragen unsere Arbeitsstiefel nicht im Haus."

„Das ist der sicherste Weg, wie man eins mit dem Handtuch auf den Hintern kriegt", stimmte Jake zu, der einen Schuhlöffel nutzte, um seine Schuhe auszuziehen.

Es war die gleiche Regel, mit der auch Petra aufgewachsen war, darum war es nur natürlich, dass sie sich hinabbeugte, um ihre eigenen Schnürsenkel zu öffnen. Sie hielt jedoch inne, als Jinx zum Rand der Veranda schlüpfte und sich nicht länger wie Klebstoff an Petras Seite hielt.

Es war ein Instinkt, der dafür sorgte, dass Petra sich genau in dem Augenblick aufrichtete, als Jinx herumwirbelte und die

Stufen hinab und auf den Kies floh, in vollem Sprint unterwegs zur Hauptstraße.

~

„JINX." Petras Ruf hallte nach, noch während sie sich von der Veranda warf, dem Mädchen nach.

„Was zum Teufel?", stieß Jake aus, der versuchte, seine Füße wieder in die Stiefel zu stecken, damit er ihnen nach konnte.

*Das habe ich nicht kommen sehen,* dachte Aiden. Er schob auch seine Füße zurück in die Stiefel, während Declan ihm die Hand auf die Schulter legte. „Petra macht das schon."

Die drei standen auf der Veranda und fühlten sich ziemlich nutzlos, während die beiden Frauen etwa den halben Weg die Zufahrt entlang redeten. Jinx stand an einer Stelle, starrte auf den Boden, während Petra wild mit den Armen ruderte. Keine Schreie, aber offensichtlich war es eine äußerst intensive Kommunikation, zumindest von Petras Seite.

„Ich frag mich, worum es dabei ging", sagte Declan leise, während Petra Jinx ihre Hand anbot. Die jüngere Frau nahm sie zögerlich an und ließ sich von Petra zurück zur Veranda führen.

Dixie schlängelte sich um sie herum, machte sich Sorgen, weil irgendetwas nicht stimmte, was sie nicht sehen konnte.

Als sie in Sprechweite waren, schaute Petra Aiden in die Augen. „Nur ein leichtes Missverständnis. Alles ist in Ordnung, aber Jake und Declan sollen ins Haus gehen und sich ein wenig entspannen, wenn das okay ist."

Aiden hatte seine Brüder noch nie so rasch verschwinden sehen.

„Aiden bleibt da, weil ich seine Hilfe brauche", sagte Petra bestimmt, nahm ihn bei der Hand und zog ihn auf die Bank neben sich. „Du kannst dich dort hinsetzen, Jinx."

Sie deutete auf die Bank auf der anderen Seite der Tür. Jinx begab sich niedergeschlagen dorthin.

Das fühlte sich wie ein Balanceakt an, wurde Aiden klar. Er wollte sich nicht zu schnell bewegen, weil er Angst hatte, er würde dem Mädchen Angst einjagen, aber irgendetwas stimmte nicht. „Was kann ich tun?", fragte er Petra leise.

„Im Schlafzimmer. Da gibt es ein Paar Turnschuhe auf dem Boden in meinem Schrank. Wenn du die holst, und ein Paar Socken, sollte das gut sein." Petra zog ihre eigenen Schuhe aus, sprach ruhig zu Jinx, noch während Aiden ins Haus schlüpfte. „Weißt du noch, dass ich gesagt habe, dass es okay ist, dich zu fürchten? Wir werden es nicht immer richtig machen, aber du musst uns vertrauen, um uns zu sagen, wenn dir etwas Angst macht, und nicht einfach weglaufen."

Aiden verpasste das, was Jinx zur Antwort sagte, da er im Haus war und die Fragen seiner Brüder abwehrte, während er in Petras Zimmer eilte, um die verlangten Schuhe zu suchen.

Es hatte nicht gewirkt, als würde es so schwierig werden, wurde ihm klar, während er zurück zur Veranda eilte. Diese ganze Sache, zu versuchen, Leuten zu helfen. Irgendwie hatte er angenommen, weil sie Hilfe brauchten, würde das die Dinge geschmeidiger laufen lassen, und vielleicht würde er auf irgendeine Art für *manche* Leute der Richtige sein.

Aber als er auf die Veranda trat und feststellte, dass Petra vor Jinx kniete, den Fuß des Mädchens in der Hand, machte sich schließlich die Erkenntnis breit, dass sie vielleicht mit jemandem anfingen, der ihre größte Herausforderung überhaupt sein würde.

Jinx saß steif da, starrte Petra an.

Petras Mund war angespannt, während sie die Schuhe und Socken entgegennahm. „Möchtest uns vielleicht sagen, was hier passiert ist? Denn Aiden und mich gibt es nur in der Combo, und ich will nicht die ganze Zeit die Vermittlerin spielen müssen. Ich weiß, du hast Sachen, die du gern geheim halten möchtest, und das ist im Augenblick schon gut. Aber es gibt einige Dinge, die du die Jungs wissen lassen musst, verstehst du?"

Aiden bewegte sich, bis er hinter Petra war, setzte sich auf den Rand der Veranda an ihrem Rücken. Und da fiel ihm auf, dass die Sohlen von Jinx' Füßen vernarbt waren. Nicht nur schwache Linien, sondern heftige Vernarbungen und Wulste, als wäre sie so schlimm verletzt worden, dass ihre Haut Schäden genommen hatte.

Finger legten sich um sein Handgelenk, und ihm war klar geworden, dass er Petras Hüfte umklammert hatte. „Wer hat dir das angetan?", fragte er Jinx.

„Ich. Indem ich weggelaufen bin." Jinx schluckte schwer. „Ich habe mich nicht sicher gefühlt, darum bin ich weggelaufen. Das hat ihnen nicht gefallen, also haben sie mir meine Schuhe weggenommen. Als ich beim nächsten Mal weggelaufen bin, bin ich aus meinem Fenster gestiegen. Ich wusste nicht, dass irgendjemand darunter ein paar Flaschen zerbrochen hat." Sie schaute auf und sah Aiden in die Augen. Ihr Blick huschte zu Petra und dann wieder zurück. „Ich bin trotzdem weggelaufen, weil ich mir dachte, sogar meine Füße zerschnitten zu haben, wäre besser, als dortzubleiben."

*Himmel noch mal.* „Wir nehmen dir nicht deine Schuhe weg", versicherte er ihr. „Das ist nur so ein Brauch, das ist alles. Keine Schuhe für draußen im Haus. Aber wenn du die ganze Zeit Schuhe tragen möchtest, dann mach ruhig. Keiner von uns sagt ein Wort."

„Hast du das verstanden?", fragte Petra.

Das Mädchen neigte das Kinn.

„Du musst uns wissen lassen, wenn wir irgendwas

anfangen, das für dich furchteinflößend ist. Wir wollen nicht deine ganze Geschichte bekommen", sagte Petra rasch, „aber wir können nichts richtigstellen, von dem wir nicht wissen, dass es kaputt ist. Gib uns eine Chance."

„Kannst du das? Kannst es versuchen?", fragte Aiden.

„Ich werde es versuchen." Jinx nahm die Socken entgegen und zog sie rasch an, ihre ganze Konzentration auf den Schuhen, bis sie fest verschnürt waren. Sie nickte rasch, dann schaute sie zu Petra auf. „Ich habe nicht gern so viel Angst. Das will ich nicht, aber manchmal ..." Sie holte bebend Luft. „Ihr werdet mich wegschicken, oder?"

„Auf gar keinen Fall", versicherte ihr Petra. „Aber wir sollten gehen und unser Mittagessen einfordern, bevor Jake und Declan alles aufessen."

„Meine Brüder sind eine Horde Wildschweine, wenn es darum geht, den Kühlschrank leer zu fressen", sagte Aiden mit so viel Lockerheit, wie er nur aufbringen konnte. „Petra hat recht. Wenn man zu lange zögert, werden wir nur noch ein paar Reste abkriegen."

Sie waren kaum ins Zimmer gekommen, als Petra Jinx bedeutete, dass sie warten sollte. „Moment mal. Ich habe auch schicke Designersachen für drinnen. Ich brauche nur einen Moment, um sie zu finden." Sie seufzte und verzog das Gesicht, schnitt eine Grimasse vor Jinx, die sich an der Tür herumdrückte. „Manchmal ist mein Gedächtnis wie ein Schweizer Käse. Zum Glück habe ich auch Technik."

Petra schnappte sich ihr Handy und öffnete eine App, dann ging sie vorwärts, als würde einem Kompass folgen. Die Schachteln, die sie neben dem Garderobenständer gelassen hatten, wurden rasch neu sortiert, während die untere Kiste nach oben wanderte und wieder an der Wand aufgestapelt wurde.

Ein helles, zustimmendes Summen erklang, als sie einen

Rucksack herauszog, dann grinste sie Jinx an. „Ich wusste, sie waren in der Nähe. Zum Glück gibt es Air Tags." Petra schüttelte den Rucksack aus, und ein Paar Pantoffeln fiel auf den Boden.

Sie zog sie an, deutete locker auf den Küchentisch. „Bereit, wenn ihr es seid."

Es war unmöglich, nicht zu starren. Aiden stand einen Augenblick da und bewunderte einfach die leuchtenden Drachen, die Petras Füße zierten. Sie waren eher schon aufgemotzte Socken als Pantoffel, mit Regenbogenfarben und schimmernden Flügeln, die sich von der Oberfläche nach oben streckten, als ob die zwei Drachen gerade zu einer Landung herabglitten.

Jinx starrte auch hin, ihr Mund leicht geöffnet.

„Falls du dich gewundert hast, Petra ist einzigartig", setzte Aiden das Mädchen in Kenntnis.

Petra schürzte die Lippen und warf ihm einen Luftkuss zu. „Das gebe ich gleich an dich zurück."

Sie legte einen Arm um Jinx' Schultern und führte sie zum Tisch.

Aiden eilte vor, um seinen Brüdern beruhigend zuzunicken. „Wir haben unabsichtlich einen von Jinx' wunden Punkten erwischt, aber das ist nun erledigt. Außerdem hat Jinx bereits eine positive Erweiterung der Regel herbeigeführt. Hausschuhe sind jetzt eine Option hier auf High Water."

„Damit kommen wir klar", sagte Jake locker, bevor er mit dem Kopf nach links wies. „Sandwichzutaten sind auf dem Tresen. Macht euch, was ihr essen wollt, dann kommt zu uns an den Tisch."

Bis sie sich alle niedergelassen hatten, saß Aiden am Kopfende des Tisches. Petra saß rechts von ihm direkt Jake gegenüber, Jinx neben ihr, direkt gegenüber von Declan. Dixie hatte sich zwischen Jinx und Petra hingelegt, in ihren Hundeaugen ein Ausdruck, während sie sie anstarrte, als könne sie ihr Glück nicht fassen.

Keiner von ihnen sagte etwas, als Jinx ganz geheimnistuerisch ein paar Brocken für den Hund aus ihrem Sandwich zog, während sie aßen.

Jake öffnete einer seiner endlosen To-do-Listen und begann sie durchzulesen.

Declan hörte zu und nickte, doch er zuckte mit den Schultern, als Jake fragte, ob es irgendetwas gab, was er hinzufügen wollte. „Ich habe genug damit zu tun, mich um die Tiere zu kümmern, da wir im Augenblick noch keine Freiwilligen aus der Gemeinde hier haben." Er beäugte Jinx. „Da du kein Problem zu haben scheinst, Tiere um dich zu haben, wüsste ich es zu schätzen, wenn du mit einigen der Pflichten hilfst."

Sie nickte langsam, dann schaute sie nach links, als Aiden sprach.

„Pflichten, ja, aber wir müssen sie auch für die Schule anmelden. Was bedeutet, du musst deine eigene Liste anfertigen, vielleicht mit Petras Hilfe. Was für Sachen du brauchen wirst, wie Kleidung und das ganze Zeug."

Jinx' Augen wurden groß. „Ist es sicher für mich, zur Schule zu gehen?"

Aiden nickte. „Wir müssen uns um die Papiere kümmern, aber das sollte nicht zu lange dauern. Also hast du Zeit, um eine Einkaufsliste anzufertigen."

„Ich weiß jemanden, den wir um Hilfe bitten können", bot Petra an. „Ist lange her, dass ich in der Schule war, und auch wenn ich kein Problem habe, dich zum Einkaufen mitzunehmen, werde ich keine große Hilfe sein, in irgendwelchen Stilfragen zu beraten."

Ihr neuestes Familienmitglied nahm einen kleinen Bissen, dann kaute sie sehr gründlich, als würde sie schwer nachdenken. „Ich brauche nichts."

Ein Schnauben entwischte Aiden, bevor er etwas dagegen unternehmen konnte. „Na ja, das ist totaler ..." Er hielt inne.

„Bockmist?", bot Petra an.

Diesmal lachte Jake.

Petra beugte sich verschwörerisch zu ihrem Schützling. „Sie haben eine Abneigung gegen Fluchen. Ich bin ziemlich sicher, du hast Bockmist schon mal gehört."

„Sowohl das Wort als auch die Bedeutung", sagte Aiden. „Aber unser Daddy hat gesagt, wir sollten so was nicht vor Damen erwähnen. Was Petra weiß, und was sie für den totalen Knaller hält."

„Weil es das ist", sagte Petra erheitert. „Aber zurück zum Punkt, ich stimme Aiden zu. Jinx, du brauchst Sachen. Ein Handy und Schuhe und die ganzen üblichen Schulvorräte, und das ist Teil dessen, was es bedeutet, hier zu wohnen. Du bekommst die Sachen, die du brauchst. Vielleicht fühlt sich das komisch an, aber das ist okay. Du schuldest uns nichts, außer dass du versuchst, dein bestes neues Leben zu finden, so gut du kannst."

Jinx' Augen wurden feucht. Und obwohl Aiden hundertprozentig bei positiver Emotion dabei war, schien es wie eine gute Gelegenheit, die Dinge am Laufen zu halten.

Er schob sich hoch, nahm seinen Teller. „Falls alle wissen, was sie den Rest des Tages lang anstellen, habe ich eine Rigipswand, um die ich mich kümmern muss." Er kam zurück an den Tisch und legte Petra eine Hand auf die Schulter, beugte sich herab, um ihr leise ins Ohr zu sprechen. „Schreib mir, falls du mich brauchst."

Sie drehte leicht den Kopf, und ihre Wangen strichen

aneinander, und er war sich zu sehr bewusst, wie dicht ihre Lippen an seinen waren. „Zwei Schritte vorwärts und einen zurück, das geht immer noch voran", sagte sie leise.

Dazu konnte er nur Amen sagen.

Declan war neben ihm, als Aiden aus der Tür ging. „Die arme Kleine."

„Sie hat eine Menge Mumm. Ich meine, sie macht sich gerade vor Angst in die Hosen, aber sobald sie auf die Beine kommt, wird sie, glaube ich, in Ordnung sein."

„Ich freue mich, dass wir vorerst aber nicht noch jemanden reingenommen haben", sagte Declan. „Nur dass wir uns bei Kevin melden müssen."

„Jake hat gesagt, dass er sich heute Nachmittag darum kümmert." Denn einen ausgebildeten Berater auf der Ranch zu haben, und zwar sobald möglich, war eine Notwendigkeit.

Der Nachmittag ging dahin, indem er die letzte Rigipswand errichtete und begann, die Vorarbeiten für die nächsten in den Räumen zu erledigen, die man für die Künstlerresidenz nutzen würde. Aiden ging ins Haus, hatte vor, schnell zu duschen und dann seine Sachen in die Scheune zu bringen, als Petra ihn erwischte. Sie bedeutete ihm, sich in der Ecke des Wohnzimmers ihm anzuschließen.

Er musste fragen. „Du hattest Air Tags an deinen *Pantoffeln?*"

Sie blinzelte ihn an, dann verdrehte sie die Augen. „Nein, in meinem Rucksack. Ich habe die schlechte Angewohnheit, Sachen zu vergessen. Ich hatte es satt, Zeug zu verlieren, also wurde ich proaktiv und habe sie in alle meine großen Taschen eingenäht."

„Klingt sinnvoll."

Auf der anderen Seite des Zimmers kochte Declan Abendessen. Jinx stand ein paar Meter von ihm entfernt an seiner Seite an der Arbeitsfläche und schnitt das Gemüse für den Salat.

„Das ist sehr viel hoffnungsvoller, als ich es mir vorgestellt habe", sagte Aiden leise zu Petra, bevor er ihr Gesicht musterte. „Ich habe keine Nachrichten von dir bekommen. Ich nehme an, der Nachmittag lief glatt?"

Sie hob die Augenbrauen. „Wir hatten keine Panikattacken mehr. Jinx hat es toll gemacht, mit den Pflichten bei den Tieren zu helfen. Als wir zurück nach drinnen kamen, um online nach Informationen für die Schule zu suchen, ist es besser gelaufen, als ich erwartet hatte." Sie holte tief Luft, ihr Blick huschte zur Küche, während sie die Stimme senkte. „Wir haben ein Problem."

„Spuck es aus. Nichts ist schlimmer als meine Vorstellungskraft, die gerade hochfährt."

Petra schaute auf ihre Hände, als würde sie sie genau mustern. „Jinx freut sich, dass sie Dixie in ihrem Zimmer haben kann. Sie sagte, sie hätte noch nie einen Hund gehabt, und es ist sehr fürsorglich, dass mein Verlobter bereit war, seinen zu teilen."

„Natürlich." Er nahm ihre Finger, damit sie nicht mehr herum zappelte. „Petra. Was ist *los*?"

Sie seufzte. „Jinx sagte, dass sie sich mit Dixie in ihrem Zimmer und dir und mir im großen Schlafzimmer sicher fühlen wird, sodass sie heute Nacht schlafen kann."

„Aber ich schlafe doch nicht im ..."

Petra hob eine Augenbraue.

Okay, er war nicht immer so langsam. „Oh."

„Ja, *oh*." Diesmal sagte sie es erheitert.

Seine Gedanken wirbelten um alles, was das bedeutete. „Sie will einen Typen im Haus, aber ihr gefällt es vermutlich nicht, wenn ich nicht in dem Zimmer mit dir bin, wo du mich im Auge behalten kannst, was?"

„Falls wir uns die schlimmsten Szenarien vorstellen, ja. So habe ich das Rätsel auch aufgelöst." Petra schaute ihm in die Augen. „Also, Mitbewohner. Ich schätze, du kannst auch gleich dein Zeug zu mir reinholen. Aber ich warne dich, ich kriege die rechte Bettseite."

## 9

Der ganze Tag war ein Adrenalinrausch nach dem anderen gewesen. Bis das Spülen nach dem Abendessen fertig war und sie sich alle im Wohnzimmer auf der Seite versammelt hatten, wo der Fernseher war, hatten Petras Nerven ein unvertraut flatterndes Gefühl angenommen.

Sie war klug genug, um zu verstehen, warum das geschah – Mitgefühl für Jinx und wie sie sich wohl fühlte, wenn schon sonst nichts – aber das machte Petra ein wenig wackelig.

So voller widersprüchlicher Emotionen. Wut und Frust und Hoffnung und Angst, das Falsche zu sagen oder das Falsche zu tun. Was den zerbrechlichen Mut zerschmettern würde.

Es war auch ganz natürlich, die Anziehungskraft zu spüren, die zwischen ihr und Aiden bestand. Jedes Mal, wenn sie sich in die Augen schauten, lief ein Beben Petras Rückgrat hinab, und ihre Erinnerungen strömten wieder herein. Diese köstliche Nacht, die sie zusammen verbracht hatten, war etwas, von dem Petra Fantasien gehabt hatte, dass man sie jederzeit wiederholen konnte.

Und jetzt mussten sie sich ein Zimmer teilen?

Jinx hatte eine große Liege bekommen, was kaum für sie und Dixie reichte. Der Hund nutzte die Privilegien, im Haus zu sein, mit großer Begeisterung aus, kroch auf Jinx' Schoß und quoll über die Armlehne.

Petra stand unbehaglich da, dachte über ihre Optionen nach, bis Jake ins Zimmer kam und die Kontrolle übernahm.

Er bedeutete ihr, dass sie zur Couch gehen sollte. „Wir sind noch nicht lange genug auf High Water, um viele Routinen einschleifen zu lassen. Da ich derjenige bin, der das Köpfchen für Timing und Organisation hat ..."

„Und ein noch größeres Köpfchen dafür, alle herumzukommandieren", murmelte Declan.

Aiden lachte direkt, während er sich neben Petra auf der Couch niederließ, und Jake machte ein finsteres Gesicht. „Zieh nicht so ein Gesicht. Der Versuch, uns zusammenzutreiben und zu lenken ist doch eines seiner Lieblingsdinge, Bruder."

Anstatt zu funkeln, verdrehte Jake dramatisch die Augen. „Seid ihr zwei jetzt mal damit fertig, Comedians zu geben?"

„Ich bin ziemlich sicher, ich habe noch ein paar mehr Witze in mir", entgegnete Aiden sofort.

Diesmal sagte Declan nichts. Er grinste nur in seine Kaffeetasse, die er sich aufgefüllt hatte, nachdem die Mahlzeit vorbei gewesen war.

Jake schüttelte den Kopf, doch er war nicht derjenige, den Petra fasziniert beobachtete. Jinx hatte die Arme um Dixies Hals gelegt, die Augen groß, als hätte ihre Comedy-Nummer sie in den Bann gezogen.

Petra glaubte nicht, dass das lockere Necken gespielt war – so viel wahre Zuneigung kam in der Art durch, wie die Brüder miteinander sprachen. Aber Jinx sog alles auf, und je länger die Typen scherzten, während Jake sich neben Declan setzte und die Liste mit Fortschritten auf den neusten Stand brachte, desto mehr öffnete sich ihr Mund schockiert.

Es war eine nette, normale Familiensituation, soweit es Petra sagen konnte. Nicht so anders wie das, wie sie und ihre eigene Familie regelmäßig miteinander umgingen.

Was bedeutete, dass diese Art lockeres Geplauder vermutlich nichts war, was Jinx in langer Zeit erlebt hatte, falls überhaupt.

Petra hatte sich rasch die Papiere durchgelesen, die ihr Aiden in die Tasche geschoben hatte, was ihr das Grundgerüst dessen vermittelte, was Danielle über Jinx' Wohnsituation erzählt hatte. In den kommenden Tagen, sobald sie bereit war, würde Jinx mehr über ihre Vergangenheit erzählen, aber vorerst ging es nur darum, eine Stunde um die andere Vertrauen aufzubauen.

Was bedeutete, dass auch Petra durch diesen ersten Abend kommen musste.

Gefolgt von einer Nacht, in der sie sich ein Bett mit Aiden teilte.

Was wollte sie?

Es war eines, das eigene Leben auf den Kopf zu stellen, um zu helfen – und je länger der Tag ging, desto dankbarer war Petra, dass sie zur richtigen Zeit am richtigen Ort gewesen war, um das zu tun. Aber bedeutete es, dass sie ihr eigenes Verlangen dämpfen musste, wenn es um sie und Aiden ging?

Ein bisschen Knutschen würde den perfekten Endorphinrausch bieten, um mit der derzeitigen Situation klarzukommen.

Ein Ellbogen stieß sie sanft in die Seite. „Der Lehrer will wissen, warum du nicht teilnimmst", scherzte Aiden.

Petra blinzelte und stellte fest, dass sich alle Blicke auf sie richteten. Sie war so sehr in ihren eigenen Gedanken gewesen, dass sie nicht mehr mitbekommen hatte, was los war. „Tut mir leid, das musst du noch einmal sagen."

„Sorg mal dafür, dass dein Mädchen da drüben wach bleibt", grollte Jake, bevor er sich wieder zu seinen Papieren wandte.

Aiden legte den Arm um die Rückenlehne des Sofas, sodass Petra näher rückte. Er grinste hinab und wackelte mit den Augenbrauen. „Ich kann doch nicht den Boss unglücklich machen."

Nur dass Jinx' Blick auf ihnen lag, und ihre Körpersprache war steifer als vorher. Petra drehte sich auf der Stelle, verschränkte die Beine unter sich. Aidens Arm fiel zurück, noch während sie Seite an Seite blieben. Sie stieß ihn erheitert in die Brust. „Du brauchst doch keine Ermutigung, um dich ablenken zu lassen. Was war die Frage, Jake?"

„Früher oder später werden wir verschiedene abendliche Aktivitäten am Start haben. Dinge wie Hausaufgaben oder Vorbereitungen für das Künstleratelier. Aber zum Großteil werden wir den Abend zur Entspannung nutzen. Ich habe gefragt, ob du mitteilen willst, was auf deine Liste für entspannende Abendaktivitäten kommt."

Hitze rauschte durch sie hindurch, während Aiden ihr eine Hand auf den Oberschenkel legte. Diese Hände, überall auf ihr ... Das war eine entspannende Abendaktivität, die jetzt nicht erwähnt werden würde, ganz gleich, wie sehr sie ihr in den Sinn kam.

Petra dachte nach, dann listete sie rasch eine Reihe auf. „Ich häkle. Normalerweise lege ich einen Podcast auf und häkle eine oder zwei Stunden vor mich hin. Manchmal läuft noch eine Serie, vielleicht höre ich etwas Musik. Normalerweise gehe ich abends spazieren, aber das liegt daran, dass meine normalen Jobs oft verlangen, dass ich lange Zeit auf dem Hintern sitze. Da ich erst kürzlich nach High Water gekommen bin, habe ich eine neue Routine noch nicht raus."

„Ich brauche normalerweise keine körperliche Arbeit mehr am Abend", sagte Declan, „aber Musik höre ich gerne oder so was. Ich schnitze gern, und es ist nett, wenn dabei im Hintergrund was läuft."

Jinx runzelte die Stirn. „Warum macht ihr nicht einfach alle das, was ihr sonst so macht? Ihr müsst doch nichts verändern, nur weil ich hier bin."

Aiden beugte sich vor und legte die Ellbogen auf die Knie. „Das ist sehr nett, aber es ist nicht so, als würden wir uns total ins Zeug legen und uns Mühe machen, Jinx. Du gehörst jetzt zu unserer Familie, und ja, manchmal machen Familien doofe Sachen, aber normalerweise tun sie ihr Bestes, um kluge Dinge zu tun, wie es zu erleichtern, Zeit mit den andern zu verbringen, auf eine Art, die gemütlich ist und alle glücklich macht."

„Stell es dir doch als Familienroutine vor", ließ sich Declan vernehmen. „Wer weiß schon? Vielleicht beschließt du, dass du Schnitzen lernen willst. Es ist immer gut, wenn man einen Experten hat, der es einem beibringen kann."

„Dann setze ich das auf die Liste", sagte Jake. „Einen Expertenschnitzer finden, der Jinx etwas beibringt ..."

Declan kratzte sich zwischen den Augen, nutzte dazu seinen Mittelfinger.

Jake schnaubte. „Du fluchst trotzdem. Du weißt, dass Jeff dich damals nie damit hätte davonkommen lassen."

Petra lachte. Das Unbehagen, das sie gespürt hatte, schmolz langsam dahin durch die starke Bindung zwischen den Brüdern. „Okay, also suchen wir nach Ideen für Familienabende auf High Water. Gerade jetzt haben wir nicht viel auf unserem Ausgehkalender, also gibt es keinen Grund, weshalb wir nicht zusammen hier drin abhängen sollten, oder am Feuer, oder so was, ja? Nur keine Arbeit."

„Keine Arbeit." Jake stimmte zu. „Es wird Notfälle geben, und wenn Jinx mal in der Schule ist, hat sie vielleicht Sachen, die noch nach dem Abendessen stattfinden, also werden wir uns anpassen müssen. Aber vorerst, wie wäre es, wenn wir das Wetter entscheiden lassen?"

Jinx hob die Finger ein kleines bisschen, als würde sie um Erlaubnis bitten, etwas sagen zu dürfen.

Petra ignorierte den Drang, dem Mädchen zu sagen, dass dies keine Schule war. Das würde sie früher oder später schon rausfinden. „Was ist?", fragte sie.

„Ich würde gern etwas Musik hören. Und ein paar Podcasts, und Serien, aber es gibt ein bisschen Zeug, das ich nicht ..." Neben ihr schmiegte sich Dixie an, winselte leicht, während sie suchte, was ihr neues Mündel so in Aufregung versetzte. Jinx streichelte den Kopf des Hundes, dann hob sie entschieden den Kopf und schaute Petra in die Augen. „Es gibt Sachen, die ich nicht ansehen will. Nichts Gewalttätiges, nichts Grausames, oder Zeug mit Sex, nur damit ihr das wisst."

Die Brüder nickten alle sofort, ihre Gesichter grimmig. Diesmal hatte Petra zu kämpfen, dass sie ihre Körpersprache unter Kontrolle hielt. Dieses Mädchen – verdammt sollten die Leute sein, die Jinx vorher gehabt hatten, und ihre Welt so korrumpiert hatten, dass sie schon um grundlegenden Anstand bitten musste.

Jake hob seinen Notizblock und sprach, während er schrieb. „Jinx hat die letzte Entscheidung über das, was wir zur Unterhaltung schauen." Er machte einen übertriebenen Haken und schaute ihr in die Augen. „Am leichtesten geht es, wenn du uns wissen lässt, was du anschauen oder hören willst, und dann übernehmen wir von da."

Declan richtete sich in seinem Stuhl gerade auf. „Moment

mal. Was siehst du denn gerne?", fragte er Jinx mit gespieltem Entsetzen in der Stimme. „Ich komme nicht mit diesen Häuserjägerserien klar. Das ist doch nur Blödsinn, mit Leuten, die sich beschweren, wie klein die Einbauschränke sind."

Jinx kicherte, ein zögerliches Lächeln spielte um ihre Lippen. „Wie wäre es, wenn ich eine Liste mit Dingen anfertige, die ich mag, und ihr könnt sie euch alle ansehen."

„Musik auch", schlug Aiden vor. „Liste deine Lieblingskünstler und Genres auf, so was eben. Dann können wir uns abwechselnd das Zeug der anderen anhören, aber ich werde mich nicht hinsetzen und George Strait auf Repeat anhören, niemals wieder."

„Wir machen eine Liste, Jinx", sagte Petra, die ihre Hand auf die von Aiden legte und sie erheitert tätschelte. „Vergesst nicht, Leute, es gibt auch Ohrstöpsel. Manchmal können wir unsere eigenen Sachen hören, und einfach nur zusammen im selben Zimmer sein. Das ist auch eine Möglichkeit."

Jinx schaute sich neugierig und angstvoll um. „Also was ist mit heute Abend? Da wir noch keine Listen haben?"

Jake schaute auf die Uhr. „Es ist ein schöner Abend. Wie wäre es, wenn alle eine Weile das machen, was sie machen müssen, und um neun Uhr treffen wir uns an der Feuergrube und verbringen eine Stunde mit nichts, außer dem Knistern des Holzes zuzuhören. Ich weiß nicht, ob du draußen häkeln kannst, Petra, aber Declan kann schnitzen. Oder vielleicht kann Aiden seine Gitarre mitbringen."

Seine Gitarre?

Nicht, dass Petra damit herausrücken würde, dass sie keine Ahnung hatte, dass ihr Verlobter spielen konnte. „Klingt das okay für dich, Jinx? Wir haben eine Tasche mit Kleidung, die wir durchgehen müssen, die meine Schwägerin hier gelassen hat, aber das sollten wir ziemlich schnell erledigt kriegen. Es ist irgendwie schon Arbeit, aber ich glaube, es ist wichtig."

„Okay."

Neben ihr lehnte sich Aiden dicht heran, bevor Petra aufstehen konnte. Während die anderen aufstanden und in unterschiedliche Richtungen losgingen, legte er die Lippen an ihr Ohr und flüsterte leise: „Du musst mir sagen, wenn ich mir meine Matte holen soll, damit ich auf dem Boden schlafen kann. Oder ist es für dich okay, wenn ich eine Matratze mit dir teile? Keine Erwartungen."

Petras Magen war wieder ein zitternder, aufgeregter Schlamassel.

Zumindest wusste sie einen Teil der Antwort, ohne zu zögern. „Wir sind doch Erwachsene. Es ist ein Doppelbett. Ich glaube, das können wir teilen, keine Erwartungen."

Er nickte fest, während er sich zurücklehnte und sich dann auf die Beine schob.

Petra ging ihm nach, um sich Jinx anzuschließen, die am Eingang des Schlafflügels wartete.

Jinx' beobachtender Blick huschte über sie, aber nicht einmal das Wissen, dass sie ihr bestes Betragen an den Tag legen musste, konnte verhindern, dass Petras Blick auf die glatte, muskulöse Spannung von Aidens Hintern fiel, als er selbstbewusst vor ihnen zu ihrem Zimmer ging.

Dieser Mann war verdammt gut aussehend. Ein Bett teilen, ohne Erwartungen? Teufel noch mal. Sie würde spontan in Flammen aufgehen.

Petra hatte ein beschissenes Pokerface.

Aiden hob sich dieses Wissen auf und dachte über die interessantere Kleinigkeit nach, die ihre letzte kurze Diskussion ihm offenbart hatte.

Sie hatte enttäuscht gewirkt. Er hatte versucht, das Ding

mit dem geteilten Bett weniger unbehaglich zu machen, und sie war absolut enttäuscht gewesen. Was sowohl interessant als auch superfrustrierend war.

Nein. Es war interessant. Mit dieser Option würde er arbeiten.

Er schlüpfte in das große Schlafzimmer und packte den Rest seiner Sachen weg. Es dauerte nur kurz, bevor er wieder im Gang zurück war, das Geräusch von Stimmen aus Jinx' Zimmer trug deutlich zu ihm heran.

„Das sind nur ein paar Sachen, die du mal durchgehen musst, bis wir Zeit finden, um in den Laden zu gehen. Und das wird nicht lange dauern", versprach Petra.

„Mir macht es nichts aus, was Weitergereichtes zu tragen."

Petra machte ein unhöfliches Geräusch. „Etwas Weitergegebenes auf jeden Fall, aber du kriegst auch neues Zeug. Denn als fünftes Mädchen in der Familie – lass mich dir sagen, dass nichts als Weitergereichtes ziemlich nervt."

Er stellte sicher, dass er laut war, als er näherkam. „Entschuldigt mich, Ladys." Sie schauten von ihrer Aufgabe auf, Jinx' Körpersprache wurde wachsam, wie er es erwartet hatte. „Petra, ich werde mit den Pflichten helfen. Wir treffen uns alle an der Feuergrube, okay?"

Sie wirkte einen Augenblick verwirrt, bevor etwas in ihrer Miene weicher wurde und ihr klar wurde, dass er sich benahm, wie es ein Verlobter tun würde. „Klingt gut." Sie zögerte, bevor ein richtiggehend schelmisches Lächeln auch über ihr Gesicht huschte. „Du solltest deine Gitarre mitbringen."

Verdammt sollte Jake sein. Aiden lächelte zurück. „Das kann ich machen."

Er murmelte immer noch tonlos Flüche vor sich hin, als er in der Scheune auf seinen Bruder stieß. Was bedeutete, dass er buchstäblich in ihn hinein stieß, sodass Jake fast ins Stroh fiel. „Du Esel. ‚Aiden kann seine Gitarre mitbringen', was?"

„Hey, du bist der Talentierte in dem ganzen Haufen. Ich dachte mir, es wäre schade, wenn deine ganze schicke Ausbildung vor die Hunde geht.“

Jake tänzelte aus Aidens Faustreichweite, aber es war alles gut gelaunt.

Zusammen machten sie die Runden, um sich mit den paar Pflichten zu befassen, die es für die Tierrettung gab.

Es waren noch nicht sonderlich viele Tiere in der Scheune. Das Paar, von dem sie die Tierrettung gekauft hatten, hatte es toll gemacht, für die meisten Tiere ein Heim zu finden, bevor sie die Ranch zum Verkauf angeboten hatten. Die Tatsache, dass es den Skye-Brüdern nichts ausgemacht hatte, dass die restlichen Tiere mit kamen, war unüblich gewesen.

Nicht viele Leute würden eine Vollzeit-Wohltätigkeitseinrichtung übernehmen, während sie auch noch eine Ranch kauften.

„Wir warten bis nächsten Frühling, bis wir die Tierrettung wieder voll aufmachen, oder?“, fragte Aiden.

Jake nickte. „Declan hat es bereits bekannt gegeben, dass wir Tiere nehmen, falls es einen Notfall gibt, aber wir müssen den Rest der Renovierungen und das, was das Geld bringt, zuerst fertig haben.“

Was bedeutete, dass es eine halbe Stunde später war, nachdem sie sich um den Großteil der Katzen und die paar Pferde gekümmert hatten, die Declan bereits zu ihren eigenen Reittieren hinzugefügt hatte.

Jake ging in eine Richtung los, um das Feuer zu starten, und Aiden in die andere, um seine Gitarre zu holen. Sobald er geholfen hatte, die Stühle um die Feuergrube aufzustellen, ignorierte er alles andere, setzte sich hin und begann zu spielen.

Seine Mutter hatte ihn mit der Gitarre vertraut gemacht, und nachdem sie gestorben war, hatte Jeffrey sich ins Zeug gelegt, um sicherzustellen, dass der Unterricht weiterging. Aiden hatte genug Jahre davon hinter sich, dass er, sobald er mal losgelegt hatte, ins Feuer starren und die Musik aus sich herausströmen lassen konnte.

Die Feuergrube schmiegte sich an einer Seite des Gebäudes in eine leichte Senke. Die Landschaft verstellte den Blick auf einige der weiten Aussichten, aber das bedeutete, dass sie hier sein konnten, selbst wenn der Wind zunahm, an einen sicheren Ort gekuschelt, wo sie einfach nur sein konnten.

Ein Ort zum Entspannen und um den Stress des Tages abzustoßen.

Jinx. Die erste, die nach High Water kam. Die erste, die sich der Familie anschloss, und das Lied unter Aidens Fingern änderte sich von etwas Leichtfertigem und Weichem zu etwas Schelmischem und Ausgeklügeltem. Als ob die Feen hier herumflitzten und die Magie um ihn herum aufleben ließen.

Und da kamen die Mädchen an. Bewunderung tanzte in Petras Augen, während sie sich auf den Stuhl neben seinem niederließ, Jinx auf ihrer anderen Seite. Dixie drehte sich auf der Stelle, dann ließ sie sich zu Füßen des Mädchens nieder, während Petra etwas Kleines und Wolliges aus einem Korb hob, den sie auf den Boden gestellt hatte.

Seine Brüder trafen ein. Declan öffnete sein Taschenmesser, setzte sich vorgebeugt hin, um weiterhin an dem Baumstumpf zu arbeiten, den er gefunden hatte. Er war etwa auf halbem Weg, um das kleine Gesicht eines Gnoms durch die raue Rinde spitzen zu lassen.

Während alldem spielte Aiden. Die klassische Musik, die nicht so gut in dieses Umfeld hätte passen sollen, und es dennoch tat, wirbelte mit einem leichten Rhythmus um sie herum. Der Puls seiner Finger trug durch die Luft und schuf Magie, während die Sonne hinter die Berge schlüpfte und den Himmel langsam mit einem üppigen Goldton füllte.

Die Miene auf Jinx' Gesicht war so ehrfürchtig wie der Sonnenuntergang. Als könne sie nicht glauben, wo sie war, oder wie sehr sich ihr Leben verändert hatte.

Als sie den Kopf an die hohe Lehne des Adirondack-Sessels lehnte und die Augen schloss, die Finger leicht über Dixies Kopf streiften, lächelte Aiden.

Es mochte ja noch einen ganzen Rattenschwanz voller Dinge geben, die man rauskriegen musste, darunter etwa Jinx' Geschichte hinzubiegen, damit die Lügen, die man der Gemeinde erzählen musste, funktionieren würden, aber gerade hier und jetzt? Das war ein Teil der Familie, die er geträumt hatte, zu schaffen. Das war, weshalb sie hier waren.

Sie saßen fast eine Stunde da. Jinx wechselte ein paar Mal die Position, stand auch auf, streckte sich, und ging an der Rückseite all ihrer Stühle herum, während Dixie neben ihr lief.

Aiden spielte. Petra lächelte. Ein kleines Licht hing um ihren Hals, das auf ihre Finger gerichtet war, und beleuchtete sie, während sie sich in einem leichten Rhythmus bewegten. Declans Finger flossen auch über das Holz, mit allen dreien schufen sie eine artistische Symphonie, jeder auf die eigene Art.

Jake? Hatte ein Notizbuch auf dem Schoß, schrieb ein paar Zeilen, dann schloss er es. Öffnete es, schrieb ein bisschen mehr. Jedes Mal starrte er dazwischen ins Feuer, sein Kopf nickte zu dem Rhythmus von dem, was Aiden spielte.

Sobald er wusste, wo alle seine Leute waren, ließ Aiden sich mit der Musik treiben. Ein lockerer, zufriedener Akt, bis er feststellte, dass er die meiste Zeit Petra anstarrte, bewunderte, wie das Licht auf ihren Haaren glänzte. Das leichte Stirnrunzeln schätzte, während sie Stiche zählte oder etwas in der Art, und dann zufrieden lächelte und ihre Arbeit umdrehte.

Das Feuer knisterte, und irgendwo in der Ferne rief eine

Eule. Die leisen Geräusche des Herbstes mischten sich mit seiner Gitarrenmusik und trugen zu dem Konzert bei.

Petra schaute auf und lächelte ihn an, und in seinem Inneren pulsierte etwas mehr als Hitze. Es war seltsam. Dass sie hier war, so tat, als wäre sie Teil der Familie – es war eine völlige Lüge, und doch fühlte es sich an wie die reine Wahrheit.

Aiden ließ die wirbelnde Unsicherheit in seinen Eingeweiden in die Musik einfließen und vorerst entweichen.

Petra war die erste, die sich regte, um den Abend zu beenden. Sie nahm ihr Projekt und schob es in den Korb. „Ich weiß, Jinx geht noch nicht zur Schule, aber wir können auch gleich eine gute Routine einführen. Es ist Zeit, sich bettfertig zu machen", setzte sie das Mädchen in Kenntnis.

Was genial war, wie Aiden klar wurde. Eine Chance, dass sie der Gesellschaft der Typen entflohen, ohne dass bei Jinx dabei etwas ausgelöst wurde.

Jinx erhob sich, Dixie schob sich sofort unter ihre Hand. Sie schaute die Brüder an und ihm dann in die Augen. „Die Musik hat mir gefallen. Du bist gut."

„Danke, Kleine. Schlaf du mal gut, ja? Petra und ich sind weiter hinten im Gang, falls du was brauchst, aber mach ruhig und sperr die Tür ab. Dixie wird sich um dich kümmern."

Sie nickte, dann winkte sie ihnen einen Gutenachtgruß zu. „Danke, dass ihr mir einen Ort zum Leben gebt."

„Aber klar doch", sagte Jake leise.

„Nacht, Jinx. Wir sehen uns morgen Vormittag", sagte Declan.

Sie gingen, Jinx schaute ein paarmal über die Schulter, bis sie Petra hinterhereilte.

Aiden schlug ein paar offene Akkorde an, bis sie außer Hörweite waren. „Ich hoffe verdammt noch mal, dass uns das Universum die Weisheit schenkt, das richtig anzugehen."

„Da sage ich Amen", murmelte Jake. Dann richtete er den Blick auf Aiden. „Du schläfst im Haus. Falls du irgendwas brauchst, irgendwann, schreibst du."

„Und du bringst Petra Respekt entgegen", sagte Declan fest. Er schüttelte Aiden die Hand, was eine bedrohlichere Geste war, als er vermutlich vorgehabt hatte, denn er hatte immer noch das Messer in den Fingern. „Sie hat tolle Dinge gemacht und sich in den letzten vierundzwanzig Stunden mit so viel rumgeschlagen. Sie ist der Schlüssel, damit das funktioniert, also versau du das bloß nicht."

„Ich weiß", beharrte Aiden. „Ich weiß."

Jake seufzte und lehnte sie in seinem Stuhl zurück. „Wir wissen das ja auch. Dass du kein Arsch bist, aber verdammt, diese ganze Sache ist echt schnell kompliziert geworden."

„Da sagst du was." Declan zuckte mit den Schultern. „Sorg nur dafür, dass du richtig gut nachdenkst, Aiden. Nur darum bitten wir. Dass Petra geht, weil du sie angepisst hast, wäre eine Katastrophe."

Es war, als würden seine Brüder denken, er hätte überhaupt keine Selbstkontrolle. Er funkelte sie alle an. „Ich habe nicht vor, das zu versauen. Ich habe eigentlich überhaupt nichts Versautes vor."

Das war eine totale Lüge. Aber Träume und Fantasien waren nicht dasselbe wie Pläne.

Eine kurze Weile später, nachdem man sich fest auf den Rücken geklopft und einander gute Nacht gesagt hatte, schlüpfte Aiden so leise wie möglich ins Haus. Ein Licht schien unter der Badtür durch, die mit Jinx' Zimmer verbunden war. Dixies Krallen klackten auf den Dielen in einem stetigen Rhythmus, während der Hund auf und ab ging.

Besser als eine Überwachungskamera, musste Aiden zugeben. Falls Jinx Angst bekam und beschloss, wegzulaufen, würde Dixie fest an ihrer Seite bleiben.

Er ging zum großen Schlafzimmer, riss sich zusammen, bevor er klopfte. Stattdessen schob er die Tür auf und spähte hinein. Das Geräusch von laufendem Wasser im Bad ließ ihn zögern.

Petra. Nackt in der Dusche ...

Verdammt. Er wurde für seine vergangenen Sünden bestraft.

Aiden ging zum begehbaren Schrank, holte seine Klamotten heraus und hängte sie an den Haken an der gegenüberliegenden Wand. Er ließ seine Boxershorts an, spähte zurück ins Zimmer.

Das Wasser war aus, aber immer noch keine Spur von Petra.

Das war totaler Schwachsinn. Er konnte entweder im Schrank stehen bleiben und sich verstecken wie eine errötende Jungfrau, oder er könnte sich die Zähne putzen wie ein verdammter Erwachsener.

Ein Schritt ins Bad, und er erstarrte. Petra stand an der Konsole, die Haare in ein Handtuch geschlungen, das oben auf ihrem Kopf balanciert wurde. Sie putzte sich wild die Zähne, beobachtete ihn über den Spiegel.

Die Drachen an ihren Füßen waren wieder da, und ein schimmernder Bademantel bedeckte den Rest von ihr vom Hals bis zu den Knöcheln. Regenbögen und Farben und Streifen tanzten vor seinen Augen wie ein psychedelisches Kaleidoskop.

„Ich glaube, ich bin geblendet", sagte er, blinzelte fest und marschierte zum zweiten Waschbecken.

Petra lächelte um ihre Zahnbürste, bevor sie ausspuckte und spülte. Sie räumte ihr Zeug auf und grinste ihn direkt an. „Ich mag bunte Farben."

Gott möge ihm helfen. „Schön für dich."

Sie lachte wieder, dann beugte sie sich herüber und nahm

das Handtuch vom Kopf, um sich die Haare trocken zu reiben. „Von mir auch Dankeschön für das tolle Gitarrespiel. Das war ein schöner Abend am Ende eines stressigen Tages."

„Glaubst du, Jinx wird heute Nacht tatsächlich schlafen?", fragte er.

Die Erheiterung zwischen ihnen wurde leise bei der Frage, die in der Luft hing.

Petra nickte langsam. „Dixie ist eine große Hilfe. Ich glaube, Jinx hat Hoffnung. Ich glaube, das ist so in etwa das Beste, was wir erwarten können, hier am Anfang aller Dinge."

Was die perfekte Versicherung und gleichzeitig ein schrecklicher Auslöser war. Denn Aiden war gerade klar geworden, dass es das war, was er nicht nur für Jinx wollte, sondern auch für sich. Vermutlich für ihn und Petra.

Hoffnung.

Hoffnung auf eine Zukunft, in der sie zusammen sein konnten.

# 10

Seit Aiden sein Zeug ins Bett Schlafzimmer gebracht hatte, hatte Petra die Schlafsituation auf ein Dutzend Arten durchgespielt. Jedes Mal hatte sie es sich anders überlegt, worauf es ankam, und was falsch war, bis sie sich völlig verfranst hatte.

Doch während sie am Feuer gesessen und Aidens Musik gelauscht hatte, war ihr die Wahrheit klar geworden. Sie machte das sehr viel komplizierter, als es sein musste. Falls es gerade jetzt darum ging, einen Tag nach dem anderen um Jinx' willen zu schaffen, sollte es für sie genauso sein. Sie und Aiden hatten es während der einen Nacht, die sie damals zusammen verbracht hatten, doch gut gemacht.

Wenn sie hier und da ein paar wunderbar ablenkende Augenblicke genießen konnte, würde ihr das gar nichts ausmachen.

Bei der Art, wie er so tat, als würde er sie nicht beobachten, war Aidens Verstand offensichtlich genauso durcheinander wie ihrer vorhin. Alles an seiner Körpersprache, während sie sich an ihm vorbei schob und zum Bett ging, besagte, dass er sich ihrer sehr bewusst war, und äußerst interessiert.

Sie wusste, was los war. Sie stellte sich vor, dass seine Brüder ihm eine *vermassel das nicht*-Predigt gehalten hatten. Oder, noch schlimmer, eine Regel festgelegt, was Aiden tun konnte und was nicht.

Petra war weit an dem Punkt vorbei, wo sie sich von anderen Leuten diktieren ließ, was Sache war, wenn es um ihr Liebesleben ging. Das bedeutete nicht, dass sie es nicht genießen konnte, Aiden höllisch damit aufzuziehen, wie unterschiedlich er sich jetzt benahm, wenn man bedachte, wie offen und verspielt er während des Abends kürzlich in der Bar gewesen war.

Und der Beweis? Der Mann versuchte eindeutig, die Tatsache zu verbergen, dass er einen Ständer hatte.

Das reichte. Es war Zeit, sich an das Offensichtliche zu richten. Sie blieb neben dem Bett stehen und drehte sich, um ihn anzusehen.

Er stand neben dem Waschbecken, den Rücken ihr zugewandt, während er seine Zahnbürste abspülte, als hinge sein Leben davon ab. Sein Blick blieb auf die Wasserhähne gerichtet, und er mied den Spiegel, der ihr Abbild zeigte.

„Hoffst du etwa, dass ich unter den Decken verschwinde und du mich bis morgen nicht mehr anschauen musst?", fragte Petra.

Aiden lachte leise, doch es klang falsch. Eher eine Stressreaktion als echte Erheiterung.

Er drehte sich, sein Blick senkte sich sofort, während sie den Knoten ihres Morgenmantels löste. „Du hast gesagt, du wolltest die rechte Seite des Bettes."

Er schnappte sich das Handtuch von der Wand und machte viel Gewese darum, sich die Hände zu trocknen, das herabhängende Ende verdächtig tief gehalten, um den Blick auf seine Lende zu verstellen.

Wie witzig. „Wir müssen reden.“

Er hob den Blick, um sie anzuschauen, zwang ihn dazu, dortzubleiben. „Ja?“

Sie ließ den Knoten aus den Händen fallen, und die Vorderseite ihres Bademantels klaffte auf. Sein Blick huschte über ihren nackten Oberkörper, nur einen Sekundenbruchteil lang, bevor er zu ihrem Gesicht zurückkehrte.

Der Mann hatte Willenskraft. Das musste man ihm lassen. „Weißt du noch, als wir uns zum ersten Mal begegnet sind?“, fragte sie.

Hitze blitzte in seinen Augen. „Jede Einzelheit.“

Petra nickte. „Ich auch. Und weißt du noch, als wir uns letzten Montag im Rough Cut getroffen haben?“

Er nickte langsam, das Handtuch baumelte immer noch vor ihm. „Warum habe ich das Gefühl, dass ich gerade hereingelegt werde?“

Sie lachte, gab ihre übertriebene Pose auf und ging zu ihm. Sie legte ihm eine Hand auf die nackte Brust, sein Geruch umgab sie, als sie tief einatmete, köstlicher Holzrauch und Moschus füllten ihre Sinne. „Keine Spielchen, Aiden. Wir haben hier vielleicht eine große Aufgabe mit Jinx und dem Aufbau von High Water vor uns, aber das bedeutet nicht, dass wir deswegen komplizierter werden müssen. Wir haben uns schon mal ein Bett geteilt, und es hat eine Menge Spaß gemacht. Ich bin an Bord, das wieder zu tun, wenn *du* Interesse hast.“

Er warf das Handtuch auf die Konsole und legte ihr die Hände auf die Hüften. „Du weißt, dass ich Interesse habe. Ich mache mir nur Sorgen. Was, wenn wir ...“

Seine Worte brachen ab, auf seinem Gesicht stand Unbehagen.

Petra sprach leise. „Was, wenn wir einfach diese Sache durchziehen und uns wie Erwachsene benehmen? Versprechen, miteinander zu reden und keine voreiligen Schlüsse zu ziehen. Versprechen, einander nicht anzulügen. Was, wenn wir uns entscheiden, uns da reinzustürzen, anstatt zu versuchen, uns jede Albtraumsituation zu erträumen und durchzuarbeiten, bevor sie auch nur geschieht?"

Kurz spannten sich seine Finger an, bevor er tief Luft holte. „Also sagst du, wir sind beide erwachsen genug, um in dieses Bett kriechen zu können, einander zu genießen, und morgen werden wir aufstehen und tun, was getan werden muss. Als Freunde."

Petra nickte. „Solange du deine Moves nicht vergessen hast", scherzte sie, strich mit den Handflächen über seine Brust nach oben und unten, bis sie sie hinter seinem Nacken verschränkte. Die Bewegung schloss die Lücke zwischen ihnen, Hitze baute sich auf.

Er ließ seinen Todesgriff auf ihren Hüften locker, glitt nach unten, um ihren Hintern zu nehmen und sie dicht an seinen soliden Oberkörper zu ziehen. „Freunde. Liebende. Das ist es vorerst."

Sie spielte mit den Haaren hinten an seinem Nacken. „Wenn einer von uns aufhören will, machen wir das, genauso wie wir das bei der ganzen gespielten Verlobung gesagt haben. Wir sind erwachsen genug, dass wir einfach sagen können, es ist Zeit für einen nächsten Schritt."

Sein Blick huschte über ihr Gesicht, seine Miene zu ernst, wenn man daran dachte, dass sie über Sex sprachen.

„Jinx ist wichtig. Das verstehe ich schon. Aber das ist auch wichtig. Für dich und für mich", fügte Petra an.

Aiden ließ keinen Hauch Luft mehr zwischen ihnen. „Ich glaube nicht, dass sich mir schon mal jemand so hübsch an den Hals geschmissen hat. Aber es gibt noch eines, was ich wissen muss, da wir darüber nicht richtig gesprochen haben, als wir zum ersten Mal auf die Matratze gestiegen sind.“

„Was denn?“ Sie bekam die Worte kaum heraus, das letzte bisschen war ein wenig atemlos. Aiden hatte sie in den Armen hochgehoben, um sie die letzten paar Schritte zurück zum Bett zu tragen. Sie grinste. „Außer dass ich zugebe, dass ich dein Höhlenmenschenverhalten schon genieße.“

Er warf sie auf der Matratze und schmiss sich mehr oder weniger auf sie, nagelte sie fest, während er mit der Nase an ihrem Hals entlang strich. „Nachdem du und ich uns gut entspannt haben und befriedigt sind, kuschelst du? Oder stößt du mich auf meine Bettseite, und wehe mir, wenn ich dich in der Nacht mal berühre?“

Sein Gewicht auf ihr sorgte für Lust, die ihr Rückgrat hinaufsauste. Sie strich leicht mit den Nägeln über die Seiten seines Brustkorbs.

Aiden zischte und bohrte die Zähne in ihren Hals, knabberte leicht.

Er war schwer genug, dass sie festgehalten wurde, während er mit den Zähnen und der Zunge an ihrer Haut spielte und ihre Nervenenden nach mehr verlangen ließ. Sie öffnete die Knie weiter, seine Hüfte ließ sich intimer zwischen ihren Oberschenkeln nieder.

Sie holte tief Luft, und ihre Brüste strichen über die leichte Behaarung auf seiner Brust. „*Hmmm* ... schön.“

Ein grollendes Lachen strich über sie, während er sich auf den linken Ellbogen stützte und sich weit genug hochhob, um ihr in die Augen zu schauen. „Du lässt dich leicht ablenken, Liebling. Hast du vor, meine Frage zu beantworten?“

Frage? „Gab es da eine?“

Er strich mit den Lippen über ihre. „Kuschelst du oder nicht?“

„Mach dir darum später Sorgen", beschwerte sie sich. Sie schob die Finger in seine Haare und zerrte daran, zog ihn nach oben, um ihn wieder zu küssen. „Jetzt küss mich erst mal", befahl sie.

Aiden grinste. „Schließ die Augen."

Sie stellte keine Fragen, tat nur, was er befohlen hatte.

Dunkelheit legte sich über sie wie eine schwere Decke, und jedes Streifen ihrer Haut aneinander war einfach nur noch intensiver. Aiden sagte sonst nichts, aber sie hörte zu.

Wartete.

*Spürte.*

Er strich mit dem Finger über ihren Brustkorb und ihre Brust hinauf. Wogen des Verlangens gingen seiner Berührung voraus, strichen über ihre Haut, und als seine Hand sich um sie legte, bog sie sich in die Verbindung hinein. Aidens Atem ging schneller, aber die Liebkosung blieb langsam. Bestimmt. Ein Angriff auf ihre Sinne wie das stetige Tröpfeln von sanftem Regen.

Seine Hand drückte ihre Brust nach oben, der Daumen glitt vor und zurück über die angespannte Erhebung ihres Nippels. Seine Lippen waren wieder auf ihrem Hals, und das flatternde Gefühl tief in ihrem Inneren verdoppelte sich nicht nur, sondern verdoppelte sich exponentiell. Ein Lecken, ein Biss. Das Kratzen seiner Fingernägel über ihre Haut.

Als er sich neu ausrichtete und die Matratze sich unter seinem Gewicht verschob, kniff sie die Augen zu, damit sie nicht hinsah, denn nicht hinzusehen sorgte dafür, dass ihre Haut wie verrückt prickelte.

Als sich Lippen um ihren Nippel legten, seufzte Petra vor Lust. „O Gott. Hör nicht auf", befahl sie. „Das Berühren, und das Küssen. Alles. Mach einfach weiter. Es ist *so* gut."

Dieses tiefe, sexy Grollen antwortete ihr, und sie beschloss, dass das eines ihrer neuen Lieblingsdinge war. Seine Erheiterung, eingeschlagen in sein Verlangen und seine Lust. Ein hörbares Echo dessen, was durch ihren Körper raste.

„Halt die Augen geschlossen", rief ihr Aiden sanft in Erinnerung, die Lippen an ihrem Ohr, nur ganz kurz. „Fühle. Genieße. Denn ich mache das auf jeden Fall."

Dann waren seine Lippen auf ihren, und er küsste sie. Tief und hungrig und fordernd, als ob er danach gehungert hätte. Sie wusste auch genau, was er fühlte. Das Gleiten seiner Hände über ihren Körper setzte sich fort, jetzt ein Kratzen, dann ein Kniff. Ein glattes, gleitendes Liebkosen über ihre Lippen und ihren Bauch, unterwegs zu ihrem Geschlecht.

Als seine Finger sich durch ihre Falten schoben, summte er wieder, Zustimmung in seinem Tonfall, während er sie öffnete und den Finger in sie hineintauchte. „Du machst es verdammt schwer, langsam zu machen."

„Dann mach schnell." Petra lächelte zur Decke hoch, ihre Augen immer noch fest geschlossen.

Aiden verschob seine Position, nahm ihre beiden Brüste und neckte die Spitzen ihrer Nippel mit der Zunge. Er knabberte leicht, brannte ihren Widerstand weg und baute Lust auf, bis sie sich unter ihm wand, mehr brauchte. Seinen Mund überall brauchte.

Sie schob ihre Finger wieder in seine Haare und zerrte leicht, versuchte, ihn wortlos dorthin zu führen, wo sie ihn wollte.

Er lachte erneut, aber dieses Mal klang es fies. „Du hast nicht das Sagen."

„Sagst du", murmelte Petra. Sie wand sich, schlüpfte im Bett nach unten. Sie hielt die Augen geschlossen, denn inzwischen amüsierte es sie einfach nur tierisch, aber sie bewegte sich schnell genug, dass sie ihn auf den Rücken warf. Das Überraschungselement sorgte dafür, dass sie auf seinen

Oberschenkeln saß, die Finger liebkosten die deutlich sichtbare Linie seiner Adonismuskeln. „Hast du irgendwas davon gesagt, dass ich nicht das Sagen habe?"

Er nahm sie an der Hüfte und zog sie nach vorn. Eine lockere Bewegung, doch von solcher Kraft, dass Petra keuchte. „Du willst spielen? Dann kannst du spielen. Aber nur auf die Art, die ich zulasse."

Petra neigte den Kopf nach unten. „Dir fällt doch auf, dass ich immer noch die Augen geschlossen halte."

„Gut. Lass das so, bis ich dir was anderes sage."

Ein Beben rollte von innen nach außen und wurde dann zurückgeworfen, um sich tief in ihr niederzulassen. „Warum macht mich das so geil?"

„Versuch doch nicht, das zu analysieren, Petra. Bleib einfach im Fluss."

Er zog sie weit genug nach vorne, dass ihre Klitoris direkt mitten über dem dicken Wulst seines Schwanzes war. *„Oh."*

„Du willst die Kontrolle, dann mach ruhig." Als sie sich nicht bewegte, spannten sich Aidens Finger an, und er zerrte, wiegte sie perfekt über seinem Schwanz. Lust wirbelte und pulsierte. „So etwa", schlug er vor.

Sie brauchte keine weitere Ermutigung mehr. Petra öffnete die Knie ein bisschen weiter, drückte ihm die Hände auf die Brust und neigte die Hüfte. Das langsame Gleiten fühlte sich toll an, und sie hörte mehr oder weniger, wie ihr Körper vor Lust sang.

„O ja. So geht's. Mach weiter so."

Sie wiegte sich wieder, fand einen Rhythmus. Seine Atmung wurde schneller, und ihre auch. Sie liefen zwar keinen Marathon, aber das Keuchen und das abgehackte Atmen, das von den zweien kam, kamen dicht ran.

Aiden spielte mit seinen Fingern auf ihren Brüsten. Die zusätzliche Schicht der Empfindungen ließ die anwachsende

Lust zwischen ihren Beinen hochschießen, und sie machte schneller. Schob sich fester, bohrte ihre Fingernägel hinein, die festen Schichten seiner muskulösen Brust gaben ihr etwas, an dem sie sich festhalten konnte, während sie sich immer näher heranschob. Die Erlösung war gleich da.

„Öffne die Augen", befahl Aiden.

Sie riss die Augen auf und schaute ihn an, und es geschah. Das Verlangen explodierte nach außen, und sie stürzte im freien Fall, während die Welt unter ihr wegtaumelte. Sterne und Monde und das ganze Universumszeug wirbelten, während sie in seine lachenden Augen schaute.

Ein Nachbeben traf sie, noch eines, sie stöhnte, das Geräusch lang und bebend, als es aus ihrer Kehle kam.

Einen Augenblick später traf ihr Rücken auf die Matratze, während Aiden sie herumrollte.

Petra machte es gar nichts aus. Sie hatte keine Muskeln mehr, um sich überhaupt auch nur noch aufzustützen.

HIMMEL, sie war wunderschön. Nicht nur in ihre abgetragene Jeans gekleidet, mit offenen Haaren, die ihr sanft um die Schultern fielen. Nicht nur, wenn sie ihn neckte, wenn in ihren Augen Erheiterung tänzelte.

Das ließ ihn beides aufhorchen und sie bemerken, aber zu sehen, wie sie vor Ekstase explodierte, war ein gottverdammtes Wunder.

Sie lag auf dem Bett ausgebreitet, die Haare wirr auf dem Kissen. Die Augenlider gesenkt und ihre Miene befriedigt, während er zwei Finger bis zum zweiten Gelenk in ihr Geschlecht schob und sie träge streichelte, die Vorderseite ihres Geschlechts liebkoste. Ihre Lust so lang wie möglich ausklingen ließ.

„Das hat Spaß gemacht." Ihre Lippen wölbten sich, als wäre sie eine Katze, die gerade an der Milch geleckt hatte. „So, so, so viel Spaß. Verflixt viel Spaß."

„Das weiß ich noch über dich." Er streichelte sie wieder, krümmte die Fingerspitzen genau richtig.

Sie atmete tief, ihre Hüfte zuckte auf der Matratze. „Was?"

Das Wort war atemlos und kaum da.

Seine Lippen zuckten vor Erheiterung. „Das Ficken dich echt schnell berauscht macht."

Sie schaute ihm in die Augen und leckte sich die Lippen. „Sagst du etwa, dass ich leicht zu haben bin?"

Er dämpfte sein Lachen, denn er wollte nicht, dass das Geräusch den Gang hinab zu Jinx trug. Was eine gute, solide Erinnerung daran war, weshalb er diese Party in eine andere Richtung lenken würde, als Petra erwartete. „Es bedeutet, es ist ein Vergnügen, mit dir zusammen zu sein, Liebling. Du bist ein Wunder."

Petra strich mit den Fingern durch seine Haare, dann liebkoste sie mit der Rückseite ihrer Fingerknöchel seine Wange. „Du bist dran. *Wir* sind dran."

„Ich bin dran", stimmte er zu.

Sie würde schon bald genug herausfinden, dass eine ganze Weile lang kein *wir sind dran* stattfinden würde.

Bevor sie ihn zurück zwischen ihre Beine ziehen konnte, kniete er sich über sie, spiegelte dabei fast die Lage wieder, die sie bei ihm eingenommen hatte. Ein bisschen höher, und er hielt sich zurück, damit sein Gewicht sie nicht zerdrückte.

Aiden ließ seinen Blick wandern. Die gottverdammte Perfektion lag unter ihm, ihre Nippel angespannte Leckerbissen auf herrlich cremigen Hügeln.

Er summte glücklich. „Ich habe mich gefragt, wo ich mich falsch erinnert habe. Du konntest doch auf gar keinen Fall die perfektesten Titten der ganzen Welt haben, aber es scheint so, dass du die hast."

Sie öffnete den Mund, um etwas zu sagen, aber ein leises Stöhnen war alles, was ihr entschlüpfte, als er beide Brüste in die Hand nahm und wieder ihre Nippel reizte.

Diesen Teil musste man auch ganz genau in Erinnerung behalten. Ihre Brüste waren empfindsam, und es gefiel ihr, wenn er mit ihnen spielte. Das bedeutete, sie sollte den nächsten Teil fast genauso sehr genießen wie er.

*Fast.* Er war nicht so ein Heiliger, dass er nicht auch auf seine Kosten kommen würde. Er rückte vor und schob seinen Schwanz zwischen ihre Brüste, streichelte sie sanft.

Ihre Augen wurden groß, und sie leckte sich wieder die Lippen. „Dafür brauchst du ein bisschen Gleitmittel. Willst du, dass ich mal sauge und dich nass mache?"

Scheiße. Sie war ja wie ein Waldbrand. „So was von."

Er lehnte sich nach vorn und legte die Spitze seines Schwanzes auf ihrer Unterlippe. Ein Knurren grollte in seiner Kehle, während sie mit der Zunge spielte und die empfindsame Stelle unter seiner Eichel berührte.

„Mach auf. Nimm mich rein", befahl er.

Sie tat wie geheißen, spielte mit der Zunge überall auf ihm. Hätte Aiden nicht bereits etwas vorgehabt, hätte er sich hier verloren. Indem er ihr seinen Schwanz fütterte, sich zurückzog, in dem Gefühl versank.

Er strich ein paar Mal mehr vor und zurück, dann zog er ihn mit einem Ploppen heraus.

Sie schmatzte mit den Lippen, ein zufriedenes Lächeln spielte um ihre Mundwinkel. „Du musst nicht aufhören", neckte sie in atemlos.

„Ein andermal. Ich habe bereits Pläne", entgegnete er.

Er zog sich zurück zwischen ihre Brüste und stöhnte, weil es sich so gut anfühlte. Dreimal noch musste er in ihren Mund tauchen, bis er perfekt gleiten konnte, dann hörte Aiden auf, sich um Deadlines und die Logistik von neuen Leuten zu sorgen, die nach High Water kamen. Er vergaß, dass sie auf Eierschalen um Jinx herumgehen mussten, und welche Dinge noch passieren mussten, damit das Rettungshaus finanziell auf den Beinen blieb.

Er vergaß alles, außer im Bett zu sein mit der süßen, freigiebigen Petra.

Sie legte die Hände auf ihren Brüsten über seine, ermutigte ihn, fester zuzudrücken.

Dann neigte sie verdammt noch mal den Kopf, sodass jedes Mal, wenn sein Mund aus dem Tal zwischen ihren Brüsten auftauchte, ihre Zunge an der Spitze leckte.

*Gott verdammt noch mal.*

Hätte es sich nicht so gut angefühlt, wäre es ihm peinlich gewesen, wie schnell er die Kontrolle verlor.

Zum Glück ging es in diesem Augenblick nicht darum, jemanden zu beeindrucken. Es ging darum, Lust zu geben und sie zu empfangen. Er gab nach und nahm das Geschenk an, das sie ihm anbot, heiß und schmutzig und perfekt.

Aiden zwang seine Augen, sich zu öffnen und auf Petra hinabzuschauen, während sie ihn schamlos angrinste. Sein Schwanz zuckte, und seine Eier leerten sich.

Über dem oberen Teil ihrer Brust und ihrem Kinn lagen Spuren aus Samen, und ein absolut erheiterter Blick lag auf ihrem Gesicht.

Aiden rollte sich herunter und brach auf dem Rücken zusammen, er nahm sich ihre Hand, wo sie zwischen ihnen lag. „Heilige Scheiße."

Sie lachte, bewegte sich aber nicht. „So viel also dazu, dass ich bereits geduscht habe", scherzte sie.

„Ja, das war schlecht von mir geplant. Tut mir leid deswegen."

Doch er lachte ebenfalls.

Sie glitt aus dem Bett, und das Wasser ging an.

Aiden schob sich hoch und war auch unterwegs ins Bad. Er nahm sich einen Waschlappen, um sich auch sauber zu machen, dann richtete er die Decken und Kissen und brachte das Bett wieder in Ordnung.

Bis Petra wieder erschien, diesmal in einer blassgrünen kurzen Pyjamahose und einem passenden Tanktop, war er schon wieder im Bett, seine Boxershorts an Ort und Stelle.

Er zog die Decke neben sich herab und tätschelte die Matratze. „Wie bestellt. Die rechte Seite des Bettes gehört dir."

Sie glitt hinein, legte sich auf ihre Seite, um ihn anzuschauen. Die Lider waren schwer, aber ihr Gehirn lief noch mit einer Million Stundenkilometer.

„Hast du dich eigentlich entschieden?", fragte er.

Sie hob eine Augenbraue.

„Bist du jetzt jemand, der kuschelt, oder nicht?"

Petras Miene wurde direkt glücklich. „Bin ich, aber ich bin lieber der große Löffel. Oder kuschle so, von Angesicht zu Angesicht."

*Huch.* „Passt für mich. Versuchen wir erst mal das."

Er schob seinen rechten Arm unter den Kopf und hob die Decke, ermutigte Petra, an seinen Oberkörper zu rutschen.

Sie kam näher, verschränkte ihre Beine ineinander, bis sie direkt unter seinem Kinn angeschmiegt war.

Aiden gab ihr einen Kuss auf die Stirn, dann zog er sie noch näher heran. „Morgen kümmern wir uns um die nächste Sache. Okay?"

„Ja. Klamotten für Jinx, Routine fürs Haus. Einschreibung bei der Schule und ..."

Er hielt die Liste auf, indem er ihren Kopf zurücklegte und ihr einen kurzen Kuss auf die Lippen drückte. Sie blinzelte, als er sich zurückzog. „Morgen."

Sie schnaubte leise, ihre Lider senkten sich langsam. „Wir müssen auch unsere Verlobungsgeschichte planen, das ist dir klar. Denn die Leute werden fragen."

Er antwortete nicht, doch es stimmte. Die Dinge waren mit einer so übertriebenen Geschwindigkeit vorangepflügt, dass er keine Zeit für diese Details gehabt hatte. Er sagte sich fest, dass sie sich am Morgen darum Sorgen machen mussten, bevor sein Gehirn sich auf unbehagliche Gedankenkreise einließ.

Petra war warm in seinen Armen, roch himmlisch, und er spürte immer noch Endorphine von der tollen sexuellen Entspannung, die durch seinen Körper schossen.

Das Einschlafen war, als würde man in ein Scheibchen vom Himmel fallen.

Als er wach wurde, hatte er sich herumgerollt. Während er nun zur Bettkante schaute, war Petra hinter ihm angeschmiegt, einen Arm über ihn gelegt. Es fühlte sich an, als würde er einen warmen, weichen Rucksack tragen. Er nahm sich einen Augenblick, um das Gefühl zu genießen, bevor er so vorsichtig wie möglich wegglitt, damit er sie nicht weckte.

Mit noch geschlossenen Augen war ihr Mund ein ganz kleines bisschen geöffnet, und das süßeste leise Schnarchen entschlüpfte zwischen ihren Lippen.

Es dauerte nur kurz, sich anzuziehen und aus dem Schlafzimmer zu gehen, leise den Gang entlang zu tapsen, bis Aiden im Hauptwohnraum war.

Sonntagmorgen. Noch etwas, das sie als Familie beschließen mussten. Derzeit war niemand im Haus, der zur Kirche ging, aber das könnte sich ändern. Es hatte allerdings schon im Sinn, einen tatsächlichen Ruhetag zu haben, selbst wenn keine Kirche im Spiel war. Ein Plan für die Zukunft, wenn sie nicht ganz so viel auf dem Plan hatten.

Er schaute auf den Kochplan. Declans Name stand auf der Liste.

Ach, zur Hölle damit.

Aiden machte es nichts aus, zwei Tage hintereinander ranzugehen, besonders, wenn man bedachte, wie gut er sich fühlte. Das richtete Sex mit einem Mann an, beschloss er, während er die Kaffeemaschine füllte und das Zeug fürs Frühstück herausholte.

Die Kaffeekanne war voll, als Hundekrallen warnend auf dem Dielenboden hinter ihm klickten. Dixie schoss in die Küche, lief herein, um mit großer Zuneigung an Aidens Schienbeine zu stoßen.

Einen Augenblick später kam Jinx herein, die eine alte Jeans und ein übergroßes Sweatshirt trug. Ihr Gesicht war gewaschen, und die Haarsträhnen waren zurück in einen klobigen Knoten gezogen. Sie schaute ihn misstrauisch an, winkte aber leicht, als Dixie zurück an ihre Seite raste.

„Gut geschlafen?", fragte Aiden.

Sie nickte, schaute sich in der Küche um, als würde sie ihre beste Fluchtroute planen. Er deutete zum Tresen, etwa drei Meter links von ihm, wo er eine große Schüssel gelassen hatte, ein Dutzend Eier, und ein paar weitere Zutaten. „Wenn du mir helfen könntest, wüsste ich das zu schätzen. Wir machen heute Vormittag Arme Ritter. Gib die ganzen Eier in die Schale und füge ungefähr eine Tasse Milch dazu. Ein oder zwei Prisen Zimt und einen halben Teelöffel Vanille, bevor du alles verquirlst. Ich bringe schon mal die Pfanne auf Temperatur."

Ihre Augen wurden groß, und diesmal offenbar mit Zustimmung. „Das kann ich machen."

Er gab außerdem Bacon auf Backblech, um sie für den Ofen fertigzumachen. „Wir warten mit dem offiziellen Plan für den Tag, bis Jake auftaucht, denn ihm macht so was Spaß. Aber hast du dir schon überlegt, was für Zeug du in den nächsten paar Tagen brauchen wirst?"

„Ein bisschen." Das Ei, das sie hielt, brach schief, und ein

Stück von der Schale fiel in die Schüssel. Sie beäugte ihn und schnappte sich einen Löffel, um es herauszufinden.

Aiden machte mit seiner Aufgabe weiter, und nachdem sie tief Luft geholt hatte, tat sie das auch.

Was war es, was Petra gesagt hatte?

Zwei Schritte vor und ein Schritt zurück sind immer noch vorwärts.

**11**

_______

Es war nicht das lauteste oder wildeste Frühstück, an dem Petra je teilgenommen hatte, doch es gab eine Menge zu essen und trinken. Jinx wirkte stolz, als sie einen Teller vor Petra stellte, auf den hoch Arme Ritter gestapelt waren.

Der Großteil der Unterhaltung, die darauf folgte, drehte sich um Pferde. Alle drei Brüder hatten ihre eigenen Pferde nach High Water mitgebracht, doch es schien, als würde Declan bereits zusätzliche zusammentreiben. Gerettete Pferde, die immer noch gut genug in Form waren, um sie von Besuchern reiten oder von den Künstlern als Modelle benutzen zu lassen.

Petra konnte reiten, aber sie war niemals verrückt danach gewesen wie einige ihrer Freundinnen, also war es eine schöne Hintergrunddiskussion, an der sie nicht teilnehmen musste.

Stattdessen genehmigte sie sich das Essen und beobachtete ihre Gefährten.

Jinx' Augen waren müde, doch sie saß heute gerader da als gestern. Dixie saß zwischen Jinx und Petra, doch der Blick des

Hundes lag hundert Prozent auf der jüngeren Frau – optimistischer Hund.

Die Männer wirkten ausgeruhter. Aiden hatte ein viel zu zufriedenes Grinsen auf – aber es war möglich, dass Petra dieselbe Miene an den Tag legte. Sie hatte geschlafen wie ein Stein, und wenn man bedachte, wie die letzten Tage gewesen waren, sagte das etwas über die Kraft eines guten, soliden Orgasmus aus.

„Petra." Aiden legte ihr eine Hand auf den Arm, um ihre Aufmerksamkeit zu erringen.

Verdammt. Sie war wieder in ihren Gedanken verschwunden. „Ihr müsst alle glauben, ich habe die Aufmerksamkeitsspanne einer Mücke. Was ist los?"

Jake wies mit dem Kinn auf Jinx. „Einkaufen."

Das Mädchen sank im Stuhl zusammen, löste den Augenkontakt mit allen.

Ja, Einkaufen war eine Priorität, aber etwas anderes musste zuerst passieren. „Jinx hat vorerst genug geliehene Klamotten, dass sie und ich uns darum morgen kümmern können. Aber zunächst habe ich meiner Schwägerin versprochen, dass wir heute Vormittag vorbeischauen."

Vier Augenpaare bohrten sich in sie. In denen der Männer stand Sorge und in dem von Jinx direkte Verblüffung.

Was schon gut war. Es musste keinem von ihnen gefallen, aber wenn man bedachte, dass der erste Eindruck wichtig war, würde sie nicht in die Öffentlichkeit von Heart Falls treten, bis es keinen weiteren Grund mehr gab, dass jemand sich Jinx genauer anschaute, außer dass sie neu war.

Petra beugte sich zu Jinx, krümmte die Finger, damit sie näher kam. Sie senkte die Stimme, damit die Typen es nicht hören konnten, aber sagte es direkt. „Ich glaube, ich weiß, warum du deine Haare so verlottern hast lassen. Aber da wir planen, dich in der Schule einzuschreiben, wird irgendwas zwischen verworrenen Strähnen und Dreadlocks nicht laufen. Meine Schwägerin hat sich schon mal um Haarkatastrophen gekümmert, und obwohl keine von uns Friseurin ist, wenn du uns vertraust, können wir dir einen präsentablen Look verschaffen."

Es war nicht laut ausgesprochen worden, doch Jinx schaute sich trotzdem am Tisch zu Jake, Declan und Aiden um, um zu sehen, ob sie reagierten, bevor sie Petra in die Augen schaute. „Du bleibst dann bei mir?"

„Auf jeden Fall." Petra hob die Stimme wieder zu normaler Lautstärke. „Ich glaube, du wirst Julia mögen. Irgendwann diese Woche stelle ich auch einen Mädelsabend mit meinen zwei besten Freundinnen auf die Beine, damit du sie mal kennenlernst." Petra lehnte sich zurück und beäugte die Jungs. „In diesem Haus gibt es eine Menge Testosteron, darum müssen wir Mädels sicherstellen, dass wir uns auch mal regelmäßig eine Dosis Frauenpower schnappen."

Declans Lippen zuckten, doch er neigte das Kinn. „Jake wird die Zahlen mit euch durchgehen, aber wir haben Geld im Budget für mehr als nur Brot und Wasser. Habt keine Angst, Geld für Notwendiges auszugeben."

„Was mein Bruder so unelegant sagen will, ihr müsst kein Pferdeshampoo benutzen, außer ihr wollt das so." Aiden grinste über den finsteren Blick, den Declan ihm zuwarf. „Hey, ich sage doch nicht, dass du schlimm riechst, aber ..."

Ein Schnauben kam von Jake. „Ich habe eine Kreditkarte für die Ranch, die wir dir geben werden, Petra." Er warf einen nachdenklichen Blick auf Jinx, bevor er ihretwegen hinzufügte: „Wir haben die Ranch schon eine Weile geplant, aber du siehst ja, dass wir noch nicht annähernd bereit sind, zu öffnen. Es gibt noch was auszubauen, und wir kriegen unsere Routine raus, wie wir das gestern Abend besprochen haben."

Jinx blieb still, doch sie nickte.

„Wenn du eine Frage über irgendetwas hast, und wir die Antwort nicht kennen, ist das gut. Das heißt, du hilfst uns, Dinge rauszukriegen", sagte Jake.

Das Mädchen hatte große Augen und war vorsichtig hoffnungsfroh. „Ich will schon helfen."

„Das wirst du auch", versprach Aiden. „Das wird deine Heimat, solange du sie brauchst. Da du ja in die Schule gehen wirst, hast du auch Pflichten, keinen Vollzeitjob. Du darfst ein Teenager sein, Jinx. Das ist auch für uns wichtig. Nicht nur für dich."

Feuchtigkeit trat in Jinx' Augen, und Petra glaubte, dass das Mädchen das noch nicht gerne teilen würde.

Sie drückte dankbar Aidens Hand und stand dann auf. „Wer immer mit mir in der Aufräummannschaft ist, legen wir los. Dann sind Jinx und ich mal weg. Wir kommen zum Mittagessen nicht nach Hause. Wer kocht heute Abend?"

„Keiner von euch", sagte Jake. „Seid um sechs zurück, und wir haben das Abendessen fertig."

„Abgemacht." Petra schaute Jinx in die Augen. „Mach dich mal frisch, und wir sind bereit zum Gehen, in etwa zwanzig Minuten."

Das Aufräumen ging schnell, da Declan und Jake Petra beide halfen. Sie zog sich zurück in das Hauptbad und machte ihre Morgenroutine, um ins Wohnzimmer zu kommen, gleichzeitig mit Jinx und Dixie.

Aiden saß am Küchentisch, Kataloge und Farbproben vor ihm ausgebreitet. Er stand auf und schloss sich ihnen auf der Veranda an, wartete, bis sie ihre Hausschuhe ausgezogen und die für draußen angezogen hatten. „Ruf mich an, wenn irgendwas ist", sagte er leise.

„Ich erwarte einen sehr spannenden Tag", setzte Petra ihn mit einem Grinsen in Kenntnis, während sie aufstand. Sie schob ihre Hausschuhe in eine Tasche, die sie sich um die Schulter hängte, bereit zum Aufbruch.

Er nahm sie am Handgelenk und zog daran, seine Hände glitten über ihren Rücken, bis sie dicht an seinen festen Körper geschmiegt war. „Ich hoffe, du und Jinx habt einen wunderbaren Tag."

Seine Stimme war tief und sexy, und sie blinzelte einen Augenblick lang heftig, bevor seine Lippen auf ihre stießen.

Er küsste sie. Süß und langsam, aber es reichte immer noch, um die Kracher in Petras Gehirn losgehen zu lassen. Der Druck auf ihrem unteren Rücken hielt sie fest aneinander, und obwohl Aiden sich zurückzog und sie nur einen Augenblick später losließ, hatte ihr Puls sich verdreifacht.

Sein breites Grinsen strömte über sie hinweg, und seine Augen funkelten. „Tschüss, Süße."

Endlich machte es Klick. Die Verlobung – Jinx hätte sich bestimmt gewundert, weshalb sie nie irgendwie in der Öffentlichkeit Zuneigung zeigten.

Mein Gott, sie freute sich, dass zumindest einer von ihnen daran gedacht hatte.

„Tschüss." Verdammt, sie wünschte sich, sie wäre schneller im Denken gewesen und hätte sich irgendeinen nervigen süßen Namen für ihn einfallen lassen.

Sie waren ein paar Schritte den Gehweg entlang, als Aiden sich räusperte. „Petra."

Sie schaute zurück.

Er hielt ihr ihre Tasche hin, in seinen Augen stand Erheiterung. „Die brauchst du vielleicht."

Petra nahm sie dankbar entgegen. „Zumindest waren wir noch nicht im Auto."

Jinx setzte sich still auf den Beifahrersitz des Trucks, starrte aus der vorderen Scheibe.

Sie schien durch Petras und Aidens Kuss eher beruhigt als

verängstigt, und das musste was Gutes sein. Sie würden noch Fehler machen, aber solange sie es weiter versuchten, mussten sie es einen Gewinn nennen.

Petra hatte heute mehr als nur eines zu erledigen. „Hatte Danielle dir die Stadt gezeigt, bevor sie dich in an der Ranch rausgelassen hat?", fragte sie.

Jinx schüttelte den Kopf. „Ich glaube, sie hat sich Sorgen gemacht. Ich meine, sie sollte doch nicht tun, was sie getan hat. Mich abholen und irgendwohin bringen." Das Mädchen warf einen Blick zu Petra. „Ich bin sehr dankbar. Ihr und euch allen."

Petra nickte anerkennend. „Dankbarkeit ist gut, und wir wissen, dass es so ist. Aber jetzt solltest du dich darauf konzentrieren, diesen Neuanfang auch zu nutzen, den du bekommen hast. Es wird nicht immer leicht sein." Anstatt abzubiegen und direkt hinaus zur Red Boot Ranch zu fahren, wo ihre Schwägerin wartete, bog Petra leicht rechts ab und fuhr direkt nach Heart Falls hinein. „Wir werden nirgends stehen bleiben, ich fahre nur mal durch die Stadt, bevor wir zur Ranch unterwegs sind."

Jinx richtete sich gerade auf, die Nase mehr oder weniger an das Seitenfenster gepresst, während Petra ihr eine Tour gab. Sie deutete auf verschiedene Gebäude, darunter Buns and Roses, und wo die Highschool war. Jinx stellte ein paar Fragen, erwärmte sich langsam dafür, bis es so nahe an einer richtigen Unterhaltung war, wie es nur möglich war.

Petra ließ den Truck vor Julias und Zachs Häuschen stehen und hielt inne. Es war Zeit, sich noch einmal zu versichern.

„Ich muss sagen, dass ich mich entschuldige", setzte Petra an. Als Jinx verwirrt blinzelte, zuckte Petra mit den Schultern. „Ich hab dich da irgendwie überrollt, als ich darüber gesprochen habe, dass du mit deinen Haaren was anfangen musst. Deine Haare sind deine Sache. Du musst das tun, was dir behaglich ist, und meine Aufgabe ist es, dich zu unterstützen. Aber alles in allem glaube ich, du würdest weniger negative Aufmerksamkeit bekommen, wenn wir das hinbiegen."

Jinx schüttelte den Kopf. Sie hatte ein Haargummi benutzt, das groß genug war, um die wirre Masse zurück aus ihrem Gesicht ziehen, anstatt ihre Züge zu verbergen, aber es saß schief und zerrte hier und da bestimmt an ihrer Kopfhaut. „Es hat Sinn gemacht, so hässlich wie möglich auszusehen."

Petra schob ihren Zorn auf die Arschlöcher weg, die dieses Mädchen so schlimm traumatisiert hatten, dass sie beschlossen hatte, sich zu verstecken. „Also, ist es okay, das zu verändern?"

Entschlossene Augen schauten sie an. „Bitte. Es juckt", gab Jinx zu. „Aber es ist schlimm. Ich weiß nicht, ob wir das hinkriegen. Und ich bin kein Fan von einem rasierten Kopf."

„Glatze sieht schon an ein paar Leuten gut aus, aber ja. Mein Ziel ist es auch nicht." Sie wies mit dem Kopf zum Haus und lächelte. „Sehen wir doch, was Julia vorschlägt, bevor wir die Rasierklinge rausholen."

Petra klopfte an die Tür und schob sie auf, als Julia eine Einladung rief. „Hey Jules, wir sind bereit, uns verwöhnen zu lassen. Ich habe Jinx dabei, um sie dir vorzustellen."

Ihre Schwägerin trat vor. Julias rot gefärbtes Haar fiel in herrlichen Locken über ihre Schultern hinab. Sie trug eine ausgeblichene alte Jeans mit Löchern und einem ausgefransten Saum und ein übergroßes langärmliges Shirt in blassem Lavendel, die Ärmel zu den Ellbogen hochgeschoben. „Hey P. Hallo Jinx. Willkommen in meinem Salon." Sie hob den Blick zu Petra. „Dein Bruder ist unterwegs und macht was Wichtiges irgendwo in der Nähe der Grenze der Ranch. Cody, das ist unser Vorarbeiter, hat darauf beharrt, dass Zach ein wichtiger Teil der Planung ist, irgendwas teuflisch weit draußen. Was bedeutet, wir haben den Laden stundenlang für uns."

Petra atmete anerkennend ein. „Hast du Zimtschnecken gemacht?"

Erheiterung huschte über Julias Gesicht. „Ja, wenn zum Handy greifen und Tansy anzurufen und sie um eine Heimlieferung anzuflehen, zählt."

Jinx kicherte. Sie nahm die Tasche an, die Petra ihr reichte, schaute hinein, um ein paar Hausschuhe zu entdecken. Die Erleichterung in ihren Augen war riesig, als sie sich hinsetzte, um sie anzuziehen. „Dankeschön."

„Kein Problem, Kleine. Denk dran, ein Schritt nach dem anderen, und manchmal ist es leichter, wenn du Schuhe anhast." Petra zog ihre eigenen Pantoffeln an – nur ein normales Paar diesmal, falls die Dinge ein schlimmer Schlamassel wurden. Sie wollte nicht ihre Drachen ruinieren, die sie zum Geburtstag bekommen hatte. „Julia. Was kann ich tun, um zu helfen, und wo willst du uns haben?"

Hinter ihr wechselte Jinx die Schuhe. Julias Blick huschte hinüber, und dann zurück zu Petra. Sie nickte anerkennend. „Ich schätze, wir müssen uns erst mal alles anschauen, um zu sehen, wie schlimm es ist."

Sie hatte zwei Stühle seitlich an den Küchentisch gestellt und einen frei stehenden Spiegel dazu gepackt, der groß genug war, dass man eine ganze Person direkt sehen konnte, und zwei, wenn sie sich zusammenquetschten.

Petra setzte sich neben Jinx.

Julia lehnte die Hüfte an den Tisch. „Erst mal, ich bin sicher, Petra und Aiden haben dir erzählt, dass mein Mann und ich auch sichere Leute für dich sind. Wir wissen nicht alles, aber wir wissen genug, dass wir alles tun werden, was nötig ist, damit du in Sicherheit bleibst. Okay?"

Sie wartete, bis Jinx nickte.

„Jetzt kommt der Teil, der für dich leicht sein könnte, oder echt hart, und keines davon ist falsch." Julia verschränkte die

Arme vor der Brust und lehnte sich zurück, verzog das Gesicht. „Das ist nicht allgemein bekannt, aber ich hatte mal einen Stalker. Als die Dinge am schlimmsten waren, wurde ich in einer Situation festgehalten, in der ich nicht viel Kontrolle darüber hatte, mich um mich zu kümmern. Ich erzähle dir das nicht, damit ich dir leidtue, sondern damit du weißt, dass ein Ergebnis war, dass meine Haare völlig versaut waren."

„Du warst an der Stelle, an der ich jetzt bin?", fragte Jinx.

„Nur insofern, dass ich weiß, dass ich dir nicht helfen kann, außer ich berühre deine Haare. Außerdem wird es ein bisschen zerren und kneifen, diese wirren Stellen zu lösen. Es wird unangenehm sein, aber wenn das für dich okay ist, können wir anfangen."

Petra bewegte die Schulter, die sich an die von Jinx drückte. „Falls du eine Pause brauchst, sag es einfach."

Jinx starrte ihr Spiegelbild an. „Ich will nicht mehr so aussehen."

Gott sei gedankt für mutige junge Frauen. „Dann machen wir uns an die Arbeit."

Sie weichten den Schlamassel ein und machten sich an die Arbeit, indem sie Kämme und Gabeln benutzten, und so sanft wie möglich vorgingen. Julia war die ganze Zeit toll, was schon einen Sinn ergab, da sie jahrelang als Sanitäterin gearbeitet hatte. Sie schien es raus zu haben, Jinx beim Entspannen zu helfen.

Als sie sich eine Kombination aus Spülung und Kokosnussöl einfallen ließen, um die Knoten zu lösen, machte sich bei Petra Hoffnung breit. Sie würden es nicht alles abschneiden müssen.

Stunden später, nach ein paar Pausen, um die Zimtschnecken und ein bisschen heißen Tee zu genießen, und ein Mittagessen einzunehmen, waren sie fertig.

Sie sah ein wenig aus wie ein nasser Hund, aber lange

Strähnen aus nicht verworrenem, tiefbraunem Haar hingen um Jinx' Gesicht. Aber diesmal ging es nicht darum, sich zu verstecken, sondern weil sie verhindern wollte, dass die tropfenden Strähnen ihr in die Augen gerieten. „Ich hoffe, du hast eine Dusche", sagte sie.

„Auf jeden Fall", sagte Julia. „Außerdem, wie wir besprochen haben, habe ich vielleicht ein paar weitere Kleider, die dir passen. Aber ich glaube, ein Ausflug in den Laden mit meiner Nichte könnte in den nächsten paar Tagen eine gute Idee sein."

Jinx erstarrte, das Handtuch in der Hand, das sie sich an die Brust presste. „Deiner Nichte?"

„Sasha", setzte Julia sie in Kenntnis. „Sie ist fast in deinem Alter, also stehen die Chancen gut, dass ihr in dieselbe Klasse in der Schule geht."

Ein Teil von Petra wollte Jinx schützen und Einspruch erheben, dass es zu früh war. Aber ein Teil des Vorwärtsgehens bedeutete auch, dass man den Schwung mitnahm.

„Wenn du das nicht willst, machen wir es nicht. Aber ich kann für Sasha bürgen", sagte Petra. „Außer, dass sie mehr von Pferden besessen ist als du, ist sie ein tolles Mädchen, mit einer kleinen Schwester und einem Bruder, den sie wie verrückt bemuttert. Sie ist jemand, den ich gern an meiner Seite hätte."

Jinx nickte, aber sie sah immer noch unglücklich aus. „Das ergibt schon Sinn. Können wir sie treffen, bevor wir einkaufen gehen? Was meinst du?"

Alles war möglich. Petra dachte nach. „Wie wäre es mit Buns and Roses?", schlug sie Julia vor. „Morgen ist ein Schultag, aber ich glaube nicht, dass Sasha genervt sein würde, wenn man sie zum Mittagessen ausführt."

„Ich rede mit ihrer Mom." Julia hielt inne. „Habt ihr schon alle raus, welche Geschichte ihr den Leuten in der Stadt erzählt? Darüber, wer du bist, und der ganze Rest?"

„Einen Teil davon", erklärte ihr Jinx. „Declan hat gesagt, den Rest davon machen wir heute Nachmittag, also können wir es dir bald sagen."

„Das funktioniert. Ich werde warten, bis ich von dir höre, aber die Chancen stehen gut, dass du Sasha morgen kennenlernen kannst. Dann, wenn es dir recht ist, können wir einkaufen gehen, sobald die Schule aus ist." Julia deutete auf das Bad. „Geh und wasch das alles raus. Shampoo erst, dann nimm den Conditioner, und lass ihn mindestens fünf Minuten einwirken. Ich habe alles, was du benutzt kannst, auf den Tresen gestellt. Es ist alles brandneu und gehört dir. Die Kleidung ist eine Leihgabe, aber du kannst sie behalten, bis du dein eigenes Zeug hast."

Jinx bedeckte ihren Kopf mit einem Handtuch, dann erhob sie sich unbehaglich, schaute zwischen ihnen hin und her. „Ich weiß, ich sage das immer wieder, aber danke für die Hilfe. Und danke, dass ihr versucht, es leichter zu machen. Ich meine es ernst. Vielleicht habe ich ein bisschen Angst, aber heute ist so viel besser als vor zwei Tagen."

Sie verschwand, sodass Petra und Julia ihr nachstarrten.

„Gib mir dreißig Minuten mit den Bastarden, bei denen sie vorher gewohnt hat." Julia sagte das ganz ruhig und kühl, als würde sie übers Wetter sprechen. „Fünfzehn reichen auch schon. Ich fühle mich motiviert."

„Das ist ein vertrautes Gefühl, und du müsstest dich inzwischen in eine Schlange stellen", erklärte ihr Petra. Sie kam näher und nahm ihre Schwägerin in eine Umarmung, drückte sie fest. Ließ ein bisschen der Traurigkeit los und konzentrierte sich auf die guten Dinge, die heute Vormittag passiert waren. „Ich freue mich, dich zu haben."

„Geht mir genauso. Außerdem bin ich froh, dass dieses Mädchen dich hat", erwiderte Julia. Sie trat zurück und schaute Petra in die Augen. „Ich dachte, du würdest vielleicht übertreiben, mit der falschen Verlobung und dem ganzen Rest. Aber ich kann sehen, weshalb du es gemacht hast. Ich bin froh, dass du es gemacht hast, und du weißt, wir werden uns für dich einsetzen, und für Jinx, ganz gleich, was kommt."

„Danke."

Eine weitere Veränderung. Ein weiterer Schritt, mit verdammt vielen weiteren, die noch zu gehen waren. Doch Petra wurde klar, dass ihre Schwägerin recht hatte. Dass sie auf High Water war, war sowohl notwendig als auch bedeutend. Für Jinx und für sie selbst.

**12**

___

*P*etra hatte die Nachricht geschickt, dass sie und Jinx endlich auf dem Weg nach Hause waren, was bedeutete, dass Aiden und seine Brüder bereits im Haus waren, als der Truck auf den Parkplatz vor der Haupttür fuhr.

Declan schaute auf die Temperatur auf dem Ofen, dann ging er zurück, um den Salat in eine riesige Schüssel zu geben. „Hat Petra gesagt, ob es gut ging?"

„Gut genug. Sie hat uns daran erinnert, dass wir die Kommentare über Jinx' besseres Aussehen so brüderlich wie möglich halten sollen."

Das Geräusch der Damen, die auf der Veranda plauderten und sich um ihre Schuhe kümmerten, brachte Aiden an die Eingangstür.

Als erstes kam Petra durch. „Hey, alle. Wir sind ganz entspannt von unserem Tag im Spa, aber wir verhungern. Es riecht gut hier drin."

„Lasagne", setzte Declan sie in Kenntnis. „Faule Lasagne, denn ich bin schlecht in dieser ganzen Sache mit dem Schichten."

„Lecker. Magst du Pasta, Jinx?“

Das Mädchen trat vor, die Augen kurz auf den Boden gerichtet, bevor sie sich aufrichtete. „Pasta ist gut.“

Ohne den wirren Schlamassel um ihr Gesicht waren Jinx’ hübsche Züge das erste, was Aiden auffiel. Die dunklen Ringe unter ihren Augen ließen sie sogar noch zarter und zerbrechlicher als vorher aussehen, aber die Masse aus langen, geraden, braunen Haaren wirkte sehr viel behaglicher als das Rattennest, das sie getragen hatte, als sie am Vormittag das Haus verlassen hatte.

Es war Zeit für ein paar vorsichtige Komplimente. „Hey, Jinx. Sieht aus, als hätten Petra und Julia dir weitergeholfen.“

Declan summte zustimmend. „Fühlt es sich besser an?“

„So viel besser.“ Jinx ignorierte Aiden und konzentrierte sich auf Declan. „Es war eine Menge Arbeit, aber Julia ist nett. Sie hat mir einen Sack Kleider geliehen, und sie sagte, sobald du und ich meine Geschichte so richtig auf die Reihe kriegen, dass ich es sie wissen lassen soll, denn sie wird ihre ältere Schwester anrufen, dann soll ich ihre Nichte Sasha treffen, damit wir shoppen gehen können.“

Aiden blinzelte überrascht, weil so viele Worte heraussprudelten.

Zum Glück blieb Declan cool und nickte nur langsam, mixte immer noch den Salat. „Dann besprechen wir das nach dem Abendessen, damit du Julia anrufen kannst. Ich habe ein paar Ideen aufgeschrieben. Ich glaube, wir haben es fast.“

Jinx richtete sich etwas gerader auf, dann fuhr sie sich unwillkürlich mit den Fingern durch die Haare, als könnte sie den Unterschied kaum fassen. „Okay.“ Sie lächelte, eine schockierende Überraschung. „Julia sagte, sie hätte von dir gehört.“

„Hoffentlich nur Gutes.“ Der Summer am Ofen ging los,

und Declan ging, um ihn abzuschalten. „Alle die Hände waschen. Das Abendessen ist fertig."

Aiden fing Petra an der Spüle in ihrem Bad ab. „Jinx sieht hundertmal besser aus und nicht nur an der Oberfläche. Sie ist immer noch nervös, aber hat nicht mehr diesen Ausdruck in den Augen, als wäre sie ein Welpe, den man getreten hat. Ich nehme an, euer Ausflug ist besser gelaufen, als wir es uns hätten erhoffen können."

Petra lehnte sich mit der Hüfte an den Tresen und dachte nach. „Julia ist ein Superstar, also gebe ich ihr die meiste Schuld daran. Sie konnten sich über ihr Trauma austauschen – Julia hat eine teuflische Geschichte, die ich irgendwann mal erzählen muss – und durch ihr solides Wissen als Sanitäterin, die sich auch mit Traumatisierten befassen musste, hat meine Schwägerin Magie gewirkt. Am Ende des Besuches hat sie Jinx zum Lachen gebracht."

O ja. „Gott sei dafür gedankt. Hoffen wir, dass es so weitergeht."

Sie setzten sich auf dieselben Plätze wie am Vormittag, sodass Aiden die ganze Familie beobachten konnte, während sie Schalen herumreichten, die hoch mit frischem grünem Salat gefüllt waren, und die dampfend heiße, leckere Pasta. Jinx redete mehr als am Vortag, meistens mit Petra und Declan. Aiden machte es nichts aus, und Jake schien abgelenkter als üblich und trug sowieso nicht viel zur Unterhaltung bei.

An diesem Abend trafen sie sich etwas früher an der Feuergrube. „Komm und hilf mir mal", rief Aiden Petra zu, bevor sie sich mit ihrer Häkelarbeit hinsetzte.

Erst sah sie nach Jinx, aber das Mädchen warf für Dixie einen Ball, und der Retriever tänzelte vor Aufregung jedes Mal, wenn der Ball in den Wurfhandschuh genommen wurde.

„Jinx könnte damit stundenlang beschäftigt sein", sagte Aiden mit einem Lächeln, während Petra sich ihm anschloss.

„Das funktioniert. Es war ein langer Tag, und ein positiver, aber wenn Jinx keine Zeit hat, sich wegen etwaiger Schwierigkeiten morgen Sorgen zu machen, ist das was Gutes." Petra beäugte das Seil in Aidens Händen. „Will ich das wissen?"

„Entspann dich, Liebling, das ist nichts Versautes. Es ist für eine Schaukel", versicherte er ihr. „Es gibt eine gute Stelle im Eingang zur Scheune, und ich dachte, Jinx würde es Spaß machen. In der Zwischenzeit müssen du und ich uns über unsere Datinggeschichte klar werden, und ich dachte mir, jetzt ist ein guter Zeitpunkt."

„Okay." Sie ging neben ihm zum Eingang. „Wir sollten es einfach halten."

„Mist. Das bedeutet, die Kostümbälle, an denen du um Mitternacht weggelaufen bist und deinen Glasschuh hinterlassen hast, sind raus."

Sie schnaubte. „Ja. Keiner von uns passt in diese Geschichte. Ich bin doch kein Aschenputtel."

Er hielt inne, bevor er auf die Leiter stieg, um ihr eine schockierte Miene zuzuwenden. „Du sagst, ich bin kein Märchenprinz?"

„Du bist mehr so der Typ Flynn Ryder", setzte sie ihn gedehnt in Kenntnis.

„Aha." Aiden führte das Seil über den Balken und machte sich daran, einen festen Knoten zu binden. „Das macht mir nichts aus. Flynn ist ein anständiger Kerl."

„Sobald man mal über die Vergangenheit mit Diebstahl und Lügen hinwegkommt, ist er ein guter Fang", stimmte Petra zu.

Aiden lachte. „Was ist mit Onlinedating?"

„Vielleicht. Könntest du kürzlich in Manitoba gearbeitet haben? Meine Eltern wohnen im ländlichen Brandon." Sie beäugte ihn, Verwirrung trat in ihren Blick. „Warte mal kurz.

Mir ist gerade was eingefallen. Jake hat bei der Polizei gearbeitet, und jetzt ist er euer Ranchverwalter, oder?"

„Ja." Wo wollte sie damit hin?

„Declan ist offensichtlich der Leiter des tierischen Teils dieser ganzen Sache." Petra hob eine Augenbraue. „Ich kann nicht glauben, dass ich bis jetzt gebraucht habe, um das zu fragen, aber was genau ist dein Job? Als wir uns vor drei Jahren getroffen haben, warst du ein Rancharbeiter."

„Dieser Titel funktioniert für mich." Aidens Füße trafen auf den erdbedeckten Boden. Petra hielt den soliden Holzsitz hin, während er daran arbeitete, dort auch die Knoten zu binden.

Sie ließ das Thema nicht fallen. „Du bist ein Rancharbeiter. Aber du kennst Danielle gut genug, dass sie dir und deiner Familie das Leben einer Fremden anvertraut ..." Petra schüttelte den Kopf. „Teufel, ich habe dir genug vertraut, um diesem ganzen Plan ohne zu zögern zuzustimmen. Was für eine Magie wirkst du denn da um dich?"

„Ich bin nicht so kompliziert, Petra. Ich mag Leute, egal in welchem Alter. Und sie mögen meistens mich." Aiden zuckte mit den Schultern. Manche Leute wurden von Titeln und einer schicken Ausbildung beeindruckt, aber sie kam ihm nicht wie so jemand vor. „Ich rede mit allen, und ich versuche, direkt mit ihnen zu sein, so wie es uns unser Stiefdaddy beigebracht hat. Vielleicht ist heutzutage verloren gegangen, dass man den Leuten den Rücken stärkt, aber ich glaube noch daran. Also ja, die Leute vertrauen mir."

Selbst wenn die Lügen, die er weiterhin erzählen musste, exponentiell ansteigen würden.

Der Ball hüpfte zwischen ihnen durch, sofort gefolgt von einem verschwommenen Wischen aus goldenem Fell, als Dixie ihm nachjagte.

„Tut mir leid", rief Jinx.

Er winkte dem Mädchen zu. „Übe, dass Dixie ein bisschen bleibt, bevor du ihr sagst: *Hol es.*"

„Okay." Jinx schaute sich um, überprüfte, wo Jake und Declan waren, bevor sie mit ihrer Aufgabe weitermachte.

Petra wirkte nachdenklich, während sie diskret Jinx beobachtete.

„Wir kommen zurück zu unserer Geschichte, aber ich muss es sagen. Ich bin schockiert, wie gut es läuft", gab Aiden zu. „Bilde ich mir die Dinge nur ein, oder hat Jinx beschlossen, dass Declan okay ist? Oder zumindest mehr okay als ich und Jake? Was mir nichts ausmacht, aber ..."

„Nein, du hast recht. Das war wieder Julia", erklärte Petra. „Wie es sich erweist, hat der Vorarbeiter der Red Boot Ranch Declan vor allen angepriesen, die ihm zuhören. Aus irgendeinem Grund ging Cody als Unterstützung mit, als Declan vor etwa einem Monat ein Pferd zur Rettung abholte. Der Typ, von dem sie das Pferd übernommen haben, dachte, er könnte es sich in letzter Minute anders überlegen, aber Declan hat klargemacht, wenn man ein Tier grausam behandelt, bedeutet das, dass man jegliches Recht an dem Tier verloren hat."

„Klingt nach Declan."

„Julia sagte, man kann eine Menge über einen Mann lernen, daraus, wie er Tiere behandelt, und wie die Tiere mit ihm umgehen. Jinx war ein bisschen leise, aber man konnte erkennen, dass sie eins und eins zusammenzählte, und heraus kam, Declan ist ein guter Kerl."

„Das ist eine solide Basis für das, was wir hier in High Water aufbauen." Aiden tätschelte den Sitz und hielt die Seile. „Hüpf rauf."

Petra drehte sich und setzte sich hin. „Unsere Geschichte?"

Er genoss das sehr, wurde Aiden klar. Mit Petra zu

plaudern, sich Pläne auszudenken. Teile aus seiner Vergangenheit zu teilen.

Es half, dass sie seinen einfachen Job hinnahm, und sogar zu bewundern schien, was er tun konnte, ohne eine Liste von glänzenden Briefen und Auszeichnungen zu haben. Nichts davon war für ihre Täuschung notwendig, aber alles daran war sehr wichtig, wenn er ihre Beziehung weiter bringen wollte, als nur eine praktische Lüge zu sein.

„Halten wir es einfach", schlug er vor. „Wir haben uns vor drei Jahren gerade hier in Heart Falls getroffen – das ist keine Lüge. Wir erwähnen einfach nur nicht mehr als den öffentlichen Teil des Abends."

Sie kicherte. „Lass mich raten. Wir haben uns seither geschrieben und uns immer getroffen, wenn wir konnten."

„Absolut. Und als meine Brüder und ich beschlossen haben, uns hier in Heart Falls eine neue Heimat zu suchen, habe ich dir den Antrag gemacht." Er strich von hinten mit seiner Wange über ihre und flüsterte: „Es war sehr romantisch."

„Natürlich", sagte Petra erheitert.

„Ein Ausritt gefolgt von einem Picknick. Wir haben uns an einen Bach gesetzt und beschlossen, dass wir unser Leben in unserer neuen Heimat verlobt beginnen würden." Aiden schob sie sanft an. „Du wolltest keinen Ring."

„Wie praktisch für dich."

„Äußerst." Er schob fester, und sie flog höher. „Klingt das wie genug Vorgeschichte?"

„Ja. Besonders, wenn wir beide daran denken, was die oberste Regel des Lügens ist. Weniger ist mehr." Petra ließ ihre Füße über den Boden schleifen, um anzuhalten. Sie stand auf und drehte sich zu ihm um. „Stell mehr Fragen, als du Antworten bietest."

Aiden hob eine Augenbraue. „Du redest, als hättest du sehr viel Erfahrung damit", scherzte er.

Ihre Miene änderte sich ganz kurz, bevor ihr Lächeln wieder da war. „Na ja, nicht mehr als der Durchschnittsmensch. Hast du deine Gitarre dabei?"

Interessant. Aiden mochte ja keine Magie haben, doch er hatte eine höchst fein abgestimmte Intuition. Petra bewahrte absolut ein Geheimnis, mehr als dasjenige, in das er sie verwickelt hatte.

Nun musste er entscheiden, was er mit diesen Informationsfetzen anfangen sollte.

Falls Petra irgendwelche Zweifel daran hatte, wie angemessen es war, Sasha zu bitten, Jinx zu helfen, verschwanden sie in den ersten fünf Minuten, als die Mädchen sich bei Buns and Roses trafen.

Nachdem die ersten Grüße und Hallos ausgetauscht waren, lotste Sasha Jinx durch die Bestellung am Tresen, bevor sie die ganze Gruppe zu einem Tisch an der Seite des Raums führte. Es war erheiternd, Sasha zu sehen, wie sie alles zu ihrer Zufriedenheit organisierte, Jinx in eine Ecke setzte, wo sie sich umschauen konnte, aber man sie im Gegenzug nicht leicht anstarren konnte.

Sasha stellte Jinx ein paar Fragen, erzählte aber zum Großteil alles über sich und ihre Familie. Sie erzählte Geschichten von ihrer kleinen Schwester Emma und ihrem noch kleineren Bruder Tyler, ihren drei Onkels und Tanten und ihrem Pferd. Sie erzählte, wie sehr dem Mathelehrer in der Highschool ein Sinn für Humor fehlte, und fragte Jinx, ob ihr Mathe oder Englisch besser gefiel.

„Sasha ist wie ein gut ausgebildeter Border Collie", erklärte

Julia Petra leise, aber mit großer Erheiterung. „Ganz gleich, auf wie viele Küken sie auf einmal aufpassen muss, sie versucht sie alle dicht bei sich zu halten, um sich um sie zu kümmern."

„Klingt genau wie die Art Verstärkung, die Jinx vielleicht in der Schule braucht." Mit dem Blick immer noch auf den Mädchen sprach sie seitlich zu ihrer Schwägerin. „Gibt es sonst noch was, was du teilen möchtest? Wie geht es dir derzeit?"

Julia warf ihr einen fragenden Blick zu.

Petra zuckte mit den Schultern. „Jedes Mal, wenn ich dich in der letzten Woche gesehen habe, war es, weil es was Dringendes zu tun gab. Ich will dir nur in Erinnerung rufen, dass ich dich auch um deiner selbst willen mag, und nicht nur, weil du immer die Notrettung bist."

„Ich mag dich auch", versicherte ihr Julia. „Was den Rest angeht, keine Sorge. Es gibt Zeiten, da kann man in Erinnerungen schwelgen oder Leute besser kennenlernen, und andere, der bietet man eine helfende Hand. In der Familie führt man doch keine Liste, wer wem was schuldet."

Petra drückte ihr die Finger. „Du bist toll."

„Bin ich. Ich bin außerdem neugierig." Julia senkte die Stimme. „Was höre ich denn da, dass du und Aiden euch ein Zimmer teilt?"

Gute Güte. Petras Gesicht wurde rot. „Angelst du wieder nach Informationen?"

„Ich angle gar nicht. Ich höre dem zu, was auf der anderen Seite des Tisches passiert. Jinx hat Sasha gerade erzählt, wie das Haus jetzt aufgestellt ist. Sasha war schon mal im Haus, denn die vorherige Besitzerin hat ein paar Mal auf sie und Emma aufgepasst. Jinx sagte, Mrs. Fallens Zimmer ist nun Petras und Aidens Zimmer."

„Die Tatsache, dass du das gehört hast, während wir uns

unterhalten haben, bedeutet, dass du hörst wie ein Superheld", beschwerte sich Petra.

„Vergiss doch mal, wie ich es gehört habe, erzähl mir nur, dass alles in Ordnung ist."

Scheiß darauf, das Knutschen geheim zu halten. Obwohl sie es eigentlich nicht wieder getan hatten, hatte die letzte Nacht mit Aiden ihre Welt auf den Kopf gestellt, indem er sie in der Dusche geleckt hatte, bevor er mit ihrer Hilfe abgespritzt hatte.

Petra ließ ihr Grinsen breit werden. „Es ist besser als nur okay."

Julia kicherte. „Solange es so bleibt und du Spaß hast, werde ich nicht nach weiteren Details fragen."

„Tante Julia." Sasha sprach lauter, um ihre Aufmerksamkeit zu bekommen.

„Ja?"

„Jinx braucht ein paar neue Kleider, und Mom hat gesagt, ich kann mit ihr einkaufen gehen. Aber es wird morgen nach dem Abendessen sein müssen, denn wir können heute Abend nicht gehen, und morgen habe ich eine Trainingseinheit mit Kelli gleich nach der Schule. Kannst du mich abholen? Mom kann nicht, wegen Tyler. Das ist mein kleiner Bruder", rief Sasha Jinx in Erinnerung. „Er ist erst vier und geht echt früh ins Bett."

„Wenn deine Mom sagt, das ist okay, und du nicht zu viele Hausaufgaben hast, kann ich dich mitnehmen. Es ist ein Schulabend", erklärte Julia.

Sasha zuckte mit den Schultern. „Ich habe nie viele Hausaufgaben." Sie drehte sich um, um Jinx etwas zu gestehen. „Nichts, was ich nicht in den zehn Minuten Busfahrt nach Hause erledigen kann. Es ist eine schöne kurze Fahrt."

Jinx' Blick ging zu Petra. Sie schluckte schwer, zwang ihre Frage heraus. „Du fährst im Bus?"

Sasha wedelte mit der Hand. „Ist keine große Sache. Wir sind bei den letzten, die am Morgen abgeholt werden, und den ersten, die auf dem Weg nach Hause rausgelassen werden, und da du nur eine Straße weiter wohnst, ist es sogar eine noch kürzere Fahrt für dich. Das ist nicht so wie bei diesen Stadtbussen, dass wir nach Alter aufgeteilt werden. Hier holen sie alle je nach Gegend ab, darunter auch die Kinder für den Kindergarten, also ist es manchmal laut, aber nicht schlimm." Sasha runzelte die Stirn, weil ihr Jinx' Unbehagen auffiel. „Es ist okay. Hast du noch nie den Bus genommen?"

Jinx schüttelte den Kopf. „Ich habe immer nah genug an allem gewohnt, um zu Fuß zu gehen."

Petra musste keine Gedanken lesen können, um zu wissen, dass die Vorstellung mit dem Bus für Jinx nicht sonderlich beruhigend war, aber das konnten sie besprechen, wenn sie allein waren.

„Hallo, ihr alle. Willkommen im besten Café in der Stadt", verkündete Tansy in einer fröhlichen Stimme, während sie ihre Bestellung an den Tisch brachte. Sie schaute jeden von ihnen nacheinander erheitert an. „Freunde finden und Schabernack planen?"

„Es ist immer gut, ein bisschen Schabernack vorzuhaben", rief ihr Petra in Erinnerung.

„Genau mein Gedanke." Tansy stellte die Teller auf dem Tisch vor allen ab, bevor sie sich selbst einen Teller hinstellte und einen weiteren Stuhl rüberzog, um sich ihnen anzuschließen. „Und deshalb bin ich da. Hi Jinx. Ich bin Tansy. Ich bin die kluge, witzige Freundin dieser zwei." Sie wies mit dem Daumen in jede Richtung, um auf Julia und Petra zu deuten. „Also, worüber habt ihr geplaudert? Wer hat heute in der Schule wessen Herz gebrochen, Sasha?" Sie schaute nach links. „Bist du schon schwanger, Julia?"

„Tante Tansy", tadelte Petra schockiert. „Das ist unhöflich."

„Was?" Tansy warf die Hände in die Luft, während ein verständnisvoller Blick über ihr Gesicht ging. „Ach, den Teil hast du versäumt. Das ist nicht unhöflich, das ist ein Scherz. Na ja, es ist schon irgendwie unhöflich, aber das ist nicht meine Schuld. Vor zwei Monaten ist Zach reingekommen und hat Erdnussbutter-Eis-Sandwiches mit Gürkchen bestellt. Und wir wissen alle, was das bedeutet."

Julia stieß ein leidendes Seufzen aus. „Er hätte die Eis-Sandwiches kaufen sollen. Dann ist ihm eingefallen, dass er am Vortag das Glas mit den Gürkchen zerbrochen hat, und er wollte nicht wegen einer Sache am Laden Halt machen, also hat er nach den Gürkchen gefragt." Sie schaute Tansy finster an. „Nur dass du das seither bei jeder Gelegenheit ausnutzt."

„Was soll ich sagen? Wenn man mir ein goldenes Ticket gibt, nehme ich es." Tansy grinste, während sie ihr Sandwich nahm. „Ich habe das mit den gebrochenen Herzen in der Schule aber ernst gemeint, Sasha. Versucht José immer noch, dich zu überzeugen, dass du seine Süße wirst?"

Sasha seufzte heftig. „Tante *Julia*."

„Was?", wiederholte diesmal Julia den Protest.

Sasha warf ihr einen finsteren Blick zu. „Du warst die Einzige, mit der ich über José gesprochen habe."

Julia hob eine Hand. „Ja, du hast es mir erzählt. Aber gleichzeitig hat Kelli mir erzählt, dass du irgendwas über ihn gesagt hast. Dann hat ihn deine Mutter vor mir erwähnt. Außerdem hat deine Tante Ginny mir erzählt, dass du erzählt hast, dass Katy sagt, Jason hätte ihr erzählt, dass ..."

Petra lachte inzwischen so heftig, dass ihre Worte nur gekeucht herauskamen. „O mein Gott. Du könntest einfach mit den Teenagern ins Klassenzimmer gehen", bemerkte sie zu Julia.

„Süß", entgegnete Julia, die bis über beide Ohren grinste.

Während Sasha aufgeregt von José erzählte, war es Jinx,

die Petras Aufmerksamkeit festhielt. Ihr Blick huschte zwischen allen am Tisch hin und her, ihr Mund stand offen, während weiterhin gescherzt wurde. Als Sasha zur Unterstreichung ihrer Aussagen ihre Haare nach hinten warf wie eine Mähne, kicherte Jinx, bedeckte den Mund mit einer Hand, aber Petra sah ihr kurzes Lächeln.

Sowohl herzerwärmend als auch erfüllt von Hoffnung.

Die Tür zu Buns and Roses ging auf, die Eingangsglocke klingelte, und ein breitschultriger Mann in einem Cowboyhut marschierte herein. Petra blinzelte, dann schaute sie auf die Uhr. Weshalb kam Jake zu dieser Tageszeit rein?

Sie fragte sich, ob was falsch gelaufen war, und er versuchte, sie aufzuspüren. Sie winkte, um seine Aufmerksamkeit zu bekommen. „Jake. Hier drüben.“

Sein Kopf fuhr hoch, und er blinzelte, als wäre er nicht nur überrascht, sie zu sehen, sondern auch festzustellen, dass er im Laden stand. „Hey.“

Tansy kicherte. Sie schoss vom Tisch hoch und streifte sich die Hände ab. „Nun, Mädels, ich hoffe, ihr habt später beim Shoppen eine tolle Zeit. Entschuldigt mich, ich muss was erledigen.“

Sie huschte vom Tisch weg und nahm Jake an der Hand, schleppte ihn zu den Schwingtüren in die Küche.

Kurz war es am Tisch still, bevor Sasha wissen wollte: „Wer war das?“

Jinx sprach, ihre Antwort war leise, aber klar. „Das ist Jake. Er ist der Bruder meines Schwagers. Jake ist der Mittlere, und er ist sehr organisiert“, setzte Jinx sie in Kenntnis.

Sashas besorgter Blick verlagerte sich auf etwas, das eher zustimmend war. „Es ist gut, organisiert zu sein“, sagte sie. „Kelli sagt, Leute, die Dinge nicht durchdenken, sind wie ein Typ, der keinen Pisswettbewerb in einer Brauerei organisieren kann.“

„*Sasha.*" Sowohl Petra als auch Julia tadelten sie im gleichen Augenblick, aber Jinx' Grinsen war fast genauso breit wie das, das Petra auf ihren Lippen spürte.

„Irgendwann bald wirst du mal die Silver Stone Ranch besuchen und den Quell der ganzen Kelli-ismen kennenlernen müssen", versprach Julia Jinx.

„Kelli ist toll", stimmte Sasha zu, während sie auf die Uhr schaute. „Ich muss dann zurück. Wollen Sie, dass ich sie morgen abhole, oder werden Sie zu uns fahren, Ms. Sorensen?", fragte sie Petra.

„Wir holen dich nach dem Abendessen ab", bot Petra an. „Falls sich was ändert, hast du ja meine Nummer."

Sasha nickte. „Sobald du ein Handy hast, Jinx, gebe ich dir meine Nummer, damit wir uns schreiben können." Sie verzog das Gesicht. „Wir haben eine ganze Litanei von Regeln, was Texten angeht, die werde ich dann mit dir durchgehen müssen. Meine Mom und mein Dad sind echt streng."

Das war eine einfache Beschwerde eines Kindes, das wusste, wie gut es aufgehoben war.

Während die Mädchen weiter plauderten, traf sie das Verständnis so heftig, dass Petra sich im Stuhl zurücklehnte und leise stöhnte.

Julia runzelte die Stirn. „P?"

Petra lächelte, aber es war wahrscheinlich ein wenig wackelig. „Mir ist gerade klar geworden, dass ich mehr oder weniger die Ersatzmutter für einen Teenager bin. Regeln durchsetzen und aufstellen, und all das." Der Gedanke war zum Verrücktwerden. „Man soll sich doch erst mal die Zähne an den elterlichen Talenten ausbeißen, wenn sie klein sind. Und wenn man es dann vermasselt, kann man sie einfach hochheben und sie dort hinsetzen, wo sie sein sollen."

Julia lachte. „Ich glaube, im Lauf der Jahre hast du genug Kinder bemuttert, um damit ganz gut klarzukommen.

Außerdem bist du ja nicht allein. Merk dir das. Es gibt eine ganze Menge Leute um dich herum, die dir Ratschläge anbieten, und zwar mehr, als du möchtest."

Sie waren zurück im Truck und unterwegs zu High Water, als Jinx locker an Petras Ärmel zupfte, um ihre Aufmerksamkeit zu bekommen. „Ich mag Sasha", sagte sie. „Danke, dass du das auf die Beine gestellt hast."

„Kein Problem. Ich schätze, morgen gehen wir dann shoppen, was?"

Jinx nickte. Sie starrte aus dem Fenster, ihr Blick huschte von Ort zu Ort.

Vielleicht war es nur Petras Vorstellungskraft, aber Jinx' Musterung der Stadt schien weniger, als würde sie sich alles merken, falls sie schnell wegmusste, und eher, als würde sie die Umgebung in sich aufsaugen.

Ein weiterer Schritt nach vorn.

**13**

___

Petra und Jinx marschierten in das Künstleratelier, ein stetiger Fluss fröhlichen Geplauders ging zwischen ihnen hin und her, was Aiden zum Lächeln brachte. Er hielt allerdings nicht inne, außer dass er Petra zuzwinkerte. „Hat alles funktioniert?"

Sie nickte. „Mission Shopping-Trip läuft morgen nach dem Abendessen."

„Toll. Ich würde dir ja Daumen hoch geben, Jinx, aber meine Hände sind voll." Er winkte mit der Malerkelle in seiner rechten Hand.

Sie ging zu ihm, Dixie dicht auf ihren Fersen. „Was machst du da?"

„Grundieren. Das lässt mich zu meinem inneren Kind zurückkehren", sagte er scherzhaft. „Noch wichtiger, es verdeckt die Schrauben und Nähte zwischen den Rigipsplatten und verwandelt alles in ein durchgehendes Stück. Wenn ich es gut mache, auf jeden Fall."

„Du erledigst das verdammt noch mal besser richtig gut", rief Jake von der anderen Seite, bevor er die Lippen

179

aufeinanderpresste und peinlich berührt wirkte. „Tut mir leid, Ladys.“

Kurz musste Petra innehalten, um nachzudenken, wofür er sich entschuldigte, bevor sie ihm einen Blick zuwarf, der sagte: *Nimmst du mich auf den Arm.* „Du kannst nicht mal verdammt sagen?“

Neben ihr kicherte Jinx leise. „Was ist mit verflixt oder du meine Güte?“

„Vielleicht steht heiliges Kanonenrohr nicht auf der Liste.“ Petra grinste das Mädchen an, bevor sie näher zu der Wand trat und Aidens Arbeit begutachtete. „Bisher sehe ich nichts außer hervorragende Ergebnisse auf dieser Seite des Raumes.“

Aiden nahm eine weitere Ladung Mauerputz und verschmierte sie so glatt wie möglich über den Schraubenköpfen, die die Rigipswand an Ort und Stelle hielten. „Es ist langweilige Arbeit“, erklärte er ihnen. „Aber es ist auch irgendwie beruhigend.“

„Kann ich helfen?“, fragte Jinx.

„Du kannst mir helfen“, bot Jake durch das Zimmer an. „Meine Aufgabe ist nicht langweilig.“

„Ich weiß ja nicht, ob sie mit dir arbeiten darf. Du hast eine so unanständige Sprache“, scherzte Petra. „Wer weiß, was für unglückselige Dinge da rauskommen und in Jinx’ Ohren gelangen.“

Jinx stieß Petra an, kicherte leise. „Hör auf. Ich will helfen.“

Petra legte eine Hand auf die Schulter des Mädchens und schob sie sanft in die Richtung, wo Jake stand, ein Stapel Schleifblöcke auf dem Tisch neben ihm. „Leg los. Ich bleibe in der Gegend, aber ich muss ein wenig am Computer arbeiten. Ich bin dann da drüben“, bot sie an.

Jinx war bereits losmarschiert, entschlossen unterwegs zu ihrem Ziel.

Petra trat an Aidens Seite, blieb weit genug zurück, dass er ohne Unterbrechung arbeiten konnte.

„Jinx hat gute Laune", bemerkte er leise.

„Sasha Stone war genau das, was der Arzt verschrieben hat. Dass Jinx eine Freundin wie sie hat, wird gut funktionieren." Petra beobachtete ihn kurz. „Du bist nicht schlecht. Ich habe schon ein paar Mal bei Renovierungsarbeiten geholfen, und du hast ein paar Tricks richtig gut verinnerlicht."

„Ich habe einen Sommer gleich nach der Schule genau damit verbracht", erklärte ihr Aiden. „Mein Stiefvater Jeff hat fest daran geglaubt, dass es eine gute Möglichkeit ist, einen jungen Mann von Schwierigkeiten fernzuhalten, wenn man ihn beschäftigt hält. Wir haben alle Ausbildungen in einem Handwerk, sogar Jake, der am Ende seines ersten Sommers direkt auf die Polizeischule ging."

Petra wirkte nachdenklich. „Ich bin überrascht, zu sehen, dass er vor uns hier ist. Er ist beim Mittagessen bei Buns and Roses aufgetaucht."

„Echt?" Jake hatte das nicht in den Terminplan gesetzt, aber andererseits hatte er selbst die Verantwortung über seine Zeit. „Er ist vor etwa zehn Minuten aufgetaucht. Vielleicht sammelt er Informationen, für den Zeitpunkt, wenn wir die Künstlerresidenz aufgebaut haben. Besondere Events ausrichten und so was. Tansy als Catering wäre doch toll."

Glück trat auf Petras Gesicht. „Ich liebe den Gedanken, Leuten, die wir mögen, Arbeit zu geben. Tansy wäre toll dafür."

Petra lächelte ein letztes Mal, dann zog sie sich in die Mitte des Raums zurück, wo zwei Campingstühle an einen kleinen Tisch geschoben waren. Sie zog ein Tablet aus ihrer Tasche und stellte es als Mini-Computer auf, ihre Finger flogen über die tragbare Tastatur.

Aiden machte damit weiter, einen weiteren schmalen

Streifen Putz über jeden Abschnitt zu legen, den Jake bereits abgeschmirgelt hatte.

Seine Playlist mit Country-Musik pulsierte leise im Hintergrund, während Jake Jinx beibrachte, wie man einen Schleifblock benutzte. Sie zog einen Strich nach dem anderen über den überstehenden Putz, wechselte im Uhrzeigersinn die Bewegung, als Jake es ihr sagte. Langsam trug das feine Sandpapier alle Grate ab, bis die Wand glatt war, wenn man sie berührte.

„Das ist perfekt", ermutigte sie Jake. „Nimm am Anfang nur wenig Druck, und nach den ersten paar groben Strichen hältst du deine Bewegungen klein und rund. Damit wird es für mich leichter, irgendwelche letzten Grate abzutragen, die noch auftauchen."

Jinx arbeitete eine Weile. „Ihr alle wisst, wie man eine Menge Dinge macht."

„Das liegt an unserem Stiefvater." Jake wiederholte Aidens Eingeständnis von vorhin. „Er war der Ansicht, wenn etwas lohnenswert ist, sollte jeder lernen, wie es geht. Es spielte keine Rolle, was, wir sollten es so gut erledigen, wie wir nur konnten, und uns lange genug Zeit lassen, um zu sehen, ob man ein Talent ausbauen musste, damit es mehr Spaß macht."

„Es ging nicht nur um die Arbeit", fügte Aiden an. „Das Gleiche bezog sich auch auf die Künste. Der Mann hat nicht einmal geblinzelt, als er erfahren hat, dass ich klassische Gitarre spiele. Er nickte nur und sagte mir, dass er Flöte spielen gelernt hat, als er jung war."

Jinx dachte nach. „War er gut darin?"

Es war nicht so sehr die Frage wie der sehnsüchtige Tonfall, der aussagte, dass Aiden Musikstunden auf die Liste der Dinge setzen würde, mit denen das Mädchen in den kommenden Tagen in Berührung kommen würde.

Alles, was jemanden so strahlen ließ, lohnte sich, weiter zu erkunden.

„War Jeff gut darin? Weißt du, das war was ganz Verflixtes", bemerkte Jake. „Er war gerade erst mit unserer Mom Nancy zusammengekommen. Da waren wir, haben uns alle gefragt, wer dieser Mann war, und ob er eine Verbesserung gegenüber unserem leiblichen Vater sein würde. Oder zumindest fragten sich das Declan und ich. Aiden war wie ein verliebter Welpe von dem Augenblick an, als Jeff eingetroffen war." Jake grinste ihn an. „Obwohl man ihn damit nicht aufziehen sollte, denn wie es sich erwies, warst du der klügste Mensch im Raum. Trotzdem haben Declan und ich uns Sorgen gemacht und waren uns nicht sicher wegen der ganzen Sache mit der Flöte. Aber hier ist Aiden und spielt so ein gottverdammt schreckliches Stück immer und immer wieder ..."

„Pass auf deine Sprache auf, Bro. Außerdem habe ich geübt", erklärte Aiden. „Das soll schrecklich klingen."

Jake hob eine Augenbraue. „Auf jeden Fall kommt Jeff rein und lässt sich neben ihn fallen. Er zieht ein Etui raus und setzt eine Flöte zusammen, hört die ganze Zeit zu und fährt dabei irgendwie nicht zusammen."

„Hey", beschwerte sich Aiden.

Petra schaute nicht von ihrem Display auf, ihre Lippen verzogen sich zu einem breiteren Lächeln.

„Dann sagt er Aiden, er soll wieder zurück zum Anfang. Nach nur ein paar Sekunden spielt Jeff mit. Eine Begleitmelodie, nicht ganz das, was Aiden gespielt hat – Gott sei es gedankt – aber etwas wie Vogelgesang, der über den Gitarrennoten dahintrieb. Declan und ich, wir standen da, der Mund stand uns offen, und alle unsere Gedanken daran, wie doof es war, dass ein großer, harter Kerl so was wie eine Flöte spielte, waren weg. Es war reine Magie."

„Für mich auch", sagte Aiden leise. „Ich glaube, jedes Mal, wenn ich nachher geübt habe, habe ich gehofft, dieselbe Magie würde zurückkehren, wenn ich selbst spiele."

Jinx schaute ihm durch den Raum in die Augen. „Ich glaube, du hast sie gefunden."

„Danke, Kleine. Das bedeutet mir viel. Musik ist etwas, das sehr persönlich ist, und eine tolle Art, etwas mit anderen zu teilen."

Jinx schleifte weiter die Wand ab. „Hast du auch ein Instrument gelernt, Jake?"

„Schon, aber ich habe mir was Aggressiveres ausgesucht. Ich habe mich für Schlagzeug entschieden."

„Unsere Mom war bis dahin schon fort", erklärte ihr Aiden. „Jake hat so ein rebellisches Teenager-Ding gemacht, aber er war klüger, als zu fluchen oder auf Jeff wütend zu werden."

„Damit hätte er mich nicht davonkommen lassen", stimmte Jake zu. „Er war hart, aber fair. Ich glaube, wir haben das mehr respektiert, als hätte er uns alles durchgehen lassen oder wäre er übermäßig streng gewesen. Er ist der Grund, weshalb ich zur Polizei gegangen bin."

Jinx blieb stocksteif stehen. „Du bist ein Bulle?"

Jake lachte leise bei ihrem ungläubigen Tonfall. „Ich *war* ein Bulle. Fünfzehn Jahre lang, aber schließlich wurde mir klar, dass das nichts für mich ist. Nicht auf alle Ewigkeit, bis ich in den Ruhestand gehe. Ich bin froh, dass ich es gemacht habe, aber es war Zeit für was Neues."

Sie nickte. „Ich glaube, das wäre ein harter Job."

„Hart für alle", stimmte er zu. „Meine Ex-Frau würde dir sagen, dass es schwer für diejenigen ist, die nicht die Schicht übernehmen."

Diesmal warf Jinx einen Blick zu Aiden. Sie stellte ihm tonlos die Frage. *Er war verheiratet?*

„Ist doch kein Geheimnis", erklärte ihr Aiden laut. „Weißt

du noch, wir lernen einander immer noch kennen, also darfst du Fragen stellen. Jake war verheiratet, aber seiner Frau gefiel die Vorstellung besser als die Wirklichkeit, mit jemandem verheiratet zu sein, der noch andere Verantwortungen hat, außer sich um sie und ihre Forderungen zu kümmern."

Nicht, dass er seinem Bruder hätte das Wort abschneiden sollen, aber Jake ließ seine gescheiterte Ehe normalerweise um seine Fehler kreisen und nicht die seiner Frau. Das hatte Aiden satt.

Jake zuckte mit den Schultern. „Wir haben uns zu früh darauf eingelassen. Wir waren jung, und es hat nicht mal ein Jahr gehalten. Was gewissermaßen gut war", fügte er an. „Wir hatten noch keine Familie gegründet, also waren keine Kinder betroffen."

„Wolltet ihr eine Familie?", fragte Jinx. „Wenn das keine zu persönliche Frage ist."

*Sie testet die Grenzen,* dachte Aiden. Er hatte gesagt, sie konnte Fragen stellen, um das herauszufinden, worauf sie neugierig war.

Wie bereit waren sie, das auch durchzuziehen?

Zum Glück war das ein Thema, bei dem Jake keinerlei Bedenken hatte, etwas mitzuteilen. „Ich will eines Tages schon Frau und Kinder, aber da ist noch Zeit. Im Augenblick will ich High Water auf die Beine stellen und alles solide zum Laufen bringen, bevor ich mich an den Gedanken mache, mit irgendjemandem was Ernstes anzufangen."

„Das ist klug."

Jake musterte die Wand, ließ langsam eine Hand darüber gleiten. „Du machst das toll."

„Danke." Sie machte sich wieder an die Arbeit, voll konzentriert auf ihre Aufgabe.

Dixie bewegte sich mühelos zwischen ihren Beinen, blieb gerade weit genug aus dem Weg, dass Jinx nicht über sie stolperte. Das Sandpapier in ihrer Hand flüsterte mit einem stetigen *kratz kratz kratz* über die Wand.

Am Tisch arbeitete Petra stetig, die Finger flogen nun wieder, da die Unterhaltung langsamer geworden war. Aiden machte Pause, um Jinx und Jake weiter voraus kommen zu lassen, und begab sich zu Petra.

Sie ignorierte ihn völlig.

Gute Konzentrationsfähigkeit. „Du bist ganz weit weg", sagte er, ließ sich auf den Stuhl an ihrer Seite fallen.

Petra zuckte leicht und schaute dann auf. „Tut mir leid. Ich hab dich nicht gehört."

Er lachte leise. „Ganz offensichtlich bin ich nicht ablenkend genug. Ich setze mich direkt neben sich, und dir fällt es nicht mal auf."

Ihr Blick huschte über ihn, blieb an den Unterarmen hängen. Er hatte seine Ärmel hochgerollt, und kleine Flecken aus grauem Putz hingen hier und dort, wo sie hingefallen waren, während er gearbeitet hatte. „Ja, du bist irgendwie unsichtbar. Diese Tarnbemalung wirkt richtig gut."

„Ich muss mich später waschen", sagte er, senkte die Stimme und legte alle möglichen Anspielungen in seine Worte. „Da brauche ich vielleicht Hilfe."

Wäre sie sich dem Summen der Verbindung zwischen ihnen bisher noch nicht bewusst gewesen, hätte er sagen können, dass sie das jetzt absolut war, an der Art, wie ihre Augen funkelten. „Du bist schon echt schmutzig."

Eine schreckliche Idee kam ihm. Er ließ die rechte Hand über das Tablett mit dem Putz gleiten, dass er tief unter den Tisch hielt, sodass seine Finger mit einer dünnen Schicht rutschiger Farbe bedeckt waren. „Woran arbeitest du?"

„Recherche." Das sagte sie schnell, mit einer unbehaglichen Miene.

So ganz und gar nicht wie Petra. Aiden beäugte sie. „Du

wirst die Buchhaltung für die Red Boot Ranch übernehmen, oder?"

Sie nickte, dieser seltsame Ausdruck wurde leicht schuldbewusst. „Ich werde die Software einrichten, die sie benutzen, und Daten eingeben, aber ich bin nicht offiziell zertifiziert für Steuerberatung."

„Du richtest das nicht jetzt gerade ein?"

Weitere Schuldgefühle. „Ich finde nur Dinge raus."

Was ungefähr so ein großes *frag nicht, damit ich dich nicht anlügen muss* war, wie er es je gehört hatte.

Unter dem Tisch stellte er sicher, dass seine Hand so richtig gut bedeckt war. Sie verdiente, was er im Sinn hatte.

Er ließ das Tablett unter dem Tisch stehen und beugte sich näher heran, nahm ihr Gesicht mit den Händen. Presste ihre Lippen zusammen, um sie heftig zu küssen. Ein rasches Knabbern an ihrer Unterlippe, und sie keuchte. Aiden nutzte das voll aus, richtete ihren Kopf seitlich aus und vertiefte den Kuss so sehr, dass er sie beide wild machte.

Petra zog sich zurück, ein leises Keuchen drang zwischen ihren offenen Lippen hervor. „Das war gefährlich", sagte sie, ihre Hände gingen hoch, um ihre Wangen zu berühren. Sie runzelte die Stirn, starrte auf den grauen Überzug auf ihrer Wange hinab, der nun ihre Finger bedeckte, bevor sie ihn finster anschaute. „Das war böse."

„Ich wollte nur sichergehen, dass du auch richtig motiviert bist, um dich mir später in der Dusche anzuschließen."

Petra verdrehte die Augen, aber nachdem sie nach Jinx geschaut hatte, um sicherzustellen, dass das Mädchen okay war, rutschte sie vor und packte ihn am Hemd. „Wenn schon, denn schon", flüsterte sie, bevor sie sich an ihn klammerte und den Kuss so gut erwiderte, wie sie es bekommen hatte. Ein Kuss mit genug Feuer und Wildheit, dass jede Zelle seines Körpers sich erhob und aufmerksam wurde.

Hände strichen über seine Brust, bevor sie mit den Nägeln über seinen Oberkörper fuhr und seine Muskeln sich unter ihrer Berührung zusammenzogen.

Sie löste sich, lehnte die Stirn an seine, während sie beide rasch atmeten. Ihre blauen Augen hielten seine einen langen Augenblick fest, bevor sie sich zurückschob.

„Zeit, zurück an die Arbeit zu gehen", verkündete Petra, bevor sie sich zurück zum Computer wandte und die grauen Streifen ignorierte, die auf ihren Wangen trockneten.

Aiden lachte, vermied den fragenden Blick, den sein Bruder ihm zuwarf, und kehrte an seine Aufgabe zurück.

Sexy Dinge in der Dusche vor dem Abendessen. Es war immer gut, etwas zu haben, auf das man sich freuen konnte.

JINX LAG in ihrem Sessel zusammengerollt, Dixie über ihre Beine drapiert, und las ein Buch, das Sasha Stones Onkel Walker da gelassen hatte, damit sie es sich ausborgen konnte.

Petras Magen war voll und zufrieden, und in ihrem Blut wurden nach dem raschen und effizienten Orgasmus, den Aiden ihr in der Dusche geschenkt hatte, immer noch kleine Endorphine durchgespült. Er hatte ihr auch geholfen, den Dreck von den Wangen zu waschen, und die ganze Zeit über fies gelächelt.

Der Mann machte Ärger, aber Petra genoss seinen Schabernack sehr viel mehr, als sie erwartet hätte.

Aiden und Declan spülten das Geschirr. Jake saß still am Tisch, eines seiner stets präsenten Notizbücher vor ihm, doch sein Blick ging zwischen seinem jüngeren Bruder und der Stelle hin und her, wo Petra ein paar Stühle weiter am Tisch an ihrem Computer herumbastelte.

Sie würde nicht fragen, was Jake durch den Kopf ging.

Falls er es nicht gut hieß, dass sie und Aiden herummachten, war es egal. Sie waren Erwachsene. Es war ihre Entscheidung.

Aber als auf Jakes Handy eine Nachricht blinkte und er leise fluchte, ohne sich zu entschuldigen, zog das ihre Aufmerksamkeit auf sich.

„Jake?"

Er schaute ihr in die Augen. „Ein kleiner Rückschlag. Aiden? Kannst du mir mal hier drüben helfen?" Jake warf einen Blick zu Jinx, um sicherzustellen, dass sie beschäftigt war, dann redete er leise mit Aiden, der sich im Stuhl neben Petra niederließ. „Mein Kontakt in der Passdatenbank ist gerade nicht im Land."

Aiden gab ein frustriertes Geräusch von sich. „Das ist der Typ, der hätte helfen sollen, Jinx einen neuen Ausweis zu verschaffen und sie für die Schule einzuschreiben?"

„Ja." Jake schaute auf sein Handy. „Ich habe mich schon gefragt, warum er so langsam ist, sich bei mir zu melden. Wie es sich erweist, ist er noch mindestens zwei Wochen lang weg."

„Das wird es verdammt unangenehm machen", beschwerte sich Aiden.

In Petras Eingeweiden meldeten sich Schmetterlinge. Sie wollte den Mund halten, konnte es aber nicht. Wenn man es verschob, dass Jinx in die Schule ging, könnte das zu einer Reihe von Fragen führen, die auf lange Sicht sehr viel mehr Schwierigkeiten verursachen würden.

Sie holte tief Luft, bevor sie leise ihre Hilfe anbot: „Ich könnte es vielleicht machen."

Zwei Köpfe wandten sich in ihre Richtung, starrten sie intensiv an. Jake runzelte die Stirn. Aiden wirkte verwirrt.

Er sprach leise. „Petra?"

Verdammt. Wie gestand man den ein, dass man ein Talent fürs Hacken hatte? „Ich arbeite in der IT. Ich bin sehr neugierig, außerdem schnüffle ich gern herum, und irgendwann mal habe ich vielleicht durch Zufall ein paar Hintertürchen in einigen Regierungsdokumenten entdeckt."

Jakes Mund stand schockiert offen, aber wenn überhaupt, wirkte Aiden beeindruckt. „Ernsthaft? Du kannst dich zufällig in eine Datenbank hacken?"

„Keine Versprechungen, aber die Chancen stehen gut." Scheiße. Sie würde in solche Schwierigkeiten geraten, wenn die Miene auf Jakes Gesicht bedeutete, dass er noch zu sehr auf Recht und Ordnung gebügelt war. „Das ist alles hypothetisch."

Aiden war wohl zum selben Schluss gekommen, denn er drehte sich zu seinem Bruder. „Falls du nicht hier sein darfst, damit du das womöglich leugnen kannst, beweg deinen Hintern."

„Nein. Alles gut. Ich versuche nur, mit dieser unerwarteten Wendung klarzukommen." Jake hob eine Augenbraue vor Petra. „Hypothetisch, was würdest du denn gerade jetzt brauchen?"

„Jemanden, der Jinx ablenkt, damit sie nicht unabsichtlich unterbricht, was ich mache, wäre ein guter Anfang", schlug Petra vor. „Dann werde ich die Papiere brauchen, die Danielle uns gegeben hat, damit ich im derzeitigen System nachforschen und einige Veränderungen vornehmen kann. Anpassungen sind immer leichter, als ganz neu anzufangen."

Aiden hatte bereits begonnen, auf seinem Handy zu tippen. Einen Augenblick später nahm Declan sein Handy aus der Tasche und sah stirnrunzelnd das Display an. Er schaute zu Jinx auf und dann auf die Uhr. „Ich schätze, wir sollten mal an diese Pflichten in der Scheune gehen. Jinx? Ist es in Ordnung, wenn du mir zur Hand gehst?"

Jinx schob ein Lesezeichen zwischen die Seiten ihres Buches, bevor sie bei Petra vorbeischaute. „Brauchst du mich für irgendwas?"

„Du kannst gerne Declan helfen." Petra hob das Kinn.

„Heute Abend am Feuer werde ich dir mal diese Anfängerhäkelsachen zeigen, die du lernen wolltest."

„Okay."

Dixie streckte sich träge, den Rücken durchgebogen und den Hintern nach oben, bevor sie elegant nach vorne tänzelte, um sich Declan und Jinx anzuschließen, die durch die Tür gingen.

Aiden griff nach der Akte. Jake blätterte Seiten in seinem Notizbuch um, bevor er sich zu ihr drehte. „Das ist alles, was ich meinem Kontakt schicken wollte. Jinx' neuer Name, die Adresse und die ganze Info über Declans Schwiegereltern. Was brauchst du noch?"

Eine Portion Glück und dass ihre Nerven sich beruhigten. „Behalt im Auge, was ich verändere, damit wir es am Ende doppelt prüfen können. Ich will nicht, dass das auseinanderfällt, weil mir irgendwas einfach entgeht."

Petra holte tief Luft und schickte ein Gebet an die Götter des Schabernacks. Sie schloss die Hauptpartitionen ihres Computers und öffnete den geheimen Browser, wo keine Historie im Internet verbleiben würde.

Aiden brachte ihr die Akte, dann setzten sich die zwei Brüder still hin, während Petra arbeitete. Sie schaffte es in unter zwei Minuten in die Abteilung mit den Geburtsurkunden, und Erleichterung machte sich breit. „Okay. Ich werde das machen können. Zumindest Teile davon."

Zu ihrem Schock dauerte es weniger als eine Stunde, darunter ein paar nervenzerreibende Augenblicke, in denen das Pflegeelternsystem unerwartet einfror. Letztlich ließen sie die alte Jennifer im System, ihre Vorgeschichte war angepasst und ihr derzeitiger Aufenthaltsort unbekannt.

Eine neue Person namens Jennifer Jinx Tremont wurde geschaffen. Sie hatte eine abgeänderte Aufzeichnung über Pflegeeltern, wo die Tremonts ihre einzige Pflegefamilie waren, gefolgt von einer rechtlichen Adoption. Declan Skye war eindeutig als ihr rechtlicher Vormund gelistet. Jinx war auch für die elfte Klasse in der Heart Falls Highschool eingeschrieben, während all ihre vorherigen Noten offiziell von Manitoba aus eingetragen waren.

Jake tätschelte Petra sanft den Rücken. „Ich will nicht wissen, wieso du weißt, wie man das macht, aber ich bin sehr froh, dass du es konntest. Dein Geheimnis ist sicher."

„Dass du keine von Jinx' Noten angepasst hast, um besser zu sein als vorher, hat ihn am meisten beeindruckt", scherzte Aiden.

„Stimmt." Jake zwinkerte ihnen zu. „Ich treffe euch dann an der Feuergrube. Ich habe mich um ein paar Dinge zu kümmern, bevor ich mich euch anschließe."

Aiden schob seinen Sessel zurück und streckte die Beine vor sich aus. Er verschränkte die Arme vor der breiten Brust, bevor er sie genau musterte. „Alles okay?"

Petra schaute ihm fest in die Augen. „Du willst wissen, wie ich das getan habe."

Er zuckte mit den Schultern. „Natürlich will ich das. Aber nur, wenn du es mir sagen willst."

Es war gar nicht so interessant, dachte Petra. „Ich war in einer sehr zornigen Verfassung, nachdem eine Freundin mir gesagt hat, dass sie ihre zwei kleinen Töchter von einem Gehaltsscheck zum nächsten aufzieht, während ihr Ex weiterhin teure Spielzeuge kauft und keinen Unterhalt zahlt. Eines hat zum anderen geführt, und ich habe rausgebracht, wie ich seine Gehaltsaufzeichnungen an die Regierung weiterleite, damit sie anfangen konnten, seine Löhne einzuziehen."

„Das ist zwar ein echt beschissener Grund, aber mich freut es, dass du das Talent entwickelt hast."

„Ich habe es oft eingesetzt, um untätige Väter an den

Pranger zu liefern", gab sie zu. „Ich musste was Positives für Leute tun, die das Gefühl hatten, sie hätten keine Kontrolle."

Aidens Miene veränderte sich nicht. „Ich verurteile dich da auf keinen Fall. Wenn man bedenkt, was wir für High Water vorhaben, wissen wir, dass du auf unserer Seite stehst. Nicht alle vermummten Rächer verhalten sich auf eine Art, die positiv für die Gesellschaft wirkt, aber wie Jake bin ich sehr dankbar, dass du gerade jetzt diese Talente hast. Danke, dass du uns genug vertraut hast, um uns sehen zu lassen, was du tun kannst. Wieder einmal hast du einen großen Einfluss in Jinx' Leben gehabt."

Er stand auf und zog sie hoch in seine Arme, um sie festzuhalten.

Dankbar ließ Petra alles los. Ihre ganze Anspannung, all die Sorgen. Den schieren Stress, sich durch diese ganzen Webseiten zu wühlen und sich Sorgen zu machen, dass sie die Dinge irgendwie verschlimmern würde anstatt sie zu verbessern. Diese ganzen negativen Gedanken knüllte sie zu einem Bündel zusammen und warf es geistig auf den Boden, lehnte sich mit ganzem Herzen in Aidens Umarmung.

Es dauerte eine Weile, bis die Anspannung in ihren Schultern allmählich nachließ. Ein riesiges Seufzen entschlüpfte ihr, und Petra presste ihre Wange an Aidens Brust. „Ich freue mich, dass ich es tun konnte."

Sie stand einen Augenblick länger da, genoss die beiden starken Arme, die sich um sie legten, sie hielten, während ihre Nervosität versickerte.

Es war nicht immer leicht, das Richtige zu tun. Aber in diesem Fall war sie sehr froh, dass sie wusste, wie man das Falsche aus den allerbesten Gründen machte.

# 14

Am Freitag hatte Petra das Gefühl, dass sie offiziell Fortschritte gemacht hatten. Sie hatten Jinx ein Handy gekauft, einige Klamotten, und all die Sachen auf ihrer Schul-Checkliste, eine Erfahrung, die Petra direkt in ihre eigene Zeit an der Highschool zurückgeschleudert hatte.

Als noch ein paar Tage vor ihrem ersten Schultag übrig waren, hatte Jinx bereits weniger Panikattacken und zeigte die Kraft, die überhaupt erst dazu geführt hatte, dass sie Danielle um Hilfe gebeten hatte.

Sie hatten immer noch nicht beschlossen, ob sie am Montagvormittag den Bus nehmen oder gefahren werden würde. Aiden versprach Jinx, dass sie das in letzter Minute entscheiden konnte, doch er und Petra hatten beide versprochen, Jinx abzusetzen, falls sie beschloss, dass das helfen würde.

Und Sasha hatte Jinx bereits gesagt, ganz gleich, wie sie zur Schule kam, Sasha würde sie unterstützen.

Ein Versprechen, bei dem Jinx heftig geblinzelt hatte. „Sie kennt mich doch nicht mal", erklärte Jinx Petra, während sie langsam zurück von ihren morgendlichen Pflichten kamen, Dixie sprang an ihren Beinen herum. „Ich meine, ich freue mich, dass sie da ist, aber sie hat mich gleich einfach so akzeptiert."

Petra zuckte mit den Schultern. „Manche Leute kommen einfach gleich klar. Wenn du glücklich damit bist, Sasha besser kennenlernen zu wollen, bin ich sicher, in der Zukunft kommt mal eine Zeit, wo du diejenige bist, die ihr hilft. Es ist okay, eine Weile diejenige zu sein, die die Hilfe bekommt."

Jinx nickte langsam. „Kann ich ihr schreiben? Sie wollte mit mir die Mathe-Sachen durchgehen, die sie bereits durchgenommen haben, damit ich nicht zurückfalle."

„Ja, aber bleiben wir im Wohnzimmer, wie wir es ausgemacht haben, und bitte finde erst raus, wie lange Sasha Zeit hat, damit du sie nicht in Schwierigkeiten bringst."

Himmel. Regeln, wie man das Handy zu benutzen hatte.

Petra schüttelte den Kopf, während sie sich auf der gegenüberliegenden Seite des Wohnzimmers niederließ und ihr eigenes Handy rausholte. Es war schon längst fällig, dass sie sich mal bei ihren besten Freundinnen meldete.

Petra: Abendessen heute Abend in High Water. Ich bin dran mit Kochen, und spanne euch beide als Helferinnen ein.

Tansy: Du machst das doch nur für unsere Kochtalente.

Sydney: O mein Gott, hoffentlich nicht.

Tansy: Setz dich nicht herab, Schwester. Du kannst Sachen am besten zerlegen, besser als jeder andere, den ich kenne.

Petra: Das stimmt. Aber heute Abend gibt es nicht viel zu schnippeln. Ich will den Massen gefällig sein und mache Pizza. Tansy, kann ich dich bestechen, dass du den tragbaren Pizzaofen mitbringst? Sydney und ich können deine Souschefs sein, und die ganzen Knechtarbeiten übernehmen, während du dich um den Teig kümmerst.

Tansy: High Water Pizzeria. Klingt wie ein Laden, den man gesehen haben muss.

Sydney: Ich will kommen und helfen, aber sechs Uhr abends ist der früheste Zeitpunkt, den ich versprechen kann. Ich habe ausgemacht, dass ich heute Nachmittag raus zu Mr. Talita gehe. Je nachdem, wie ausführlich er ist, komme ich vielleicht später zurück.

Petra: Talita? Ist das nicht derjenige, von dem mein Bruder gesagt hat, er wäre in den Achtzigern untergetaucht? Jedes Mal, wenn er in der Stadt auftaucht, lässt er die Typen von Duck Dynasty in Sachen Hinterwäldler-Stil alt aussehen.

Sydney: Sogar Leute mit fragwürdigem Modebewusstsein haben gute Gesundheitsversorgung verdient.

Petra: Nimmst du Verstärkung mit?

Tansy: Das wollte ich gerade fragen. Ich sag dir was, ich komme mit dir.

Sydney: Bitte. Nach acht Jahren Nachtschicht im Notfallzentrum am Calgary General werde ich mit einem ausschweifenden alten Mann doch gut fertig, danke aber auch. Aber ich wäre gern zur Pizza gekommen und hätte Jinx kennengelernt. Was, wie ich annehme, der Hintergedanke ist?

Tansy: Gut das Thema gewechselt, aalglatt.
Ruf an, falls du Hilfe brauchst. Aber ja, P. Wie
geht es deiner neuen Chica?

Petra: Jinx macht sich toll. Gestern eine
kleine Panikattacke, als sie gerade Aiden
geholfen hat, und festgestellt hat, dass zwei
weitere Handwerker im Raum waren. Ihr war
nicht aufgefallen, dass sie reingekommen
sind, und zusätzliche Männer an unerwarteten
Orten sind auf jeden Fall ein Trigger für sie.
Aber sie ist eine Liebe mit riesigem Herzen,
das unbedingt gefüllt werden muss, und ich
glaube, euch besser kennenzulernen, würde
ihr ein größeres Familiengefühl geben.

Tansy: Du lässt mich ja ganz rot werden.

Sydney: Wir sind dann da.

Petra zog Jinx' Aufmerksamkeit auf sich. „Die Mädels kochen heute Abend", setzte Petra sie in Kenntnis. „Meine Freundinnen Tansy und Sydney kommen rüber, und wir vier machen Familien-Pizza-Party."

„Okay." Jinx warf einen Blick auf den Tisch, wo Declan arbeitete. Er hörte genau zu, tat aber so, als würde er das nicht tun. Jinx dachte nach, dann sagte sie zu ihm: „Wir machen dir auch Pizza, Declan."

Er spähte über die Brille, die auf seiner Nase saß. „Das dachte ich mir schon."

Jinx ließ ihre Miene ganz ausdruckslos werden und schaute dann Petra in die Augen. „Ich habe gehört, Declan mag Leber auf seiner Pizza."

Seine Lippen zuckten, was so nahe an ein richtiges Lächeln kam, wie er je kommen konnte. „Die beste Pizza aller Zeiten, wenn auch karamellisierte Zwiebeln drauf sind."

Diesmal kicherte Jinx direkt los.

Diese kleine Blase der Hoffnung in Petras Brust erweiterte

sich ein bisschen mehr. „Tansy wird als Erste rüber kommen und uns helfen, den Teig zu machen, und du und ich fangen an, die Zutaten zu schnippeln. Sydney wird auftauchen, wann immer sie kann. Sie macht einen Hausbesuch bei einem der Alten vom Ort, Mr. Talita. Falls er nicht kooperativ ist, sind es vielleicht nur du und ich, die Tansy helfen."

Jinx nickte. „Das passt schon. Ich freue mich darauf, Sydney treffen, wann immer es funktioniert."

„Sie freut sich auch darauf, dich zu sehen."

Der Tag verging rasch. Tansy kam früh, wie sie es versprochen hatte, und Petra und Jinx, frisch aus der Dusche, nachdem sie Aiden und Jake im Atelier geholfen hatten, begrüßten sie.

Tansy marschierte ins Haus, als würde sie hier wohnen – vermutlich wegen all der Jahre, in denen es das Haus ihrer Oma gewesen war.

Sie schüttelte die Lebensmitteltasche in ihren Armen. „Ihr habt vermutlich alles, was ich brauche, aber nur für den Fall habe ich mich vorbereitet." Sie neigte den Kopf zur Tür. „Hey, Jinx, kannst du die zweite Kiste aus meinem Truck holen?"

„Klar." Jinx ging raschen Schrittes zur Tür, Dixie direkt auf den Fersen. „Fangt nicht ohne mich mit dem Teig an", rief sie über die Schulter.

Petra schnappte sich dreist die Tasche von Tansy. „Danke, dass du früher vorbeigekommen bist. Das Mädchen hatte die ganze Zeit Ameisen im Hintern, während sie auf dich gewartet hat."

„Das ist genau die Art Aufregung, die ich auslöse", entgegnete Tansy ernsthaft, was sie ruinierte, indem sie mit den Augenbrauen wackelte. Sie zog eine eingepackte Kerze aus der Kiste. „Hier, das ist für dich."

„Nicht angemessen, dass Jinx sie sieht?", schlug Petra vor, riss das Papier herunter und stieß ein lautes Lachen aus. „*Was (und ich kann das gar nicht genug unterstreichen)* zum Henker? Die ist toll. Vielen Dank."

„Sie schien passend", scherzte Tansy, nahm die Umarmung und den Dank an, die Petra ihr anbot. „Also, abgesehen davon, dass wir uns darüber auslassen, wie wunderbar ich bin, wie macht sich denn die Kleine?"

„Sie lebt sich ein", sagte Petra leise, stellte die Kerze inzwischen in einem Schrank weg. „Ich will es ja nicht verschreien, aber es scheint, solange ich da bin, laufen die Dinge glatt."

Tansy rümpfte die Nase, während sie Sachen auf der Anrichte aufstapelte. „Das verheißt nichts Gutes für die Schule am Montag."

„Ich weiß. Die Einkaufsfahrt mit Sasha ging super. Ich verabscheue es, mich auf eine fast Sechzehnjährige zu verlassen, um auf eine andere aufzupassen, aber so, wie es klingt, ist Sasha eh schon so eine Glucke."

Tansy nickte, eine große, übertriebene Bewegung. „Ach, du Liebe. Du hast ja keine Ahnung."

Was Petra trotzdem noch das Gefühl gab, ein wenig nervös zu sein. Plötzlich hatte sie sehr viel mehr Mitgefühl für diese Helikoptereltern, von denen sie gelesen hatte, die damals ganz schrecklich gewirkt hatten. Sie entschuldigte sich inzwischen im Geiste für jedes Augenrollen, das ihr entschlüpft war, weil diese Eltern so lächerlich geklungen hatten, denn auch sie war verführt, sich zu fest anzuklammern.

Jinx platzte ins Haus, eine offene Tasche in den Armen. „Ist das alles Zeug, das auf die Pizzas kommt?" Sie klang einigermaßen entsetzt.

Tansy stemmte die Hände in die Hüften. „Man lebt doch nicht nur von Peperoni-Pizza, meine Liebe. Also ja. Nicht alles gleichzeitig, aber vertraue mir. Ich bin pure Magie in der Küche."

Jinx stellte einen Behälter auf die Arbeitsfläche, dann hielt sie etwas hoch, das aussah wie ein winziger weißer Baumstamm. Sie legte den Kopf leicht schief, während sie es anstarrte. „Ziegenkäse. Was ich weiß, weil es auch Ziegenmilch gibt, aber ernsthaft?"

Petra lächelte. „Ach, Liebling. Wir freuen uns darauf, deine Geschmacksknospen ein bisschen zu erweitern."

Jinx verzog das Gesicht. „Also gut. Aber Peperoni gibt es schon, oder?"

„Es wird die guten alten Peperoni geben", versprach Tansy.

Sie machte den Teig fertig, und sobald er zum Gehen zur Seite gestellt war, schleppten die drei den Pizzaofen am Feuer an Ort und Stelle.

„Der ist elektrisch", erklärte Tansy, die ein Verlängerungskabel aufrollte. „Ich habe wirklich vor, irgendwann einen mit Holzfeuer zu bauen, aber das ergibt jetzt gerade keinen Sinn. In Wohnungen mag niemand offenes Feuer."

„Dein Restaurant ist echt toll", bemerkte Jinx aufrichtig.

„Vielen Dank. Es hat eine Menge Charme", stimmte Tansy zu. „Ich mag es auch, weil meine Schwester mir entweder hilft oder gleich nebenan in ihrem Blumenladen arbeitet. Rose wohnt allerdings inzwischen bei ihrem Verlobten, nicht mehr bei mir, darum sehe ich sie nur noch in der Arbeit."

„Und bei deiner Mom und deinem Dad alle paar Tage zum Abendessen. Außerdem, wenn du deine Schwester Fern besuchst. Vielleicht sogar, wenn du deine Oma und deinen Opa besuchst", fügte Petra hilfreich hinzu.

Tansy presste sich eine Hand auf die Brust. „Ja, dann auch." Sie ließ ein leidendes Seufzen hören und schüttelte vor Jinx den Kopf. „Ich habe es so schwer. Alle lieben mich. Sie können einfach nicht ohne ihre tägliche Dosis Tansy überleben."

Ihrer Miene nach zu urteilen hatte sich Jinx bereits einen schweren Fall von Heldenverehrung eingefangen.

Sydney war noch immer nicht aufgetaucht, als sie nach drinnen gingen, um die Pizzen fertigzumachen, aber es war immer noch früh genug, sodass Petra sich keine Sorgen machte. Stattdessen schloss sie sich erheitert an, als Tansy versuchte, ihr und Jinx beizubringen, wie man die Pizzen größer machte, indem man den Teig einen Augenblick lang in der Luft hoch oben wirbelte.

„Ich lass ihn fallen", sagte Jinx.

Tansy zuckte mit den Schultern. „Dann lässt du ihn eben fallen. Ich habe Tonnen von Teig gemacht", sagte sie beruhigend. „Vertraue mir. Ich habe meiner ganzen Familie beigebracht, Pizza zu machen, und du kannst nicht so schlimm sein wie mein Vater. Der Mann hat mal zehn Finger, und mal zwei, wie immer es passt."

„Dein Dad ist der Knaller", scherzte Petra.

„Mein Vater ist ein außergewöhnliches Mitglied dieser Gemeinschaft mit manchmal ein bisschen zu viel Stärke in der Unterwäsche." Tansy sagte das, ohne eine Miene zu verziehen. „Darum ist es meine Pflicht, als seine Lieblingstochter, sicherzustellen, dass er oft die Gelegenheit bekommt, sich mal locker und luftig zu verhalten."

Tansys Vater war ein regelrechter Heiliger, was einige der Späßchen betraf, die er ausgehalten hatte, meistens von Tansy angestiftet. „Ich bin mir ziemlich sicher, jemand hat mir erzählt, du hättest hin und wieder tatsächlich Stärke in seine Unterwäsche gegeben."

Tansy leugnete es nicht. „Es war ein wissenschaftliches Experiment."

Jinx schaute von dort auf, wo sie sorgsam dünne Scheiben von einer Peperoni abschnitt. „Was für ein wissenschaftliches Experiment?"

„Der Sättigungsgrad einer Flüssigkeit oder so was." Tansy wedelte locker mit der Hand in der Luft, dann ließ sie ihren Teig wieder herumwirbeln. „Natürlich hatte ich dann einen großen Eimer voller stärkehaltigem Wasser, das man irgendwie benutzen musste, und nicht nur verschwenden sollte. Ich hätte es womöglich nicht auf seiner Unterwäsche einsetzen müssen. Und Ballons zu nutzen, um sie an Ort und Stelle zu halten, während sie trockneten, das war einfach nur kreativ. Sie auf dem vorderen Rasen aufzustellen, als würden Unsichtbare irgendeinen wilden Tanz aufführen, war der logische letzte Schritt. Wissenschaft, du weißt schon."

Petra beugte sich um Tansy herum, um Jinx einfach die Fakten darzulegen. „Mr. Fields ist ein Heiliger."

„Der Heilige Malachi. Hmm", merkte Tansy an. Sie nahm einen weiteren Teigball hoch und warf ihn Jinx zu. „Ich habe es meinem Dad beigebracht, und ich habe es meiner kleinen Schwester Fern beigebracht. Fern kam mit einem verkürzten linken Arm zur Welt, mit anders geformten Fingern ungefähr hier." Sie tippte sich auf den Arm, etwa fünf Zentimeter hinter dem Ellbogen. „Sie hat eine Prothese, die trägt sie aber nicht immer, und ich habe ihr beigebracht, wie man eine richtig gute Pizza macht." Sie dachte nach. „Ehrlich, ich glaube, ihre Pizza ist besser als meine. Sie sagt, sie nutzt mathematische Berechnungen, um ihr Wirbeln abzustimmen. Irgendwas über die Geschwindigkeit und das Verhältnis zum Flug."

Petra lachte. „Ernährungswissenschaftler-Mathe. Wer hätte das geahnt?"

„Schon, oder?", stimmte Tansy zu. „Für mich ist Kochen keine Wissenschaft. Es heißt, Dinge in den Topf zu schmeißen und zu hoffen, dass es funktioniert."

Ob sie nun von den Geschichten überzeugt worden war oder nicht, Jinx nahm den Teig entgegen, den Tansy ihr anbot.

DAS KREISCHENDE LACHEN aus der Küche wurde lauter. Aiden rieb sich ein letztes Mal mit dem Handtuch über den Kopf, dann fuhr er sich mit den Fingern durch die Haare.

Im Spiegel leuchtete sein Grinsen breit und strahlend zu ihm zurück. Es war gut, zu hören, dass Jinx sich anschloss. Zusammen mit Petras herzlichem Lachen machte diese Kombination rasch süchtig.

Morgen war es dann eine Woche, seit sich alles verändert hatte, und High Water war von einer Idee zur Wirklichkeit geworden. Eine Woche, seit Jinx durch die Tür gekommen war.

Eine Woche, seit er und Petra sich ein Bett teilten.

Alle drei Tatsachen erstaunten ihn, aber vielleicht war die Tatsache das größte Wunder, dass er es geschafft hatte, ihn und Petra in sachten Gewässern zu halten, anstatt sich direkt ins Ficken zu stürzen.

Natürlich hatte es geholfen, dass Petra ihm am Montag mitgeteilt hatte, dass ihre Menstruation begonnen hatte, und dass sie auf keinen Fall, unter keinen Umständen irgendetwas mit Sex tun würden.

Er hatte allerdings auf Kuscheln bestanden. Sie hatte geschnaubt und die Augen verdreht, aber jede Nacht hatte sie sich willentlich an ihn geschmiegt, ihm zugewandt, die Beine ineinander verwickelt.

Einzuschlafen, während er Petra ins Gesicht schaute, war eine ganz neue Ebene von Vertrautheit, von der er nicht erwartet hätte, dass sie so faszinierend war.

Jinx hatte immer noch ihre panischen Augenblicke, und sie rückte bei jeder Gelegenheit, die sie bekam, dichter an Declan, besonders, wenn Petra nicht da war. Aber nach nur einer Woche hätte niemand erwartet, dass die Dinge so gut liefen, wie sie gelaufen waren.

Aiden marschierte hinaus zur Küche, wollte sich den Damen unbedingt anschließen.

„Ihr habt doch viel zu viel Spaß", beschwerte er sich scherzhaft.

Jinx wirbelte zu ihm herum. Sie hielt ein Backblech vor, auf dem Pizzateig auf einer Schicht Maismehl lag. „Die habe ich gemacht. Sie geht auf."

Er blieb stehen und schaute sie sich genauer an. Schief anstatt ein Kreis zu sein, aber es war auf jeden Fall eine gute Pizza. „Die ist toll. Obwohl ich hoffe, dass wir keine Rohkost kriegen."

Jinx lächelte, dann senkte sie den Kopf. Kurz danach hob sie das Kinn. „Nein. Aber Ziegenkäse wird es geben."

„Okay. Hoffentlich auch Peperoni."

Er war nicht sicher, warum das Jinx so sehr zum Lachen brachte, doch es war ihm egal. Lachen war toll. Aiden kam an Petras Seite, ließ eine Hand um ihre Taille gleiten und beugte sich vor, um sie auf die Wange zu küssen. „Ich hoffe, meine Pizza machst du besonders groß."

Sie kicherte. „Warum? Zur Überkompensation?"

Sie neckte ihn so leise, dass Jinx nicht mithören konnte, doch Tansy schon. Ihre Freundin schnaubte so heftig, dass sie fast erstickte.

Tansy winkte ab, als man helfen wollte. „Nichts. Gar nichts." Sie schüttelte einen Finger in Aidens Richtung. „Ich mag dich."

„Wir haben doch bereits festgelegt, dass es so viel zu mögen gibt."

„Hast du etwa ein zu großes Ego?" Doch Petra lächelte, noch während sie ihm ein Tablett mit Zutaten in die Hand schob. „Okay, Mr. Alle-lieben-mich. Trag das zum Tisch neben der Feuergrube. Wir bauen da eine Kochecke auf."

Gehorsam folgte er ihren Anweisungen und benahm sich

wie ein Lieferjunge, als Aiden Jake sah, der bereits am Feuer saß. „Vermissen wir nicht noch Leute?"

„Sydney wird hier sein, wenn sie kann", versprach Petra. „Ich habe allerdings keine Ahnung, wo Declan ist."

„Hey, Jake", rief Aiden. „Weißt du, wo Declan ist?"

Sein Bruder zuckte mit den Schultern. „Ich habe ihn nicht weggeschickt. Er hat sich wohl mit irgendjemanden verschwatzt, aber ich bin sicher, er wird da sein."

„Schreib ihm eine Erinnerung. Danach gibt es mehr Pizza für uns", erklärte Aiden fröhlich vor Jinx.

Die erste Pizza war gerade bereit, aus dem Ofen zu kommen, als Declans Truck vorbeirollte und auf dem Parkplatz an der gegenüberliegenden Seite des Gebäudes anhielt.

Auf der gegenüberliegenden Seite des Hauses wurde eine zweite Tür zugeworfen.

In weniger als einer Minute marschierte die kleine, äußerst entschlossene rothaarige Sydney in Sicht.

Sie ging direkt zu Petra und umarmte sie. „Hallo, alle. Tut mir leid, dass ich so spät dran bin." Sie hob eine Hand und begrüßte Jinx. „Die Umarmung heben wir uns für später auf. Hi, Jinx. Ich bin Sydney."

Jinx winkte. „Hi."

Sydney musterte alles mit kritischem Blick. „Jake und Aiden. Schön, euch wieder zu treffen." Sie nahm das Bier an, das Tansy ihr gab, und hob es hoch. „Und hier trinken wir auf die Erkenntnis, dass keine gute Tat unbestraft bleibt."

Ein besorgtes Geräusch kam von Petra, was Aiden in Alarmbereitschaft versetzte. „Hattest du Schwierigkeiten beim alten Talita drüben?", fragte sie.

Sydney schüttelte den Kopf, dann verzog sie das Gesicht. „Ich hatte keine Schwierigkeiten mit Talita." Sie hielt inne, wartete, bis Declan ganz hinter der Scheune herauskam und sich ihnen am Feuer anschloss. Sie wies mit der Bierflasche auf ihn. „Er andererseits war eine ziemliche Nervensäge."

Was zum Teufel? Aiden beäugte seinen Bruder. Er war losgezogen und hatte Sydney bei der Arbeit gestört? Declan war ein Beschützer, und sowohl er als auch Jake wussten, dass ihr großer Bruder gerne große Gesten machte, wenn es darum ging, auf andere aufzupassen, aber wie um alle Welt hatte er sich diesmal eingemischt?

Declan starrte auf Sydneys Finger hinab, als würde sie eine Margerite halten, und nicht eine potenzielle Waffe. „Ich habe nichts gesagt, was Talita nicht hören musste."

Jake machte ein unhöfliches Geräusch. Er verschränkte die Arme, stand auf der anderen Seite des Esstisches. „Was hattest du zu schaffen, dass du bei Sydneys Hausbesuch reinplatzt?"

„Ja, Declan. Ich bin auch neugierig. Was hattest du denn da zu schaffen, dass du reinplatzt, während ich einen Hausbesuch mache?" Sydneys Tonfall wurde übermäßig süß.

„Schien mir einfach das Richtige." Declans Blick wanderte über die Gruppe, bevor er auf der Pizza auf dem Schneidbrett landete. „Ist diese Pizza fertig? Ich bin am Verhungern."

Sydney verdrehte die Augen, dann schob sie sich an ihm vorbei und setzte sich auf den Stuhl direkt neben Jinx. „Macht schon und gebt dem Mann was zu essen. Er kann vermutlich nicht richtig denken, und dabei wird er wütend und hungrig."

„Ich war nicht wütend", beharrte Declan. „Ich war vernünftig, aber standhaft. Jetzt weiß er es besser, als vor irgendjemandem eine Waffe zu ziehen."

Heilige Scheiße. Instinktiv schaute Aiden rasch zu Jinx, um zu sehen, wie sie mit diesem Kommentar umging. Petra machte es genauso, denn auf jeden Fall war Jinx hochgeschossen. „Jemand hat eine Waffe vor dir gezogen?", wollte sie von Sydney wissen.

Jakes Blick huschte über Sydney, als würde er sie ganz genau nach Verletzungen untersuchen. „Alles in Ordnung?"

„Alles gut. Es bestand keine Gefahr. Nicht wirklich." Sydney legte sanft eine Hand auf Jinx' Handgelenk. „Mr. Talita ist ein mürrischer alter Mann, dem nicht im Traum einfallen würde, jemanden zu verletzen. Er ist es allerdings gewohnt, eine Show abzuziehen, um Leute zu verscheuchen, und er versucht, sein Revier zu verteidigen. Das kann ich ihm nicht übel nehmen. Wir waren gerade schon dabei, unser Kommunikationsproblem zu lösen, als der Lone Ranger hier mir zur *Rettung* eilte."

Abermals landeten alle Blicke auf Declan.

Er genehmigte sich ein Stück der Pizza und biss hinein, ohne noch ein Wort zu sagen. Er dachte nach, während er kaute, und spülte den Bissen mit einem Schluck Bier hinab, bevor er etwas sagte.

„Schien mir zu diesem Zeitpunkt das Richtige zu sein", wiederholte er. Er schaute in Sydneys genervte Augen und hob leicht das Kinn. „Würde ich sofort wieder tun."

Sydney funkelte ihn noch finsterer an. „Du weißt schon, für Männer wie dich gibt es ja so Namen."

„Hungrige Männer?"

Aiden lachte, und das Geräusch brach die Anspannung. Sydney hatte offensichtlich kein Problem mit ihrer ursprünglichen Lage gehabt, sondern eher schon ein Problem damit, dass Declan aufgetaucht war. Aber entweder wurde das zur Seite geschoben, als Tansy weitere Pizzastücke herumreichte, oder die Unterhaltung zog weiter zu anderen Themen.

Eine Stunde später lehnte sich Jake in seinem Stuhl zurück und tätschelte sich den Bauch. „Ladys, ihr habt euch selbst übertroffen. Vielen Dank, das war köstlich. Besonders die mit dem Ziegenkäse."

„Mein Liebling war die mit Leber und Zwiebeln", sagte Declan mit einem ausdruckslosen Gesicht.

Aus irgendeinem Grund brachte das Jinx zum Kichern.

Sydney beäugte Declan. „Bist du betrunken?", fragte sie.

„Ich erkläre es", bot Jinx an. Sie schnellte hoch, dann schockierte sie alle, indem sie eine Einladung aussprach. „Sydney, wollen du und Tansy die Seilschaukel sehen, die Aiden mir in der Scheune gemacht hat?"

„Das klingt nach einer hervorragenden Idee, und einer, die es uns erspart, das Geschirr zu spülen." Sydney nickte zustimmend. „Gut gemacht."

„Seilschaukeln mag ich am liebsten", stimmte Tansy zu. „Außerdem brauche ich ein bisschen Zeit, um Kätzchen zu kuscheln, falls ihr welche habt." Sie beäugte Jake. „Lass den Pizzaofen stehen. Ich hole ihn morgen ab, wenn er ausgekühlt ist. Alles andere muss man mit der Hand spülen."

„Du hast gesagt, deine Backbleche kommen in den Geschirrspüler", erinnerte sie Petra erheitert. „Nicht, dass es schon einen Geschirrspüler gibt, aber ..."

„Sie macht uns einfach mehr Arbeit", sagte Jake mit einem leidenden Seufzen. „Ich bin nicht derjenige, der bei Sydney reingeplatzt ist."

„Willst du nicht, dass man auf dich schießt, hänge nicht mit den Krähen herum", scherzte Tansy, bevor sie mit den Wimpern klimperte.

Jake verdrehte die Augen.

Jinx führte die Damen zur Scheune. Jake und Declan packten das schmutzige Geschirr zusammen, und plötzlich stellte Aiden fest, dass er allein mit Petra am Feuer war.

„Rück rüber", verlangte Petra, bevor sie sich gemütlich auf seinem Schoß ankuschelte.

„Das ist schön", erklärte er aufrichtig. Er richtete ihren weichen Hintern gemütlicher auf seinen Schoß aus, und sie legte ihm die Arme um die Schultern. Es schien allerdings nicht, als würde sie sich an ihn schmiegen, um eine sexuelle Verbindung aufzubauen. Sie war leise, stiller, als er sie in ihrer kurzen Zeit zusammen je gesehen hatte.

Aiden strich ihr mit den Fingern über die Wange. „Wie geht es dir, Liebling?"

„Ich bin ..." Sie zögerte. „Überwältigt. Ich hasse es, das vor dir zuzugeben, aber so gut die Dinge gelaufen sind und so sehr ich weiß, dass ich am richtigen Ort bin, ich bewege mich viel zu sehr auf einem Drahtseil."

Als hätte ihr diese Beichte jedes bisschen Kraft geraubt, legte sie den Kopf auf seine Schulter und stieß heftig Luft aus.

Aiden strich ihr sanft über den Rücken. Dachte einen Augenblick nach und filterte alle möglichen Methoden heraus, um die Dinge besser zu machen.

Denn das war sein erster Instinkt. Er wollte nicht, dass sie litt, oder sich sorgte, oder überwältigt war, aber irgendetwas hielt ihn davon zurück, direkt in die Lösungen zu stürzen.

Sie saßen gute fünf Minuten still da, bevor Petra sich wand, um ihm direkt in die Augen zu schauen. „Wie geht es dir?"

„Ziemlich genauso", sagte er ehrlich. „Ich mache mir Sorgen, dass ich unabsichtlich eine falsche Bewegung mache und Jinx eine Heidenangst einjage. Ich mache mir Sorgen, dass ich es übertreibe und zu beschützerisch bin, wo sie doch ganz offensichtlich tierisch stark ist und nur eine gute Basis unter den Beinen braucht. Ich mache mir Sorgen, dass High Water nicht früh genug fertig ist, um jemand anderem zu helfen, der es braucht."

Sie hörte genau zu, während er sprach, nickte verständnisvoll.

Aiden holte tief Luft. Sie war bereits erschöpft. Das war nicht der richtige Zeitpunkt, um die andere Bombe platzen zu lassen, dass er sich Sorgen machte, dass er der Einzige war, der dachte, dass die Sache zwischen ihnen vielleicht mehr als eine praktische Lüge und toller Sex sein könnte.

Petra hob eine Augenbraue. „Was?"

Nein. Das würde er nicht ansprechen. Noch nicht.

„Konzentriere dich auf das Einfache", schlug er vor. „Gehen wir mal die nächsten paar Tage durch. Jinx fängt am Montag mit der Schule an, das wird uns mehr Zeit zum Verschnaufen verschaffen. Das sollte helfen."

„Das stimmt. Weißt du was? Am Montag mache ich ein ganz langes Schaumbad", warnte ihn Petra. „Mitten am Tag, mit Süßigkeiten und Kerzen und überhaupt keinem Plan."

„Perfekt." Er streifte mit seinen Lippen die ihren und küsste sie sanft. „Ich werde dafür sorgen, dass das auch stattfindet."

Sie beugte sich näher heran, erwiderte den Kuss mit sanfter Begeisterung. Aiden saugte das Wohlgefühl auf, sie in seinen Armen zu haben, noch während er weitere Pläne ausheckte.

Mission Schaumbad war für Montag geplant. Er konnte es kaum erwarten.

## 15

Das Wochenende verging in einem Wirbel aus Aktivitäten und köchelnder Vorfreude. Als der Montagmorgen kam, führten Petra und Aiden mindestens fünf Unterhaltungen mit Jinx, was genau sie für ihren Einstieg in die Highschool-Gesellschaft machen wollte.

Jedes Mal hatte Jinx langsam ihre Entschlossenheit versteift, bis sie jetzt auf der Veranda standen, eine Ansammlung von vier äußerst nervösen Erwachsenen, die sich um eine Sechzehnjährige drängten, die sich entschlossen auf ihre Stiefel konzentrierte.

„Falls du es dir anders überlegst, ruf uns an", sagte Declan.

Jinx stand auf und schob sich ihren neuen grauen Rucksack über die Schulter. Sie richtete sich auf und schaute ihnen allen furchtlos in die Augen. „Ich komme schon klar. Ich mag Schule, ich mag Sasha, und es wird alles in Ordnung kommen."

Petra neigte fest das Kinn. „Da kannst du dich verdammt noch mal drauf verlassen."

Jinx' Lippen wölbten sich, während sie auf die Jungs schaute, um zu sehen, wie sie mit Petras Fluchen klarkamen.

211

„Falls sich Jinx' Lehrer über ihre Sprache beschweren, zeigen wir alle auf dich", warnte sie Jake. Petra grinste nur.

„Zeit zum Losgehen", setzte Aiden Jinx in Kenntnis. „Nimm das für später mit, und wir sehen dich am Ende des Tages."

Jinx runzelte leicht die Stirn, während sie einen bunten Umschlag annahm, den er hielt. „Was ist das?"

„Etwas, das du lesen kannst, wenn du im Bus sitzt. Wenn du willst", erklärte ihr Aiden, während er knapp vor ihr salutierte. „Du kriegst das hin."

Jinx neigte das Kinn. Dann überraschte sie Petra höllisch, als sie zurückschoss, um sich eine rasche Umarmung zu holen. Petra hatte keine Zeit, um mehr zu tun, als im Gleichgewicht zu bleiben, bevor Jinx die Stufen hinablief, Dixie an ihrer Seite.

„Oh. Petra", rief sie über die Schulter. „Du hast deine Handtasche gestern Abend auf dem Boden im Wohnzimmer gelassen. Ich hab sie für dich zurück an die Eingangstür gehängt." Jinx winkte ein letztes Mal, bevor sie die lange Kiesstraße zum Highway hinabging.

Alle standen sie einen Augenblick schweigend da, bevor Aiden lachte. „Wir sehen bestimmt lächerlich aus."

„Mir ist scheißegal, wie ich aussehe. Ich bin tierisch nervös", gab Jake zu.

Petra verschränkte die Arme vor der Brust und funkelte Jake an. „Ich fange noch an, ein Fluchsparschwein aufzustellen, und ich wette, du wirst es ganz füllen, Jacob Anthony Skye."

Jake wirkte zurechtgewiesen, doch Declan lachte leise und tief. „Du wurdest bei deinem zweiten Vornamen genannt, Bro. Ich würde es hassen, an deiner Stelle zu stehen."

„Woher hat sie meinen zweiten Namen gekannt? Das will ich wissen." Jake kniff die Augen vor Aiden zusammen.

Er warf die Hände in die Luft. „Nicht von mir. Denk dran, sie ist eine Frau mit vielen Talenten."

„Und damit", sagte Petra fröhlich, denn das war nicht der Zeitpunkt, um zuzugeben, dass sie online nach ihnen gesucht hatte. Neugier war manchmal ein fieses Geschenk. „Jinx ist auf der Straße und winkt. Winkt zurück, alle."

Es war das seltsamste Gefühl, die junge Frau zu beobachten, die erst seit einer Woche in Petras Leben war, wie sie in das leuchtend orange Fahrzeug stieg und außer Sicht kam.

Dixie lief niedergeschlagen allein zum Ranchhaus zurück, ein richtiges Abbild von Hundeelend.

„Das wird ein höllisch langer Tag werden", beschwerte sich Declan.

Jake wirbelte herum, wies mit dem Finger auf sein Gesicht. „Wag es bloß nicht, bei ihr an der Schule aufzutauchen."

„Ich bin ihr Vormund", gab Declan unschuldig zurück. Er beäugte Aiden. „Was war in dem Umschlag?"

„Eine *Du schaffst das*-Nachricht mit zwanzig Mäusen, damit sie sich und Sasha was in der Cafeteria zur Belohnung kaufen kann." Aiden zwinkerte Petra zu. „Ich werde ihr liebster großer Bruder."

„Du bist eine Nervensäge wie üblich", sagte Declan, der sich bei der kleinen Versammlung umschaute. „Sie wird sich prächtig machen, aber in der Zwischenzeit sollten wir uns alle beschäftigt halten. Das ist der einfachste Weg, diesen Tag rasch vergehen zu lassen."

„Ich habe Pläne", verriet ihm Petra.

„Ich werde nicht zum Essen da sein, aber ich bin zu der Zeit zurück, wenn der Schulbus kommt", sagte Jake.

„Gilt auch für mich." Declan seufzte schwer. „Aber ich schätze, ich sollte mal loslegen."

Aiden ging mit Petra zurück ins Innere des Hauses,

während Jake und Declan zur Scheune und zum Atelier unterwegs waren. „Wir werden alle da sein, wenn der Schulbus ankommt", sagte Aiden leise. „Das wird sich wie eine Ewigkeit anfühlen, oder?"

„Ja. Es ist seltsam, zu wissen, dass sie nicht im Haus ist, oder bei einem von euch." Petra drehte sich um und lehnte sich an ihn. „Wie ist das so schnell passiert? Das Gefühl, als würde sie hergehören?"

Seine starken Arme legten sich um sie und hielten sie fest. „Als wäre sie für einen Sekundenbruchteil da gewesen, und doch die ganze Ewigkeit lang."

„So ziemlich."

Aiden drückte Petra einen Kuss auf die Stirn. „Wenn die Dinge richtig sind, gibt es eine seltsame Magie."

Sie nickte. Es hatte keinen Sinn, ihn auch von seinen Aufgaben abzuhalten. „Wir sehen uns später."

„Ich hoffe, du hast einen tollen Tag." Er drückte sie ein letztes Mal, bevor er aus der Tür schlüpfte.

Wie Declan vorgeschlagen hatte, war Ablenkung eine gute Idee. Petra fuhr ihren Computer hoch und machte sich an die Arbeit mit dem Buchhaltungssystem für die Red Boot Ranch. Auch wenn ihr Bruder und sein Geschäftspartner keine Erwartungen an die Fertigstellungszeit hatten, würde es niemandem helfen, wenn sie den ganzen Tag nur herumsaß und sich Sorgen machte.

Sie war gerade fertig damit, eine erste Datenverbindung aufzubauen, als auf ihrem Handy eine Nachricht blinkte.

> Jinx: Alles läuft toll. Ich dachte, das solltest
> du wissen. Grüße von Sasha.

Sie hängte ein Selfie an, das sie und Sasha zeigte, wie sie auf den Tribünen der Sporthalle der Schule saßen. Beide

Mädchen lächelten, ihre unschuldigen Gesichter leuchteten vor Glück.

Erleichterung machte sich breit, und Petra dachte sorgsam über ihre Antwort nach, um nicht durchscheinen zu lassen, wie viele Sorgen sie sich wirklich gemacht hatte.

> Petra: Freut mich, zu hören. Hab Spaß, arbeite hart, und du kannst mir alles beim Abendessen erzählen.

> Jinx: Okay. Ich lege mein Handy jetzt weg, weil Regeln. Streichle mal Dixie von mir.

Petra schickte allen drei Skye-Brüdern eine Nachricht, ließ sie rasch wissen, dass es Jinx gut ging. Dann stürzte sie sich mitten ins Programmieren, Erleichterung und Glück ließen ihre Finger doppelt so schnell arbeiten.

Bis ein Uhr war sie nicht mal annähernd fertig, hatte aber genug geschafft, dass sie beschloss, dass es Zeit war für eine Belohnung. Sie räumte den kleinen Schreibtisch auf, den Aiden für sie in dem Zimmer aufgestellt hatte, das sie als Büro nutzten, schloss ihren Computer und ging zum Schlafzimmer. Die große Badewanne in der Ecke des Badezimmers würde zum Einsatz kommen.

Sie zog sich aus und spazierte ins Bad, hielt inne, als sie drei leuchtend rote Schachteln sah, die am Rand der Wanne aufgereiht waren.

„Was zum Teufel?" Sie hob die erste auf und zog eine Karte mit Aidens Handschrift unter dem Band heraus.

*Danke für alles, was du getan hast. Aber vor allem danke, dass du ein toller Mensch bist. Genieß die Entspannung.*

Petra hob den Deckel, und der betörende Geruch von Flieder wehte herauf. Blasslila Badesalz füllte die Schachtel.

In der zweiten Schachtel waren drei Donuts und in der dritten eine Kerze mit der Aufschrift *Das gute Zeug rein, das schlechte Zeug raus.* Petra grinste und ließ das Bad einlaufen, bevor sie einen Donut nahm und sich einem Bissen davon genehmigte.

Sie stöhnte vor Glück. Er war köstlich und genau das, was sie brauchte. Brütende Hitze ließ ihre Haut prickeln, als sie sich in das süß duftende Wasser hinabließ. Mit einem zusammengerollten Handtuch hinter dem Nacken schloss sie die Augen und ließ die süße Köstlichkeit des Ahornsirup-Sahne-Donuts ihre Kehle hinabgleiten.

Sie badete schon seit über einer halben Stunde, als ein Klopfen an der Tür hämmerte.

„Petra? Ist es okay, wenn ich reinkomme?", fragte Aiden.

„Es ist nicht abgesperrt", versicherte sie ihm. „Das Wasser ist noch warm, aber ich muss dich in Kenntnis setzen, dass die Süßigkeiten alle weg sind."

Aiden marschierte um die Ecke, seine Miene wurde erhitzt, als sein Blick über ihren Körper schweifte. „Ich sehe genügend Süßes."

Die perfekte Ablenkung des Schaumbads verlagerte sich auf etwas sehr viel Faszinierenderes. Besonders, als Aiden sein Hemd über den Kopf zog und auf den Boden warf.

„Sag mir, dass du heute Vormittag richtig schmutzig geworden bist und unbedingt willst, dass ich dich sauber schrubbe", schlug Petra vor.

Die trainierten Linien seines Körpers sorgen dafür, dass es sie in den Fingern juckte, ihn zu berühren. Die Krümmung von seiner Taille bis hinab zu den schmalen Hüften, die starken Linien der Muskeln, die seinen Bauch rahmten. Die Bewegung seiner breiten Schultern, als er sich neben die Wanne kniete.

Alles kam zu einer Hitze zusammen, die aus ihrem Inneren strömte, und ihre Vorfreude wuchs, während er die Finger in den Schaum stieß, der auf der Wasseroberfläche trieb.

Er riss sie sofort zurück und fluchte leise. „Himmel, Frau, wie heiß war das denn, als du reingegangen bist?"

Petra kicherte. „Durchschnittlich heiß für ein Schaumbad. Kalt verglichen mit einem Geysir."

Aiden musterte sie genauer, sein Blick senkte sich auf ihre Brüste. Er strich mit den Fingern parallel zum Wasser über ihre Haut. „Du bist rot und rosa und leuchtest wie eine sexy Qualle."

Erheiterung machte sich breit. „Du sagst ja so süße Sachen", setzte sie ihn in Kenntnis. „Irgendwie."

Er brummte, ließ die Hand unter das Wasser gleiten und nahm ihre Brust. Er schaute ins Wasser, während sein Daumen über den bereits steifen Nippel strich. „Fühlst du dich entspannter?"

„Ja, allerdings bin ich im Augenblick auf jeden Fall angespannter als vor fünf Minuten." Petra bog sich einer Berührung entgegen, während er mit Daumen und Fingern rollte, leicht zukniff. „Meine Periode ist rum."

„Gut zu wissen." Finger streiften ihren Bauch, landeten zwischen ihren Beinen. „Ich habe drüber nachgedacht, ob ich mich dir anschließen kann, aber ich bin nicht vor Lava geschützt."

Petra klappte die Knie auf, bedeckte seine Hand. „Ich kann aus der Wanne rauskommen."

„Gleich", schlug er vor. „Gerade jetzt habe ich Spaß. Ich koche zwar zum Teil zu Tode, aber es macht Spaß."

Sie lachte, das Geräusch wurde zu einem Stöhnen, als er mit ihren Fingern gemeinsam über ihre Klitoris glitt. Neckende Kreise ließen ein Prickeln tief in ihr aufsteigen. Sie legte den Kopf zurück an das Handtuch und musterte sein Gesicht genau, während er sie bewunderte. Feuer tanzte in seinem Blick, während er die Finger in sie gleiten ließ, doch immer noch mit dem stetigen Streifen über ihre Klitoris weitermachte.

Himmel, das fühlte sich gut an. Petra schnappte nach Luft, hatte Mühe mit dem Sprechen. „Ich beschwere mich nicht, wenn du mich so abgehen lässt, aber ich hätte sehr gerne auch Sex.“

„Das ist Sex“, erklärte er.

So stur. Talentiert ebenfalls. „Es fällt mir schwer, zu denken, wenn du diese Sache mit dem … O Gott, das.“ Dass er die Finger in ihr krümmte? Sie war nicht sicher, was es war, nur dass es eine Abkürzung zum Orgasmus war. „Das ist köstlich fies.“

Sein Grinsen wurde breiter. „Das?“

Sie zischte, legte die Finger um seinen Nacken und zog ihn zu sich. Er senkte sich herab, die Lippen über ihren, die Hand spielte weiter mit ihr.

Sie zwang die Worte hervor. „Glaub ja nicht, dass mir nicht aufgefallen ist, dass wir zwar herumgemacht haben, aber es eigentlich noch nicht getan haben.“

„Wenn du immer noch so gut nachdenken kannst, mache ich was falsch.“ Aidens Lächeln wurde weicher. „Hör auf, dich zurückzuhalten. Lass los.“

„Versprich mir, dass wir Sex haben können.“

„Haben wir doch …“

„Dann halt Penis. Schwanz. Himmel. Ich will dich in mir.“ Sie umschloss seine Finger, und diesmal fluchte er.

„Sei vorsichtig mit dem, was du dir wünscht“, warnte er sie.

„Leg los oder sei still“, scherzte sie zurück.

Er griff in die Badewanne, und Petra stellte fest, dass sie in der Luft war. Sie legte die Arme um seinen Hals, während er sie zum Schlafzimmer brachte, überall tropften sie herum.

Aiden ließ sie auf das Bett fallen und schob sich die Jeans

von der Hüfte. Er setzte sich so fest auf die Matratze, dass sie hochhüpfte, seine Hände führten sie über seinen Schoß. Ein Knie auf jeder Seite seiner Hüfte, ihr Hintern lag auf seinen Oberschenkeln.

Aiden streckte sich zum Seitentisch, schnappte sich ein Kondom und rollte es über seinen dicken Schwanz, Petra gab ihr Bestes, um ihm zu helfen.

Jede Bewegung ihrer Finger ließ ihn leise fluchen. Sein Atem kam als abgehacktes Keuchen, und als er ihre Hüfte nahm und sie über ihm ausrichtete, wurde sein Gesicht ernst. „Ja?"

So was von. Petra brachte seinen Schwanz in Position und senkte sich dann einen langsamen Zentimeter nach dem anderen hinab.

*Endlich.*

Seine Finger auf ihrer Hüfte spannten sich an, und er schloss kurz die Augen. „So verdammt gut."

„Ja." Aber ausfüllend – so ausfüllend, dass sie sich kurz mal anpassen musste.

Wie gut, dass sie zwischenzeitlich etwas anderes hatte, dass sie genießen konnte. Sie nahm sein Gesicht in die Hände und küsste ihn.

Er hätte es vielleicht auch massiv versauen können, indem er nachgab, aber mit Petras Hitze, die um ihn war, und ihrer Zunge in seinem Mund war Aidens Widerstand durch den Wind.

Er drückte ihren Hintern, genoss, wie ihre Kurven nachgaben. Als er an ihrer Unterlippe knabberte, und sie die Lippen mit einem Keuchen wegzog, genoss er es, sich an ihrem

Kinn entlang zu der süßen Stelle unter ihrem Hals vorzuarbeiten, die dafür sorgte, dass sie sich wand.

„Verdammt noch mal. Reib dich an mir. So verdammt heiß." Aiden biss sie leicht in den Hals, wiegte die Hüften, um sich ein winziges bisschen in ihr zu bewegen.

Petra ließ den Kopf nach hinten fallen, die Fingernägel bohrten sich in seine Schultern. „Verflixt und zugenäht."

Er sollte das nicht so witzig finden, wenn man die Wogen der Lust betrachtete, die durch ihn rollten. Die hätten seine Gedanken doch völlig im Hier und Jetzt halten sollen. Aber trotzdem ... „Ich muss rausfinden, wie viele Flüche ich dir entlocken kann."

Sie riss den Kopf hoch und lächelte fies. „Ist das eine Herausforderung?"

Er wollte mit dreistem Schwachsinn antworten, als sie sich nach oben hob und diese süße Pussy über seine empfindsame Haut gleiten ließ, sodass seine Gedanken ganz vernebelt wurden.

Als sie sich fallen ließ, ihre Oberschenkel auf seine klatschten, fluchte Aiden.

Das Bett hüpfte leicht, und Petras Lächeln wurde richtiggehend dämonisch. Sie stieg auf und ließ sich fallen, legte ein Tempo vor, das dafür sorgte, dass seine Zunge nicht mehr funktionierte, die Hitze ihrer Körper wob sich ineinander, während sie die Luft kochen ließ.

„Berühr mich", forderte Petra, die seine Handgelenke nahm und sie an ihre Brust holte. Aiden hielt sich fest, während Petra arbeitete, ihn immer wieder tief hineintrieb, bis er sich nur noch mühevoll an seine Beherrschung klammerte.

Ihr Gesicht war angespannt, gleich am Übergang von Lust und Schmerz, und Aiden ließ eine Hand zwischen sie fallen und nahm ihre Klitoris. Sie keuchte, als er sie kniff, ließ sich einmal mehr fallen und bohrte die Nägel in seine Haut, während sie sich auf ihm wand.

Ihre Pussy spannte sich um seinen Schwanz an, und Aiden nahm sie abermals an den Hüften, stieß so hoch hinauf, wie er konnte, während er sie an sich gepresst hielt.

Petra legte die Arme um ihn, klammerte sich fest, während Wogen aus Druck seinen Schwanz umschlossen ...

Ein scharfes Knirschen erklang. Die Matratze neigte sich, fiel nach unten, während Aiden darum kämpfte, sie im Gleichgewicht zu halten, bevor sie flach wie ein Pfannkuchen da lagen.

„Was zum ...“ Petra packte ihn fester, doch Aiden erwischte sie rechtzeitig. Er saß auf dem Rand der Matratze, die Beine gerade vor ihm auf dem Boden, während sie immer noch auf seinem Schwanz aufgespießt war.

Sie waren über einen halben Meter tiefer als am Anfang, Holzsplitter von Stützrahmen des Bettes um seine Füße verstreut.

Petra schaute sich um, bevor sie sich vorbeugte und ihn küsste. Süß und selbstsicher mit einem Hauch Schabernack. Ein letztes Knabbern an seinen Lippen, bevor sie ihm ins Gesicht grinste. „Ich kann nicht glauben, dass wir das getan haben.“

„Ich bin froh, dass wir das getan haben.“ Er stieß mit der Nase an ihre, und die Nachwehen ließen sie sich kurz an ihm winden. „Das Bett hat immer noch Garantie.“

Ein Lachen machte sich breit. Petra strich mit der Hand über seine Wange, während sie nachgiebig lächelte. „Wenn du vorschlägst, dass wir jedes Bett mal testen sollen, bevor die Garantie durch ist, bin ich dabei.“

Er küsste sie, Hände strichen über nackte Haut. Er musste sich um das Kondom kümmern, und er durfte nicht zu schnell machen, denn was er am allermeisten brauchte, war genau auf seinem Schoß.

Petra brach den Kuss endlich ab, stieg vorsichtig von ihm herab auf die Matratze.

Aiden kümmerte sich um das Kondom und zog dann seine Unterhose und Hose hoch. Er öffnete die Arme. „Komm her. Ich bringe dich zurück in die Wanne, während ich aufräume."

„Solange du kommst und dich mir anschließt", bot Petra an.

Er senkte sie ins Wasser und prüfte rasch die Temperatur. „Damit komme ich klar. Gib mir mal kurz."

Zum Glück war keine Spur von seinen Brüdern zu sehen, als er sich den Besen und die Kehrschaufel schnappte, sich um die Holzsplitter kümmerte, den zerbrochenen Rahmen aber für später dalieẞ.

Er nahm sich zwei Gläser Limonade und Erdnussbutterkekse aus dem Glas, und dann kam er zurück ins Bad.

Petra nahm das Essen und das Getränk an, stürzte die Hälfte der Limonade hinunter, noch während sie auf das Wasser vor ihr deutete. „Die ist groß genug für zwei. Sie ist groß genug für drei, aber das ist nicht so mein Ding."

Er stieg vorsichtig in das Wasser, ließ sich mit dem Rücken an der geneigten Wand der Wanne nieder und nahm ihre Beine auf den Schoß. „Gut zu wissen. Meins ist es auch nicht."

Petra biss vom Keks ab und machte ein Geräusch, das ihn direkt zurück ins Bett gehen lassen wollte, kaputt oder nicht. „Die sind echt gut."

„Sehe ich auch so." Er strich mit dem Finger über ihr Schienbein hinauf, liebkoste langsam ihre Haut. „Ich dachte, die hättest du gemacht."

Sie schüttelte den Kopf. „Nicht ich. Ich dachte, das wärst du gewesen."

„Na ja, welcher meiner Brüder auch das Genie dahinter

war, wir werden so bald wie möglich eine neue Ladung verlangen. Das waren die letzten beiden."

Sie leckte sich die Krümel von den Fingern, dann streckte sie die Arme oben an der Wange aus, lächelte ihn zufrieden an. „Das war ein hervorragendes Stückchen Ablenkung."

„Sehe ich auch so." Ihre Haut war so weich, dass er sie auf den Schoß ziehen und sie weiter berühren wollte. Sie war inzwischen rosa und rot aus anderen Gründen als der Hitze des Wassers, und das Leuchten in ihren Augen machte ihn nur noch entschlossener, sie zu überzeugen, dass das echt sein musste.

„Dieser Ausdruck gefällt mir."

Aiden hob den Blick. „Was?"

Sie wackelte mit den Fingern vor seinem Gesicht. „Weißt du, warum ich mit in dein Hotel gekommen bin, vor drei Jahren? Es war vor allem wegen dieses Ausdrucks."

„Ich bin mir nicht sicher, wovon du redest, aber ich freue mich sehr, diesen Ausdruck zu haben." Aiden nahm ihren Fuß und rieb sanft darüber. „Ist irgendwas Besonderes dran? Nur im Interesse der Wissenschaft, und um sicherzustellen, dass ich dir diesen Ausdruck regelmäßig anbiete."

Sie lachte, und dann wurde ihre Miene nachdenklich. „Das war das Hochzeitswochenende meines Bruders. Die zweite Hochzeit, wenn du diejenige zählst, an die sie sich nicht erinnern können, die in Vegas stattgefunden hat."

„*Jetzt* erzählst du mir diese Geschichte. Ich kann es nicht erwarten, nächstes Mal Zach und Julia zu treffen."

„Du Unruhestifter", scherzte sie. Sie schüttelte den Kopf, als würde sie sich erinnern. „Ich liebe meinen großen Bruder, und zu diesem Zeitpunkt waren alle meine anderen Schwestern verheiratet, die meisten schon mit Nachwuchs, also war es irgendwie, als wären sie alle in einem Level des Spiels, an dem ich noch kein Interesse entwickelt hatte. Ich

wollte mich nicht niederlassen, aber Zach mit Julia zu sehen –
sie waren so verdammt verliebt, es ist einfach von ihnen
ausgegangen, jedes Mal, wenn sie einander ansahen."

Aiden hob eine Augenbraue. „Also hast du beschlossen, ein
One-Night-Stand mit einem total Fremden wäre eine gute
Möglichkeit, die Hochzeit deines Bruders zu feiern?"

„So ziemlich", stimmte sie zu, rümpfte aber die Nase auf
die liebenswürdigste Weise. „Es war weniger, um irgendwas
gegen diese Hochzeitsallergie zu unternehmen, die in der Luft
lag, eher schon, um etwas zu tun, das mich so glücklich macht,
wie sie es in diesem Augenblick waren."

„Na ja, ich erinnere mich, dass du schon glücklich warst."
Er grinste. „Obwohl wir damals nicht das Bett kaputtgemacht
haben."

Ihr Lachen erklang, laut und klar. Sie lächelte, ein süßes,
aufrichtiges Lächeln, bei dem sich seine Zehen
zusammenzogen. „Aber du hattest diesen Ausdruck.
Denjenigen, der besagt, dass du Geheimnisse hast. Keine
finsteren bösen Geheimnisse, aber köstliche und versaute, und
wenn ich wirklich brav bin, teilst du sie vielleicht mit mir." Sie
hielt inne, dann nickte sie fest. „Und nett. Das lässt dich nett
aussehen."

Aiden seufzte schwer. „Kurz hatte ich ja mal Hoffnung,
mit dem geheimnisvollen Ausdruck, und dem versauten
Ausdruck, und dann – dann triffst du mich mit diesem
verdammten Nett-Zeug. Zumindest hast du mich nicht in die
Friendzone geschoben."

Sie spritzte ihn an.

Es schien so ein guter Zeitpunkt, wie jeder andere, um das
zuzugeben. „Ich habe dich auch wegen deines Ausdrucks
ausgesucht. Du warst so voller Leben und Feuer, dass ich von
dir angezogen wurde. Daran erinnere mich am meisten an
diesem Abend."

„Nicht den Sex? Okay.“

„Ach, schon den Sex. Aber du strahlst, Petra. Das tust du wirklich.“

Sie starrte ihn ein paar Sekunden lang an, etwas Seltsames ging über ihre Miene.

Ohne ein Wort stieg sie aus der Wanne und verschwand ins Schlafzimmer.

Was zum Teufel? „Petra? Was ist los?“

Bis er aus der Wanne kam und ein Handtuch um sich geschlungen hatte, war sie schon aus dem Raum verschwunden. Fluchend zog er sich an, marschierte durch den Gang ins Wohnzimmer, suchte sie.

# 16

etra bedauerte ihre Flucht in dem Augenblick, nachdem sie sie vollzogen hatte, aber sie schaffte es immer noch nicht, ihre Füße zum Stillstand zu zwingen, bis sie sich Kleidung über die klebrig feuchte Haut gezogen und es hinaus auf die Veranda geschafft hatte.

Sie ließ die Eingangstür allerdings offen, setzte sich auf die Verandaschaukel, starrte auf die Berge in der Ferne und wartete, bis sie seine Schritte hörte.

„Ich bin hier draußen."

Aiden kam in den Eingang. „Was ist gerade passiert?", fragte er leise.

Sie schniefte, fuhr sich mit der Hand über die Wange und streifte Tränen weg. Gott, sie fühlte sich wie so eine Närrin. „Nicht deine Schuld. Nur eine schlimme Erinnerung, die zum falschen Zeitpunkt aufgestiegen ist."

Aiden setzte sich neben sie, die Verandaschaukel schwang leicht. Er schob die Finger unter ihr Kinn und schaute ihr in die Augen. „Tut mir leid."

Sie zwang sich, zu lächeln, fühlte sich mehr als nur ein bisschen nah am Wasser gebaut. „Ach, Liebling. Du bist doch nicht das Problem. Es war nur eine Erinnerung daran, wie sehr ich es versaut habe."

Die Sorge wich nicht aus seinem Gesicht, doch er setzte sich, lehnte sich an das hölzerne Rückenteil der Verandaschaukel. „Willst du darüber reden? Oder mir zunächst ein paar Hinweise geben, was ich nicht sagen soll, damit ich dir nicht unabsichtlich wieder wehtue?"

Ach, Scheiße. Das war eines der Dinge, von denen er erzählt hatte, dass sie ihn überwältigten – dass er sich Sorgen machte, dass er unabsichtlich Jinx triggerte.

Petra holte tief Luft. Ihre Eltern hatten immer betont, wie wichtig Ehrlichkeit war, als sie aufgewachsen waren, selbst wenn es manchmal peinlich war. Mit sechs Kindern im Haus führte mangelndes Wissen zu enormen Möglichkeiten, dass kleine Missverständnisse zu unvernünftigen Proportionen anwuchsen. „Mein Ex. *Er* hat gesagt, ich würde strahlen." Als Aiden die Stirn runzelte, hielt sie eine Hand hoch, um seine Kommentare abzuwehren. „Wir haben uns auf einem Tech-Event getroffen, und als Curtis ein Praktikum bei einer Firma in unserer Kleinstadt machte, war es, als hätte das Schicksal uns zusammengebracht. Wir haben alles zusammen gemacht, wir schienen einfach zu passen, weißt du? In weniger als einem Monat waren wir unzertrennlich. Er war so neugierig auf alles, genau wie ich ..."

Aidens Miene wurde verhalten. „Klingt, als hättet ihr ein gutes Paar abgegeben. Was ist schiefgelaufen?"

„Er wollte ganz dringend meine Eltern kennenlernen." Petra nickte bei der Art, wie seine Augen groß wurden. „Ich meine, ich habe gleich dort gewohnt, in ihrer Nähe, und wir haben normalerweise alle möglichen Sachen als Familie unternommen. Ich war allerdings so mit Curtis beschäftigt, dass ich immer wieder Familienzeug abgesagt habe. Als er darauf gedrängt hat, dass wir Zeit mit ihnen verbringen, dachte ich, es wäre vielleicht ein Anzeichen für einen kommenden bedeutsamen Augenblick. Du weißt schon, die Eltern treffen, zusammenziehen, diese ganzen Dinge. Es war schnell, aber falsch hat es sich nicht angefühlt."

Aiden holte tief Luft. Er stieß sie langsam aus, schaute kurz weg. „Ich will das hören, aber gleichzeitig will ich dem Bastard die Arme brechen, weil ich weiß, dass ihr jetzt nicht mehr zusammen seid, was bedeutet, es war seine Schuld. Mir wird überhaupt nicht gefallen, was du mir jetzt gleich erzählst."

„Nein, das wird dir überhaupt nicht gefallen", stimmte Petra zu. „Er hatte eine Freundin."

„Echt jetzt?" Aidens Stirnrunzeln ließ seine Stirn zu einer Masse aus Falten werden.

Sie strich mit den Fingern darüber. „Er hatte eine Freundin in einer anderen Stadt. Dazu kam noch, sie wusste von mir. Sie hatten diesen verworrenen Plan, wo er meinen Vater beeindrucken wollte. Mein Dad ist ein Erfinder und im Vorstand einiger Unternehmen, die große, gute Stipendien ausgeben. Curtis, mit voller Zustimmung seiner Freundin, beschloss, wenn er sich mit meinem Vater gut stellte, würde er das erwünschte Stipendium kriegen, das ihm fünf Jahre lang sein Lieblingsprojekt finanzieren würde."

„Und nachdem er die Finanzierung erhalten hat, wollte er dich einfach fallen lassen?", wollte Aiden wissen.

„So was in der Art nehme ich an. Er hat die Chance nie bekommen, denn ich habe mich unabsichtlich in diese Information hineingehackt und mich entsprechend um ihn gekümmert."

„Himmelherrgott, was hat denn dieser Bastard für

Ansprüche? Ich hoffe, du hast ihn bei jeder einzelnen Stipendiumsliste angeschwärzt, die es gibt", fuhr Aiden sie an.

Der erste Hauch Erheiterung, den sie in den letzten paar Minuten gespürt hatte, machte sich breit. „Siehst du? Deshalb sind du und ich befreundet. Natürlich ist er angeschwärzt. Aber darüber hinaus halte ich mich zurück, denn er und seine inzwischen Verlobte haben ein Kind, darum möchte ich sie nicht um ihr Geld bringen oder so was."

Aidens Miene war jenseits aller Beschreibung. „Ich bin nur, ich meine – es gibt einfach keine ..."

Sein Mund stand offen, er war völlig sprachlos.

„Schon, oder?" Petra seufzte. „Es tut mir so leid. Du hast etwas gemacht, was normalerweise ein schönes Kompliment gewesen wäre. Ich freue mich, dass du Leben und Glück und Glanz gesehen hast, als du mich gesehen hast. Leider bedeutete Glanz für Curtis eine glänzende Gelegenheit, mich auszunutzen. Aber es ist nur ein Wort, und ich weiß, was du wirklich gemeint hast." Sie nahm Aidens Gesicht und ließ ihn die Aufrichtigkeit in ihren Augen sehen. „Ich weiß, es war ein Unfall, und ich verzeihe dir absolut. Ich hoffe, du verzeihst mir, dass ich so entgleist bin."

„*Petra.*" Er küsste sie. Ein sanftes Streifen seiner Lippen über ihren, bevor er sich zurückzog. Er wischte mit dem Daumen unter ihrem Auge entlang, schob eine Träne zur Seite. „Du bist ein besserer Mensch als ich. Hätte ich die Fähigkeit, mich in Aufzeichnungen zu hacken, würde ich offiziell seinen Namen zu Humperdinck McBastardface ändern."

O mein Gott. Die Erheiterung traf sie heftig, und ein riesiges Kichern entschlüpfte ihr, gefolgt von noch einem, besonders, als Aiden sich ihr anschloss, sein Lachen war ansteckend und warm, während es über sie streifte. Dann zog er sie in seine Arme und drückte sie fest, hielt sie, während sie einen Teil der Last losließ, die sie allein monatelang getragen hatte.

Sie wischte sich wieder Tränen ab, diesmal, weil sie so sehr gelacht hatte. Sie tätschelte ihm zustimmend die Brust. „Danke. Das habe ich gebraucht. Außerdem bist du der einzige Mensch, dem ich erzählt habe, was passiert ist. Also verrate es bitte niemandem."

„Natürlich." Er nickte langsam, sah ihr in die Augen. „Ich glaube, du solltest die Liste derer, die es wissen, auf Tansy und Sydney erweitern. Sie sind felsenfeste Freundinnen, und sie an deiner Seite zu haben, würde helfen."

„Ich komme mir aber so töricht vor", beschwerte sich Petra.

„Du hast jemandem vertraut, und der hat dich aus falschen Gründen angelogen. Das ist ein Fehler auf seiner Seite, nicht auf deiner." Aiden ließ die Schaukel schwingen, schob sie dichter in seine Arme. „Bist du sicher, dass du nicht willst, dass man ihm die Knie bricht oder so was?"

Äußerst verlockend, nur eine Tatsache passte nicht. „Wann immer Gedanken an Rache aufsteigen, rufe ich mir in Erinnerung, dass es ein unschuldiges Kind dort draußen gibt, das ein Arschloch zum Vater hat, und eine intrigante Tusse als Mutter. Sie braucht nicht noch mehr Schwierigkeiten im Leben."

Aiden drückte ihr einen Kuss auf den Kopf. „Du bist eine gute Frau, Petra."

Sie saßen noch eine Weile da, der Sonnenschein schlich sich um die Seite des Hauses und wärmte sie auf ihrem Platz, wo sie sanft schaukelten. Ein paar Vögel sangen, aber zum Großteil waren es die Geräusche der Prärie, die sich um sie legten. Das Rauschen des Windes, das Quietschen der Schaukel. Die Fahne neben dem Parkplatz flatterte im Wind.

Aiden summte glücklich, dann legte er einen Arm fester

um ihre Schultern. „Ich hasse es, das zu unterbrechen, aber ich habe ein Bett zu reparieren."

O Gott. Petra kämpfte gegen das Kichern, das aufsteigen wollte. „Lass mich dir damit helfen."

Er stand auf, hielt sie an den Händen, während er sie hochzog. „Glaubst du, es ist sicher, dass wir zusammenarbeiten? Das hat doch das Bett überhaupt erst zum Einsturz gebracht."

Sie stieß ihm einen Finger in den Bauch, der von seinen starken Bauchmuskeln abprallte. „Lass mich bloß nicht wieder mit dem Lachen anfangen. Mir tut bereits der Bauch weh", beschwerte sie sich.

Er drückte ihre Finger und marschierte mit ihr langsam durch das Wohnzimmer. „Ich werde einen neuen Rahmen bestellen müssen. Die Matratze lasse ich vorerst auf dem Boden, wenn das für dich passt."

„Klingt sehr viel sicherer", scherzte sie.

Es dauerte nicht lang, aufzuräumen, aber nach einem halben Dutzend Märschen, um das zerbrochene Holz in den Werkstattbereich zu tragen, ging der Schultag sehr rasch dem Ende entgegen.

Aiden neigte den Kopf zur Vorderseite des Hauses. „Ich weiß, es ist vielleicht ein bisschen übertrieben, aber gehen wir doch ganz dicht bis zur Straße vor. Wir können sie richtig verlegen machen. Ich bin sicher, das ist ein Übergangsritus, durch den sie mal durch muss."

„Nimm Dixie mit", rief ihm Petra in Erinnerung.

Als Aiden ihre Finger ineinander verschränkte, während sie langsam den Kiesweg entlang ging, machte es Petra nichts aus. Sie atmete tief in der Herbstluft ein und neigte das Gesicht zur Sonne. „So ein guter Tag. Ich hoffe, es war auch für Jinx ein guter Tag."

„Ich auch", stimmte Aiden zu.

Sie warteten, bis der Schulbus zum Stillstand gekommen war. Dixie wand sich ungeduldig, ihr Schwanz wedelte in Lichtgeschwindigkeit, während die Tür aufschwang und Jinx herabkam.

Sie lächelte breit, als sie Petra in die Augen sah, ihr Kinn hoch erhoben. „Du bist hier."

„Wir sind zu aufgeregt, um zu warten, bis du ganz zum Haus hochkommst", gab Petra zu. Sie winkte Sasha, die das Gesicht an das Schulbusfenster gedrückt hatte.

Jinx drehte sich und winkte ebenfalls, kniete sich hin. „Komm, Dixie."

Dixie sprang, schlabberte mit der Zunge über Jinx' ganzes Gesicht, als wäre das Mädchen eine Million Jahre weg gewesen, und nicht nur acht Stunden.

Aiden verzog das Gesicht. „Ich wollte dir eine Umarmung anbieten, aber jetzt, da du mit Hundebazillen bedeckt bist, warte ich einfach, bis du dekontaminiert bist."

Jinx verdrehte die Augen, und ein weiterer angespannter Kloß in Petras Brust löste sich.

Eine Woche. Eine Woche, und das Mädchen begann bereits zu zeigen, wer sie war, stark und widerstandsfähig.

Petra neigte den Kopf zum Haus. „Die richtig spannenden Storys bitte, wenn wir daheim sind, sonst beschweren sich Jake und Declan, dass sie was verpassen. Und, läuft's mit Sasha noch so super wie am Anfang?"

„Sie ist ziemlich toll", sagte Jinx leise, überraschte Petra, als sie ihre Finger ineinanderschob, um an Petras Seite zu gehen. „Hattet ihr einen schönen Tag?"

„Ziemlich gut", sagte Aiden. „Wir sind mit den Wänden im Atelier fast fertig. Als nächstes kommt das Streichen."

Sie plauderten den ganzen Weg über Wandfarben und Abkleben, bis zur Veranda, wo Declan und Jake warteten.

Declan schaute hinab auf die Hand zwischen Petra und

Jinx und nickte Petra zustimmend zu, bevor er sich auf die junge Frau konzentrierte. „Wir haben deine Nachricht bekommen, dass die Dinge ganz okay laufen."

„Es war gut. Ein paar Leute haben gefragt, wo ich herkomme, aber nachdem ich ihnen gesagt habe, dass ich eine Weile in Winnipeg gewohnt habe, schien das zu reichen." Jinx drückte Petra die Hand und ließ sie los. „Ich glaube, das wird funktionieren."

Durch eine Exekutiventscheidung, also durch Jinx, gingen sie in unterschiedliche Richtungen davon, um sich mit den Pflichten vor dem Abendessen zu beschäftigen. Jinx ging mit Declan und Aiden zur Scheune, Petra schlürfte zurück ins Büro und ließ Jake sich um die Abendessenvorbereitung kümmern.

Sie hatte keine Ahnung, wie er es abziehen würde, wenn man bedachte, wie spät er anfing, doch um fünf Uhr stand das Abendessen pünktlich auf den Tisch.

„Verdammt, das sieht toll aus." Aiden schaufelte sich eine große Ladung Kartoffelpüree auf seinen Teller. „Reich mir die Sauce, wenn du die Gelegenheit hast, Declan."

Jake servierte dicke Scheiben von dampfend heißem Hackbraten, und Petra schaute sich überrascht um. Es gab auch einen Obstsalat und grüne Bohnen, und als sie auf den Tresen schaute, sah sie einen Schokokuchen, der dort wartete, und ihre Neugier überwog.

„Das sieht lecker aus, Jake, wann hattest du denn Zeit, das zu machen?"

Jake murmelte etwas, dann deutete er mit dem Löffel auf Jinx. „Ist das Stück groß genug für dich, oder willst du mehr?"

„Das reicht, danke", sagte sie und nahm sich den Salat.

Aha. Petra würde das nicht auf sich beruhen lassen. Sie lehnte sich hinab und roch betont an dem Hackbraten. „Ich mag deine Gewürzmischung. Was hast du da reingetan, Jake?"

Er zögerte, bevor er ein frustriertes Seufzen ausstieß. „Ich weiß nicht. Den habe ich bei Buns and Roses abgeholt."

Aiden schlug auf den Tisch und lachte, während er auf seinen Bruder deutete. „Ich wusste es. Ich wusste, dass es nicht in dir steckt, so eine Mahlzeit vorzubereiten."

„Hast du vor, Tansy all deine Mahlzeiten kochen zu lassen, Bro?", fragte Declan. Er schaute zu Petra, und seine Augen funkelten. „Denn ich habe null Beschwerden gegen diesen Vorschlag, solange das aus deiner Börse kommt, und nicht aufs Budget der Ranch schlägt."

Jake nahm die ganzen Scherze gut gelaunt hin, und Petra stürzte sich mit Appetit auf das leckere Mahl. Wie Aiden gesagt hatte, es hatte sich als sehr guter Tag erwiesen.

DER REST der Woche verging wie im Flug, und langsam bekamen sie eine Routine. Jinx blühte auf, als ihr Selbstvertrauen mit jeder Fahrt in die Stadt wuchs. Die Hausaufgaben fingen an. Manchmal stieg Sasha Stone mit ihr aus dem Schulbus, die beiden Mädchen setzten sich ins Wohnzimmer, um über quadratische Gleichungen oder die Arbeit an Aufsätzen zu gehen.

Aiden war schockiert, als er herausfand, dass er der ausgewiesene Hausaufgabenhelfer war.

Am ersten Mittwoch, als die Mädchen Declan um Hilfe gebeten hatten, hatte Aiden einen Notfalltext erhalten, der befahl, seinen Hintern ins Haus zu schwingen.

Er war voller Panik hereingelaufen, nur um festzustellen, dass Declan mit stürmischem Gesichtsausdruck dasaß, und die beiden Mädchen sich äußerst bemühten, keine Miene zu verziehen.

Sein Bruder schüttelte den Kopf. „Staffellauf. Du bist

dran." Er schaute über die Schulter auf die Mädchen und schüttelte den Kopf. „Es war schon schlimm genug, als ich das zum ersten Mal machen musste, und damals hatten sie noch keine Sachen wie imaginäre Zahlen. Macht mal und quält Aiden mit euren Fragen."

„Danke, dass Sie es versucht haben, Mr. Skye", bemerkte Sasha fröhlich.

„Kein Problem. Wenn ihr Hilfe mit euren Pferden wollt, dann kommt zu mir." Declan schaute Sasha in die Augen. „Obwohl ich höre, dass Kelli auch ziemlich gut mit ihnen umgehen kann."

„Kelli sagt, es ist immer gut, von den Besten neue Sachen zu lernen, und Jinx sagt, Pferde mögen Sie."

Declan neigte das Kinn. „Für dich gibt's heute Abend doppelt Nachtisch, Jinx", versprach er, ließ die beiden Mädchen in Gelächter ausbrechen, während er sich an den imaginären Hut tippte und dann zur Scheune ging.

Seit diesem Zeitpunkt hatte Aiden sichergestellt, dass er nach der Schule Zeit hatte, falls er helfen musste. Es war nicht Declans Erfahrungsgebiet, und so organisiert Jake auch war, er fühlte sich immer noch nicht behaglich damit, um Jinx zu sein, ohne dass jemand der anderen da war.

Aiden tat sein Bestes, um sicherzustellen, dass es nicht immer Petra zufiel, was auf so viele Arten viel zu leicht gewesen wäre.

Nachdem die Hausaufgaben erledigt waren, schloss er sich den Mädchen an, die den Pfad entlang gingen, der die zwei Grundstücke verband. Obwohl die beiden Ranchen groß waren, wie die meisten Ranchen, waren die tatsächlichen Häuser in Fußlaufweite.

Sie gingen über die Grundstücksgrenze, stiegen über den Überstieg zwischen gut gepflegten Zäunen. Jinx und Sasha plauderten locker, während Aiden hinter ihnen ging, die Pause in seinem Tag genoss, und die Gelegenheit, herumzustreifen. Dixie tänzelte zwischen ihm und den Mädchen und her, zufrieden wie ein Ferkel im Schlamm, dass sie sie beide um sich hatte.

Als Sasha in Sichtweite ihres Hauses kam, drehte sie sich um und umarmte Jinx. „Ich habe dieses Wochenende eine Menge zu tun, also können wir uns nicht treffen. Aber vielleicht funktioniert es nächstes Wochenende, und du kannst rüberkommen, und wir können mal reiten gehen." Sasha schaute zu Aiden. „Meine Mom sagt, dass du und Petra auch mit uns reiten könnt, wenn ihr mögt. Ich kenne die meisten Wege ziemlich gut, aber ich soll immer noch nicht allein ausreiten, ohne Erwachsene, wenn wir weiter rausgehen."

„Ich frage mal Petra, aber ich glaube, das geht. Das würde uns Spaß machen."

Auf dem Rückweg ging Jinx leise an Aidens Seite, Dixie wuselte zwischen ihnen herum. Es war die Art Stille, bei der es weniger um Frieden ging, und eher schon darum, dass einem eine Million Dinge durch den Kopf gingen, so schnell, dass sie ineinander liefen.

Aiden bemerkte es, denn in seinem Inneren hatte er es dieser Tage so ziemlich mit demselben Gefühl zu tun. Da er so viel erreichen wollte, und so viel hatte, auf das er hoffte, fühlte es sich manchmal an, als wäre das Einzige, was er tun konnte, sich hinsetzen und seine Gedanken schneller rasen zu lassen, als es möglich war, zu planen oder hoffen oder träumen.

Trotzdem, wie Jeff es getan hätte, räusperte Aiden sich. „Hast du irgendwas, worüber du reden möchtest? Wenn nicht mit mir, dann mit Petra?"

Jinx rümpfte die Nase. „Es fühlt sich nur an ..." Sie schaute auf. „Wie kommt es, dass alles so wunderbar funktioniert?"

Ah. Aiden dachte einen Augenblick nach, erinnerte sich daran, wie Jeff die Kontrolle übernommen und dafür gesorgt hatte, dass ihre Welt nicht auseinanderbrach. „Vielleicht musst du ein bisschen fester daran denken, dass es das ist, wie das Leben sein sollte."

Sie blieb stehen und starrte ihn an, in ihren großen grauen Augen standen nur noch Fragen.

Er zuckte mit den Schultern. „Es geschehen eine Menge Dinge in der Welt, die nicht geschehen sollten. Du hattest keine Schuld daran, dass du an einen schwierigen Platz gekommen bist. Aber so sollte deine Welt doch nicht sein. Wenn du große, schicke Worte benutzen willst, war das doch niemals wirklich dein Schicksal. Du hast es nicht verdient, es so schlimm zu haben, aber du hast auf jeden Fall das Gute verdient. Es wird nicht weggehen, das versprechen wir."

Sie standen am Rand der Lichtung mit der Tierrettung und dem zukünftigen Atelier vor ihnen. Ein blauer Herbsthimmel hing über ihnen, während Tränen in Jinx' Augen traten. Sie schluckte schwer, dann nickte sie. „Okay. Okay, ich kann damit anfangen, darüber nachzudenken, wenn ich ein mulmiges Gefühl bekomme. *Hier* sollte ich sein, und darum geschehen gute Dinge."

Aiden wollte den Himmel anbrüllen. Er wollte das Mädchen hochnehmen und sie im Kreis schwingen, um ihr zu versichern, *ja*, hier gehörte sie her, und die guten Dinge würden so weiter geschehen.

Was er dagegen tat, war, mit dem Kopf zur Scheune zu weisen. „Es bleibt gerade noch genug Zeit, dass du dich um die Hühner kümmerst, bevor wir zu Abend essen."

Jinx nickte und machte ein paar Schritte zur Scheune hin, bevor sie zurückkam und mutig zu ihm aufschaute. „Danke dir."

„Klar doch, Kleine." Er sah ihr den ganzen Weg zur Scheune nach, Dixie dicht auf ihren Fersen. Dann marschierte er los, um sich Zeit zu verschaffen, seine Gefühle unter Kontrolle zu kriegen.

Er dachte in der nächsten Woche immer noch an die Unterhaltung, als ein glänzender roter Truck vor dem Haus vorfuhr, gerade als er und seine Brüder unterwegs zur Scheune waren, um weiter an den Renovierungsarbeiten zu werkeln.

„Endlich." Jake ging vor und traf sich mit einem dunkelhäutigen Mann, der aus dem Auto stieg. „Kevin. Willkommen."

Aiden schaute zu Declan. „Ich dachte, er würde es erst nächste Woche schaffen."

„Ich beschwere mich nicht, wenn er früher da ist", sagte Declan, der Jake nachging.

Der Mann war hager, sodass er fast nichts als Sehnen und Muskeln war, die sich über Knochen spannten. Er bewegte sich geschmeidig, nahm einen Rucksack vom Wagenbett und warf ihn sich über die Schulter, bevor er sich den Brüdern stellte.

Seine dunkelbraunen Haare waren ganz kurz geschnitten, mit ausdrucksstarken dunkelbraunen Augen und einem fiesen Schnitt, der die linke Seite seines Gesichts hinabführte, knapp am Auge vorbei. Die Wunde war geschlossen, heilte aber noch.

Kevin hielt eine Hand Jake hin und schüttelte sie fest. „Danke, dass du mich eingeladen hast."

„Danke, dass du zugesagt hast." Jake schüttelte den Kopf und deutete auf sein eigenes Gesicht. „Das ist neu."

Kevin hob die unverletzte Augenbraue. „Abschiedsgeschenk von meinem letzten Job."

Declan trat vor und bot ihm eine Hand an. „Hoffentlich haben wir für dich hier keine so knappen Sachen."

„Menschen sind unvorhersehbar", sagte Kevin ohne Böswilligkeit. Er begrüßte auch Aiden, dann trat er zurück, um sich bewundernd umzuschauen. „Ich weiß, ihr habt gesagt, es wäre nicht fertig, aber mir macht es nichts aus, mal den

Hammer zu schwingen. Das ist vielleicht eine Weile eine gute Abwechslung."

„Wir nehmen jede Hilfe an, die du uns geben willst", versicherte ihm Jake, schlug ihm eine Hand auf die Schulter und führte ihn zu den Wohnbereichen. „Wir haben bereits eine Bewohnerin, und wir werden dich vorstellen, wenn die Zeit richtig ist."

„Das stimmt. Er hat mich vorgewarnt", sagte Kevin nickend. Dann öffnete er die Hände weit. „Lasst mich was arbeiten, Jungs."

Petra und Jinx waren laut Plan heute Abend mit dem Abendessen dran. Aiden schlüpfte vor allen rein, um sie vorzuwarnen, dass einer mehr am Tisch sitzen würde.

„Er ist der Therapeut, von dem wir dir erzählt haben", rief er Jinx leise in Erinnerung. „Aber er ist auch hier, weil er eine Heimat wie High Water braucht."

Jinx lehnte sich an die Arbeitsfläche, rückte näher an Petra, ohne es zu merken. „Ich will nicht mit ihm reden. Nicht heute Abend."

„Nein. Natürlich nicht. Heute Abend ist er kein Therapeut", versicherte ihr Petra. „Heute Abend ist ein weiterer hungriger Typ, der mindestens zwei Burger und drei Stück Pie möchte."

„Okay." Jinx verzog vor Aiden das Gesicht. „Es ist schwierig, genug Nachtisch zu machen, sodass ich noch extra was für mich und Sasha für den nächsten Schultag mitnehmen kann, so, wie ihr esst."

„Tut mir leid?" Doch Aiden grinste. „Back nächstes Mal drei Pies?"

Jinx verdrehte die Augen, doch sie ging wieder ans Apfelschälen zurück.

Petra zog Aiden zur Seite. Er holte sie in seine Arme und drückte die Lippen zu einem Kuss auf ihre. Sie erwiderte ihn, wurde an ihm ganz weich, und er vergaß, was er tun wollte, und verlor sich einfach in dem Genuss von ihr.

Sie rückte zurück, strich ihm mit den Fingern über die Wange. „Darüber wollte ich nicht reden."

„Schade auch. Damit wollte ich anfangen", scherzte er. „Okay, jetzt aber ernst. Was ist?"

Sie strich mit den Fingern über seine Brust, sanft, nachdenklich. „Nur eine weitere Weggabelung. Ich wollte sicherstellen, dass alle alles durchdenken, und hoffe, dass die Dinge glatt laufen, wenn wir Kevin zu der Mischung hinzufügen." Sie verzog das Gesicht. „Es ist einen Monat her, seit Jinx ankam, und ich habe mich inzwischen daran gewöhnt, unseren Fortschritt zu mögen. Ich will nicht mehr einen Schritt zurückgehen, für jeden, den wir vorwärtsmachen."

„Verstehe ich", versicherte ihr Aiden. „Jake sagt, er ist ein guter Typ. Er hat einen Ruf, für seine Mitarbeiter und auch für Opfer da zu sein."

„Das ist gut, aber es ist an dieser Stelle trotzdem schwer, unsere Dynamik zu ändern." Ihr Lächeln wurde ein wenig erhitzt. „Andere Neuigkeiten, der neue Bettrahmen soll morgen eintreffen."

„Schau auf den Plan und stell sicher, dass wir ihn mal testen können", flüsterte Aiden leise.

„Nur wegen der Garantie natürlich."

„Nicht so viel plappern, mehr arbeiten", rief Jinx, die ihr geheimes Treffen störte.

Petra plusterte sich auf, während sie den Kopf an Aidens Brust legte und lachte. „Ich kann nicht glauben, dass du sie dazu gebracht hast, *Letterkenny* zu schauen."

„Eine klassische kanadische Komödie", protestierte Aiden. „Obwohl ich es mit eingeschalteten Untertiteln sehen muss. Die Akzente der Jocks und Stoners sind manchmal unmöglich."

Als Jake Kevin hereinholte, um ihn vorzustellen, nickte Jinx höflich, sah aber zur Seite und verwies an Petra.

„Kleine Anpassung der Sitzordnung auf Jinx' Empfehlung hin", kündigte Petra vor allen an. „Wenn man bedenkt, dass sich uns zu unterschiedlichen Zeiten neue Leute anschließen wollen, hat jeder einen Platz, und die neuen Leute werden an der Seite dazukommen. Das können wir später erneut ändern, wenn es nötig wird."

Jinx und Declan saßen einander immer noch gegenüber, aber am Rande des Tisches. Petra war gegenüber von Jake, und gegenüber von Aiden nickte Kevin zustimmend.

„Gut durchdacht." Kevin deutete auf den offenen Platz zu seiner Seite. „Das gibt mir die Gelegenheit, mit allen Neuen zu reden, ohne dass es eine große Sache wird. Und falls irgendwelche neuen Damen auftauchen, können sie sich dort ans Tischende setzen, neben Jinx und Declan, der es irgendwie schafft, ziemlich sicher auszusehen, obwohl er so groß ist."

„Habe ich doch gesagt", sagte Petra zu Jinx. „Wie der Marshmallow-Man."

Declan legte den Kopf in die Hände. „Ich habe euch gebeten, das nicht in der Öffentlichkeit zu sagen."

„Zu spät, Bro. Wir haben es gehört, und wir werden es nie vergessen", strahlte Jake.

Kevins Zimmer war noch nicht fertig, darum rollte er nach dem Abendessen bereitwillig eine Matte in seinem zukünftigen Raum aus. Die sechs versammelten sich an diesem Abend am Feuer, rückten näher, weil die Temperatur rasch sank und die Sonne am Abend früher verschwand.

Aiden spielte Gitarre. Kevin summte kurz mit, dann zog er eine Mundharmonika heraus und begann, eine Begleitung zu spielen. Jinx' Augen wurden groß, und Petra lächelte, ihre Finger bewegten sich stetig auf einem weiteren Projekt.

Aiden schaute sich bei der wachsenden Familie von High Water um.

Es gab immer noch so viel zu tun, aber sie waren auf jeden Fall auf dem richtigen Weg.

Er wandte seine Aufmerksamkeit zu Petra, bewunderte, wie das Feuerlicht auf ihrer Haut tanzte, das schwache Lächeln, das ihre Lippen wölbte. Sie wippte den Kopf zur Musik.

Ein Tag nach dem anderen, rief er sich in Erinnerung. Er musste nur die Bande zwischen ihnen einen Tag nach dem anderen wachsen lassen.

# 17

Mitten in einem Mädelsmittagessen bei Buns and Roses war Petra völlig verblüfft, als sie entdeckte, dass es eineinhalb Monate her war, seit sie nach High Water gezogen war.

„Wie um alles in der Welt?", murmelte sie, starrte auf den Kalender vor ihr hinab.

Tansy hob eine Augenbraue. „Was ist, P?"

Petra lehnte sich am Tisch in ihrem Stuhl zurück. „Wie kann es denn schon fast Ende Oktober sein?"

Die zwei anderen Damen am Tisch, Sydney und Julia, runzelten beide die Stirn.

Julia beugte sich vor. „Na ja, da gibt es dieses große gelbe Ding, das im Himmel aufsteigt, das nennt man Sonne. Und jedes Mal, wenn es verschwindet ..."

„Haha, sehr witzig", beschwerte sich Petra, die immer noch ungläubig auf ihren Tagesplaner hinabschaute.

Rechts von ihr legte Sydney eine Hand auf Petras Handgelenk. „Gibt es einen besonderen Grund, warum du diesen Kalender mit ziemlicher Sorge anstarrst?"

Als sie drei Gesichter intensiv anstarrten, wurde es Petra schließlich klar.

*Scheiße.* Sie schüttelte heftig den Kopf. „O nein. Nein, nein, nein, es gibt keinen im Kalender verankerten Grund, um den ich mir Sorgen mache. Nur dass es bereits eineinhalb Monate sind."

Verständnis dämmerte auf Tansys Gesicht. „Seit du nach High Water gezogen bist."

„Seit Jinx ankam, und ich nach High Water gezogen bin." Und seit sie angefangen hatte, mit Aiden zu schlafen, aber diesen Teil sagte sie nicht laut, obwohl es genauso schockierend war.

Genauso zufriedenstellend, wenn sie ehrlich war, zumindest vor sich selbst.

Ihre Schwägerin hob eine Augenbraue. „Gibt es irgendeinen zeitlichen Ablauf, der uns nicht klar ist, der dir jetzt Stress macht? Haben sie vor, dich irgendwann rauszuwerfen?"

„Oder hast du *gehofft*, irgendwann raus zu sein?", fragte Sydney leise.

„Nichts davon." Petra schnappte sich einen großen Happen ihrer Pekannuss-Pie und schob sie sich in den Mund, damit sie Zeit zum Nachdenken hatte.

Sie wollte nicht gehen – die Zeit, in der sie Jinx aufblühen sah, war an sich schon ein Wunder geworden. Dazu kam noch, wie viel Spaß sie damit hatte, zu helfen, jetzt, da sie angefangen hatten, die Künstlerräumlichkeiten zu streichen, und Petras Tage waren mit einer Menge Freude gefüllt.

Ihre Nächte waren mit genauso viel Spaß gefüllt, und das lag an diesem geteilten Bett mit einem gewissen begeisterten und kreativen Liebhaber.

Warum war es so schockierend, dass Zeit vergangen war?

„Irgendwann musst du schon schlucken", sagte Sydney trocken.

„Nicht unbedingt", entgegnete Tansy. „Ausspucken ist eine echte Option."

Julia schnaubte so heftig, dass ihr Tee aus der Nase spritzte. „Tansy Fields, du bist schrecklich."

„Was habe ich gesagt?" Tansy blinzelte.

Petra wischte sich den Mund mit einer Serviette ab, grinste locker ihre Schar Freundinnen an. „Ich habe euch alle lieb."

Tansy winkte ab. „Das wissen wir. Jetzt spuck es aus. Was ist so wichtig wegen eineinhalb Monaten?"

Sie versuchte es, aber ihr kam nichts in den Sinn, außer ein eiskaltes Loch, das sich mitten in ihrem Magen auftat, und Petra war sich nicht sicher, weshalb. Sie zuckte mit den Schultern. „Ich weiß es nicht."

Sie beäugten sie alle besorgt, bevor sie sich wieder in ihren Stühlen zurücklehnten.

„Okay, gut", bot Julia entschlossen an. „Ich verstehe es. Manchmal kommt man einfach nicht auf die Dinge, wenn man versucht, sie rauszufinden. Aber sobald es so weit ist, sag es uns."

„Natürlich", versprach Petra.

„In der Zwischenzeit", Julia nippte an ihrem Tee und sah an die Decke. „Reden wir mal über *zwölf* Wochen."

Petra schaute wieder auf ihren Kalender, versuchte zu verstehen, was ...

„Meinst du das ernst?", rief Tansy, eher ein Kreischen als alles andere. „Meinst du das *ernst*?"

Sydney und Petra wechselten noch einen Blick. „Glaubst du, sie haben Duolingo für Tansyland? Es wäre praktisch, das ein bisschen flüssiger zu verstehen", beschwerte sich Sydney.

Nur dass es einen Augenblick später klickte, und Petra starrte ihre Schwägerin an. „Du bist schwanger?"

Julia grinste.

Die guten Nachrichten lösten eine Runde Umarmungen aus, während neugierige Blicke über sie hinweggingen. Es wurde ein wenig hinter vorgehaltener Hand geflüstert, und mehr als ein paar Mal in ihre Richtung gelächelt, während sie sich wieder beruhigten.

„Dein Geheimnis ist raus", warnte Tansy. „Mittagszeit bei Buns and Roses ist nicht unbedingt der sicherste Augenblick, um Informationen zu teilen, die man unter Verschluss halten möchte."

Julia grinste nur. „Ich dachte, Zach würde noch explodieren, weil er den Mund bis jetzt geschlossen halten musste. Ich habe ihm gesagt, ich würde euch heute alles erzählen, und er war seither am Handy, um zu prahlen, bis ihm der Kopf abfällt. Ich bin überrascht, dass keine von euch schon eine Nachricht bekommen hat, die mir meinen Triumph raubt."

„Die gibt es vermutlich, aber wir sind höflich und schauen nicht auf unsere Handys, während wir einander treffen." Und tatsächlich, als Petra auf ihr Handy schaute, hatte sie Nachrichten von allen drei Skye-Brüdern und Jinx. „Jinx sagt, ich soll dir gratulieren."

Julia beugte sich leicht vor. „Sag ihr Danke. Wir wollen euch alle bald wieder auf Besuch haben. Wie geht es ihr?"

„Toll. Sie blüht auf."

Es war nicht an Petra, alle Einzelheiten zu erzählen, aber sie war sehr dankbar für einige der Veränderungen, die in den letzten paar Wochen passiert waren.

Jinx hatte beschlossen, sich mit Kevin zu treffen. Nach der ersten Sitzung hatte es Anzeichen für eine Menge Tränen gegeben, und während Kevin natürlich nicht viel gesagt hatte, weil es vertraulich war, hatte er mit Jinx' Erlaubnis ein paar positive Neuigkeiten weitergegeben.

„Sie hatte recht, abzuhauen, bevor es zum Schlimmsten gekommen ist. Sie hat echt Köpfchen, und ihr ist wirklich klar, dass die Lage nicht ihre Schuld war." Aus irgendeinem Grund hatte Kevin gerade da zu Aiden geschaut und kurz das Kinn geneigt, bevor er zu Ende erzählte. „Es wird immer noch Zeit brauchen, und es wird Augenblicke geben, wo sie vielleicht Erinnerungen hat, die sie nervös machen, aber sie macht alles richtig. Jetzt müssen wir ihr Zeit geben."

Petra wurde klar, dass sie vor sich hingestarrt hatte, verloren in Erinnerungen. Sie lächelte ihre Freundinnen an und konzentrierte sich auf die guten Neuigkeiten, die sie teilen konnte. „Jinx hatte schon ewig keine Panikattacke mehr. Sie und Sasha planen eine Halloweeen-Party für die Kinder auf der Silver Stone Ranch nächsten Sonntagnachmittag. Sashas kleiner Bruder Tyler bekommt leicht Angst, und Jinx hat beschlossen, dass sie sowieso zu alt ist, um von Tür zu Tür zu gehen, aber ein nicht-grusliges Event würde Spaß machen, mit aufzubauen."

„Sasha hat bereits dafür gesorgt, dass ich Halloween-Cake-Pops für den Anlass mache", erklärte Tansy.

Die Unterhaltung verlegte sich auf Halloween-Kostüme und die liebsten grusligen Gerichte. Petra aß das köstliche Essen und trank ihren Tee und saugte die Gesellschaft der drei wunderbaren Damen auf, die sie unterstützten. Aber sie fragte sich immer noch, was da im Hintergrund ihrer Gedanken verblieb und sie so sehr verstörte.

Sie dachte immer noch darüber nach, als sie auf den Parkplatz vor dem Ranchhaus von High Water fuhr. Automatisch schaute sie hinüber, um zu sehen, wessen Autos da waren. Das von Jake fehlte, aber die anderen drei Kerle mussten da sein. Obwohl Declans Truck nicht unbedingt hieß, dass er irgendwo in der Nähe der Gebäude war. Der Mann brach bei jeder Gelegenheit, die er bekam, auf dem Pferd auf.

Obwohl das Wetter allmählich umschlug, und die Luft einen Hauch Kühle enthielt, der vor kommendem Schnee warnte, war Petra ziemlich sicher, dass er irgendwo auf dem Land war.

Kevin und Jake brachten die Verkleidung im Künstleratelier an. Mit einer Nagelpistole in Kevins Hand und Jake an der Stichsäge bewegten sie sich geschmeidig und effizient umeinander, das laute Geräusch der Nägel hallte von den Wänden wider.

Petra winkte, machte aber keine Anstalten, sie zu stören. Sie begab sich nach unten, ging an den Räumen vorbei, die letztlich für Männer sein würden, die irgendwo eine Bleibe brauchten, unterwegs zu einem besseren Leben. Sie hielt in jedem Eingang inne, rechnete sich aus, wie viel noch erledigt werden musste, aber überall hielten die Zeichen des Fortschritts an. Nicht morgen, und nicht nächste Woche, aber schon bald. Es war alles so schnell passiert.

Dieses unangenehme Gefühl kehrte zurück, und sie ließ sich von ihren Füßen um die Ecke tragen, während sie versuchte, das Rätsel zu lösen.

Die Mini-Suiten für die drei Brüder entstanden auch allmählich. Eine davon sah aus, als wäre sie bereit zum Einzug, nur dass noch die Sanitäreinrichtung im Bad fehlte.

Die zweite und die dritte waren zu einem früheren Zeitpunkt vorerst aufgegeben worden.

Irgendwo links von ihr klirrte laut ein scharfes metallisches Geräusch. Als sie dem Geräusch folgte, fand sie Aiden, der über einem Rohr im zukünftigen Badehaus fluchte.

Als er zum zweiten Mal mit dem Schraubenschlüssel auf die Verrohrung einschlug, lachte sie. „So gehst du also mit deinem Werkzeug um?"

Er fuhr herum und hörte kurz auf, bevor er wieder auf das Rohr einschlug. „Das hast du nie gesehen."

Doch, hatte sie. Petra schaute sich im fensterlosen Raum

um und beschloss, dass sie eine gute Möglichkeit kannte, um zu vergessen, was immer ihr für eine Laus über die Leber lief. Sie ging zurück zur Tür und schloss sie hinter sich ab. „Was gibst du mir denn, damit ich es niemandem verrate?"

Aidens Grinsen wurde breiter. „Was wünschst du dir denn von mir?"

Sie ging auf ihn zu, legte ihm die Finger über die Schultern, während sie ihn langsam umkreiste. „Mir ist aufgefallen, dass du befehlshaberisch wirst." Sie zog ihm den Schaumschlüssel aus der Hand und legte ihn vorsichtig auf den Klapparbeitstisch.

Er drehte sich, um sie anzuschauen. „Du magst mich doch befehlshaberisch."

„Manchmal", stimmte sie zu. Sie strich mit den Fingern an der Vorderseite seines Hemdes herab, hielt oben auf seiner Jeans inne. „Okay, normalerweise."

Er lachte, das Geräusch wurde zu einem lustvollen Zischen, während sie die Hand über die Vorderseite seiner Jeans drückte und rieb. „Ich weiß nicht, wo du damit hin willst, aber so weit stimme ich zu."

Sie öffnete den Knopf auf seiner Jeans und den Reißverschluss, ihr Gesicht nur wenige Zentimeter von seinem entfernt, um zu bewundern, wie seine Pupillen sich weiteten, die Vorfreude anstieg. „Du hast diese schlimme Angewohnheit, dass du dich von mir nicht berühren lässt."

„Du hast so weiche Haut", beschwerte er sich. „Das ist ablenkend, und dann führt eines zum anderen."

Sie fuhr mit der Hand unter den Bund seiner Boxershorts und legte die Finger um seinen Schwanz. Aiden schnappte nach Luft, seine Hüfte wippte leicht nach vorne. Ansonsten blieb er aber stehen. Wartete.

Beobachtete.

Petra küsste ihn, ihre Hand bewegte sich langsam über

seiner Erektion. Rieb mit dem Daumen über die Spitze, holte sich Feuchtigkeit, um die süße Stelle zu necken, von der sie entdeckt hatte, dass er sie liebte. Sie festigte den Griff und pulsierte, bevor sie zu langsamem Streichen zurückkehrte, was ihn zum Keuchen brachte.

Die ganze Zeit über küsste sie ihn. Spielte mit ihren Zungen, knabberte an einem Kinn und seinem Hals. Leckte eine erhitzte Linie zurück nach oben, um seinen Mund zu verzehren.

Aber sie hatte nicht mehr die Kontrolle.

Sie mochte ja eine Hand um ihn gelegt haben, ihm Lust verschaffen, aber der Kuss gehörte nicht mehr ihr. Sie fielen ineinander, bewegten sich zusammen, wollten mehr.

Verlangten mehr, und Petras Kopf summte, weil es eine solche Lust war. Sowohl das Geben als auch das Nehmen. Beide waren so richtig und so notwendig wie die Luft.

„*Petra*", warnte er sie.

„Lass mich", flüsterte sie. „Lass mich", wiederholte sie, machte schneller und pulsierte fester, bis er bebte. Sie schaute ihm in die Augen, die Lust sorgte dafür, dass seine Lippen sich öffneten, feucht von ihren Küssen.

Seine Hüfte begehrte auf, und Feuchtigkeit strömte über ihre Finger. Aiden packte ihre Schultern und hielt sich fest. Sie standen da, er bebte in ihren Armen, Zufriedenheit rollte über sie in einem erhitzten Strom.

Er lehnte sich vor und streifte mit seinen Lippen ihre. Sanft, kontrolliert.

„Das hat mir gefallen", sagte er leise, mit einem erheiterten Unterton. „Obwohl ich mich schon wegen des Saustalls beschweren möchte."

„Dann ist es Zeit, aufzuhören, dieses Rohr zu bearbeiten und es hinzukriegen", scherzte sie. Sie stellte sich auf die Zehenspitzen und küsste ihn auf die Wange, zog ihre Hand heraus. Als sie schon weggehen wollte, legte er die Arme um sie und holte sie zusammen, hielt sie fest, als bräuchte er die Unterstützung, um aufrecht zu bleiben.

Petra machte es nichts aus. Sie legte den Kopf an seine Brust und hörte auf den hämmernden Rhythmus unter ihrem Ohr.

Was immer sie nervös machte, das war es nicht.

KLEINE SCHNEEFLOCKEN FIELEN WEITER, und Aiden setzte sich auf die Verandaschaukel, sah bewundernd hin.

Der Winter war am letzten Oktobertag richtig heftig eingetroffen, und jetzt, zwei Wochen später, war alles von einer reinen Schicht aus Weiß bedeckt. Eindeutige Pfade im Schnee hatten sich gebildet, wo Sasha und Jinx ihre benachbarten Ranchen verbunden hatten. Pfade führten zur Scheune und zum Künstleratelier, Pfade zur Feuergrube, wo sie sich an den meisten Abenden weiterhin trafen, obwohl Petra vorgeschlagen hatte, dass sie sich vielleicht regelmäßig nach drinnen begeben sollten.

Sogar die Luft fühlte sich anders an. Die Geräusche der Natur waren gedämpfter, die leiseren Klänge der Winterzeit ohne dass Summen und Zirpen der kleinen Insekten. Hin und wieder ließ sich ein Vogel hören, und aufgeregtes Bellen, wenn die Hunde etwas fanden, das sie verfolgen wollten. Die Kühe auf dem Feld nördlich von hier brachten eine eigene Musik mit.

Aiden mochte diese Jahreszeit. Es sprach doch etwas für den Wandel und den nächsten Schritt, der zu gehen war.

Er wiegte sich wieder. Eines dieser nächsten Dinge würde heute passieren, und obwohl er darauf gewartet hatte, dass ihre Besucher eintrafen, dachte er darüber nach, wie er die Dinge auf dem anderen verstohlenen Gebiet seiner Agenda am Laufen halten konnte.

Er und Petra fühlten sich richtig an, und er konnte ehrlich sagen, dass sie Freunde waren. Sie unterstützte ihn – ihn und seine Brüder – und wie sie sich High Water widmete, machte ihn ehrfürchtig.

Sie näherten sich der nächsten Stufe, kamen näher daran, ihre Türen für andere Menschen zu öffnen, die sie brauchten. Petra hatte sich fest auf Jinx konzentriert, sichergestellt, dass das Mädchen nicht nur auf die Beine kam, sondern aufblühte.

Jede Nacht, wenn er Petra in seine Arme zog, fühlte es sich noch sehr viel richtiger an. War es denn überhaupt möglich, dass sie noch annahm, dass das etwas Vorübergehendes war?

Eine Frage, die er nicht stellen wollte.

Die Dielenbretter quietschten, und Petra schloss sich ihm endlich an. Sie war in ihre Daunenjacke mit einem langen Schal und einer dicken Mütze gekleidet.

„Sind Sie schon da?", scherzte sie, landete auf dem Sitz neben ihm.

„Erinnere mich, dass ich niemals eine längere Fahrt mit dir unternehme." Aiden verschränkte ihre Hände ineinander, lachte, als sie beide unter ihre Daunenjacke zog. „Ist dir echt so kalt?"

„Ich glaube, mein Blut ist im Lauf des Sommers dünner geworden."

Er kitzelte leicht ihre Seite. „Du kommst doch aus einem Ort, oder zumindest aus seiner Nähe, den man liebevoll Winterpeg nennt. Im Augenblick ist es fast nicht unter null. Was machst du denn, wenn es richtig Winter wird?"

Sie fing seine Finger ein und hielt sie dicht an ihrem Bauch. „Das Feuer im Haus so heiß brennen lassen, dass wir kurzärmlig und in Shorts rumlaufen können."

Er schnaubte. „Danke für die Vorwarnung. Ich werde

sofort ein paar lächerliche Surf-Shorts bestellen, um meine Brüder zu nerven."

In der Ferne nahm langsam ein großer SUV auf dem Highway Gestalt an. „Da sind sie ja", erklärte ihm Petra glücklich. „Ich bin so aufgeregt, dass wir diesen Meilenstein erreichen."

Sie standen auf. Aiden legte den Arm um ihre Taille, ging langsam zum Parkplatz, um ihre Gäste zu treffen. „Wo ist Jinx?"

„Schon im Atelier. Sie und Sasha hatten irgendeine Überraschung, die sie bereit machen wollten."

Dieser Gedanke hätte ihn nervös machen sollen, wenn man an den elegant wirkenden Mann dachte, der mit Rose Fields und Tansy aus dem Auto stieg, und der jemand war, den sie beeindrucken mussten.

Aber Jinx hatte eine Idee, und er würde sie unterstützen, ganz egal, was es war.

„Passt es, wenn ich alle vorstelle?", fragte Petra leise.

„Natürlich, aber ich bezweifle, dass du da ein Wort zu sagen hast, wenn man bedenkt, dass das *Tansys* zukünftiger Schwager ist."

Was bedeutete, dass sie beide lachten, als sie ankamen.

Tansy musterte sie mit einer erhobenen Augenbraue. „Warum habe ich diesen heimlichen Verdacht, dass ihr über mich geredet habt?"

Petra kicherte. „Weil du ein übertriebenes Selbstwertgefühl hast?"

Die Lippen des hochgewachsenen Gentleman zuckten. „Ich sehe, ihr kennt meine zukünftige Schwägerin sehr gut."

Ein riesiges Seufzen kam von Tansy. „Ich werde so missverstanden. Na ja, nicht wirklich", fügte sie sofort an, bevor sie den Arm zu einer großen Geste hob. „Aiden Skye, das ist mein baldiger Schwager Chance Gabrielle. Meine Schwester

Rose kennst du. Chance, das ist Aiden. Mitbesitzer der High Water Ranch und Petras gewählter Augenschmaus."

Aiden hielt eine Hand hin. „Schön, dich kennenzulernen."

„Und dich. Es gab eine Menge Spekulation darüber, was ihr hier macht. Als du angerufen und eine Tour angeboten hast, habe ich das Gefühl gehabt, ich hätte in der Lotterie gewonnen."

Ein weiteres Fahrzeug fuhr hinter dem SUV heran, und ein dunkelhaariges Mädchen mit dichten Locken hüpfte raus, winkte mit dem Arm. Sonnenlicht glitzerte auf dem Metallhaken ihrer Prothese. „Fangt nicht ohne mich an."

„Unsere jüngste Schwester Fern", fügte Tansy an. „Was machst du denn hier, Kurze?"

„Ich habe sie eingeladen", sagte Chance. „Ich hoffe, das macht euch nichts, aber Fern arbeitet mit mir in der Kunstgalerie, und sie ist äußerst eingebunden in alle Bildungsangebote, die wir rund um Heart Falls koordinieren."

„Kein Problem", sagte Aiden. Er bot Fern auch eine Hand an, als sie sich der Gruppe anschloss. „Fern."

Sie hatte einen festen Griff und ein Funkeln in den Augen. „Schön, dich kennenzulernen. Ich glaube, ich habe dich und Petra an einem Abend auf der Tanzfläche im Rough Cut gesehen, aber das ist kein Ort, an dem man tiefe Unterhaltungen oder anhaltende Freundschaften anfängt."

Aidens Gedanken schossen zurück zu seinem Treffen mit Petra dort, aber er konzentrierte sich auf die Aufgabe vor sich. „Wenn wir alle da sind, beginnen wir doch diese Tour."

Er ging voraus den kurzen Weg zum Eingangstreppenhaus im Obergeschoss. Das Treppenhaus führte um die Außenseite des Gebäudes, wo ein schlau konstruiertes Schrägdach die Treppen vor dem Schnee und dem Regen schützte. Ein weiträumiger Absatz auf dem ersten Stock bot die Gelegenheit, einen ersten Schritt in die oberen Räumlichkeiten zu tun, damit sie voll Eindruck schinden konnten.

Obwohl sich Aiden diesen Ausblick in den letzten paar Monaten jeden Tag gegeben hatte, war es schon etwas Besonderes. Die Wände waren sonnengelb gestrichen, und das Sonnenlicht spiegelte sich auf den polierten Kieferndielen darunter, sodass der ganze Ort strahlte. Mit den Deckenleuchten oben wirkte die gleiche Wandfarbe am Abend wie ein schönes Kerzenglühen, ohne Schatten, aber nicht mehr so hell, dass man blinzelte. Ein gemütlicher Ort, an dem Leute sprechen und vorbeikommen konnten.

Kleine Privaträume säumten die Seiten. Die Rückseite des Hauptraums mit dem langen Tresen, mehreren Waschbecken und einer kleinen Küche war dem ganzen Atelier zugänglich, aber irgendwie unaufdringlich.

In der Nähe der südlichen Fensterreihe hatten sie eine Reihe Staffeleien aufgestellt, jede fing perfekt das Licht ein. In die gegenüberliegende Ecke hatten sie ein paar gemütliche Sofas gestellt, mit Plätzen zum Entspannen und Quatschen am Ende des Tages, oder um sich hinzusetzen und ein Buch zu lesen.

Aus den Lautsprechern über ihnen erklang eine sanfte, träge Flöte, eine zeitlose Melodie, die etwas langsamer gespielt wurde als üblich, aber die Musik mischte sich mit der Präsentation des Raums so perfekt, dass Aiden Petra applaudieren wollte, dass ihr die Idee eingefallen war. Wie sie es geschafft hatte, das zu organisieren, hatte er keine Ahnung.

„Oh, wow." Fern ging vorbei, schaute sich ehrfürchtig um.

„Das ist erstaunlich." Chance wandte sich an Aiden. „Platz für wie viele, die hier wohnen?"

„Fünf Einzelpersonen, möglicherweise acht, wenn es drei Paare gibt, die sich ein Bett teilen wollen. Wir haben nicht gedacht, dass mehr als das funktioniert für die Atmosphäre, die wir hier schaffen wollen."

„O nein. Das ist genau richtig." Chance trat zurück, stand letztlich neben Fern, und die beiden unterhielten sich leise und sehr schnell.

Rose legte den Arm in den von Petra. „Jetzt, da ich sehe, was dich so beschäftigt gehalten hat, bin ich sehr angetan", sagte sie.

„Oh, ich hatte damit nicht viel zu tun", behauptete Petra.

Rose schaute direkt in Aidens Augen. „Ich habe doch nicht von dem Künstleratelier gesprochen."

Ein leises Kichern kam von Tansy. „Das ist mein Mädchen. Komm schon, ich will mir alle Zimmer anschauen."

„Aber natürlich", sagte Rose, ihr leidender Unterton deutlich, als sie Petra zuzwinkerte. „Ich wollte eine Einladung aussprechen, dass du und Aiden zum Abendessen vorbeikommt. Passt Dienstag nächste Woche?"

„Ich glaube, das geht, aber ich melde mich", versprach Petra.

Die Mädchen traten weg, und Petra rückte zurück neben Aiden, ihre Schulter stieß in seine. „So weit, so gut."

„Genau die Reaktion, die ich mir erhofft habe", gab Aiden zu. Chance und Fern gingen durch das ganze Atelier, sprachen immer noch ernsthaft, aber wenn man nach ihrer Miene ging, hatten sie wohl die Hilfe dieses Mannes bei der Einrichtung des Künstlerateliers von High Water.

„Mir gefällt dieser Hauch Musik", flüsterte Petra leise. „Gut gemacht."

Aiden runzelte die Stirn. „Ich war das nicht. Ich dachte, das hättest du gemacht."

Die beiden drehten sich auf der Stelle, suchten nach Antworten. Petra deutete auf das eine Zimmer, bei dem die

Tür fest geschlossen war. Lässig marschierten sie hinüber, öffneten die Tür einen Spalt weit.

Drinnen presste sich Sasha eilig einen Finger auf die Lippen, bat um Stille.

Neben ihr, während sie intensiv auf ihr Notenblatt schaute, spielte Jinx Flöte. Es war keine einfache Melodie, und es was so gut gemacht, dass Aiden ermutigend brüllen wollte. Stattdessen ließ er sein Grinsen seine Zustimmung ausdrücken.

Als sie am Ende des Liedes ankam, die Flöte sorgsam von ihren Lippen senkte, brach Aiden in einen vollen Applaus aus, und Petra schloss sich ihm an.

Jinx senkte königlich das Kinn, bevor das größte Lächeln, das sie je gezeigt hatte, sich einstellte. „War es okay? Sasha hat diese App eingerichtet, damit wir die Musik spielen können, ohne da zu sein, und sie sagte, ich klinge gut, aber ich war mir nicht sicher ...“

„Du hast dich selbst übertroffen“, versicherte ihr Sasha, die die Arme um Jinx' Schultern legte und fest drückte.

„Hast du“, stimmte Petra zu. „Und ich will mehr hören, aber erst, möchtest du gern kommen und Chance und Fern treffen?“

„Sie sind nett“, versicherte Sasha Jinx leise. „Mr. Gabrielle hat ein paar Gaststunden an der Schule gehalten, und er ist nicht so langweilig wie unser normaler Kunstlehrer.“

Ein leises Lachen erklang hinter Aidens Rücken. „Ich lege es darauf an, mir immer so ein hohes Lob zu verdienen.“ Chance stand im Eingang, der Arm um Roses Taille gelegt. „Und hier haben wir den Quell dieser wunderschönen Musik. Vielen Dank für die Serenade. Das war gut gemacht und echt gut ausgesucht. Wenn ich mich richtig erinnere, war dieses Stück aus einer unvollendeten Symphonie. Und obwohl das

Atelier fast fertig ist, müssen doch noch ein paar Dinge abgeschlossen werden.“

„Sie haben die Musik erkannt?“ Jinx stand auf und nahm die Flöte in die linke Hand, damit sie die Rechte hinhalten konnte. „Schön, Sie kennenzulernen, Mr. Gabrielle.“

„Schön, auch dich kennenzulernen“, sagte er. „Das ist Fern Fields, die Schwester von Tansy und Rose, die du bereits kennst.“

Fern wackelte mit den Fingern. „Bist du auch eine Künstlerin, zusätzlich zur Musikerin?“

„Sie wird Nein sagen“, antworte Sasha, bevor Jinx es tun konnte. „Aber Kelli sagt, man kann das nicht sagen, bis man es richtig probiert hat.“

Jinx’ Lippen zuckten. „Nachdem sie das gesagt hat, kann ich offensichtlich wohl kaum Nein sagen.“

„Kluge Wahl“, stimmte Fern zu. Sie schaute sich wieder im Atelier um. „Mir gefällt es hier.“

„Mir auch.“ Chance wies mit dem Kinn auf Aiden. „Ich habe einen kleinen Arbeitsbereich oben in meiner Kunstgalerie, aber der reicht nicht aus, um Unterricht zu geben, wie ich ihn gern anbieten würde. Ich würde mich gern hinsetzen und ein paar Pläne machen, die für alle von uns gut funktionieren könnten.“

„Das ist schön zu hören.“ Aidens Brüder würden so erleichtert sein. Fortschritte in diesem Bereich bedeuteten, dass sie einen Schritt näher daran waren, ganz die Türen zu öffnen, insgeheim oder nicht. „Jetzt müssen wir nur noch offiziell das Atelier einweihen.“

„Wir sollten eine Party geben“, schlug Tansy vor. „Ich kenne einen tollen Cateringservice und vermutlich ein paar tolle Leute zum Einladen.“

„Das ist eine großartige Idee“, sagte Petra, die sich immer noch mehr auf Jinx als alles andere konzentrierte. „Es ist zu spät für Thanksgiving oder Halloween, und zu früh für Weihnachten. Was für eine Party halten wir denn ab, damit wir dich als Cateringservice anheuern können?"

„Das ist einfach." Tansy schaute Aiden in die Augen und wackelte mit den Augenbrauen. „Nächsten Freitag ist Petras Geburtstag ..."

„*Tansy*", beschwerte sich Petra.

„Ach, diese Idee gefällt mir", sagte Aiden, sprang mit voller Begeisterung auf den Zug auf. Ein Testlauf war keine schlechte Idee, und falls irgendwas schief ging, würde sich Petra nicht beschweren.

Außerdem machte ihn die Vorstellung glücklich, für sie etwas Besonderes zu machen.

Petra warf ihrer Freundin finstere Blicke zu. „Du bist echt schlimm mit diesem Schweigegelübde."

„Geburtstage fallen doch nicht unter das Schweigegelübde, oder?" Tansy schüttelte den Kopf. „Ich glaube nicht."

Aiden drehte sich zu Petra. Er nahm ihre Hände in seine und zog daran, um ihre Aufmerksamkeit auf sich zu ziehen. „Wir machen es nicht, wenn du den Gedanken total verabscheust", sagte er leise. „Aber ein bisschen Party nach der ganzen Arbeit, die wir da reingelegt haben, ist doch keine schlechte Idee."

Sie seufzte. Ein riesiges, dramatisches Geräusch, wobei sie die Hände in der Luft stieß. „Okay, gut. Ihr dürft alle meinen Geburtstag feiern. Aber es gibt keine Geschenke, und ich darf mir aussuchen, welchen Kuchen Tansy mir macht."

„Abgemacht." Aiden schüttelte ihr fest die Hand, dann wandte er sich an die übrigen, die begierig im Hauptraum warteten. In Jinx' Augen funkelte Glück, Sasha stand ganz dicht bei ihr. „Es ist offiziell. Ihr seid alle nächsten Freitag zu Petras Geburtstagsparty eingeladen, und der offiziellen Vorab-Eröffnung des Künstlerateliers von High Water."

# 18

Sydney beäugte die Ansammlung von Kisten in der Ecke des Wohnzimmers. „Hast du vor, von zu Hause wegzulaufen?"

Petra wedelte mit der Hand. „Utensilien für das Kunstatelier treffen allmählich ein, und da ich in der letzten Woche nicht in das Gebäude hinein durfte, haben sie sich hier aufgestapelt, anstatt dorthin zu kommen, wo sie hingehören."

„Dann ist es wohl gut, dass deine Party heute Abend ist." Sydney lehnte sich an ihren Stuhl zurück, streckte die Finger zum brennenden Kamin aus. „Bist du bereit zum Feiern?"

„Schätze schon." Es war ja nicht, dass Petra die Festlichkeiten nicht genießen wollte. Sie stimmte völlig zu, dass ein Testlauf für das Künstleratelier eine gute Idee war.

Das Problem war, dass dieses seltsame sehnende Gefühl immer noch da war. „Vielleicht brauche ich dich, damit du mir was gegen meine Nervosität verschreibst."

„Na ja, wenn du im Schlafzimmer Schwierigkeiten hast ..."

„Das ist es überhaupt nicht", versicherte Petra ihr rasch.

Sydney nickte weise. „Ah, also habt ihr noch ein Bett

kaputtgemacht? Oder habt ihr *kein* Bett mehr kaputt gemacht?"

„Du bist furchtbar." Nein, der Sex war einfach gut. Aiden war einfach gut. Himmel, die Dinge auf High Water waren besser als nur einfach gut.

Doch etwas fühlte sich schrecklich falsch an.

Petra schüttelte den Kopf, konzentrierte sich auf etwas anderes. „Habe ich dir erzählt, dass Jinx und ich uns lang unterhalten haben? Wie es sich erwies, hat sie sich insgeheim für Flötenunterricht eingeschrieben. Sie hat in der Scheune geübt, damit keiner von uns es wissen würde. Sie dachte sich, es wäre eine Weihnachtsüberraschung, bis Sasha sie überzeugt hat, ernst zu machen und letzte Woche zu spielen." Das Gefühl des Stolzes, dass Petra verspürte, war unangemessen, doch ließ es sich nicht leugnen. „Sie ist gut."

„Gesprochen wie eine echte Bärenmama", sagte Sydney leise. „Ich freue mich, dass sie sich gut macht. Ich glaube, sie macht sich besser als nur gut. Als ich sie vorhin gesehen habe, wirkte sie einfach wie jeder andere Teenager, Arm in Arm mit Sasha Stone. Brillante Zusammenführung, das muss ich schon sagen."

Petra wurde immer noch mit dem Gedanken über den Bärenmama-Kommentar fertig.

Ein Teil dieses Gefühls war wohl auf ihrem Gesicht sichtbar, denn Sydney beugte sich herüber und nahm ihre Finger. „Du darfst echt niemals Poker spielen. Und außerdem, als deine Freundin – wir sind gute Freundinnen – habe ich das Gefühl, dass die Zeit gekommen ist, um zu fragen, ob du weißt, was du da tust."

Petra hielt kurz inne. „In Bezug auf was?"

Ihre Freundin zuckte mit den Schultern. „Ich unterstütze dich weiter hundertprozentig, aber als du uns erzählt hast, dass du kommst, um auf High Water zu wohnen, begann das aus einer verzweifelten Situation und dem unmittelbaren Bedürfnis heraus, Jinx aus Schwierigkeiten herauszuholen. Jetzt ist es über zwei Monate später. Wir sind nicht mehr im Panikmodus. Vielleicht ist es Zeit, die Lügen noch mal neu zu überdenken.“

„Jinx ist nicht mal annähernd bereit dafür, dass ich nicht mehr da bin ...“, setzte Petra an, bevor Sydney die Hand hob, um sie aufzuhalten.

„Natürlich nicht. Ich schlage das überhaupt nicht vor.“ Ihre ernste Miene wurde weicher. „Es ist nicht, dass du hier bist, High Water hilfst und Jinx unterstützt, was man hinbiegen muss. Es ist der Teil, dass du so tust, als wärst du mit Aiden verlobt.“

*Scheiße.*

Petra starrte Sydney ganz lange an, bevor ihre Freundin ihre Finger tätschelte und dann aufstand. „Und das ist das Ende dieses Hausbesuchs. Ich habe ein paar Sachen zu erledigen, bevor ich zurückkehre. Ich bin rechtzeitig zurück, um mich der Party anzuschließen.“

Sie umarmte Petra, dann verschwand sie, bevor Petras Gehirn auch nur genug aufgeholt hatte, um sich zu verabschieden.

Einen Augenblick später öffnete sich die Tür wieder. Diesmal eilte Tansy herein, Jake direkt hinter ihr.

„Hey, Petra“, sagte Tansy fröhlich. „Hattest du einen schönen Besuch von Sydney?“

Schön? Wenn man das Levitenlesen und Herzenslesen als schön bezeichnete, dann nahm sie an, war es das gewesen.

„Klar.“ Petra öffnete den Mund, um eine Frage zu stellen, aber Jake unterbrach sie.

„Tut mir leid, Petra. Tansy, hörst du mal auf, wegzulaufen.“

„Das Laufen war nötig, denn es gibt nichts mehr zu besprechen, aber du hast einfach weiter den Mund auf und zu gemacht. Ich dachte mir, eine Flucht wäre leichter, als mir die Hand zu brechen, indem ich versuche, diesen Lärm abzuschalten." Sie ging weiter, unterwegs zur Küche. „Denn wenn es was Schlimmeres gibt, als gesagt zu bekommen, dass man nicht weiß, was man tut, dann, dass man das immer und immer wieder gesagt bekommt."

„Ich habe niemals gesagt, dass du nicht weißt, was du tust", fuhr Jake sie an. „Nur, dass wir das zusammen machen sollten, und dein Ansatz macht überhaupt keinen Sinn."

Tansy lehnte sich an die Kücheninsel, lächelte Petra an, noch während sie frustriert die Hände hob. „Ich mache keinen Sinn. Das hat dieser Mann gerade gesagt."

Alle anderen Gedanken zur Seite geschoben, ließ Petra ihren Blick zwischen den beiden hin und her gehen. „Was macht ihr denn? Nicht, dass ich meine eigene Party organisieren will, aber Tansy, ich dachte, du würdest heute Abend die Dinge vorbereiten. Warum bist du hier im Haus?"

„Weil *er* in der Küche im Atelier ist." Tansy klimperte mit den Wimpern vor Jake. „Und *er* scheint zu wissen, was getan werden muss, also lasse ich es ihn machen."

„Ich habe nicht versucht, dir zu sagen, was du tun sollst", behauptete Jake. Er zögerte. „Na ja, vielleicht ein bisschen." Er wandte sich zur Unterstützung an Petra. „Ich habe versucht, herauszukriegen, wann wir anfangen müssen, die Chicken Wings zu machen, aber Tansy scheint zu denken, *wenn wir anfangen müssen* wäre eine ausreichende Antwort."

„Entspann dich, Jakey. Ich habe es unter Kontrolle", flötete Tansy.

„Ist irgendwas falsch daran, dass du die Zeiten aufschreibst, zu denen wir anfangen müssen? Das scheint, was ein vernünftiger Mensch tun würde", beschwerte sich Jake.

„Toll, also bin ich jetzt unvernünftig."

„Das habe ich nicht gemeint."

Tansy wandte sich zu ihm, die Fäuste in die Hüfte gestemmt, während sie ihn finster anfunkelte. „Ich habe das einmal gemacht, bei meinem Abschlussexamen für die Kochausbildungsstufe II. Nie wieder werde ich mein Gehirn einer solchen Detailarbeit aussetzen."

Petra konnte nicht anders. Sie kicherte so laut, dass sie beide ihre Aufmerksamkeit ihr zuwandten. Sie schluckte heftig und versuchte, ihre Erheiterung zu verbergen. Aber echt jetzt, armer Jake. „Tansy, ich mag dich echt gern. Würdest du bitte zurück hinauf in die Küche gehen und sicherstellen, dass alle Dinge für meine Geburtstagsparty rechtzeitig bereit sind?"

„Ich mag dich auch, das mache ich auf jeden Fall." Tansy warf ihr einen Luftkuss zu, dann marschierte sie an Jake vorbei, so dicht, dass sie ihn mit der Schulter anstieß.

Er wankte auf der Stelle, war aber klug genug, nichts zu sagen.

Petra wartete, bis Tansy den Raum verlassen hatte, bevor sie hinüberging und Jake die Schultern drückte. „Du bist ein sehr organisierter Mann. Ich kann total verstehen, dass Tansys scheinbar zerstreuter Ansatz für dich schwer ist. Aber genau dieser Ansatz hat das ganze Essen für ihr extrem erfolgreiches Café hervorgebracht, und außerdem viele besondere Events rund um Heart Falls im Lauf der Jahre. Und, wie ich hinzufügen darf, er scheint auch viele Mahlzeiten auf diesen Tisch gebracht zu haben – in den letzten fünfundsiebzig Prozent der Fälle, als du unser Koch hättest sein sollen."

Jake öffnete den Mund, dann schloss er ihn fest. „Du hast recht."

Dieses Eingeständnis war nur der halbe Sieg. „Wenn ihr in der Küche zusammenarbeiten sollt, wäre es vermutlich am einfachsten zu erreichen, ohne dass du ein Magengeschwür kriegst, wenn du sie fragst, womit du helfen solltest."

„Es ist echt schwer, nicht zu wissen, was als nächstes kommt", murmelte Jake leise.

„Schon, aber du bist ein großer Junge. Ich glaube, damit wirst du fertig."

Er schnaubte, bevor er sie in die Arme nahm. Er klopfte ihr auf den Rücken, wie er es bei einem seiner Brüder gemacht hätte. „Du bist eine Gute, Petra. Danke für den Ratschlag."

„Jederzeit. Jetzt", sie scheuchte ihn zur Tür, „würdest bitte hier rausgehen? Denn ich will, dass das eine tolle Geburtstagsparty wird. Ich bin sicher, Tansy hat ein paar Karotten für dich zu schälen oder so was."

Jake murmelte leise vor sich hin, aber er ging gehorsam zur Tür. Die Tür schloss sich, bevor Petra ihr eigenes erleichtertes Seufzen ausstieß.

Sydneys weise Worte rumorten immer noch in Petras Eingeweiden. Dass sie hier auf High Water war, hätte nur was Vorübergehendes sein sollen, aber eindeutig konnte man das nicht weiterhin auf diese Art denken.

Was bedeutete, dass sie wieder bei Schritt eins anfing.

Was wollte sie wirklich?

Sie war den ganzen Weg hierher nach Alberta gezogen, weg von dem, was ihre Heimatstadt gewesen war, um ein neues Leben anzufangen. Was sie gefunden hatte, waren Leute, die ihr wichtig waren, und eine junge Frau, die aufblühte, weil sie in einer sicheren Umgebung war. Petra hatte auch Zeit mit ihrem Bruder und ihrer Schwägerin verbringen können, und sie hatte die Skye-Brüder besser kennengelernt.

Aber vor allem kehrte ihr Gehirn immer wieder teilweise zu Aiden zurück. Ihre vorübergehende Ablenkung, ihr Liebhaber, der schnell zu einem vertrauten Freund geworden war.

Vielleicht hatte Sydney recht. Vielleicht musste etwas ganz im Inneren dessen, was sie machten, sich ändern.

Wollte sie noch, dass das nur gespielt war? Und wie um alle Welt änderte sie das, wenn es nicht das war, was sie wollte?

Das schien nicht wie eine Sache, die man einem Typen einfach sagte. *Hi, weißt du, die Sache, dass wir so tun, als wären wir verlobt? Ich glaube, wir sollten echt drüber nachdenken, später mal zu heiraten.*

Aiden würde sie entweder für krank halten, oder er würde sofort nach der nächsten Abfahrt suchen.

Frust machte sich wieder breit, und Petra verlagerte sich einmal mehr auf Ablenkung, um nicht zu sehr nachdenken zu müssen. Sie nahm ihren Computer und machte sich an die Arbeit, die Zahlen tanzten vor ihr, mischten sich mit Schnipseln der Unterhaltung. Augenblicke, die sich immer wiederholten, besonders diejenigen, wie sie und Aiden Einzelheiten aus ihrem Leben ausgetauscht hatten. Dinge, die sie beide glücklich gemacht hatten. Dinge, die sie zum Nachdenken gebracht hatten.

Was hatte er vor langer Zeit noch mal gesagt? Am ersten Tag, als sie ihn überzeugt hatte, dass es okay für sie war, Liebende zu sein ...

Sie zermarterte sich das Hirn, es kehrte langsam zurück. Sie hatten gesagt, sie würden das tun – Freunde mit gewissen Vorzügen sein – bis es für einen von ihnen nicht mehr funktionierte.

Na ja, nur Freunde zu sein funktionierte nicht mehr. Wenn Petra den lockeren Sex beenden wollte, weil sie wollte, dass es mehr als nur locker wurde – das war in diesen Regeln inbegriffen.

Oder nicht?

Sie starrte reglos auf ihren Computerbildschirm, bis starke Finger auf ihren Schultern landeten und sie leicht massierten. Aiden beugte sich herab und küsste sie auf die Seite des Halses.

„Du kannst es ja kaum erwarten, dir dein Partyhütchen aufzusetzen", scherzte er. „Komm schon, es ist Zeit, dass sich das Geburtstagsmädchen fertigmacht."

Sie stand auf, küsste ihn auf die Wange, während sie sich an ihm vorbeidrängte, der Beginn eines Plans machte sich allmählich bemerkbar. Nicht jetzt, und nicht, bis alle nach Hause gegangen waren, aber Sydney hatte recht. Es war schon weit jenseits der Zeit, darüber zu reden, mit dem Vorspielen mal aufzuhören.

Petra schlüpfte in eine blaue Bluse und machte sich zurecht, dann schaute sie in den Spiegel und straffte die Schultern. „Ich glaube, das wird ein guter Abend."

Noch während sie die Daumen drückte und hoffte, dass sie nicht ihre Geburtstagsparty in eine Antifeier epischer Ausmaße verwandeln würde.

DIE PARTY WAR ein rauschender Erfolg.

Eine erweiterte Gruppe von Damen, von denen Aiden erfahren hatte, dass sie ein großer Teil der örtlichen Heart-Falls-Mädelsabend-Bande waren, war aufgetaucht, und jede von ihnen hatte ihre bessere Hälfte dabei. Zach und Julia waren da, zusammen mit Sasha Stones Eltern, und Chance Gabrielle und Rose Fields, und zu viele andere, um überhaupt noch hinterherzukommen.

Das bedeutete, dass eine ordentlich große Party im Gang war, mit Musik und spontanem Tanz.

Das Essen, jede Menge und köstlich, war wie Magie genau dann aufgetaucht, als die letzten Gäste eingetroffen waren. Aus irgendeinem Grund wurde Jakes finstere Miene mit jedem Kompliment schlimmer, und das war nur noch schlechter geworden, als Tansy ihm eine Schürze umgebunden hatte, auf der das Abbild einer zerrauften Katze und die Worte *Schon gut. Alles gut.* standen.

In einer Ecke des Raumes spielten Sasha und Jinx Brettspiele mit einer Gruppe Teenager. Sasha war danach zum Übernachten eingeladen, und allein schon die Vorstellung, dass Jinx sich behaglich damit fühlte, eine Freundin einzuladen, ließ alles in Aidens Herz weicher werden.

Aber Aidens Blick wanderte am öftesten zu Petra, während sie durch den Raum marschierte, Geburtstagswünsche und Umarmungen entgegennahm. Sie strahlte heute Abend, das zarte hellblaue Oberteil ließ ihre blassen Augen leuchten.

Aiden konnte sich nicht von ihr ablenken.

„Ich weiß nicht, warum du nicht drüben bist und dich neben Petra stellst", beschwerte sich Declan zwischen zwei Schlucken von seinem Flaschenbier. „Selbst wenn du mit uns redest, sind deine Gedanken offensichtlich ganz woanders."

„Ich brauche eine kleine Dosis von euch Jungs", erwiderte Aiden fröhlich. „Es ist ihre Party. Sie muss dieses Schmetterlingsding machen und allen die Gelegenheit geben, ihre Gesellschaft zu genießen."

„Sie ist ziemlich toll", stimmte Jake zu, der schließlich den Knoten in der Schürze löste und sie sich über den Kopf zog. „Und sehr beliebt. Es sind ja echt viele Gäste gekommen. Die Leute scheinen Spaß zu haben, und der Raum ist perfekt für so ein Event. Wir sollten darüber nachdenken, ihn für Partys zu vermieten, wenn wir keine Künstler vor Ort haben."

Declan begann mögliche andere Partys vorzuschlagen, die sie in der Zukunft abhalten konnten, und während seine Brüder miteinander plaudern, hörte Aiden zu, ohne hinzuhören, und starrte wieder zurück zu Petra.

Die äußere Tür öffnete sich, und ein Rausch kalter Luft drängte herein, wirbelte durch den Raum. Ein älteres Paar schob sich durch die Tür, mit einem breiten Lächeln auf dem

Gesicht, das unbehaglich vertraut schien. Besonders die Frau wirkte erkennbar, und es musste nur ein einzelner Blick zwischen ihr und Petra hin und her gehen, um die Verbindung zu schaffen.

Heilige Scheiße. Petras Eltern waren gerade hereingekommen.

Zach und Julia fiel es auf, bevor Petra es merkte. Ihre Mienen änderten sich von Glück in einem Augenblick, als würden sie es irgendwo ablesen, zu blinzelnder Panik. Ihre Köpfe fuhren herum zu Petra, dann durch den Raum zu Aiden.

Ach, Scheiße. Scheiße, Scheiße, *Scheiße.*

Aiden musste an Petras Seite kommen, um sie zu warnen. „Tut mir leid, Jungs, ich muss los."

Jake bewegte sich nicht aus dem Weg, spähte über seine Schulter und gab eine fantastische Barriere ab. „Was ist denn in dich – O. Wer sind denn die?"

„Petras Eltern", murmelte Aiden rasch, bevor er sich an ihnen vorbeischob.

Das leise ausgesprochene *Heilige Scheiße* hinter ihm war erheiternd und wurde gleichermaßen geschätzt.

Zach bog ab und traf Aiden mitten im Raum, während Julia direkt losging, um ihre Schwiegereltern als Begrüßungskomitee abzufangen. Einen Augenblick später war sie in Umarmungen und fröhliche Ausrufe gehüllt.

Zach zog Aiden an die Seite des Raumes. „Die Gratulationen zum Baby werden sie einen Augenblick abhalten, aber Himmel, Mann. Was willst du machen?"

„Zu Petra gehen und mir dann was ausdenken, während wir dabei sind", sagte Aiden. „Um wen muss ich mir mehr Sorgen machen? Deine Mom oder deinen Dad?"

Zach ging an seiner Seite, während sie sich durch den Raum begaben, wo Petra immer noch mit dem Rücken zur Tür stand, sich des Dramas nicht bewusst war, das gleich zuschlagen würde. „Sie sind beide gleich gefährlich. Falls es hilft, sowohl Julia als auch ich sind für euch da."

„Danke. Das bedeutet eine Menge."

Zach bog ab, um seine Eltern zu begrüßen, und Aiden machte sich keine Mühe mit den Nettigkeiten, lächelte nur die Damen an, mit denen Petra redete, während er einen Arm um die Taille legte. „Tut mir leid, dass ich störe, ich muss Petra kurz mal entführen."

Er erhielt dafür eine Reihe erheiterter, grinsende Gesichter, noch während er Petra zurückzog und seine Lippen an ihr Ohr brachte. „Keine Panik, aber deine Eltern sind gerade aufgetaucht."

Sie fluchte leise. „Nimmst du mich auf den Arm?"

„Sie sind hier, reden derzeit mit Julia und Zach, aber wie willst du das anstellen? Willst du, dass ich weggehe, damit du dich nicht damit herumschlagen musst, mich einzuführen?"

„Natürlich müssen sie genau jetzt auftauchen." Sie schloss die Augen, ihr Gesicht verzog sich zu einer Maske aus Frust und Verwirrung. „Nein, du gehst nicht weg. Sie sind vernünftige Leute, wenn ich ihnen sage, dass wir mal privat reden müssen, werden sie keine Anstalten machen."

Sie straffte die Schultern, dann schaute sie hinter sich. „Aber wir sollten vielleicht dafür sorgen, dass wir dicht an der Tür sind und nicht mitten im Raum, um den möglichen Schaden minimal zu halten."

„Nach dir."

Er behielt seine Hände bei sich, dachte, das würde es leichter machen, wenn sie im letzten Augenblick beschloss, die Sache mit dem Verlobten nicht zu erwähnen. Obwohl es ein Würfelwurf war, dass kein anderer es erwähnen würde.

Wenn jemand anderes die Bombe platzen ließ, wäre es vermutlich schlimmer, besonders, wenn es aus dem Hinterhalt kam.

Darum war er schockiert, als Petra die Finger durch seine schob und sie fest nahm, ihn vor ihren Eltern zum Stillstand brachte. „Mom. Dad. Was macht ihr denn hier?"

„Du magst ja nicht mehr unter unserem Dach leben, aber du bist immer unser kleines Mädchen. Alles Gute zum Geburtstag, Petra." Ihre Mom öffnete die Arme, und Petra schlüpfte hinein, nahm die riesige Umarmung entgegen.

Aiden lächelte, seine Miene spannte sich leicht an, als ihm auffiel, dass Petras Dad ihn seltsam beäugte. Aber der Mann wandte seine Aufmerksamkeit einen Augenblick später seiner Tochter zu, bot ihr auch eine riesige Umarmung an. „Außerdem weißt du doch, dass es eine gute Ausrede war, um auf Besuch zu kommen. Wir mussten doch dieses kommende Baby feiern und deinen Bruder und Julia sehen."

Plötzlich war ihre Aufmerksamkeit auf ihm. „Und wer ist dieser junge Mann?", fragte Petras Mom fröhlich.

Aiden war sich viel zu bewusst, dass die Leute vom Ort sie mit einiger Verwirrung betrachteten.

Petra lachte, ein fröhliches Geräusch voller beruhigendem Humor. „Du bist echt witzig, Mom. Hey, Aiden und ich wollten mit euch reden. Wie wäre es, wenn wir ..."

Ein fast ohrenbetäubendes hohes Klirren hallte durch das Zimmer, gefolgt von raschem Klatschen.

Tansy und Sydney traten vor. Tansy hielt eine vibrierende Essensglocke hoch, während sie sich im Raum umschaute. „Okay, alle raus aus dem Pool. Schnappt euch eure Jacken und runter zur Feuergrube. Wir haben in ein paar Minuten eine Überraschung, begleitet von den besten S'mores, die ihr im ganzen Leben gegessen habt."

„Erwachsene Getränke werden ausgeschenkt", fügte Sydney an. „Nicht-Erwachsene ebenfalls, und glaube ja nicht, dass ich dich nicht im Auge habe, Sasha Stone."

Sasha streckte die Zunge raus, aber sie schloss sich den

anderen an, während die Menge sich Jacken schnappte und nach draußen unterwegs war.

Anfangs dachte Aiden, sie wären vielleicht der Kugel ausgewichen, bis Chance Gabrielle stehen blieb, um dem älteren Paar eine warme Begrüßung angedeihen zu lassen. „Wie schön, Sie endlich zu treffen. Petra und ihr Verlobter sind eine wunderbare Bereicherung für Heart Falls."

Hätte Aiden in diesem Moment durch ein Loch im Boden verschwinden können, hätte er es auf jeden Fall getan.

Petras Dad erholte sich rasch und lächelte angespannt. „Das ist schön zu wissen."

„Komm schon, Chance. Tansy winkt uns." Rose neigte den Kopf höflich zu den Sorensons, noch während sie ihren Verlobten durch die Tür zog.

Petra schob ihre Eltern zur Seite, wartete, bis der Raum sich geleert hatte, um fortzufahren. Sie holte tief Luft und machte die Vorstellungen.

„Aiden, das sind meine Eltern. Pamela und Zachary Sorenson. Mom und Dad", Petra trat näher und ließ den Arm um Aidens Taille gleiten, was ihn fest an ihrer Seite fixierte. „Das ist Aiden Skye. Mitbesitzer der High Water Ranch mit seinen Brüdern."

„Ich lasse mir mit dem *schön, dich kennenzulernen*-Teil noch ein bisschen Zeit." Zachary schüttelte den Kopf, während er sich auf seine Tochter konzentrierte. „Petra, was ist los?"

„Ja, das würde ich auch gern wissen." Pamela beäugte sie mit etwas, das Entsetzen gleichkam. „Ihr seid verlobt?"

Aiden öffnete den Mund, um zu antworten, aber Petra kam ihm zuvor. „Wir sind zusammen. Aber es gibt eine kleine Komplikation, die ich euch aus Vertraulichkeitsgründen nicht mitteilen kann ..."

„Sie sind deine Eltern. Du kannst es ihnen mitteilen", warf Aiden leise ein.

„Warum fühlt sich das so an wie damals, als Zach verkündet hat, dass er sich unabsichtlich betrunken und in Vegas geheiratet hat?", fragte Pamela. „Und dass er so tut, als wären er und Julia zusammen. Aber sie waren wirklich zusammen ..."

„So ist das nicht", versicherte Petra ihnen.

„Von den komplizierten Teilen des Ganzen mal abgesehen, mache ich mir trotzdem Sorgen. Du bist schon wieder ernsthaft mit jemandem zusammen?", fragte Zachary. „Liebling, es ist doch erst ganz kurz her. Ist das so eine Art Trostpflaster? Denn ich weiß, dieser junge Mann damals zu Hause hat dich ganz schön reingelegt ..."

„Was?", wollte Petra wissen. Sie machte einen Schritt zurück, ihre Nervosität so deutlich in der Anspannung ihres Körpers, dass Aiden sie in die Arme schwingen und beschützen wollte. Sie wandte sich an ihre Eltern. „Ihr wisst von Curtis?"

„Wir wussten, dass du dich mit jemanden triffst, aber als du plötzlich beschlossen hast, dass du nicht mehr in der Stadt leben willst, haben wir uns gedacht, dass es schief gegangen ist." Ihre Mutter sprach leise, Mitgefühl war in ihrer Stimme. „Es ist doch kein Problem, wenn eine Beziehung nicht hält. Nicht alle sollen zusammen sein. Darum probiert man doch was aus."

„Das heißt nicht, dass du dich sofort in eine weitere Beziehung stürzen solltest." Zachary beäugte Aiden. „Ich hoffe, du hast meine Tochter mit dem Respekt behandelt, den sie verdient."

Was für ein verworrener Albtraum. „Natürlich, Sir. Aber gleichzeitig wird das die Art Unterhaltung, wo ich Ihnen höflich sagen muss, Sie müssen einen Schritt zurücktreten. Petra ist eine Erwachsene, und sie weiß, was in ihr vorgeht. Sie ist nicht in Gefahr, und ich würde alles tun, um sie sicher zu halten. Aber abgesehen davon will ich ja nicht unhöflich sein, aber ...“

„Halten Sie die Nase aus meinen Angelegenheiten raus?“, wollte Zachary wissen.

„Zachary, Aiden hat recht. Allerdings sagen wir hier nicht Petra, was sie mit ihrem Leben anfangen kann oder nicht.“ Pamela beäugte Petra mit aufrichtiger Liebe. „Es ist nur, dass es so schnell geht, dieser Teil macht mir Sorgen.“

„Heilige Scheiße.“ Petra wandte sich an Aiden, ihre Miene wandelte sich von Sorge zu Aufregung und Entdeckung. Als hätte sie gerade irgendeine Art großes Rätsel gelöst. „Das ist es. Das ist es, was mich so genervt hat.“

„Wie bitte?“ Jetzt fühlte sich Aiden, als wäre er nicht mehr Teil dieser Unterhaltung.

Sie packte ihn an der Hand und zog ihn zur Tür. „Entschuldigt mich, Mom, Dad. Genießt die Überraschung und besucht Zach und Julia. Wir reden später. Ich freue mich, dass ihr da seid, und alles wird gut werden, aber gerade jetzt müssen Aiden und ich reden.“

Einen Augenblick später war er durch die Tür in die winterliche Kälte gezogen worden, in die dunkle Nacht. Aiden ging bereitwillig mit, und sie endeten in seinen Räumlichkeiten im Erdgeschoss. Diejenigen, in die er noch nicht besonders viel Arbeit oder Zeit investiert hatte, weil er es genoss, mit Petra im Haus zu wohnen.

„Na, das lief gut“, setzte er an.

Sie wandte sich zu ihm. „Ich habe es raus. Ich weiß, was mich die ganze Zeit gestört hat.“

Die ganze Zeit? „Ich glaube, du bist mir in dieser Unterhaltung drei Schritte voraus“, warnte Aiden.

„Diese ganze Sache mit der Verlobung kam doch aus dem Nichts, oder? Ich meine, Declan hat uns das am ersten Tag aufgehalst, als Danielle da war. *Hey, hier ist sie, Aidens Verlobte Petra.* Und an diesem Punkt hatten wir vielleicht drei Stunden in der Gesellschaft des anderen verbracht, beim letzten Mal, als wir uns getroffen haben. Aber wir mussten damit weitermachen. Und das ist auch gut gelaufen. Aber hier ist das, was mir dabei sauer aufstößt. Ich schaue immer wieder auf den Kalender, wie die Tage vergangen sind. Es war *Ach, wir sind verlobt,* und dann *Oh, noch ein Tag, bis Jinx ankommt, vermasselt es nicht,* und dann war es eine Woche, dass sie da war, und ein Monat, jetzt sind es über zwei Monate." Je länger sie sprach, desto lauter und intensiver wurde es. „Es scheint, als würden wir immer wieder den nächsten Schritt machen und niemals anhalten und uns darüber klar werden, was wirklich los ist."

„Was ist denn los?", fragte Aiden laut, aber mit völliger Aufrichtigkeit, weil er so verloren war.

„Nicht das, was wir tun sollten." Sie holte tief Luft und hüpfte ein paar Schritte weg, schaute sich im ganzen Raum um, als würde sie auf einen Hinweis warten. Sie wirbelte herum, um vor ihm zu stehen, schüttelte die Hände zur Betonung in der Luft, während sie laut und klar sprach. „Dass wir Zeit damit verbringen, so zu tun, als wären wir zusammen, ist das letzte, was ich will."

Aiden erstarrte. In seinem Magen tat sich ein Loch auf bis hinab zu seinen Zehen. Das hatte er nicht kommen sehen. „Wirklich?"

Sie holte tief Luft, dann nickte sie fest.

„Dann gehe ich dir aus dem Weg. Das mache ich sofort." Sekunden später knallte die Tür hinter ihm zu, während Wut durch seine Adern peitschte. Er bog von dort ab, wo die Partygäste sich an der Feuergrube versammelt hatten und stapfte zurück zum Haupthaus. Der Schnee auf dem westlichen Pfad war zusammengetreten und schmutzig vom

Schlamm aus der Kieszufahrt. Das passte perfekt zu seiner plötzlich miesen Stimmung.

Darauf hatte überhaupt nicht gehofft. Aber verdammt sollte er sein, wenn er sich elende Gestalt weiterhin dieser Frau aufdrängte, wo sie doch ...

Er war nur ein paar Meter von der Veranda entfernt, als etwas in seinen Hinterkopf knallte, ihn nach vorne stieß und ihn mit einem feinen Überzug aus Eis und Kälte bedeckte.

Er fuhr sofort herum, verfluchte denjenigen, der so dreist war, ihn gerade jetzt mit einem verdammten Schneeball zu erwischen. Dann sah er Petra, die sich wie ein Dampfzug auf ihn stürzte.

**19**

Was. Zum. *Henker?*

Als Aiden abrupt den Raum verließ, starrte Petra ihm zehn Sekunden nach, bevor sie zur Verfolgung ansetzte.

Wenn schon sonst nichts, musste sie diesem Dickkopf etwas Vernunft einhämmern. Der Schneeball war die natürliche Reaktion.

„Wohin gehst du? Wir waren mitten in einer Unterhaltung", knurrte sie, ihre Finger prickelten wegen der Kälte und Feuchtigkeit.

„Aber du willst doch keine Zeit mit mir verbringen", brüllte er zurück. „Ich lass dich in Ruhe, damit du das nicht tun musst."

Ihre Verwirrung vertiefte sich. „Wovon redest du?"

„Du hast mir gerade gesagt, dass du nicht mehr verlobt sein willst."

„Was?" Das hatte sie nicht gesagt. Oder? Sie dachte zurück ... „Du wirst mir mal aushelfen müssen, denn wir scheinen ja zwei unterschiedliche Unterhaltungen zu führen."

In seinen Augen blitzte Zorn. „Vielleicht ist es sehr gut, dass deine Eltern unangekündigt aufgetaucht sind. Das hat eine Menge geklärt. Nummer eins, du wolltest ihnen nicht sagen, dass wir verlobt sind. Du warst entsetzt, als Chance es erwähnt hat. Sobald wir allein waren, hast du klar ausgedrückt, dass du aufhören willst. Dass du nicht mehr bei mir sein willst."

Er hatte den Verstand verloren. Petra legte die Arme um sich und versuchte, die Kälte abzuhalten, schüttelte den Kopf, um es zu leugnen. „Das habe ich nicht gesagt. Oder falls ich das gesagt habe, habe ich es nicht gemeint."

„Extrem nicht hilfreich", fuhr Aiden sie an. Er stampfte ein paar Sekunden lang im Kreis, bevor er mit dem Kopf zum Haus wies. „Geh rein. Wir können diesen Streit auch vor einem Feuer führen, damit du nicht erfrierst."

Schweigend stießen sie ihre Schuhe von sich, rückten herum, bis sie vor dem Holzofen standen. So weit auseinander, wie es nur ging, während sie immer noch in der Wärme umschlossen waren.

Sie holte tief Luft, dann hob sie den Blick zu seinem. „Es war mir nicht peinlich, dass meine Eltern hören, wie Chance dich meinen Verlobten nennt. Was mir peinlich ist, dass ich jetzt tagelang gespürt habe, wie falsch es ist, dieses Ding, das wir da tun."

Aiden schloss die Augen, Frust zog über sein Gesicht. „Diese Unterhaltung wird nicht besser."

Sie konnte das auf keinen Fall tun, ohne sich völlig zum Narren zu machen. Also sollte es so sein. „Also gut, ich höre auf, das auf eine Art auszudrücken, die dir einen Ausweg gibt. Als wir das erste Mal darüber geredet haben, miteinander rumzumachen, sagten wir, wenn einer von uns aufhören will, dann sind wir Erwachsene. Wir würden sagen, dass wir einfach aufhören wollen, Freunde mit gewissen Vorzügen zu sein."

Er schaute sie lange an. „Das hast du gemeint?", fragte Aiden leise.

„Ich will mit dem *gespielten* Teil aufhören. Ich will aufhören, so zu tun, als ob." Sie schloss die Augen, denn ihn anzuschauen, während sie alles ausspuckte, war unmöglich. „Wir wurden in diese Beziehung bugsiert, ohne selbst eine Wahl zu haben, aber Aiden, ich hätte mir dich ausgesucht. Hätten wir Zeit gehabt, die Dinge normal zu machen, wären wir zusammen gekommen."

Als sie die Augen öffnete, starrte er sie an, der Mund stand ihm offen, er war sprachlos.

Sie eilte weiter, denn wenn sie es jetzt nicht sagte, verlor sie vielleicht den Mut. „Ein Teil dessen, was mich so verwirrt hat, war, dass es so schnell ging. Als hätte ein Teil meines Gehirns dieselben Kommentare von sich gegeben, die Mom und Dad hatten, wegen der Sache mit Curtis, aber der Vergleich fühlte sich schräg an." Sie holte tief Luft und trat zu ihm. Sie nahm seine kalte Hand in ihre, hielt sie fest. „Jedes Mal, wenn ich auf den Kalender geschaut habe, wirkte es, als wäre es viel zu kurz, dass du mir so wichtig bist. Es hätte sich gruselig anfühlen sollen, wie eine Erinnerung an Curtis, und was da schiefgelaufen ist, aber das hat es nie. Wenn ich an das zurückdenke, was ich mit Curtis hatte, und was ich mit dir habe – das ist kein Vergleich. Du und ich sind uns so nahegekommen, so schnell, weil wir offen und ehrlich und wir selbst waren – zumindest im Privaten."

Aidens Mund stand offen. „Du versuchst nicht, dich von mir zu trennen?"

„Natürlich nicht. Ich versuche, dir zu sagen, dass es mir nicht gefällt, so zu *tun*, als ob." Sie bot all ihren Mut auf und beendete ihr Geständnis. „Denn ich habe nicht so getan als ob. Du bist wir wichtig, Aiden. Ich bin gern bei dir. Ich mag die

Dinge, die du machst, und wer du bist. Ich glaube, wir sind gut zusammen."

Sein Mundwinkel zuckte. Dann zog er sie zu sich und legte die Arme um sie.

Die Umarmung fühlte sich toll an, auch wenn er vermutlich nur nach einer Möglichkeit suchte, sie sanft zu entlassen. Aber als er seine starken Finger unter ihr Kinn schob und das Gesicht zu ihm neigte, waren kein Zorn und keine Verwirrung oder Frust mehr in seinem Gesicht. Nur noch hundert Prozent Aidens Lächeln voller Erheiterung und Schalk.

Er lehnte seine Stirn an ihre. „Gott sei es gedankt. Das heißt, ich bin nicht der Einzige."

Schock, plötzlich und tief. „Echt?"

„Echt, *echt*", bestätigte er. „Obwohl ich zugeben werde, dass die ganze Unterhaltung von gerade einfach nur nervt. Ich hatte keine Ahnung, was bei einem Großteil davon vor sich ging. Ich bin nicht gern wütend und traurig und besorgt und niedergeschlagen, besonders, wo ich doch gehofft hatte, diesen Abend damit beenden, dass ich der Frau, die mir ganz wichtig ist, sage, dass wir darüber nachdenken sollten, mehr füreinander zu sein als nur etwas Vorgespieltes."

Petra schüttelte den Kopf. „Dieses ganze Rumbrüllen und der Frust waren umsonst?"

„Na ja, das weiß ich nicht ganz." Aiden legte ihr einen Arm um die Taille, sodass ihre Oberkörper aneinander kamen. „Wir hatten bisher noch keinen Streit. Das bedeutet, wir können Versöhnungssex haben."

„Das war nicht wirklich ein Streit", erklärte Petra. „Das war nur ich, die versucht hat, die Dinge viel zu verworren zu machen. Tut mir leid."

„Mir auch", sagte Aiden. „Das bedeutet, wir können Keine-verworrenen-Unterhaltungen-mehr-Sex haben, oder?"

Sie strich mit den Fingern an der Seite seines Halses hinauf, in seine Haare, neckte ihn, während sich Hitze um sie legte. „Ich habe so ein Gefühl, ganz gleich, wie wir beschließen, diese Unterhaltung zu nennen, am Ende wird Sex dabei eine Rolle spielen."

Er drückte ihr eine Reihe von Küssen entlang des Kinns bis unters Ohr und sprach leise. „Ich habe kein Problem mit diesem Plan. Solange nichts Vorgespieltes dabei ist."

Er knabberte an ihrem Hals, und trotz des Feuers neben ihnen raste ein Beben ihr Rückgrat hinauf.

Sie nahm sein Gesicht in die Hände und schaute in seine blauen Augen. „Tut mir leid, dass ich die Dinge verwirrend gemacht habe. Hier bin ich mal glasklar. Ich würde gern los und Sex mit dir haben, weil du ein toller Typ bist, Aiden. Du bist witzig, klug und die Art, wie du dich bewegst, turnt mich an."

Ein Keuchen entschlüpfte ihr, als Aiden sie von den Füßen riss, sie durch den Gang zu ihrem Zimmer trug.

Er setzte sie auf das Bett, ging auf die Knie auf dem Teppich vor ihr, hielt inne, um ihr in die Augen zu schauen. „Ich weiß, du brauchst das vermutlich nicht, aber ich habe dir ein oder zwei Geburtstagsgeschenke beschafft. Moment mal."

„Ich brauche nichts ...", protestierte Petra, doch er hatte bereits eine verzierte Papiertüte neben dem Bett genommen und ließ sie auf ihren Schoß fallen.

„Ich will sie benutzen", sagte er. „Also musst du sie sofort auspacken."

Sie lachte, während sie in der Tüte wühlte und einen in Papier gewickelten Zylinder herausnahm. Sie riss das Papier ab und entdeckte eine Kerze, auf der stand *Netflix & Chill*. „O mein Gott."

„Die werden noch besser", sagte er und nahm ihr die ausgepackte ab, die er zur Seite stellte.

Petra tauchte wieder in die Tüte. Geschenkpapier flog in alle Richtungen, ihr Lachen wurde lauter, während sie die Beschriftungen auf allen drei weiteren Kerzen las.

*Danke für die ganzen Orgasmen.*

*Zünd mich an, wenn du geil bist.*

*Big Dick Energy Kerze (wenn diese Kerze angezündet ist, gib mir den Schwanz).* Sie schnappte nach Luft, die Hand auf den Bauch gepresst. Sie hob die letzte hoch, Tränen strömten über ihre Wangen. „Oh. Mein. *Gott.*"

Aiden grinste. „Die Wahrheit in der Werbung", sagte er, während er sich die Kerzen schnappte, sie anzündete und im Raum verteilte. Dann drehte er das Licht oben ab, und es war nur das Kerzenlicht, als er zurück zum Bett kam und sie in die Mitte rollte.

Er wischte ihre Tränen ab, schaute ihr viel zu ernst ins Gesicht. „Ich weiß, es war eine Achterbahnfahrt, aber ich würde dir gern alles Gute zum Geburtstag wünschen. Ich hoffe, das kommende Jahr ist voller Dinge, die dich zum Lächeln bringen, und Dinge, die dich glücklich machen, aber zum größten Teil hoffe ich, es ist voller Aufrichtigkeit. Nichts mehr Vorgespieltes."

Er drückte ihre Lippen aufeinander, kurz und sanft, nicht, als würde er sie necken, sondern als würde er jeden Augenblick genießen. Jede Berührung.

Er zog ihr die Bluse aus, küsste jedes bisschen Haut, das er enthüllte. Kam dazwischen immer wieder zu ihren Lippen zurück. Er liebkoste ihre Brust, gefolgt von einem Kuss. Leckte sich nach unten über ihren Rippenbogen, und noch ein Kuss.

„Aiden." Sie hauchte seinen Namen, schob die Finger durch seine Haare und zog ihn zurück nach oben, als er zu lange auf ihrem Bauch blieb.

Der Kuss wurde dieses Mal vertieft, hitziger. Petra öffnete die Beine und wiegte ihn zwischen sich, nackt von der Taille aufwärts, während seine Hände über sie wanderten, berührten und liebkosten und neckten.

Er knabberte an ihrer Unterlippe, und als sie keuchte, lächelte er auf sie hinab. „Geh nicht weg", befahl er.

Als er sich diesmal an ihrem Körper nach unten arbeitete, ihre Hose öffnete und sie und ihre Unterwäsche über die Hüfte schob, blieb er unten. Ein flüchtiges Lecken seiner Zunge an ihrer Haut, kleine Bisse an der Innenseite ihres Oberschenkels. Er nahm ihre Knie und öffnete sie.

Eine weitere Berührung seiner Zunge, die über ihre Klitoris strich, während seine Finger immer näher an ihr Geschlecht rückten. Ein sanftes Necken gewissermaßen. Und wir er es so oft machte, hielt er inne, kurz bevor er sie zusammenbrachte. Seine Fingerspitzen an ihrem Eingang, während er ihr Gesicht beobachtete, als er sie hineinschob.

Dann war die Sanftheit weg, und er übernahm die Kontrolle, trieb sie heftig und schnell mit seinen Fingern und seinem Mund weiter. Petra bohrte die Fersen in seinen Rücken und hielt sich an ihren Oberschenkeln fest, damit sie nicht unabsichtlich von ihm wegrückte, wo sie ihn am meisten brauchte.

„Aiden." Eine Bitte, ein Flehen, ein Segen, während ihr Orgasmus hereinströmte, sie den Rücken durchbog und ihre Hüfte hinauf zu seinem Mund hob.

Draußen vor dem Fenster explodierte ein helles Leuchten aus Licht, gefolgt vom scharfen Dröhnen, als die erste Feuerwerksrakete losging.

Petra lachte, und das Geräusch tanzte durch den Raum, voller Freude und Glück und allem, was sie sich je zum Geburtstag hätte wünschen können.

～

Aiden zog sich eilig aus. Er schob das Kondom schneller auf, als es vermutlich klug war, aber dass er sich über die lachende Petra rollte, nackte Haut auf nackter Haut, musste so schnell wie möglich geschehen.

Ein weiteres Feuerwerk ging los, beleuchtete den Raum in Blau- und Grüntönen. „Declan wird Tansy aber was erzählen“, flüsterte Petra. „Ich glaube nicht, dass Pferde Feuerwerk mögen.“

„Ist gerade nicht unser Problem“, erklärte Aiden. „Hier ist niemand, nur wir, und es gibt nichts, nur uns. Nur dich.“

Sie nickte, zog ihn näher, um ihn begierig zu küssen, löste sich, als ihre Lunge nach Luft verlangte. „Ich brauche dich auch.“

Er glitt in sie. Hitze legte sich um seinen Schwanz, und es war so verdammt gut, aber es war die Art, wie sie ihn anschaute, die ihn noch höher hinauf stieß. Die Art, wie sie das rechte Bein hob und die Hüfte ausrichtete, um ihn besser aufzunehmen. Ihn in ihrem Körper willkommen zu heißen, während Lust über ihr Gesicht strich, als er ihre Brust nahm und ihren Nippel neckte. Sanft die Hüften wiegte, während er sie wieder nach oben holte.

Es war erst kurze Zeit, aber lange genug, dass sie wussten, was der andere mochte. Sie kratzte mit den Fingernägeln über seinen Rücken, stöhnte, während er an ihrem Ohrläppchen und Hals knabberte. Sie schob sich an ihn, erhöhte das Tempo, richtete den Winkel aus, damit er tiefer eindringen konnte, härter.

Aiden klammerte sich an seine Beherrschung, ließ eine Hand über ihren Bauch hinab zwischen ihre Beine gleiten. „Ich will dich mit mir nehmen.“

Sie nickte, ihre Augen wurden groß, während sie die wiegende Bewegung verlangsamte. Es für ihn leichter machte, über ihre Klitoris zu streichen, Feuchtigkeit von dort zu holen, wo ihre Verbindung immer und immer wieder übereinander glitt.

Sie holte tief Luft, ihr Körper spannte sich unter ihm an, und Aiden ließ die Finger schneller flattern, stieß seinen Schwanz tiefer in einem geschmeidigen Rhythmus, den er hoffte, lange genug aufrechtzuerhalten ...

„Ja." Petra bog sich durch, ihr Geschlecht ballte sich um ihn, und Aiden war weg. Lichtblitze füllten den Raum und schossen sein Rückgrat hinauf, als er kam, sein Körper bebte, während er sich hoch genug stemmte, damit er sie nicht zerdrückte. Sie wirbelten beide davon in die Lust, in den gespiegelten goldenen Lichtern von tausend Funken, die um das Zimmer tanzten, zeitgleich mit den flackernden Kerzen.

Fünf Minuten später ... Zehn? Die Zeit hatte keine Bedeutung, beschloss Aiden.

Sie waren immer noch umeinander gelegt, Aiden schaute in ihre Augen. Trotz allem zögerte er.

Sie wirklich zu bitten, sich gleich jetzt zu verloben, schien etwas zu bald mal zu sein, nicht für jetzt.

„Alles gut?", fragte er leise. „Mit uns?"

Sie kicherte, wand die Hüften an ihm, während ihr Lächeln voller Schabernack strahlte. „Wenn du das nicht erkennen kannst, ist das dein Fehler, aber ja, mit uns ist alles auf so vielen Ebenen gut." Petra holte tief Luft und atmete langsam aus. „Ich mag dich, Aiden Skye. Ich mag, wie du mich empfinden lässt, das ist nicht nur eine sexuelle Anmerkung. Obwohl es eine total sexuelle Anmerkung ist", scherzte sie.

Er schaute nach unten, das Ziehen in seinem Herzen ließ nach. „Wir haben in den letzten zwei Monaten Dinge getan, die uns glücklich machen, aber ich glaube, du hast recht. Die Teile, wo wir am besten waren, waren die Dinge, die echt uns gehörten. Und das ist nicht nur eine sexuelle Anmerkung, auch von mir."

Sie nickte, ihre Finger glitten in einem geschmeidigen Unendlichkeitszeichen über seine Brust und Schultern. Als könne sie es nicht ertragen, aufzuhören, ihn zu berühren. „Ich glaube nicht, dass wir einander wirklich angelogen haben, sondern vielleicht nur gelogen, indem wir was weggelassen haben."

„Dann ist das der Teil, auf den wir aufpassen müssen, während wir weitermachen", schlug er vor. „Petra, niemand ist für irgendjemand anderen ein komplett offenes Buch. Wir werden immer irgendwelche Geheimnisse oder letzte Dinge haben, über die wir eine Menge nachdenken müssen, bevor wir über sie reden. Aber für mich geht es immer wieder auf das zurück – ich mag dich als Mensch, und ich mag, wer ich bin, wenn ich bei dir bin. Das ist es wert, ein paar unbehagliche Unterhaltungen zu führen und an Missverständnissen vorbeizukommen."

Ihre Lippen bebten. „Verdammt, Aiden. Ich will doch keine Gießkanne werden."

„Das würde ich auch gern vermeiden", scherzte er, strich mit der Nase an ihr vorbei und holte tief Luft. Nur um dieselbe Luft wie sie zu atmen, weil er es so sehr genoss.

Sie lagen beieinander, hielten sich fest, während draußen das Feuerwerk weiterging, und das musikalische Geräusch des Lachens den ganzen Weg bis zum Haupthaus trug. Langsam wurde es stiller.

Aiden wollte gerade vorschlagen, dass sie sich anzogen, als Petra ihn auf den Rücken rollte und über ihn stieg, Schabernack auf dem Gesicht, während sie ihm die Hände auf die Brust drückte und die Wimpern senkte. „Wir sind schreckliche Gastgeber, aber ich denke mir, inzwischen sind alle nach Hause gegangen. Wir können ja gleich meinen Geburtstag weiter feiern, und zwar nur ganz für uns."

Sie rollte die Schultern, und sein Blick fiel von ihren Augen auf ihre umwerfenden Brüste. Erheiterung summte in ihm, während er die Finger über ihre Hüften streichen ließ. „Das ist eine geniale Idee ..."

Ein schnelles Klopfen erklang an der Tür. „Aiden. Tut mir leid, Bro. Wir müssen jetzt sofort reden." Declan räusperte sich. „Petra. Es ist wichtig."

Aiden seufzte laut genug, dass sie vermutlich bis Heart Falls zu hören waren. Seine Brüder. „Echt jetzt? Es kann nicht bis zum Morgen warten?"

„Verdammt, Aiden." Declans Stimme hatte einen Unterton der unterdrückten Panik. „Jinx wird vermisst."

**20**

___

Angst machte ihre Finger unbeholfen, als Petra sich beeilte, um sich anzuziehen. Neben ihr zog Aiden Jeans und Socken an, Sorge strömte von ihm aus.

„Ich bin sicher, sie ist okay", sagte Petra, um sich selbst genauso zu beruhigen wie ihn.

Er nahm ihre Finger in seine und drückte sie fest. „Wir finden zusammen raus, was passiert ist. Ganz gleich, was." Aiden neigte fest das Kinn. „Wir haben versprochen, dass sie sicher sein wird, und werden das auch geschehen lassen ..." Seine Stimme verstummte.

Sie eilten ins Wohnzimmer, um zu festzustellen, dass der Raum voll war. Alle von der High Water Ranch waren hier, dazu Zach und Julia und Petras Eltern. Sasha stand leicht an der Seite mit Tansy und Sydney um sich herum, eine vereinte Front.

„Erzählt es uns", verlangte Aiden, der sich an Declan wandte.

„Die Mädchen hatten vor, in der Scheune zu übernachten. Sasha ging los, um ihren Eltern gute Nacht zu sagen, und als

288

sie zurückkam, war Jinx weg. Ihr Schlafsack und ihr Rucksack fehlen.“

„Wir haben die ganze Scheune von oben bis unten durchsucht“, sagte Declan. „Dort ist sie nicht, und sie ist auch in keiner der Boxen.“

Ein bebendes Schniefen kam von Sasha, Angst stand auf ihrem ganzen Gesicht.

Petra stellte sich vor sie. „Schon okay, Liebes. Du hast nichts falsch gemacht, aber gibt es irgendwas, was du uns erzählen kannst? Hat Jinx etwas zu dir gesagt? Wirkte sie aufgebracht?“

Sasha schüttelte den Kopf. „Sie war still, aber sie ist oft still.“ Sie schaute zu Tansy. „Wir hatten S’mores mit euch an der Feuergrube, dann haben wir uns auf die Schaukel gesetzt, um das Feuerwerk zu sehen. Sie sagte, sie würde sich mit mir in der Scheune treffen. Ich bin gegangen, um meiner Mom und meinem Dad gute Nacht zu sagen, aber als ich in die Scheune zurückgekehrt bin, war Jinx nicht da.“

Aiden schaute auf die Uhr. „Das Feuerwerk war vor weniger als einer Stunde vorbei.“

Keiner hatte bisher die schrecklichste Möglichkeit erwähnt. „Ihr glaubt nicht, dass jemand von ihrem früheren Pflegeheim sie sich geschnappt hat?“, fragte Petra Declan leise, stellte sicher, dass Sasha nicht mithörte.

Er schüttelte den Kopf. „Jinx hat ihr Handy auf einem Stapel ordentlich gefalteter Kleider hinterlassen. Eine ganze Reihe der neuen Sachen, die du ihr gekauft hast. Es sieht überhaupt nicht aus, als wäre jemand geschnappt worden.“

„Dixie fehlt auch“, sagte Jake. „Es besteht eine große Wahrscheinlichkeit, dass der Hund noch bei Jinx ist.“

Oder die Dinge waren sogar noch schlechter gelaufen, als sie es sich ausmalten. Wenn sich jemand Jinx geschnappt hatte, hätten sie an Dixie vorbeikommen müssen. Angst pulsierte in

Petras Eingeweiden, aber sie kämpfte dagegen an. Das war nicht der Zeitpunkt für eine Panikattacke.

Das war der Zeitpunkt, zu dem sie alles im Bereich des Möglichen tun mussten, um Jinx' Willen.

„Sie hat ihr Handy da gelassen." Petra ging neben Aiden und drehte sich dann zur Gruppe. „Was bedeutet, ich kann sie nicht durch die Ortungsdienste finden. Was noch? Was könnt ihr uns sonst noch erzählen?"

„Wir haben nicht viel in die Scheune rausgebracht", sagte Sasha. „Wir haben nicht mal irgendwelche Snacks eingepackt, denn wir wussten, dass es bei der Geburtstagsparty so viel Essen geben würde."

Das Mädchen wirkte so elend, dass Petra sie in die Arme zog.

Aiden schloss sich ihnen an, legte die Arme um Petras und Sashas Schultern, seine Stimme ruhig und entwaffnend. „Sonst noch irgendwas? Ihr wolltet doch beieinander übernachten. Was war der Plan für morgen? Ich hörte irgendwas von einem Ausritt nach dem Frühstück. Was noch?"

„Nichts Ausgeklügeltes. Ich habe meine Reitklamotten in ihrem Zimmer gelassen, weil alles, was für die Übernachtung gebraucht wurde, in unsere Rucksäcke passt. Jinx sagte, wir würden ins Haus kommen und frühstücken, damit wir uns anziehen können, und loslegen, sobald Declan bereit ist, uns mitzunehmen."

Petra wies mit dem Kopf zur Eingangstür, wo ihre Jacken ganz ordentlich aufgehängt waren, dank Jakes ausgeklügelter Hakenanordnung.

Der neue graue Rucksack, den Jinx für die Schule gekauft hatte, war deutlich auf seinem Haken sichtbar.

Süße Erleichterung strömte im gleichen Augenblick über Petra, als Aiden ihr eine Hand auf die Schulter legte. „Denkst du, was ich denke?", fragte er.

„Auf jeden Fall." Petra drückte Sasha besonders fest, bevor sie zurückging und zustimmend lächelte. „Das war das letzte Stück des Rätsels, das wir gebraucht haben. Gut gemacht."

Sasha runzelte mit dem Rest der Personen im Raum die Stirn. Alle außer Aiden, der stattdessen fest nickte, als Petra sich ihr Handy schnappte.

„Hacken?", fragte Jake leise.

„AirTags", antwortete Aiden, der mit Kopf zu der Wand wies, während Petra eilig die App öffnete, die sie brauchte. „Jinx hat sich einen Rucksack für die Schule gekauft, aber sie brauchte einen zweiten, um auf Ausritte zu gehen, denn sie wollte nicht, dass der von der Schule nach Pferd riecht. Petra hat ihr einen ihrer alten geliehen."

Tansy klatschte erfreut die Hände in die Hände. „Das hast du doch nicht getan."

Petra nickte. „Und weil ich berüchtigt dafür bin, Dinge irgendwo liegen zu lassen und nicht zu wissen, wo sie sind, habe ich in alle AirTags eingenäht."

Aiden lehnte sich über ihre Schulter, beobachtete, wie sie durch die App-Einstellungen scrollte. „Ich habe mich noch nie so gefreut, dass jemand vergesslich ist, wie gerade jetzt." Er drückte ihr einen raschen Kuss auf die Wange und wandte sich dann an Sasha. „Wie wäre es, wenn du Tansy und Sydney dazu bringt, dich nach Hause zu fahren."

Sasha schüttelte den Kopf. „Ich möchte helfen, Jinx zu finden."

„Wenn es an mir liegen würde, würde ich ja sagen. Aber ich glaube, deine Eltern müssen da auch zustimmen", sagte Sydney offen. „Du willst doch nicht, dass sie so wütend werden, dass sie verhindern, dass du und Jinx weiter befreundet seid."

Das Mädchen richtete sich auf, Stahl im Rückgrat. „Das würden meine Eltern nie tun, denn sie wissen, dass

Freundinnen einander helfen. Ich weiß nicht, warum Jinx weg ist, aber es liegt nicht daran, dass die Dinge hier schlimm sind. Sie mag euch, und sie ist so dankbar, dass sie bei euch wohnen kann. Also bitte, lasst mich helfen", flehte sie.

Petra öffnete die Karte, die den Standort des vermissten Rucksacks anzeigte. „Na ja, einen Teil des Wunsches bekommst du erfüllt." Sie winkte Sasha vor, vergrößerte den Kartenausschnitt. „Ist das eure Ranch?"

Sasha musterte dem Bildschirm genau, dann nickte sie, deutete hin, ohne ihn zu berühren. „Das ist das Haus. Das ist der Hauptreitplatz, und das ist die alte Scheune." Sie runzelte die Stirn. „Warum ist Jinx in unserer alten Scheune?"

„Das ist die Frage." Aiden schaute sich im Raum um, nickte seinen Brüdern zu. „Sieht aus, als würden wir einen kurzen Ausflug machen. Seid auf alles vorbereitet."

BEVOR SIE DAS HAUS VERLIESSEN, hielt Aiden inne, um Sasha noch einmal zu umarmen. „Wir werden deine Leute anrufen und erklären, warum wir rüber kommen. Ich weiß, dass du helfen willst, aber du musst bei Tansy und Sydney bleiben."

„Solange wir auch nach Hause gehen", sagte Sasha bestimmt. „Jinx ist meine Freundin."

„Auf jeden Fall." Er schaute Tansy in die Augen. „Ihr könnt sie rüberfahren, oder?"

Tansy nickte. „Wir halten sie sicher", versprach sie. „Das meine ich ernst, Sasha. Wir verstehen, dass sie deine Freundin ist, aber du bleibst bei uns, bis ich was anderes sage."

Das Mädchen nickte, Angst stand noch in ihren Augen.

Ein wahnwitziger Aktionismus setzte ein, als alle sich herrichteten und durch die Tür gingen. Seine Brüder und Zach sprangen in Declans Truck, während Julia bei Tansy, Sydney und Sasha blieb.

Aiden und Petra stiegen in seinen Truck, aber bevor er den Gang einlegen und zur Zufahrt der Silver Stone Ranch losfahren konnte, öffneten sich die Hintertüren, und Petras Eltern stiegen ein.

Aiden erstarrte einen Augenblick, bis Pamela ihn rasch auf die Schulter tippte. „Legen Sie los, junger Mann. Manchmal ist Multitasking ein notwendiges Übel."

„Mom, Dad, das ist nicht der richtige Zeitpunkt ...", setzte Petra an, bevor Zachary sie unterbrach.

„Wir werden nichts tun, außer uns entschuldigen, Süße. Aidens Bruder Declan hat uns während des Feuerwerks zur Seite genommen und erklärt, was ihr hier macht."

„Wir heißen das gut, und was immer für Abneigungen wir gegen euch beide als Paar hatten, ist nichts anderes als typische elterliche Einmischung, wenn man das Beste für das kleine Mädchen will. Macht euch keine Sorgen um uns, wir sind hier, um auf jede erdenkliche Weise zu helfen", versicherte ihnen Pamela.

Erleichterung über eine Sorge, die gelöst war, wurde durch ihre derzeitige Situation weggewischt. „Ruf Sashas Eltern an", erklärte Aiden Petra. „Ein halbes Dutzend Trucks werden gleich auf ihren Parkplatz fahren, und ich will nicht, dass sie ausflippen."

Petra war innerhalb von Sekunden am Handy. „Tamara, Hi. Erst mal, keine Panik. Alles okay mit Sasha, aber es sieht so aus, als hätte Jinx beschlossen, dass sie ein bisschen Zeit für sich braucht. Sie ist weg von uns, und ich habe sie zu einer eurer alten Scheunen verfolgt. Natürlich wird niemand hier sich zurücklehnen und warten, bis wir wissen, dass es ihr gut geht."

Tamara antwortete, Petra nickte. „Ja, auf jeden Fall. Es

waren eine Menge Leute da, und es war vielleicht zu viel. Wir fahren jetzt in die Zufahrt von Silver Stone. Sasha macht sich Sorgen, aber sie ist sicher bei Julia und den Mädchen."

Nach einem letzten scharfen Nicken legte Petra auf. Sie drehte den Kopf zu ihren Eltern hinten. „Wenn wir hinkommen, bleibt ihr zwei bei Tamara und Sasha, verstanden?"

„Es ist so süß, dass du glaubst, du kannst uns herumkommandieren", sagte Pamela, die abermals an Aidens Schulter tippte. „Sie sind ein liebenswerter junger Mann, aber Sie sind ein wenig zu vorsichtig hinter dem Lenkrad. Treten Sie aufs Gas."

Es war, als wäre das eine Krimiserie. Aiden kam schlitternd vor der Hauptscheune zum Stillstand, während Caleb Stone angerannt kam, der sich eine Jacke über die Schultern zog.

Aiden schloss sich Caleb an, ignorierte die Gruppe, die sich hinter ihnen sammelte. „Sie ist irgendwo in eurer alten Scheune, laut dem, was Sasha uns erzählt hat. Falls sie eine Panikattacke hat, will ich nicht, dass wir alle reingehen."

Calebs Gesicht wurde so versteinert, wie es sein Name nahelegte. „Wenn ihr Unterstützung braucht, ruft ihr an."

„Wenn ihr Sasha erst mal zurückhalten könnt, wäre das das Beste", sagte Petra, die Aiden an der Hand nahm und ihn zu den Haupttoren zog, den Blick auf den Bildschirm ihres Handys gerichtet.

Declan und Jake blieben direkt hinter ihnen, während sie sich durch ordentlich organisierte Gänge schlängelten, der Geruch nach Pferden und reinem, frischen Heu füllte Aidens Sinne, die Friedlichkeit um sie herum ein scharfer Kontrast zu der pulsierenden Angst, die durch seine Adern raste.

Petra ging direkt zum Treppenhaus, bereit, nach oben zu laufen.

Aiden nahm sie an der Hand, hielt sie zurück. „Mach

langsam. Falls durch irgendeinen Zufall jemand bei ihr ist, sollte der- oder diejenige keine Panik kriegen."

Sie nickte, Angst stand in ihrem Blick.

„Und ich gehe als Erster." Er schnitt jegliche Debatte ab, indem er vor sie trat und leise das hölzerne Treppenhaus hinaufglitt.

Im Heuschober waren die Lichter gedämpft. Ein einzelner Lichtstrahl schien durch das Gaubenfenster über die Heuballen. Eine Bewegung im Augenwinkel ließ ihn erstarren, Petra dicht an seinem Rücken.

Eine Katzenmama marschierte in Sicht, den Schwanz hoch erhoben. Das Ende der Spitze zuckte vor Ärger.

Aiden entspannte sich leicht, als die Katze den Schwanz senkte und herüberkam, um sich liebevoll um seine Fußgelenke zu schmiegen.

Was bedeutete, dass der Raum bis auf Jinx leer war, da war er fast sicher.

Trotzdem blieben sie still, während sie weitergingen, die App zeigte ihnen, dass sie dem AirTag näherkamen.

Sie kamen um die Ecke der hohe Ballen, und da war Jinx, die Arme um die Knie geschlungen, während sie auf den Bodenbrettern saß, ihr Rucksack neben ihr, der Kopf zu Boden gesenkt.

„O mein Gott. Jinx. Du bist in Sicherheit", flüsterte Petra. Sie schoss vor und ging auf die Knie, legte die Arme um das Mädchen.

Ein leises Schluchzen kam von Jinx, während sie das Kinn an Petras Brust barg und laut weinte.

„Ist sie in Ordnung?" Declan blieb neben Aiden stehen.

„Sie sieht nicht verletzt aus, aber wir müssen reden. Vielleicht nur Petra und ich?"

„Klingt gut. Ich gehe und sage es den anderen." Declan hielt inne und tätschelte seinem Bruder den Rücken. „Du sagst dem Mädchen, sie soll ihren Hintern zurück nach Hause schwingen, wo sie hingehört."

Er sagte es laut genug, dass Jinx mithörte, und sie wandte ihm das Gesicht zu, in ihren Augen standen Tränen, während ein weiteres abgehacktes Schluchzen hervorkam.

„Ich meine es ernst. Wenn du vor irgendwas Angst gekriegt hast, ist das in Ordnung. Aber du weißt, wir können die Dinge nicht besser machen, wenn du uns nicht erzählst, was schiefgelaufen ist." Declan neigte das Kinn, dann machte er kehrt und ging die Stufen hinab.

Jinx legte den Kopf an Petras Brust und weinte eine Weile leise weiter. Aiden suchte in seinen Taschen, hatte aber kein Glück damit, ein Taschentuch zu finden, das er ihr anbieten konnte.

Na und? Sie war ein bisschen nass und durchtränkt, aber sie war hier, und sie war sicher, und jetzt musste er es besser machen. Aiden setzte sich vorsichtig hin, legte ihr eine Hand sanft auf den Rücken. Blieb nur da, wartete.

Es dauerte ein paar Minuten, bis ihre Schluchzer sich in unbehagliche, zitternde Atemzüge verwandelten. Sie wühlte in ihrem Rucksack und zog zerknüllte Kleenex heraus, trocknete sich die Augen und putzte sich die Nase.

Petra lehnte sich zurück, verankerte sich an Aiden. „Weißt du was? Declan hat recht. Wir haben besprochen, die Dinge durchzusprechen, oder?"

Ein scharfes, wütendes Schnauben kam von Jinx. „Ihr meint, über Dinge reden, wie die Tatsache, dass ihr zwei nur so tut, als wärt ihr verlobt?"

Aiden verbiss sich einen Fluch. „Das hast du gehört, was?"

Jinx schob sich hoch und starrte auf die Wand hinter Petras Schulter. „Ich hatte das Zeug für die Übernachtung in Declans Zimmer verstaut. Als alle gegangen sind, um draußen das Feuerwerk zu sehen, bin ich reingekommen, damit ich mir eine dickere Jacke holen kann, und plötzlich wart ihr beide im Raum nebenan und habt einander angebrüllt."

Petra verzog das Gesicht. „Normalerweise würde ich jetzt einwenden, dass das nicht glücklich gebrüllt war, sondern eine sehr laute Diskussion, aber es tut mir leid, dass wir dich damit verunsichert haben. Das war keine Unterhaltung, die jemand hätte mithören sollen."

„Natürlich nicht. Aber das ändert nichts, denn jetzt weiß ich, dass ihr gelogen habt." Ihre Stimme klang nun müde, als hätte sie alle Hoffnung verloren.

Verdammt. Jeff hätte gesagt, das war ein eindeutiges Beispiel, weshalb es immer leichter war, bei der Wahrheit zu bleiben. „Wir haben gelogen, aber mit den besten Absichten."

Jinx drehte sich, Tränen liefen über ihre Wangen. „Das ist schon klar. Danielle hat mir gesagt, sie würde mich nirgends lassen, wo ich nicht in Sicherheit wäre. Sie hat mir versichert, sie würde mich bei einem netten Paar lassen, das verlobt ist, und dass er zwei Brüder hätte und dass ihr alle das Salz der Erde seid, was immer das bedeutet. Aber ihr habt gelogen, dass ihr verlobt seid."

„Wir wollten, dass du einen sicheren Ort hast, an den du gehen kannst", beharrte Petra. „Es war keine Lüge, die irgendeinem wehgetan hat. Es war nur, damit wir dir helfen konnten ..."

„Es hat *euch* wehgetan", schluchzte Jinx. „Es hat euch dazu gebracht, so zu tun, als würdet ihr einander mögen und miteinander zusammen sein wollen, wenn das das Letzte ist, was ihr wollt. Das kann ich doch Leuten, die ich mag, nicht antun. Ich kann euch nicht so verletzen."

„Na, Scheiße aber auch." Petra stieß die Worte geknurrt heraus, und sowohl Aiden als auch Jinx starrten sie schockiert an. „Okay, ich entschuldige mich für meine Wortwahl, aber von allen Unterhaltungen, die du insgeheim belauschen konntest, musste es die allerschlimmste sein. Nicht, weil du uns belauscht hast, sondern weil du aufgehört hast, uns zu belauschen, bevor wir fertig waren."

Ein Stirnrunzeln trat auf Jinx' Züge. „Ihr solltet nicht um meinetwillen zusammen sein müssen."

„Nein, du hast recht. Sollten wir nicht. Aber was dir entgangen ist, nachdem du weggelaufen bist, war, dass wir unsere Köpfe gerade gerückt haben, während wir geredet haben. Dass wir aufgehört haben, vor uns selbst so zu tun, als wäre das, was wir hatten, nicht echt." Aiden schob die Finger durch die von Petra, dann hob er sie und küsste sie auf die Knöchel. „Was Petra zu mir gesagt hat, sobald ich klug genug war, auf sie zu hören, war, dass sie nicht weiter so tun will, als ob. Sie wollte wissen, ob ich so klug war wie sie, und herausgebracht habe, dass die Tatsache, dass wir zusammen sind, bedeutete, dass es echt ist."

Einen Augenblick lang herrschte Stille, dann erklang ein weiteres Schniefen, während Jinx nachdachte. „Aber ihr habt so getan, nur damit ihr mich nach High Water kommen lassen könnt."

„So hat es vielleicht angefangen, aber es war nicht lange eine Lüge." Petra lächelte Aiden an. „Was wir jetzt gerade tun sollten, ist, dir zu danken, denn ich glaube, wir wären dort angelangt, aber es hätte viel länger gedauert. Ich bin so ausgesprochen glücklich, dass ich die Ewigkeit mit Aiden jetzt beginnen kann, anstatt ein paar Jahre später."

„Ihr bleibt zusammen?" Jinx schüttelte den Kopf. „Ich verstehe das nicht."

Aiden senkte die Stimme. „Wir bleiben echt zusammen, und wo du schon hier bist, kannst du mir vielleicht einen Gefallen tun."

Jinx wischte sich über die Augen, dann zog sie ein neugieriges Kätzchen aus der Nähe auf ihren Schoß. „Was?"

„Du bist meine Zeugin." Er wandte sich an Petra. „Ich werde nichts Himmelschreiendes machen, wie dir einen Antrag machen, oder dich zu zwingen, zu antworten, bevor du bereit bist. Aber ich will, was wir vorhin besprochen haben. Dass wir echt sind. Ich wäre sehr glücklich, wenn das auch eine Verlobung bedeuten würde. Wenn es an der Zeit ist."

Petras Lippen zuckten. Sie wandte sich an Jinx. „Du darfst auch meine Zeugin sein."

Jinx stemmte sich hoch. „Was ist los?"

Petra ignorierte die Frage und nahm Aidens Hände in ihre. „Aiden Demitri Skye, möchtest du mich heiraten?"

Ein Keuchen kam von links, aber Aiden sah nur Petras glänzende Augen und ihr teuflisches Lächeln. „Da bin ich, vor einer Zeugin, die sagt, dass ich dazu überhaupt nicht gezwungen wurde, und dass ich, Petra Lynn Sorenson, gerne für immer die deine wäre."

Er hätte sich vorgebeugt und sie geküsst, aber gerade in diesem Augenblick warf sich Jinx auf sie beide, lachte und weinte und schob sich zwischen sie. Petra schloss sich dem Weinen und Lachen an, während sie Aiden in die Augen schaute.

„Alles Gute zum Geburtstag", sagte er. „Ich liebe dich."

„Ich liebe dich auch", erwiderte sie. „Alles Gute zum Geburtstag für mich."

**21**

---

*Heiligabend, High Water Ranch*

„*E*in bisschen weiter nach rechts. Da, perfekt.“ Pamela Sorenson lächelte Jake an, der von den Wandhaken zurücktrat, auf denen sechs große Weihnachtssocken hingen. „Jetzt brauche ich deine Hilfe, um die Geschenke einzupacken. Petra sagt, alle Päckchen, die ich schon vorausgeschickt habe, sind im Künstleratelier, wenn ich und du also jetzt dorthin gehen, haben wir das im Nu erledigt.“

Jake schaute zu Petra, als würde er auf ihre Hilfe hoffen.

Nein. Petra hatte anderes zu tun, und weitere Leute hier zu haben, die ihre Mutter und ihren Vater beschäftigt hielten, würde diese Aufgabe sehr viel einfacher machen.

Im Küchenbereich verzierte Zachary Sorenson zusammen mit Jinx einen riesigen Kuchen. Sie hatten etliche Spitztüten mit Buttercreme auf der Arbeitsfläche, jede mit einer anderen Tülle. Zachary war sehr vorsichtig, als er sie durchging und Jinx zeigte, wie man unterschiedliche Arten von Blumen und

300

Rosetten gestaltete, der Älteste im Raum und die Jüngste fest auf ihre Aufgabe konzentriert.

Es war nicht Petras typischer Urlaubsausflug – die Familie Sorenson traf sich normalerweise auf Hawaii zu einer Auszeit in der Sonne und im Sand – aber sie hatte sich schon ein gutes Stück vor ihrem Geburtstag aus der Reise verabschiedet. Sie hatte Jinx nicht während ihres ersten Weihnachten auf High Water allein lassen wollen.

Dann, da die Dinge zwischen ihr und Aiden besser als nur richtig liefen, hatte es sogar noch wichtiger gewirkt, in Heart Falls zu bleiben. Herauszufinden, dass Julia und Zach ihre Pläne auch geändert hatten, um dazubleiben, hatte Petra zum Weinen gebracht. Als ihre Eltern sich dann geradezu selbst nach High Water eingeladen hatten, war ihre Unterstützung und Liebe der süßeste Guss auf dem Kuchen gewesen.

Nächstes Jahr wäre früh genug, um zurück zur Insel zu kommen. Vielleicht konnte sie und Aiden Jinx mitnehmen.

Declan marschierte herein, eine Kiste bunt verpackter Geschenke in der Hand. Er blieb unterwegs zum Baum stehen und beugte sich heran, um leise zu murmeln. „Deine Eltern sind, wie soll ich das ausdrücken?"

„Eine Naturgewalt?", schlug Petra vor.

Er grinste. „Nicht unbedingt das, was ich sagen wollte, aber es passt schon. Es scheint auch, dass der Apfel nicht weit vom Stamm fällt. Ich bin froh, dass sie sich uns zu den Feiertagen anschließen konnten."

„Ich auch", sagte Petra leise, schaute auf ihren Vater, und dann aus dem Fenster, wo ihre Mutter ohne Unterlass Jake bequasselte, während sie unterwegs zum Atelier waren. „Ich meine, teilweise sind sie hier, um Zach und Julia zu treffen, da sie im Lauf des kommenden Jahres dieses Baby zusammenbaut, aber es ist schon irgendwie schön, zu wissen, dass meine Leute sich auf High Water wohlfühlen."

Declan beugte sich dichter heran. „Mach dir doch nichts vor. Sie sind für dich genauso hier wie für deinen Bruder dieses kommende Baby. Sie sind gute Leute. Sie sind allerdings ein bisschen neugierig. Mehr sage ich nicht."

Petra kniff sich in den Nasenrücken. „Hat meine Mutter dir eine Lektion über Safer Sex erteilt, und die besten Möglichkeiten, wie du eine zukünftige Partnerin finden kannst, die mit dir sexuell kompatibel bis weit in deinen Lebensherbst hinein bleibt?"

Seine Augen wurden groß. „Noch nicht, aber ich schätze, das ist etwas, auf das ich mich nicht freuen kann."

Sie mochten ja Familie sein, aber sie waren manchmal schon echt eine Menge.

Petra holte tief Luft und genoss den Geruch nach Zimt und Orangenschalen, der in der Luft hing. Jake hatte gestern Abend gekocht, was bedeutete, dass er auf mysteriöse Weise Essen auf den Tisch gestellt hatte, von dem sie immer noch annahm, dass er es bei Tansy gekauft hatte, aber inzwischen war es Petra nicht mehr wichtig. Es hatte eine Art Peking-Ente zusammen mit Frühlingsrollen gegeben, die knusprig und lecker gewesen waren.

Heute Abend allerdings waren sie und Aiden dafür verantwortlich gewesen, und sie hatten es traditionell gemacht. Sie hatten Schinken und Kartoffelpüree und grüne Bohnen gekocht, und dazu noch ein paar ukrainische Gerichte als Ergänzung, denn für sie wäre es kein Weihnachten ohne Perogi und Kielbasa.

Das meiste Essen war bereits im Ofen, es war also nicht mehr nötig, sich weiter darum zu sorgen, außer im letzten Moment den Salat zu mischen.

Was bedeutete, dass sie Zeit hatte, das eine Projekt abzuschließen, das immer noch ein bisschen Arbeit brauchte. Sie schlüpfte in ihr Schlafzimmer, ging zu der Ecke, wo Aiden ein gemütliches Sofa hingestellt hatte. Es war klein genug, um in die sonnige Ecke neben dem Fenster zu passen, und seit ihrem Geburtstag hatten sie sichergestellt, sich jeden Tag Zeit zu nehmen, um sich dort eine Weile zusammen hinzusetzen. Manchmal am Vormittag, manchmal nachdem sie mit der Familienzeit fertig waren. Aber da die ganze Zeit so viele Erwachsene um sie waren, hatten sie sich das ausgedacht, damit sie die Gelegenheit haben würden, über sich selbst zu reden.

Um mehr zu erfahren und sich weiter zu verlieben.

Natürlich würden sie durch die Überraschung, die sie zusammengestellt hatte, nicht mehr lange diese gemütliche Ecke nutzen müssen. Petra setzte sich auf ihre Seite des kleinen Sofas, schob die Füße unter sich und nahm das letzte Projekt auf, das sie noch abschließen musste. Sie hatte alle ihre Weihnachtsgeschenke für die High-Water-Familie fertig, und ein Set aus Mütze und Handschuhen für Sasha Stone, bei dem sie Jinx geholfen hatte.

Sie war noch nicht ganz mit den Pantoffeln fertig, die sie für ihren Vater machte, und ließ ihre Nadel arbeiten, während sie aus dem Fenster schaute, Zufriedenheit strömte über sie hinweg.

Die Tür ging auf, und Aidens strahlendes Lächeln erschien im Spalt. „Ich dachte mir, dass ich dich hier finden würde."

Sie tätschelte den Platz neben sich. „Das ist ein echt guter Platz, um sich zu verstecken, damit meine Mutter nicht fordern kann, dass ich mich wie ein Elf verkleide oder so was."

Er lachte und ging an der Bettseite vorbei, bevor er sich ihr anschloss. Er stellte eine kleine, leuchtend bunte Tüte an seinen Füßen ab und legte dann ihre Beine über seinen Schoß. „Na also. Sehr viel besser."

„Bist du für heute mit dem ganzen Cowboykram fertig?", fragte sie.

„Bis auf die abendlichen Pflichten, ja. Was bedeutet, ich darf mich entspannen und sehr viel essen, und unser Geschenkeauspacken heute Abend genießen.“

Petra beäugte die Tüte neben dem Sofa. „Hast du was für in letzter Minute, das du noch unter dem Baum legen willst?“

„Auf keinen Fall in letzter Minute, und nichts, von dem ich denke, ich sollte es unter den Baum legen.“ Er schob seine Hand ihren Oberschenkel hinab und über den Rest ihres Fußes, streichelte sie unterwegs, wie er es immer machte, wenn sie zusammen waren. Er berührte sie wie immer, strich mit den Händen über sie und gab ihr das Gefühl, als wäre es das wichtigste in seiner Welt, gleich neben ihr zu sein.

Sie drehte sich auf der Stelle, legte die Arme um seinen Nacken und küsste ihn. Weil sie es konnte. Weil sie es wollte, sogar brauchte.

Das Verlangen nach ihm wurde immer noch größer.

Er erwiderte den Kuss mit Hitze, aber beherrscht genug, dass sie glücklich seufzte, als er sich nur kurze Zeit später von ihr löste.

„Ich mag dich, Aiden Skye.“

„Ich weiß.“ Er zwinkerte, nahm ihr Kinn in die Hände und streifte wieder mit seinen Lippen die ihren. „Ich mag dich auch, Petra Sorenson.“

„Das ist gut.“

Nun war es an ihm, zu kichern.

Sie schaute wieder hinab, denn sie konnte nicht anders. „Willst du mir verraten, was in der Tasche ist?“

„Ich würde gern wissen, wie du zu verfrühten Weihnachtsgeschenken stehst.“

„Ich bin da sehr dafür“, versicherte sie ihm. „Besonders, wenn sie für mich sind.“

Er rutschte weit genug zurück, um das Päckchen zu nehmen, gleich außerhalb ihrer Reichweite. Seine Miene wurde ernst, und er holte tief Luft, bevor er wieder etwas sagte. „Weißt du noch, dass wir uns versprochen haben, weiter zu reden – wenn ich das also vermasselt habe, lass es mich wissen. Ich werde nicht beleidigt sein."

„Jetzt weiß ich nicht mehr, ob ich es aufmachen möchte", sagte Petra leise.

„Ach, du willst es schon aufmachen", versicherte er ihr. „Hier."

Er schob die Tasche mehr oder weniger in ihre Hände.

Sie lehnte sich auf der hohen Armlehne zurück, musterte ihn kurz, bevor sie hineinspähte.

Oben war einmal mehr eine in Papier eingewickelte Kerze.

„Genau das, was ich mir wünsche", scherzte sie, zog sie aus der Tüte und riss die Verpackung weg.

Auf dem Etikett stand *Riecht nach dem besten Ehemann der Welt.*

„Ach, das ist so süß." Glück blubberte in ihr hoch. Sie würden das machen. Verlobt sein. Zusammensein, früher oder später als Mann und Frau. „Soll ich die anzünden, wenn du was Gutes gemacht hast?"

„Das ist ein Plan. Du kannst sie auch anzünden, wenn ich es vermasselt habe, und dir in Erinnerung rufen, dass ich nicht immer schrecklich bin." Er wies mit dem Kopf auf die Tüte. „Du bist noch nicht fertig."

Sie stellte die Kerze auf den Seitentisch neben ihre Teetasse und spähte zurück in die Tüte. Ein kleines Notizbuch mit einem Bild vom Sonnenuntergang vorne auf dem Cover lag unten. Sie legte es in ihre Handfläche. „Es ist hübsch."

Er stieß sie mit dem Ellbogen an. Er zappelte so sehr, dass sie dachte, er hätte Ameisen in der Hose. „Öffne es."

„Hast du mir ein Gedicht geschrieben? Einen versauten Limerick ..." Petra erstarrte. Der mittlere Teil des Notizbuchs war ausgeschnitten und hatte ein Rechteck hinterlassen, das kaum groß genug war für einen Ring. „O mein Gott."

Sorgsam holte sie den Ring heraus und drehte die glänzende Oberseite zu sich. Es gab eine kleine Gruppe weißer und blauer Steine, und er glitzerte im Sonnenlicht, das durch das Fenster fiel.

Petra hob den Blick zu Aiden. „Er ist sehr schön."

Seine Miene war wieder ein Lächeln. „Habe ich es vermasselt?"

Sie schüttelte den Kopf, schob sich den Ring auf den Finger. Hielt die Hand nach oben, um ihn zu bewundern. „Ganz genau, was ich wollte." Sie dachte nach. „Wie hast du das so perfekt hinbekommen?"

„Deine Mom", gab er zu. „Seit deinem Geburtstag haben wir uns geschrieben, und irgendwann hat sie mir ein paar deiner Bilder geschickt, die du damals in deinem Scrapbock hattest."

Er schob seine Finger in ihre, drückte einen Kuss auf ihre Hand, gleich über der Stelle, wo der glitzernde Ring saß.

„Ich freue mich, dass du dich mit meiner Familie gut verstehst, und ich bin froh, dass du mutig genug bist, um es regelmäßig mit ihnen aufzunehmen", scherzte sie, das Glück blubberte immer noch in ihr.

„Sie sind gute Leute. Nur dass ich manchmal das Thema von einigen sehr offenen Unterhaltungen über Sex weglotsen muss. Deine Mutter ist entschlossen."

„So kann man es auch ausdrücken", sagte Petra mit einem Lächeln, drückte ihre Hand auf seine Wange.

„Dein Dad hat gesagt, Gott sei Dank, dass du die letzte bist, die unter die Haube kommt, denn jede von euch wurde immer kreativer und wirrer. Ich muss echt mal hören, was mit Julia und Zach passiert ist."

„Wir sorgen dafür, dass es dazu kommt, wenn wir morgen

rüber gehen und den Tag mit ihnen verbringen. Ich wette, sie würden es lieben, dir die Geschichte zu erzählen." Sie schmiegte sich an ihn, ihr Glück strömte beinahe über. „Danke dir für meinen Ring."

Sein Gesicht wurde plötzlich kurz ernst. „Ich dachte mir, das wäre was, was wir brauchen. Wir hatten vorher keinen, weil wir nur so getan haben. Aber wir tun nicht mehr nur so. Ich liebe dich mit allem in mir, ganz gleich, wie schnell es wirkt."

„Ich liebe dich auch." Ihre Kehle wurde eng, und Tränen drohten überzulaufen, was ziemlich albern war, wenn man bedachte, wie glücklich sie war. „Willst du das Überraschungsweihnachtsgeschenk sehen, das ich dir besorgt habe?"

Sein Blick senkte sich auf die Knöpfe ihres Oberteils, während er den ersten öffnete. „Genau, was ich mir gewünscht habe."

Sie zog seine Hände lachend weg, kroch vom Sofa und zog ihn mit sich. „Es ist nicht hier, obwohl du das auf jeden Fall auch später haben kannst. Komm schon. Ich kann es nicht erwarten, es dir zu zeigen."

AIDEN WAS SICHER, dass er bis über beide Ohren grinste. Jedes Mal, wenn Petra oder eine aus ihrer Mädelsbande ihn packte und irgendwohin zerrte, war es äußerst erheiternd.

Sie schafften es durch das Wohnzimmer, bevor sie die Aufmerksamkeit von Kevin und Declan auf sich zogen, die am Feuer saßen.

„Geht ihr irgendwohin?", fragte Declan.

„Es gibt hier nichts zu sehen", sagte Aiden.

„Ich zeige Aiden seine Überraschung", erklärte Petra über

seine Stimme hinweg. Sie drückte seine Finger. „Alle sind willkommen."

„Toll." Jinx war unterwegs zur Tür. Sie hielt inne, dann eilte sie zurück und nahm Zachary am Handgelenk, zog ihn genauso mit, wie Petra Aiden herumschleppte. „Komm schon, Opa Zach. Das willst du doch nicht verpassen."

Ja, total erheiternd. Aiden lächelte seinen baldigen Schwiegervater an, dann zog er gehorsam seine Schuhe an und seine Winterjacke über und trat hinaus in den kühlen Dezembertag.

Die Sonne glitzerte auf einer Million Schneeflocken, die Felder rund um sie erstreckten sich rein und weiß mit dem Neuschnee, der seit dem Vorabend aus dem Himmel geschwebt war. Die Pfade zum Künstleratelier waren gut definiert, aber es war kalt genug, dass bei jedem Schritt ihrer Winterstiefel der frische Schnee unter ihren Füßen quietschte. Jedes Einatmen stach scharf und kühl in seiner Kehle.

Bis sie unten an der Treppe angekommen waren, hatten sie eine Parade, die ihnen folgte. Jake und Pamela marschierten die Stufen hinab, Pamela winkte aufgeregt.

„Ist es Zeit?"

„Ist es", verkündete Petra glücklich. Sie zerrte Aiden zu einem Halt und drehte sich ganz zu ihm um. „Das ist ein Weihnachtsgeschenk zum Teil von mir, aber zum Großteil von deiner Familie. Für uns beide", fügte sie an, bevor sie Declan und Jake einen Kuss zuwarf.

Jinx war da, hüpfte auf und ab. „Kann ich es ihm zeigen?", fragte sie eifrig.

Es schien, als wäre jeder in die Überraschung eingeweiht, nur er nicht. Ein kleines Wunder, wenn man bedachte, wie eng alle in den letzten Wochen zusammengearbeitet hatten.

„Für mich ist das in Ordnung", entgegnete Aiden. „Solange

ich es auch bald zu sehen bekomme, denn die Aufregung bringt mich um."

Jinx eilte an ihnen vorbei zum Ende des Gebäudes und der am weitesten entfernten Tür.

Der Tür zu seiner zukünftigen Mini-Suite. Derjenigen, wo sie ihren Streit begonnen und eine ganze Reihe von Ereignissen in Gang gesetzt hatten, die seine ganze Welt völlig verändert hatten.

Petra legte die Hände um Aidens Arm und verlangsamte sie, beugte sich heran, um unter vier Augen mit ihm zu sprechen. „Abermals, wenn dir daran irgendwas nicht gefällt, kann man es ändern. Aber ich bin zufrieden, und ich glaube, das wirst du auch sein."

Jinx schob die Tür auf und ging zurück, grinste, während sie weiterhin auf und ab hüpfte. Hinter ihnen schienen alle langsam genug zu sein, dass es, als sie durch den Eingang gingen, nur er und Petra allein waren.

Er hatte gedacht, dass vielleicht die Streicharbeiten fertig sein würden. Vielleicht die Fensterrahmen und Fußbodenleisten, aber was er vor sich sah, war ein völlig eingerichtetes Heim.

Mit Fenstern zum Süden und Osten, das Wohnzimmer und die Küche waren klein, aber perfekt dimensioniert für ein verliebtes Paar. Ein kleiner Tisch mit vier Stühlen darum herum war neben einem Sofa aufgestellt, das vor einem großen Fernseher stand. In der Ecke zwischen den Fenstern war ein kleines Sofa – identisch mit dem, das derzeit in ihrem Schlafzimmer stand, mit Seitentischen und Lampen und einem Ausblick über die Prärie.

„Wie hast du das gemacht?", fragte Aiden erstaunt. Er stieß seine Schuhe von sich, ohne nachzudenken, ging vorwärts über die Dielenböden und die weichen Läufer überall.

„Du warst damit beschäftigt, mit Jake zu planen und mit

den Unterkünften für die Rancharbeiter zu helfen. Jedes Mal, wenn du daran gearbeitet hast, haben wir hier drin gearbeitet", erklärte Petra, in ihrer Stimme war Liebe.

Er strich mit der Hand über die kleine Kücheninsel und bewunderte die einfache Küche. „Das hast du fantastisch gemacht."

Sie schloss sich ihm an, ließ ihre Finger ineinander gleiten. „Wir brauchen keine große Küche oder ein Esszimmer, denn das hier ist zum Großteil dafür gedacht, wenn wir unter uns sein wollen. Oder vielleicht Jinx einladen, oder ein Paar zu uns, um Karten zu spielen. Aber wir werden das meiste davon im Ranchhaus machen. Das ist *unser* Ort."

Alle sammelten sich an der Tür und standen da und sahen zu.

Plötzlich traf es ihn. Aiden schaute auf die drei Innentüren. „Wie kommt es, dass hier so viel Platz ist?" Er ging zur nördlichsten Tür und spähte hinein, um ein karg eingerichtetes Büro zu finden. „Das hätte doch das Schlafzimmer sein sollen."

Declan räusperte sich. „Es ist immer gut, die Pläne zu ändern, wenn es nötig wird. Ich brauche nicht so viel Platz, und ihr seid zu zweit. Wir haben eine Wand eingerissen und sie ein wenig weiter nördlich wieder aufgebaut."

„Mit einer zusätzlichen Schallbarriere, die wir eingebaut haben", warf Jake trocken ein. „Damit ihr, falls nötig, ganz *laut diskutieren* könnt."

Aiden lachte, und er eilte zur zweiten Tür, steckte den Kopf in ein klassisches kleines Bad. Eine Tür ging zum Wohnzimmer, und eine Tür sah aus, als würde sie in ein zweites Schlafzimmer führen.

„Wenn wir Gäste haben, können wir das Bad teilen. Ansonsten können wir die hier absperren." Petra kam an seine Seite und deutete auf die Südwand. Anstatt einer geschlossenen Wand war eine Fensterscheibe zum Teil mit einem Buntglasbild bedeckt, das natürliches Licht in das fensterlose Bad ließ. „Diese Idee hat sich Jinx ausgedacht."

Aiden pfiff anerkennend, dann wandte er sich zurück und gab Jinx einen hochgesteckten Daumen. „Gefällt mir. Gut gemacht."

Er ließ sich von seiner Neugier in das Schlafzimmer führen. Es war perfekt, dieser Ort für ihn und Petra, mit einer dunkelbraunen Decke und einem kleinen Doppelbett, und einem Schild über dem Bett, auf dem in Handschrift stand: *Familie ist für immer.*

Er drehte sich um, schnappte sich Petra, und zog sie zurück ins Wohnzimmer, schüttelte den Kopf, während er jedem aus seiner Familie in die Augen schaute, einem nach dem anderen. „Das ist fantastisch. Vielen Dank. Das hätte ich in einer Million Jahren nicht erwartet." Er drehte sich zu Petra. „Und du. Hüterin der Geheimnisse."

Sie grinste. „Gefällt es dir?"

Er schüttelte den Kopf. „Nein, ich liebe es."

Sie wand sich fast so sehr wie Jinx. „Eines noch."

Sie zog ihn zu der Wand in der Nähe der Eingangstür, wo eine Ansammlung von acht mal acht Bildern ordentlich in genauen Reihen aufgehängt war. Aiden nahm an, das war Jakes Werk.

Dann schaute er ein bisschen genauer hin, denn es waren nicht nur die ganz gerade ausgerichteten Rahmen, die ihn beeindruckten – es waren die Bilder. Eines von jedem seiner Brüder. Ein lächelndes Bild von Jinx. Da gab es eins von Kevin, und eines von Dixie, der die Zunge heraushing – das brachte ihn zum Lachen – dann weitere Bilder von vertrauten Gesichtern aus den letzten Monaten und direkt aus den Erinnerungen.

Sydney. Tansy. Zach und Julia, Caleb und Tamara.

Chance und Rose. Leute, die er besser kennenlernte. Leute, die in seinem Leben etwas bewirkten.

Das Bild in der Mitte waren er und Petra, und er drückte sie glücklich, während er bewunderte, wie gut sie zusammen aussahen.

Als er an das Bild in der oberen rechten Ecke kam, auf dem seine Mom und Jeff waren, die Arme umeinander gelegt, und die Köpfe lachend zurückgenommen, wandte sich Aiden an Petra und zog sie in seine Arme. Zum Großteil, damit er das Gesicht an ihrem Hals vergraben und versuchen konnte, sich wieder zu fassen.

Sie drückte ihn fest, und er stand da, ließ das Glück aus seinen Augen strömen.

Als er sich schließlich wieder fing, wischte er sich das Gesicht mit den Handknöcheln ab und stellte fest, dass sie allein waren. Draußen vor dem Fenster ging die High-Water-Familie gemeinsam, der Schnee fiel sanft um sie herum.

„Ich würde ja sagen, das war seltsam, aber eigentlich war es das nicht, oder?" Er streifte mit seiner Nase die von Petra.

„Es war nicht seltsam. Es war schön, um ehrlich zu sein." Sie strich mit dem Daumen über seine Wange. „Was war der Teil, der dich am meisten bewegt hat?"

„Dass wir es machen." Er sagte es leise, während er den Kopf zu der Wand neigte. „Wir haben versprochen, dass wir etwas bewirken würden. Dass wir es weiterreichen, und wir machen es. Ich weiß, dass wir immer noch einen langen Weg vor uns haben, und es wird harte Zeiten geben, die sich unter die guten mischen. Aber hier ist das, was mir nicht klar war." Er lächelte, nahm ihre Hand und rieb mit dem Daumen über die Stelle, wo sein Ring saß. „Mir ist nie klar geworden, wie sehr das mein Leben verändern würde. Ich dachte immer darüber nach, wie gut es wäre, anderen etwas zu geben, ihre

Welten zu verändern. Ich habe das Gefühl, als hätte ich sehr viel mehr bekommen, als ich verdiene."

„Ich freue mich, dass du glücklich bist, aber ich glaube, du verdienst es."

„Ich klammere mich daran, ganz gleich, was ist." Er neigte das Kinn zu dem Bild seiner Mom und seines Dads. „Sie haben keinen Idioten aufgezogen. Ich klammere mich mit beiden Händen fest. Das heißt an dir, Petra. Danke, dass du bereit bist, mit mir eine Heimat zu errichten."

Sie legte die Arme um seinen Hals und drückte so fest, dass er sie aufheben und im Kreis wirbeln musste, einfach nur so.

Sie ging nach draußen, begierig, sich dem Rest der Familie anzuschließen. Aiden hielt ihre Hand ganz fest, während sie gingen. „Wir werden allerdings noch nicht in unsere neuen Räumlichkeiten einziehen, oder? Ich will Jinx nicht in dem großen Haus ganz allein lassen."

„Bald", sagte sie, Schabernack glitzerte in ihren Augen. „Declan und ich haben einen Plan."

Aiden schüttelte den Kopf. „Warum habe ich dieses Gefühl, dass das bedeutet, Jake wird dieser Plan nicht gefallen?"

Petra stand der Mund offen. „Wow, du bist gut. Jetzt bleib still." Sie drückte sich die Finger an die Lippen.

„Ich habe keine Ahnung, was los ist, darum vertrau mir. Das wird leicht." Aiden legte den Arm um sie und zog sie dicht an sich, während sie dorthin kamen, wo ihre Familie inzwischen in eine spontane Schneeballschlacht verwickelt war. „Das einzige, was wir jetzt machen müssen, ist, ein Datum festzulegen."

Petra summte, lachte, als Jinx' gut gezielter Schneeball Jakes Mütze wegriss. „Was für ein Datum denn?"

Aiden tippte auf Petras Ringfinger. Während die Sonne

auf sie herab schien, funkelten ihre Augen genauso sehr wie der Ring. „Wir müssen ein Datum für die Hochzeit festlegen, damit du offiziell die Braut dieses Cowboys werden kannst.“

# EPILOG

Je länger der Abend ging, desto lauter wurde die Musik. Jake machte es zum Großteil nichts aus. Laute Musik bedeutete, dass er mit niemandem reden musste, und er war derzeit nicht gerade in der besten Stimmung.

Was niemandes Schuld war, aber, bis er alles wieder auf die Reihe brachte, war es besser, wenn er den Mund hielt.

Zum Glück war das Zuhause ziemlich leicht zu bewerkstelligen. Die To-do-Liste war fast fertig, und die Dinge, die noch zu tun waren, um High Water zum Funktionieren zu bringen, sollten bis Ende Januar unter Kontrolle sein. Danach würde es keine Zurückhaltung mehr geben. Jake konnte es nicht erwarten. Er brauchte mehr, um seine Zeit beschäftigt zu halten, weil ...

Einfach nur weil.

*Mir etwas vorzulügen ist eine so reife Option.*

Er trank sein Bier aus, begab sich durch den Raum dorthin, wo der Rest der Familie ihren Silvesterabend begonnen hatte, versammelt um einen Hochtisch.

Jinx hatte gefragt, ob sie ihn mit Sasha auf der Silver Stone Ranch verbringen könnte. Da das Mädchen fröhlich mit ihrer Freundin feierte, hatten alle Erwachsenen die Freiheit, am Abend auszugehen.

Petra und Aiden waren zusammengekuschelt wie die Turteltauben, die sie waren. Jake brachte es nicht über sich, genervt davon zu sein, wie übelerregend süß und glücklich sie waren. Sein Bruder hatte eine tolle Frau verdient, und das war Petra auch.

Declan war auf der Tanzfläche. Er tanzte niemals mehr als einmal mit derselben, aber er war hoch begehrt, denn offensichtlich wusste er, wie man führte. Außerdem wurde so ein Unsinn über ihn erwähnt, dass er ein Golden Retriever war, was Petras Freundinnen in einen Sturm des Lachens ausbrechen ließ.

Jake dachte sich, dass alle mal eine Weile runter von den sozialen Medien mussten.

Er konnte nicht anders. Er musterte rasch den Raum, suchte nach den anderen Frauen, die unvermeidlich erschienen, wenn Petra da war. Keine Spur von ihnen, und er war nicht sicher, ob er glücklich oder genervt war, dass er darüber nachdachte, ob er glücklich oder genervt war, dass sie nicht hier waren.

Petra zog an seinem Ärmel und beugte sich dichter heran. „Nach wem suchst du?", rief sie.

„Einem Ohrenarzt", erklärte ihr Jake.

Sie grinste. „Guter Witz. Mein Arzt ist heute Abend nicht da. Sie hat angeboten, eine Notfallschicht in Diamond Valley zu übernehmen. Aber Tansy ist irgendwo hier."

Jake nickte, zwang sich zu einem Lächeln, während er ihr einen erhobenen Daumen zeigte.

Es sollte nicht geschehen. Dieses Aufkeimen von

Aufregung in seinem Bauch, wenn nur der Name dieser Frau erwähnt wurde.

Natürlich sah er sie im nächsten Augenblick, wie sie in den Armen eines kurz gewachsenen Cowboys über die Tanzfläche wirbelte, der mit wenig Erfolg versuchte, sich einen Bart wachsen zu lassen.

Es tat fast weh, sie zu beobachten, aber Tansy hielt ihr Lächeln aufrecht, obwohl sie so oft in eine neue Richtung gerissen wurde, während ihr Partner es nicht schaffte, zu verhindern, dass sie auf der vollen Tanzfläche an andere stießen.

Eine Bedienung brachte Jake sein Bier, und er wandte den Tanzenden entschlossen den Rücken zu und gab dem Mädchen einen Zwanziger, zusammen mit einem Zwinkern. „Halte mich nur weiter versorgt."

Sie strahlte, dann huschte sie weg.

Er verbrachte die nächste Stunde so ziemlich damit, das zu tun. Zu lächeln und zu trinken und zu nicken und sich immer wieder zu fragen, warum er von dieser Frau so verdammt angezogen wurde.

Die Musik machte eine kurze Pause, und eine tiefe Stimme dröhnte über die Lautsprecher. „Es ist Zeit, Leute. Schließt euch mir an, während wir uns bereit für den letzten Schlag von Mitternacht machen und das neue Jahr willkommen heißen."

Der Countdown begann.

*Zehn, neun ...*

Jake stellte fest, dass er sich auf der Stelle drehte, sich auf die lächelnden Gesichter um ihn herum konzentrierte. Gute Leute, die inzwischen mehr waren als einfache Nachbarn und Bekanntschaften, sondern echte Freunde.

*Acht.*

*Sieben.*

Links von Jake zog sein Bruder Aiden die lachende Petra dicht heran, ignorierte die Uhr und gab ihr einen riesigen Kuss.

*Sechs.*

*Fünf.*

Jake drehte sich und stand von Angesicht zu Angesicht vor Tansy. Der nervigen, gefährlichen, verwirrenden Tansy.

*Vier.*

*Drei.*

Der Cowboy neben Tansy öffnete die Arme, als würde er sie einladen, das neue Jahr zu feiern, und Jake verlor jegliche Vernunft. Er huschte vor, schnappte sich Tansy am Handgelenk und wirbelte sie direkt in seine Arme.

*Zwei.*

*Eins.*

„Frohes neues Jahr!"

Überall um sie herum wurde der Ruf laut, aber Jake konnte nur in Tansys schockiertes Gesicht schauen.

Dann konnte er nicht mehr sehen, was sie dachte, denn seine Lippen waren auf ihren, und er küsste sie. Gründlich und tief, und es war was verdammt Gutes, dass sie mitten in einem vollen Raum waren, denn sie erwiderte den Kuss. Sie klammerte sich an seinen Nacken und hob die Beine, und im nächsten Augenblick war sie um ihn gelegt wie ein Seil auf Abwegen auf einem Zaunpfosten, und es fühlte sich so verdammt toll an.

Jake widerstand dem Drang, sie stolpernd irgendwo an einen Rückzugsort zu bewegen. Stattdessen küsste er sie weiter, während in seinem ganzen Körper das Verlangen brummte. Als sie sich schließlich lösten und nach Luft schnappten, war Jake verblüfft.

Nervig bis ins letzte grinste Tansy. „Siehst du? Manchmal ist Spontanität ein Spaß."

Er konzentrierte sich darauf, stehen zu bleiben, während

sie sich wand, um die Füße wieder auf den Boden zu bringen. Er musste etwas sagen. Irgendwas. Sich vielleicht sogar entschuldigen.

Nein, konnte er nicht.

„Danke für den tollen Start ins neue Jahr. Wir sehen uns." Tansy tätschelte ihm die Wange, dann verschwand sie zwischen einem Atemzug und dem nächsten.

Jake stand da und versuchte herauszufinden, was zum Teufel gerade passiert war.

Er wollte das am nächsten Vormittag immer noch entscheiden, während er die Kaffeemaschine startete und sich wünschte, die Flüssigkeit würde schneller ausgespuckt.

Zehn Uhr, und es war bisher noch niemand im Haus erschienen. Er dachte sich, Petra und Aiden hätten einen guten Grund, vermisst zu werden – da Jinx nicht im Haus war, hatten sie die Nacht in ihrer neuen Wohnung verbracht. Sie waren vermutlich immer noch aneinander gekuschelt. Declan war auf, aber immer noch in der Scheune.

Jake bedauerte seine Entscheidungen am Silvesterabend mehr als nur ein bisschen, und er stand an der Kaffeemaschine und trank eine ganze Tasse, bevor er sie sich nachfüllte und langsam zum Tisch ging.

Er starrte aus dem Fenster und beobachtete, wie ein alter, zerbeulter Minivan vom Highway abbog und auf ihre Zufahrt fuhr. Vermutlich jemand, der Jinx nach ihrer Nacht bei ihrer Freundin zurückbrachte.

Na ja, zum Teufel damit. Es war ein neues Jahr. Es war Zeit, Ziele festzulegen. So machten es doch Leute an Neujahr, oder?

Er schnappte sich sein Notizbuch und blätterte auf eine frische, saubere Seite. Er schrieb *Ziele* ganz oben hin und eine Reihe von Zahlen an die Seite, von eins bis ganz nach zehn. Er starrte die Seite einen Augenblick lang an, dann schrieb er auf den ersten Platz, sauber und deutlich ...

*1. Lernen, spontaner zu sein.*

*Was zum Geier?*

Er funkelte das Tagebuch mehr oder weniger an. Das hatte er nicht hinschreiben wollen. Das hatte er doch überhaupt gar nicht gedacht, und er presste sich die Hände auf die Schläfen, flehte darum, dass das Hämmern nachließ.

Tansys Schuld. Das Wort, das sie am Vorabend benutzt hatte, hallte immer noch in seinem Kopf nach.

Er musterte die Notizbuchseite angeekelt. Jeder hatte so seine Eigenheiten, und er war ehrlich genug, um zuzugeben, dass das eine von seinen war. Entweder strich er es durch, oder er würde die ganze Seite herausreißen müssen, und keines von beiden kam ihm gut vor. Er beschloss, den verdammten Satz vorerst mal dastehen und sich davon nerven zu lassen.

Jemand klopfte an der Tür. Jake war bereits auf den Beinen, noch während er auf die Uhr schaute. Neujahr und sie hatten einen Besucher?

Oh. Was, wenn es Danielle war? Was, wenn noch jemand ihre Hilfe brauchte?

Er eilte vor und riss die Tür auf, starrte schockiert auf die wild grinsende Tansy hinab. Sie hielt ihm einen Plastikbehälter hin, schob ihn ihm in die Hände.

„Was ist das?", wollte er wissen.

„Willkommen-auf-High-Water-Brownies", verkündete sie glücklich, schlüpfte an ihm vorbei und rollte einen Koffer hinter sich her.

Sie schloss die Tür, dann drehte sie sich zurück, nahm ihm den Behälter aus den Fingern. „Danke. Die sind für mich."

„Du hast gesagt, das wären Willkommens-Brownies“, wiederholte er.

Sie nickte eifrig. „Das sind sie. So gut kannst du aber nicht backen, und ich wollte Brownies. Da ich jetzt hier wohne, sind es Willkommen-zu- Hause-Tansy-Brownies.“

Sie wirbelte herum und ging tiefer in das Haus.

Jake schüttelte den Kopf, versuchte, aus ihren Worten schlau zu werden und sie bei sich ankommen zu lassen. Nein, es funktionierte nicht.

Er stapfte ihr nach in die Küche. „Was meinst du damit, dass du jetzt hier wohnst?“

Sie stellte die Brownies auf den Tresen, bevor sie sich umdrehte, um ihn anzusehen. Sie streifte die Hände aneinander, als würde sie Krümel abstreifen, dann hielt sie eine vor. „Declan und Petra haben mich angeheuert. Hi, ich bin eure neue Köchin, die hier wohnt.“

~

*New York Times*-Bestsellerautorin Vivian Arend lädt ein nach Heart Falls. Inspiriert vom Vermächtnis ihres Stiefvaters, das sie weitertragen möchten, kaufen Aiden, Jake und Declan die Tierrettung von Heart Falls mit einem Hintergedanken. Sie planen nicht nur ein Tierheim, sondern wollen eine Zuflucht schaffen – ein geheimer Unterschlupf für Menschen, die sich verstecken und ihr Leben neu sortieren müssen.

~

**Die Skyes aus Heart Falls**

Die Braut des Cowboys

Das Vertrauen des Cowboys

Das Recht des Cowboys

~

Vivian lässt derzeit ihre vielen Serien übersetzen. Bitte besuchen Sie deren Website für alle aktuellen Informationen.

www.vivianarend.com/de

# ÜBER DIE AUTORIN

Mit über 3 Millionen verkauften Büchern ist Vivian Arend eine *New York Times-* und *USA Today*-Bestsellerautorin von mehr als 70 zeitgenössischen und paranormalen Liebesromanen.

Ihre Bücher lassen sich alle einzeln lesen und haben keine Cliffhanger. Sie sind witzig, aber auch emotional, es gibt heiße Szenen und glückliche Enden. Für Vivian ist das der beste Job der Welt. Sie lebt in British Columbia, Kanada, zusammen mit ihrem langjährigen Mann – der Inspiration für alle Helden ist und ein bereitwilliger Gefährte auf Abenteuern aller Art.

www.vivianarend.com

9 781998 508501